Elementarteilchen

Das Buch

Kühl und scheinbar distanziert erzählt Michel Houellebecq von den unterschiedlichen Halbbrüdern Bruno und Michel. Ihre Mutter, eine radikale Jüngerin der 68er-Ideale, widmet sich ganz ihrer sexuellen Selbstverwirklichung und sorgt so dafür, daß das Leben ihrer Söhne von kalter Einsamkeit geprägt ist. Bruno, der Ältere, wird zum Opfer seiner verzweifelten sexuellen Obsessionen. Michel ist Molekularbiologe und verbringt sein autistisches Forscherleben zwischen Supermarkt und Psychopharmaka, bis er in einem gentechnischen Institut in Irland das unsterbliche und geschlechtslose menschliche Wesen klont – eine Vision jenseits von Egoismus und sexuellem Elend.
Elementarteilchen ist der unmoralische Roman eines großen Moralisten, ein »Pamphlet gegen die Moderne und Postmoderne« (*Neue Zürcher Zeitung*), das bei seinem Erscheinen in Frankreich die Öffentlichkeit spaltete und auch in Deutschland heftige Debatten auslöste. Ein literarisches Werk, das, so die *Frankfurter Allgemeine Zeitung*, »stillschweigend … den gewohnten Blickwinkel auf das Menschenbild verschoben« hat.

Der Autor

Michel Houellebecq, geboren 1958 auf La Réunion, veröffentlichte Essays und Gedichtbände, bevor ihm mit *Elementarteilchen* der große Durchbruch gelang. Der Autor lebt heute in Irland.

Michel Houellebecq

Elementarteilchen

Roman

Aus dem Französischen
von Uli Wittmann

List Taschenbuch

CONSTANTIN FILM ZEIGT EINE BERND EICHINGER PRODUKTION EIN OSKAR ROEHLER FILM „ELEMENTARTEILCHEN"
MORITZ BLEIBTREU CHRISTIAN ULMEN MARTINA GEDECK FRANKA POTENTE NINA HOSS
ORIGINALTON MANFRED BANACH MISCHUNG MARTIN STEYER MASKE HEIKE MERKER SABINE SCHUMANN
KOSTÜMBILD ESTHER WALZ CASTING AN DORTHE BRAKER MUSIK MARTIN TODSHAROW SCHNITT PETER R. ADAM
SZENENBILD INGRID HENN KAMERA CARL-FRIEDRICH KOSCHNICK HERSTELLUNGSLEITUNG BERNHARD THÜR
CO-PRODUCER DAVID GROENEWOLD PRODUZIERT VON BERND EICHINGER UND OLIVER BERBEN
BUCH UND REGIE OSKAR ROEHLER NACH DEM ROMAN VON MICHEL HOUELLEBECQ VERÖFFENTLICHT BEI FLAMMARION, PARIS

GEFÖRDERT DURCH FFA medienboard. Mitteldeutsche Medienförderung MDM

IN CO-PRODUKTION MIT GFP IN KOOPERATION MIT ARD Degeto

MOOVIE the art of entertainment WELTVERTRIEB the directors label ORIGINAL SOUNDTRACK ERHÄLTLICH BEI NORMAL Constantin Film

www.elementarteilchen.film.de

Besuchen Sie uns im Internet:
www.list-taschenbuch.de

Umwelthinweis:
Dieses Buch wurde auf chlor- und säurefreiem Papier gedruckt.

Ungekürzte Ausgabe im List Taschenbuch
List ist ein Verlag der Ullstein Buchverlage GmbH, Berlin.
1. Auflage März 2006
2. Auflage 2006

Titel der französischen Originalausgabe: Les particules élémentaires (Flammarion, Paris)
Umschlagkonzept: HildenDesign, München
Umschlaggestaltung: Hauptmann und Kompanie Werbeagentur, München
Titelabbildung: Constantin Film, München 2006
Druck und Bindearbeiten: Clausen & Bosse, Leck
Printed in Germany
ISBN-13: 978-3-548-60654-5
ISBN-10: 3-548-60654-7

Vorrede

Dieses Buch ist in erster Linie die Geschichte eines Mannes, der während der zweiten Hälfte des zwanzigsten Jahrhunderts gelebt und den größten Teil seines Lebens in Westeuropa verbracht hat – im allgemeinen allein, wenn auch ab und zu im Kontakt mit anderen Menschen. Er hat in einer unseligen Zeit voller Wirren gelebt. Das Land, in dem er zur Welt kam, glitt langsam, aber unvermeidlich in die Wirtschaftszone der halbarmen Länder ab; die Menschen seiner Generation waren häufig vom Elend bedroht und verbrachten darüber hinaus ihr Leben einsam und verbittert. Gefühle wie Liebe, Zärtlichkeit und Brüderlichkeit waren weitgehend verschwunden; in ihren zwischenmenschlichen Beziehungen erwiesen sich seine Zeitgenossen sehr häufig als gleichgültig oder sogar grausam.

Bei seinem Tod wurde Michel Djerzinski einhellig als Biologe allerersten Ranges angesehen, und man hatte ernsthaft daran gedacht, ihm den Nobelpreis zu verleihen; seine wirkliche Bedeutung sollte erst ein wenig später erkannt werden.

Zu Lebzeiten Djerzinskis war man größtenteils der Meinung, die Philosophie besäße keinerlei praktische Bedeutung, ja nicht einmal einen Gegenstand. In Wirklichkeit bestimmt die unter den Mitgliedern einer Gesellschaft zu einem gegebenen Zeitpunkt am weitesten verbreitete Weltanschauung deren Wirtschaft, Politik und Sitten.

Die metaphysischen Wandlungen – das heißt, die radikalen, globalen Veränderungen der von der Mehrzahl der Menschen geteilten Weltanschauung – sind in der Geschichte der

Menschheit selten. Als Beispiel einer solchen Wandlung kann das Aufkommen des Christentums angeführt werden.

Sobald sich eine metaphysische Wandlung vollzogen hat, breitet sie sich, ohne auf Widerstand zu treffen, bis zur letzten Konsequenz aus. Ungerührt fegt sie die wirtschaftlichen und politischen Systeme, die ästhetischen Urteile und die sozialen Hierarchien hinweg. Keine menschliche Macht kann ihren Lauf anhalten – keine andere Macht, es sei denn das Aufkommen einer neuen metaphysischen Wandlung.

Man kann nicht behaupten, daß die metaphysischen Wandlungen in erster Linie geschwächte Gesellschaften befallen, die bereits im Niedergang begriffen sind. Als das Christentum aufkam, befand sich das römische Reich auf dem Gipfel seiner Macht; perfekt organisiert, beherrschte es die bekannte Welt; seine technische und militärische Überlegenheit war unübertroffen; und dennoch hatte es keine Chance. Als im Mittelalter die moderne Wissenschaft aufkam, bot das Christentum ein umfassendes Erklärungssystem des Menschen und der Welt; es diente den Völkern als Regierungsgrundlage, brachte Wissen und Werke hervor, entschied über Frieden wie auch Krieg, regelte die Produktion und die Verteilung der Reichtümer; nichts davon konnte es jedoch vor dem Niedergang schützen.

Michel Djerzinski war weder ein Vorkämpfer noch der wichtigste Wegbereiter dieser dritten, in vieler Hinsicht radikalsten metaphysischen Wandlung, die eine neue Epoche in der Weltgeschichte einleiten sollte; doch aufgrund einiger außergewöhnlicher Lebensumstände, war er ein besonders bewußter, besonders hellsichtiger Wegbereiter dieser Wandlung.

Wir leben heute in einer ganz neuen Ordnung,
Und die Verflechtung der Umstände umhüllt unsere Körper,
Umströmt unsere Körper
Mit einem Strahlenkranz der Freude.
Was die Menschen früherer Zeitalter manchmal in ihrer Musik erahnten,
Verwirklichen wir jeden Tag in der praktischen Realität.
Was für sie dem Reich des Unerreichbaren und des Absoluten angehörte,
Betrachten wir als etwas ganz Einfaches, Wohlbekanntes.
Und dennoch verachten wir diese Menschen nicht;
Wir wissen, was wir ihren Träumen verdanken,
Wir wissen, daß wir nichts wären ohne die Verflechtung von Schmerz und Freude, die ihre Geschichte ausgemacht hat,
Wir wissen, daß sie unser Bild in sich trugen, als sie Haß und Angst durchquerten, sich im Dunkel stießen,
Als sie nach und nach ihre Geschichte schrieben.
Wir wissen, daß es sie nicht gegeben hätte, daß es sie nicht einmal hätte geben können, ohne diese Hoffnung tief in ihrem Innern,
Sie hätten nicht einmal ohne ihren Traum existieren können.
Jetzt, da wir im Licht leben,
Jetzt, da wir in unmittelbarer Nähe des Lichts leben
Und das Licht unsere Körper umströmt,
Unsere Körper umhüllt
Mit einem Strahlenkranz der Freude,

Jetzt, da wir uns in unmittelbarer Nähe des Flusses niederge-
lassen haben,
An unerschöpflichen Nachmittagen

Jetzt, da das Licht um unseren Körpern greifbar geworden ist,
Jetzt, da wir am Ziel angelangt sind
Und die Welt der Trennung überwunden haben,
Die gedankliche Welt der Trennung,
Und uns in der reglosen, fruchtbaren Freude
Eines neuen Gesetzes treiben lassen,
Können wir uns
Heute
Zum erstenmal
Das Ende der alten Ordnung vergegenwärtigen.

Erster Teil

Das verlorene Reich

1

Der erste Juli 1998 fiel auf einen Mittwoch. Daher war es durchaus logisch, wenn auch ungewöhnlich, daß Djerzinski seine Abschiedsfeier an einem Dienstagabend veranstaltete. Zwischen den Tiefkühltruhen für Embryos stand, ein wenig erdrückt von deren Vielzahl, ein Kühlschrank der Marke Brandt, in dem sich die Champagnerflaschen befanden; er diente normalerweise zur Aufbewahrung der üblichen chemischen Produkte.

Vier Flaschen für fünfzehn Leute, das war ein bißchen knapp bemessen. Alles war außerdem etwas knapp bemessen: Die Motivation, die sie zusammenführte, war oberflächlich; ein falsches Wort, ein schräger Blick, und schon würde sich die Gruppe auflösen und jeder zu seinem Fahrzeug eilen. Sie hielten sich in einem weiß gekachelten, klimatisierten Raum im Kellergeschoß auf, der mit einem Plakat deutscher Seen geschmückt war. Niemand hatte sich angeboten, Fotos zu machen. Ein bärtiger junger Forscher mit dümmlichem Aussehen, der seit Anfang des Jahres im Institut arbeitete, verdrückte sich nach wenigen Minuten unter dem Vorwand von Parkproblemen. Unter den Anwesenden breitete sich zunehmend spürbares Unbehagen aus; bald begannen die Ferien. Manche fuhren in ein Landhaus der Familie, andere verbrachten die Ferien im Grünen. Die Worte, die gewechselt wurden, peitschten langsam durch die Luft. Man trennte sich schnell.

Um neunzehn Uhr dreißig war alles vorbei. Djerzinski ging in Begleitung einer Kollegin mit langem schwarzen Haar, sehr weißer Haut und großen Brüsten über den Parkplatz. Sie war etwas älter als er; wahrscheinlich würde sie seine Nachfolge antreten und die Leitung des Forschungsinstituts übernehmen. Die meisten ihrer Veröffentlichungen beschäftigten sich mit dem Gen DAF3 der Drosophila; sie war unverheiratet.

Er stand vor seinem Toyota und reichte der Forscherin mit einem Lächeln die Hand (seit mehreren Sekunden hatte er sich vorgenommen, diese Geste, begleitet von einem Lächeln, auszuführen, und sich innerlich darauf vorbereitet). Die Handflächen verschränkten sich und schüttelten sich leicht. Ein wenig zu spät sagte er sich, daß es diesem Händedruck an Wärme gefehlt habe; angesichts der Umstände hätten sie sich umarmen können, wie es Minister oder manche Schlagersänger taten.

Nachdem die Verabschiedung vollzogen war, blieb er noch fünf Minuten, die ihm lang vorkamen, im Wagen sitzen. Warum fuhr die Frau nicht los? Onanierte sie, während sie Brahms hörte? Oder dachte sie etwa an ihre Karriere, an ihre neue Verantwortung, und falls ja, freute sie sich darüber? Schließlich verließ der Golf der Genetikerin den Parkplatz; er war wieder allein. Es war ein herrlicher Tag gewesen, die Hitze war noch zu spüren. In diesen Wochen des beginnenden Sommers schien alles in strahlender Unbeweglichkeit erstarrt zu sein; dabei wurden die Tage, wie Djerzinski bewußt war, schon wieder kürzer.

Er hatte in einer privilegierten Umgebung gearbeitet, dachte er, als auch er losfuhr. Auf die Frage »Sind Sie der Ansicht, daß Sie als Einwohner von Palaiseau von einer privilegierten Umgebung profitieren?« hatten 63 Prozent der Bewohner mit »Ja« geantwortet. Das ließ sich verstehen; die Gebäude waren niedrig und durch Rasenflächen getrennt. Mehrere Einkaufszentren ermöglichten eine mühelose Versorgung; der Begriff *Lebensqualität* wirkte in bezug auf Palaiseau kaum übertrieben.

Die Autobahn in Richtung Paris war wie ausgestorben. Er hatte den Eindruck, sich in einem neuseeländischen Science-fiction-Film zu befinden, den er während seines Studiums gesehen hatte: Der letzte Mensch auf Erden, nachdem alles Leben verschwunden ist. Es lag irgend etwas in der Luft, das die Vorstellung einer apokalyptischen Dürre aufkommen ließ.

Djerzinski wohnte seit gut zehn Jahren in der Rue Frémicourt; er hatte sich daran gewöhnt, das Viertel war ruhig. 1993 hatte er das Bedürfnis nach Gesellschaft empfunden; irgend etwas, das ihn abends beim Heimkommen empfing. Seine Wahl war auf einen weißen Kanarienvogel gefallen, ein ängstliches Tier. Er sang vor allem morgens; und dennoch wirkte er nicht fröhlich; doch kann ein Kanarienvogel fröhlich sein? Freude ist eine tiefe, intensive Empfindung, ein erhebendes Gefühl der Fülle, das das ganze Bewußtsein durchdringt; man kann die Freude mit dem Rausch, der Verzückung oder der Ekstase vergleichen. Einmal hatte er den Vogel aus seinem Käfig geholt. Zutiefst verängstigt hatte das Tier aufs Sofa geschissen, ehe es sich auf der Suche nach dem Eingang auf das Gitter stürzte. Einen Monat später hatte er den Versuch wiederholt. Diesmal fiel das arme Tier aus dem Fenster; der Vogel hatte den Fall gebremst, so gut es ging, und war mit Müh und Not fünf Stockwerke tiefer auf einem Balkon des gegenüberliegenden Hauses gelandet. Michel mußte warten, bis die Bewohnerin zurückkehrte, und hoffte sehnlichst, daß sie keine Katze hatte. Es stellte sich heraus, daß die junge Frau Redakteurin bei der Zeitschrift *20 Ans* war; sie lebte allein und kam spät heim. Sie hatte keine Katze.

Es war bereits dunkel gewesen; Michel hatte das kleine Tier zurückgeholt, das sich zitternd vor Kälte und Angst an die Betonwand gedrückt hatte. Anschließend begegnete er der Redakteurin noch mehrmals, meistens, wenn er seinen Müll nach draußen brachte. Sie nickte ihm zu, vermutlich als Zeichen, daß sie ihn wiedererkannt hatte; auch er nickte ihr zu. Kurz gesagt, der Zwischenfall hatte ihm erlaubt, eine nachbarliche Beziehung anzuknüpfen; so gesehen war die Sache gut.

Von seinen Fenstern konnte man ein knappes Dutzend Wohnblocks erkennen, also etwa dreihundert Wohnungen. Wenn er abends heimkam, begann der Kanarienvogel im allgemeinen zu pfeifen und zu zwitschern, das dauerte fünf bis zehn Minuten; dann füllte Michel Körner und Wasser nach, erneuerte den Streusand. An jenem Abend jedoch wurde er von Stille empfangen. Er ging auf den Käfig zu: Der Vogel war tot. Sein kleiner weißer Körper war schon kalt und lag auf der Seite in den Sandkörnern.

Zum Abendessen nahm er eine Portion Seewolf mit Kerbel der Marke *Monoprix Gourmet* zu sich und trank dazu einen mittelmäßigen Valdepeñas. Nach kurzem Zögern legte er den Vogelkadaver in eine Plastiktüte, die er mit einer Bierflasche beschwerte, und warf das Ganze in den Müllschlucker. Was sollte er sonst tun? Eine Messe lesen?

Er hatte nie erfahren, wohin der Müllschlucker mit dieser winzigen Öffnung (die aber groß genug war, um den Körper eines Kanarienvogels aufzunehmen) führte. Doch er träumte von gigantischen Mülltonnen, die mit Kaffeefiltern, Ravioli in Soße und abgeschnittenen Geschlechtsorganen gefüllt waren. Riesige Würmer, ebenso groß wie der Vogel und mit Schnäbeln bewaffnet, machten sich über den Kadaver her. Sie rissen ihm die Beine aus, zerfetzten seine Eingeweide und zerstachen seine Augäpfel. Michel richtete sich nachts zitternd auf; es war noch nicht halb zwei. Er schluckte drei Xanax. So endete sein erster Abend der Freiheit.

2

Am 14. Dezember 1900 benutzte Max Planck zum erstenmal in einem Vortrag mit dem Titel »*Zur Theorie des Gesetzes der Energieverteilung im Normalspektrum*« in der Berliner Akademie den Begriff Energiequantelung, der in der Weiterentwicklung der Physik eine entscheidende Rolle spielen sollte. Hauptsächlich auf Betreiben von Einstein und Bohr wurden zwischen 1900 und 1920 mehr oder weniger gelungene Modelle entwickelt, die versuchten, das neue Konzept dem Rahmen der bisher geltenden Theorien anzupassen; erst zu Beginn der zwanziger Jahre stellte sich dieser Rahmen als hoffnungslos überholt heraus.

Wenn Niels Bohr als der eigentliche Begründer der Quantenmechanik angesehen wird, beruht das nicht nur auf seinen persönlichen Entdeckungen, sondern vor allem auf der außerordentlich schöpferischen Atmosphäre, dem Klima intellektueller Aufgeschlossenheit, geistiger Freiheit und freundschaftlicher Beziehungen, das er um sich herum zu erzeugen verstanden hatte. Das Institut für theoretische Physik in Kopenhagen, das Bohr 1919 gegründet hatte, sollte zu einem Treffpunkt aller jungen europäischen Physiker werden. Heisenberg, Pauli und Born verbrachten dort ihre Lehrjahre. Bohr, der ein wenig älter war als sie, diskutierte mit ihnen stundenlang jede Einzelheit ihrer Hypothesen mit einer einzigartigen Mischung aus philosophischem Scharfsinn, Wohlwollen und logischer Strenge. Er war von fast pedantischer Genauigkeit und duldete keinerlei annähernde Erklärung bei der Auswertung der Versuche; aber auf der anderen Seite sah er keine neue Idee von vornherein als verrückt, kein überliefertes Konzept als unantastbar an. Er lud seine Studenten gern in sein Landhaus in Tisvilde ein, empfing dort Wissenschaftler aus anderen Fachrichtungen, Politiker, Künstler; die Gespräche verliefen in zwanglosen Bahnen, von der Physik zur Philosophie, von der Geschichte zur Kunst, von der Religion zu Alltäglichem. Seit den Anfängen der griechischen Philosophie hatte es nichts Vergleichbares gegeben. In diesem außergewöhnlichen Kontext wurden in den Jahren 1925 bis 1927 die grundlegenden Begriffe der »Kopenhagener Deutung« formuliert, die die bestehenden Kategorien Raum, Kausalität und Zeit weitgehend aufhoben.

Djerzinski war es nicht im entferntesten gelungen, ein ähnliches Phänomen in seiner Umgebung wiederaufleben zu lassen. Die Atmosphäre in dem Forschungsinstitut, das er leitete, war im großen und ganzen die eines gewöhnlichen Büros. Entgegen der unter romantischen Zeitgenossen weit verbreiteten Vorstellung vom Forscher als einem Rimbaud des Mikroskops, sind die Molekularbiologen meistens rechtschaffene, nicht sonderlich geniale Techniker, die *Le Nouvel Observateur* lesen und davon träumen, ihren Urlaub in Grönland zu verbringen. Die molekularbiologische Forschung erfordert keinerlei schöpferische Begabung, keinerlei Erfindungsgabe; in Wirklichkeit ist es eine fast völlig routinemäßige Tätigkeit, die nur durchschnittliche, zweitrangige geistige Fähigkeiten erfordert. Die Leute schreiben Doktorarbeiten, habilitieren sich, dabei würde ein Grundstudium völlig ausreichen, um die Apparate zu bedienen. »Um sich eine Vorstellung vom genetischen Code zu machen«, pflegte Desplechin, der Direktor der Biologieabteilung des nationalen Forschungsinstituts CNRS, zu sagen, »um das Prinzip der Proteinbiosynthese zu entdecken, ja, da mußte man schon die Ärmel etwas hochkrempeln. Übrigens hat, wie Sie ja wissen, Gamow, also ein Physiker, als erster die Sache unter die Lupe genommen. Dagegen die Entschlüsselung der DNA-Moleküle, bah ... Da wird entschlüsselt und entschlüsselt. Man nimmt sich ein Molekül vor und dann das nächste. Gibt die Daten in einen Computer ein, der Computer berechnet die Untersequenzen. Man sendet ein Fax nach Colorado: die arbeiten am Gen B27, wir sitzen am C33. Reine Bastelei. Ab und zu gibt's eine kleine technische Neuerung; das reicht im allgemeinen schon für den Nobelpreis. Das ist doch Kinderkram; geradezu lächerlich.«

Am Nachmittag des 1. Juli herrschte eine drückende Hitze; einer jener Nachmittage, die schlecht enden, an denen sich schließlich ein Gewitter entlädt, das die entblößten Körper vertreibt. Desplechins Büro ging auf den Quai Anatole-France hinaus. Auf der anderen Seite der Seine, am Quai des Tuileries, schlenderten Homosexuelle in der Sonne, unterhielten sich zu zweit oder in kleinen Gruppen, teilten sich ein Badetuch. Fast alle trugen Strings. Ihre mit Sonnenöl eingeriebenen Muskeln schillerten im Licht, ihre Hintern waren glänzend und gewölbt. Mitten im Gespräch massierten manche ihre Geschlechtsorgane durch das Nylon der Strings hindurch oder schoben einen Finger unter den Stoff und ließen ihre Schamhaare oder den Phallusansatz sehen. Desplechin hatte in der Nähe der Fensterwand ein Fernrohr aufgestellt. Er war, wie gemunkelt wurde, selbst homosexuell; in Wirklichkeit war er seit einigen Jahren vor allem Alkoholiker. An einem ähnlichen Nachmittag hatte er zweimal versucht, zu onanieren, während er das Auge ans Fernrohr preßte und unverwandt einen Jungen anstarrte, der seinen String abgestreift und dessen Schwanz einen ergreifenden Anstieg in der Luft begonnen hatte. Sein eigenes Glied war schlaff und faltig herabgesunken, wie ausgetrocknet; er unternahm keinen weiteren Versuch.

Djerzinski war pünktlich um vier da. Desplechin hatte ihn um ein Gespräch gebeten. Der Fall weckte seine Neugier. Es war zwar durchaus üblich, daß ein Forscher ein Sabbatjahr beantragte, um in einem anderen Team in Norwegen, Japan oder irgendeinem dieser traurigen Länder zu arbeiten, in denen die Menschen um die Vierzig massenhaft Selbstmord begehen. Andere – das war vor allem während der Mitterand-Ära der Fall gewesen, der Epoche, in der die Geldgier unerhörte Ausmaße annahm – machten sich auf die Suche nach Finanzierungskapital und gründeten eine Firma, um das eine oder andere Molekül zu vermarkten; manche hatten übrigens in kurzer Zeit beträchtliche Reichtümer angehäuft und aus dem Wissen, das sie während der Jahre in der freien Forschung erworben hatten, hemmungslos Profit geschlagen. Aber Djerzinskis Beurlaubung ohne Vorhaben, ohne Ziel, ohne eine Spur von Rechtfertigung schien völlig unverständlich. Er war mit vierzig Jahren Institutsdirektor, hatte fünfzehn Wissenschaftler unter sich; er selbst unterstand – und das rein theoretisch – nur Desplechin. Sein Team erzielte ausgezeichnete Resultate, es stand im Ruf, eines der besten europäischen Teams zu sein. Also kurz, was war nicht in Ordnung? Desplechin fragte mit übertrieben dynamischer Stimme: »Haben Sie irgendwelche Pläne?« Dreißig Sekunden war es still, dann äußerte Djerzinski nüchtern: »Nachdenken.« Das fing schlecht an. Mit gezwungener Fröhlichkeit fragte Desplechin weiter: »Private Gründe?« Während er das ernste Gesicht mit den scharfen Zügen und den traurigen Augen betrachtete, das ihm zugewandt war, überkam ihn plötzlich tiefe Scham. Private Gründe, wieso? Er selbst hatte Djerzinski vor fünfzehn Jahren von der Universität Orsay an sein Institut geholt. Seine Wahl war, wie sich herausgestellt hatte, ausgezeichnet gewesen: Djerzinski war ein sehr genauer, gewissenhafter, einfallsreicher Forscher; er hatte eine beträchtliche Anzahl von Resultaten vorzuweisen. Wenn es dem CNRS gelungen war, in der Molekularbiologie innerhalb der europäischen Forschung seinen Rang zu behaupten, war es weitgehend ihm zu verdanken. Er hatte sämtliche Hoffnungen erfüllt, über alle Maßen.

»Natürlich haben Sie weiterhin Zugang zu unserer EDV«, sagte Desplechin zum Schluß. »Ihr Paßwort für die auf dem Server gespeicherten Resultate und für den Internet-Zugang des Instituts bleibt weiterhin bestehen; und das auf unbestimmte

Dauer. Wenn Sie sonst noch etwas benötigen, stehe ich Ihnen jederzeit zur Verfügung.«

Nachdem Djerzinski gegangen war, wandte sich Desplechin wieder zur Fensterwand. Er schwitzte leicht. Auf der Uferpromenade gegenüber zog ein junger dunkelhaariger Mann nordafrikanischen Typs seine Shorts aus. Es gab noch eine Reihe echter Probleme in der biologischen Grundlagenforschung. Die Biologen taten so, als seien die Moleküle getrennte materielle Elemente, die nur durch elektromagnetische Anziehung und Abstoßung miteinander verbunden waren; keiner von ihnen, davon war er überzeugt, hatte von dem EPR-Paradoxon und den Versuchen von Aspect gehört; keiner hatte sich je die Mühe gemacht, sich über die Fortschritte zu informieren, die seit Anfang des Jahrhunderts in der Physik gemacht worden waren; ihre Vorstellung vom Atom unterschied sich kaum von jener, die bereits Demokrit vertrat. Sie trugen aufwendige, sich wiederholende Daten zusammen, nur um sofort irgendwelche industriellen Anwendungen dafür zu finden, ohne sich je klar zu werden, daß die theoretische Basis ihres Ansatzes unterminiert war. Djerzinski und er selbst waren aufgrund ihrer ursprünglichen Studien als Physiker wahrscheinlich die einzigen im CNRS, die sich dessen bewußt waren: Sobald man wirklich die atomaren Grundlagen des Lebens untersuchen würde, würden die Fundamente der gegenwärtigen Biologie gesprengt werden. Desplechin sann über diese Fragen nach, während sich die Dunkelheit allmählich über die Seine legte. Er konnte sich absolut nicht vorstellen, welche Wege Djerzinski mit seinem Nachdenken beschreiten mochte; er fühlte sich nicht einmal in der Lage, mit ihm darüber zu sprechen. Er war beinahe sechzig; auf geistigem Gebiet fühlte er sich völlig ausgebrannt. Die Homosexuellen waren inzwischen verschwunden, die Uferpromenade war wie ausgestorben. Er konnte sich nicht mehr daran erinnern, wann er zum letztenmal eine Erektion gehabt hatte; er wartete auf das Gewitter.

3

Das Gewitter brach gegen einundzwanzig Uhr los. Djerzinski horchte auf den Regen, während er ab und zu einen Schluck billigen Armagnac trank. Er war vor kurzem vierzig geworden: war er etwa der *Midlife-crisis* zum Opfer gefallen? Aufgrund der verbesserten Lebensbedingungen sind die Menschen um die Vierzig heute topfit, ihre körperliche Verfassung ist ausgezeichnet; die ersten Anzeichen – sowohl was das Aussehen als auch die Reaktion der Organe auf körperliche Anstrengung betrifft –, die darauf hindeuten, daß eine Schwelle überschritten worden ist und die lange Talfahrt in Richtung Tod begonnen hat, machen sich meistens erst im Alter von etwa fünfundvierzig wenn nicht gar fünfzig Jahren bemerkbar. Darüber hinaus wird die berüchtigte Midlife-crisis oft mit sexuellen Phänomenen wie etwa der plötzlichen hektischen Jagd nach dem Körper ganz junger Mädchen in Verbindung gebracht. Was Djerzinski anging, waren diese Erwägungen jedoch unangebracht: Sein Schwanz diente ihm nur zum Pissen, und das war's.

Am nächsten Morgen stand er gegen sieben auf, nahm *Das Teil und das Ganze*, Werner Heisenbergs wissenschaftliche Autobiographie, aus dem Bücherregal und ging zu Fuß zum Champ-de-Mars. Die Morgenfrühe war klar und frisch. Er besaß dieses Buch, seit er siebzehn war. Er setzte sich unter eine Platane in der Allée Victor-Cousin und las den Abschnitt aus dem ersten Kapitel, in dem Heisenberg seine Studienzeit näher beschreibt und seine erste Begegnung mit der Atomtheorie schildert:

»Es mag etwa im Frühjahr 1920 gewesen sein. Der Ausgang des Ersten Weltkrieges hatte die Jugend unseres Landes in Unruhe und Bewegung versetzt. Die Zügel waren den Händen der zutiefst enttäuschten älteren Generation entglitten, und die jungen Menschen sammelten sich in Gruppen, kleineren und größeren Gemeinschaften, um sich einen neuen eigenen Weg zu suchen oder wenigstens einen neuen Kompaß zu finden, nach dem man sich richten konnte, da der alte zerbrochen schien. So war ich an einem hellen Frühlingstag mit einer Gruppe von vielleicht zehn oder zwanzig Kameraden unterwegs, die meisten von ihnen jünger als ich selbst, und die Wanderung führte, wenn ich mich recht erinnere, durch das Hügelland am Westufer des Starnberger Sees, der, wenn eine Lücke im leuchtenden Buchengrün den Blick freigab, links unter uns lag und beinahe bis zu den dahinter sichtbaren Bergen zu reichen schien. Auf diesem Weg ist es merkwürdigerweise zu jenem ersten Gespräch über die Welt der Atome gekommen, das mir in meiner späteren wissenschaftlichen Entwicklung viel bedeutet hat.«

Gegen elf nahm die Hitze erneut zu. Michel ging nach Hause und zog sich ganz aus, ehe er sich hinlegte. In den folgenden drei Wochen waren seine Tätigkeiten äußerst eingeschränkt. Man kann sich vorstellen, daß der Fisch, der ab und zu den Kopf aus dem Wasser streckt, um Luft zu schnappen, ein paar Sekunden lang eine Luftwelt sieht, die völlig anders – paradiesisch ist. Selbstverständlich muß er anschließend wieder in seine Algenwelt zurückkehren, in der die Fische sich gegenseitig verschlingen. Aber ein paar Sekunden lang konnte er eine andere Welt erahnen, eine vollkommene Welt – die unsere.

Am 15. Juli rief er Bruno abends an. Mit *Cool Jazz* untermalt, machte die Stimme seines Halbbruders eine Ansage, die auf subtile Weise ironisch war. Bruno war ganz sicher der *Midlife-crisis* zum Opfer gefallen. Er trug Ledermäntel, ließ sich einen Bart wachsen. Um zu zeigen, daß er das Leben kannte, drückte er sich wie eine Figur in einer zweitklassigen Krimiserie aus; er rauchte Zigarillos, trainierte seine Brustmuskeln. Was ihn selbst betraf, glaubte Michel allerdings überhaupt nicht an die Erklärung durch die Midlife-crisis. Ein Mann, der in diese Krise gerät, möchte nur leben, ein bißchen länger leben; er möchte nur eine kleine Zugabe. Die Wahrheit, ihn betreffend, bestand darin, daß er die Nase gestrichen voll hatte; er sah einfach keinen Grund mehr, weiterzumachen.

Am selben Abend fand er ein Foto wieder, das in der Grundschule in Charny aufgenommen worden war; und er begann zu weinen. Das Kind saß an seinem Pult und hielt ein geöffnetes Schulbuch in der Hand. Es lächelte und blickte den Betrachter voller Freude und Zuversicht an; und dieses Kind, das war das Unverständliche, war er. Das Kind machte seine Hausaufgaben, lernte seine Lektionen fleißig und ernst. Es betrat die Welt, entdeckte die Welt, und die Welt flößte ihm keine Angst ein; es war bereit, seinen Platz in der Gesellschaft der Menschen einzunehmen. All das konnte man im Blick des Kindes lesen. Es trug einen Kittel mit einem schmalen Kragen.

Mehrere Tage lang behielt Michel das Foto in Reichweite, neben der Nachttischlampe. Die Zeit ist ein banales Rätsel, und alles war in Ordnung, versuchte er sich zu sagen; der Blick erlöscht, Freude und Zuversicht verschwinden. Er lag auf seiner Bultex-Matratze und übte sich ohne Erfolg in der Impermanenz. Die Stirn des Kindes war von einer kleinen runden Vertiefung gezeichnet – eine Windpockennarbe; diese Narbe hatte die Jahre überdauert. Wo lag die Wahrheit? Die mittägliche Hitze erfüllte den Raum.

4

Martin Ceccaldi, der 1882 in einem korsischen Dorf als Sohn einer bäuerlichen Familie von Analphabeten zur Welt kam, schien für ein Leben als Bauer und Hirte bestimmt zu sein, ein Leben mit beschränktem Aktionsradius, wie es seine Vorfahren seit einer unbestimmten Zahl von Generationen geführt hatten. Es handelt sich um eine Lebensweise, die in unseren Breiten seit langem nicht mehr anzutreffen ist und deren umfassende Analyse daher nur von begrenztem Interesse ist; da jedoch manche radikalen Umweltschützer zeitweilig eine unverständliche Nostalgie für diese Lebensweise an den Tag legen, gebe ich hier der Vollständigkeit halber eine kurze synthetische Beschreibung eines solchen Daseins: Man hat die Natur und die frische Luft, man bestellt ein paar Äcker (deren Anzahl durch ein strenges Erbfolgesystem genau geregelt ist), ab und zu schießt man ein Wildschwein; man vögelt quer durch die Gemeinde und besonders seine Frau, die *Kinder* zur Welt bringt; man zieht besagte Kinder auf, damit sie ihren Platz in demselben Ökosystem einnehmen, man holt sich eine Krankheit, und dann ist Sense.

Das einzigartige Schicksal, das Martin Ceccaldi zuteil wurde, ist in Wirklichkeit völlig symptomatisch für die Rolle, die die staatliche, bekenntnisfreie Schule während der gesamten Dritten Republik als integratives Element für die französische Gesellschaft sowie für die Förderung des technologischen Fortschritts spielte. Sein Grundschullehrer erkannte sehr schnell, daß er einen außergewöhnlich begabten Schüler vor sich hatte, dessen Abstraktionsfähigkeit und formale Erfindungsgabe in dem begrenzten Milieu, dem er entstammte, kaum adäquate

Anwendung finden würden. Da er sich durchaus bewußt war, daß sich seine Rolle nicht darauf beschränkte, jedem künftigen Staatsbürger ein elementares geistiges Rüstzeug zu vermitteln, sondern daß er auch die Aufgabe hatte, die Eliteelemente zu entdecken, die berufen waren, sich in die Reihe der Führungskräfte der Republik einzugliedern, gelang es ihm, Martins Eltern davon zu überzeugen, daß das Schicksal ihres Sohnes zwangsläufig außerhalb Korsikas seine Erfüllung finden würde. 1894 kam der Junge daher, versehen mit einer Ausbildungsbeihilfe, als Internatsschüler in das Lycée Thiers in Marseille (das in Marcel Pagnols Kindheitserinnerungen schön beschrieben wird, einem Buch, das aufgrund der ausgezeichneten realistischen Rekonstruierung der Ideale, die eine Epoche begründen – exemplarisch verdeutlicht am Lebensweg eines begabten jungen Mannes aus sehr einfachen Verhältnissen – bis zum Schluß Martin Ceccaldis Lieblingslektüre sein sollte). 1902 bestand er die Aufnahmeprüfung für die Ecole Polytechnique und erfüllte somit gänzlich die Hoffnungen, die sein ehemaliger Grundschullehrer in ihn gesetzt hatte.

Im Jahr 1911 übernahm er einen Posten, der für seinen weiteren Lebensweg ausschlaggebend sein sollte. Er hatte den Auftrag, das gesamte algerische Territorium mit einem leistungsfähigen Wasserversorgungssystem zu versehen. Über fünfundzwanzig Jahre widmete er sich dieser Aufgabe, berechnete die Krümmung der Aquädukte und den Durchmesser der Rohrleitungen. 1923 heiratete er Geneviève July, Inhaberin eines Tabakwarengeschäfts, deren Familie, die ursprünglich aus dem Languedoc stammte, seit zwei Generationen in Algerien lebte. 1928 wurde ihnen ein Mädchen geboren: Janine.

Der Lebensbericht eines Menschen kann so lang oder kurz sein, wie man will. Die metaphysische oder tragische Variante, die sich letztlich auf die Angabe von Geburts- und Todesdaten beschränkt und traditionellerweise auf einem Grabstein zu finden ist, zeichnet sich natürlich durch ihre äußerste Kürze aus.

Was Martin Ceccaldi angeht, scheint es angebracht, eine historische und soziale Dimension anzuführen, um den Akzent weniger auf die individuellen Merkmale der betreffenden Person als vielmehr auf die Entwicklung der Gesellschaft zu legen, für die das Individuum ein symptomatisches Element darstellt. Die symptomatischen Individuen führen, da sie zum einen von der historischen Entwicklung ihrer Epoche getragen werden und sich darüber hinaus bewußt für sie entschieden haben, im allgemeinen ein einfaches, glückliches Dasein; der Bericht kann in solchen Fällen daher auf ein oder zwei Seiten beschränkt werden. Janine Ceccaldi gehörte jedoch in die schwer zu erfassende Kategorie der *Vorläufer*. Da die Vorläufer zum einen sehr stark der von der Mehrheit ihrer Zeitgenossen geführten Lebensweise angepaßt sind, zum anderen aber darum bemüht sind, diese Lebensweise »von oben her« zu überwinden, indem sie sich für neue Verhaltensweisen einsetzen oder zur Verbreitung von noch wenig bekannten Verhaltensweisen beitragen, erfordert ihre Beschreibung im allgemeinen etwas mehr Raum, insbesondere auch deshalb, weil ihr Lebensweg oft viel gewundener und verworrener ist. Sie spielen jedoch ausschließlich eine Rolle als Beschleuniger historischer Prozesse – im allgemeinen historischer Zersetzungsprozesse –, ohne jemals den Ereignissen eine neue Richtung geben zu können, denn diese Rolle ist den *Revolutionären* oder den *Propheten* vorbehalten.

Schon sehr früh ließ die Tochter von Martin und Geneviève Ceccaldi außergewöhnliche geistige Fähigkeiten erkennen, die mindestens ebenso ausgeprägt waren wie die ihres Vaters, zu denen sich noch die Anzeichen eines äußerst unabhängigen Charakters gesellten. Sie verlor ihre Unschuld im Alter von dreizehn (was zu ihrer Zeit und in ihrem Milieu sehr ungewöhnlich war), ehe sie ihre Kriegsjahre (die in Algerien eher ruhig verliefen) damit verbrachte, die wichtigsten Bälle zu besuchen, die an jedem Wochenende stattfanden – zunächst in Constantine und dann in Algier; und all das, nicht ohne in jedem Schuljahr, im Frühjahr wie im Herbst, eindrucksvolle Zeugnisse vorzuweisen. Mit einem glänzenden Abiturzeugnis in der Tasche und mit soliden sexuellen Erfahrungen gerüstet, verließ sie 1945 ihre Eltern, um in Paris Medizin zu studieren.

Die Jahre unmittelbar nach dem Krieg waren mühselig und stürmisch; der industrielle Produktionswert war auf dem Tiefpunkt, und die Lebensmittelrationierung wurde erst 1948 aufgehoben. Jedoch innerhalb einer kleinen betuchten Randgruppe der Gesellschaft tauchten schon die ersten Anzeichen eines unterhaltsamen Libidinal-Massenkonsums auf, der aus den USA kam und sich im Lauf der folgenden Jahrzehnte auf die gesamte Gesellschaft ausdehnen sollte. Während ihres Studiums an der medizinischen Fakultät in Paris konnte Janine Ceccaldi die »existentialistischen« Jahre aus nächster Nähe miterleben und hatte sogar die Gelegenheit, mit Jean-Paul Sartre im *Tabou* einen Bebop zu tanzen. Das Werk des Philosophen beeindruckte sie wenig, die Häßlichkeit des Mannes dagegen, die an Körperbehinderung grenzte, erstaunte sie zutiefst, so daß der Zwischenfall ohne Folgen blieb. Sie selbst, von ausgesprochen südländischem Typ, war sehr hübsch und hatte zahlreiche Liebesabenteuer, ehe sie 1952 Serge Clément begegnete, der damals gerade seinen Facharzt als Chirurg machte.

»Möchten Sie wissen, wie mein Vater aussah?« sagte Bruno viele Jahre später gern. »Nehmen Sie einen Affen, rüsten Sie ihn mit einem Mobiltelefon aus, dann haben Sie eine Vorstellung von dem Mann.« Damals verfügte Serge Clément natürlich noch nicht über ein Mobiltelefon; aber er war tatsächlich stark behaart. Kurz gesagt, er sah überhaupt nicht gut aus; aber es ging etwas ausgesprochen Männliches und Unkompliziertes von ihm aus, das die junge Assistenzärztin wohl betörte. Außerdem hatte er hochfliegende Pläne. Eine Reise in die USA hatte ihn davon überzeugt, daß die Schönheitschirurgie einem ehrgeizigen Arzt beträchtliche Zukunftsmöglichkeiten bot. Die allmähliche Ausweitung des Markts der Verführungsindustrie, die damit verbundene Auflösung der traditionellen Ehe, der zu erwartende wirtschaftliche Aufschwung Westeuropas: all das deutete übereinstimmend darauf hin, daß auf diesem Sektor ausgezeichnete Wachstumschancen zu erwarten waren, und es war Serge Cléments Verdienst, diese Situation als einer der ersten in Europa – und zweifellos als erster in Frankreich – erkannt zu haben; sein Problem bestand nur darin, daß ihm das nötige Startkapital für dieses Vorhaben fehlte. Martin Ceccaldi, der von der Unternehmungslust seines zukünftigen Schwiegersohns positiv beeindruckt war, erklärte sich dazu bereit, ihm Geld zu leihen, und 1953 konnte die erste Klinik in Neuilly eröffnet werden. Der Erfolg, der durch die Berichterstattung in den Frauenzeitschriften unterstützt wurde, die zu jener Zeit einen Boom erlebten, war tatsächlich überwältigend, und 1955 konnte eine weitere Klinik auf den Anhöhen von Cannes eröffnet werden.

Das Paar führte damals das, was man später eine »moderne Ehe« nennen sollte, und es war eher Janines Unaufmerksamkeit zuzuschreiben, daß sie ein Kind von ihrem Mann erwartete. Dennoch beschloß sie, das Kind zu behalten; die Mutterschaft, so meinte sie, gehörte zu den Erfahrungen, die eine Frau machen mußte; die Schwangerschaft stellte sich im übrigen als eine eher angenehme Zeit heraus, und Bruno wurde im März 1956 geboren. Die mühselige Pflege, die das Aufziehen eines kleinen Kindes erfordert, erschien dem Paar sehr bald unvereinbar mit ihrem Ideal der persönlichen Freiheit, und so wurde Bruno 1958 in gegenseitigem Einvernehmen zu seinen Großeltern mütterlicherseits nach Algier geschickt. Zu jenem Zeitpunkt war Janine erneut schwanger; doch diesmal war Marc Djerzinski der Vater.

Von entsetzlichem, an Hungersnot grenzenden Elend getrieben, verließ Lucien Djerzinski 1919 das Bergbaurevier von Kattowitz, wo er zwanzig Jahre zuvor geboren war, weil er hoffte, in Frankreich Arbeit zu finden. Er begann als Arbeiter bei der Eisenbahn, zunächst beim Bau und später bei der Instandhaltung der Gleise, und heiratete Marie Le Roux – die Tochter eines aus Burgund stammenden Tagelöhnerehepaars –, die selbst bei der Eisenbahn angestellt war. Er zeugte mit ihr vier Kinder, ehe er 1944 bei einem Bombenangriff der Alliierten umkam.

Marc, das dritte Kind, war beim Tod seines Vaters vierzehn. Er war ein kluger, fleißiger, ein wenig trauriger Junge. Dank eines Nachbarn erhielt er 1946 eine Lehrstelle als Beleuchter in den Filmstudios der Pathé in Joinville. Er erwies sich sogleich als sehr begabt für diese Arbeit: Ausgehend von ein paar kurzen Anweisungen bereitete er vor der Ankunft des Kameramanns ausgezeichnete Lichteinstellungen vor. Henri Alekan schätzte ihn sehr und wollte ihn zu seinem Assistenten machen, als er 1951 beschloß, zum O. R. T. F. zu gehen, das gerade seine ersten Sendungen ausstrahlte.

Als er Anfang 1957 Janine kennenlernte, machte er eine Fernsehreportage über die gesellschaftlichen Kreise in Saint-Tropez. Im Mittelpunkt seines Berichts stand Brigitte Bardot (*Und immer lockt das Weib* war 1956 herausgekommen und löste den Bardot-Mythos aus), doch seine Reportage nahm auch verschiedene Künstler- und Literatenkreise unter die Lupe, insbesondere jene Gruppe, die später die »Sagan-Clique« genannt wurde. Dieses Milieu, zu dem Janine trotz ihres Geldes keinen Zugang hatte, faszinierte sie, und sie scheint sich wirklich in Marc verliebt zu haben. Sie hatte sich in den Kopf gesetzt, er habe das Zeug zu einem großen Filmemacher, was vermutlich sogar zutraf. Er arbeitete unter Reportagebedingungen mit leichtem Beleuchtungsgerät, und einfach dadurch, daß er ein paar Gegenstände umstellte, gelangen ihm verstörende Szenen, die zugleich realistisch, unbewegt und von tiefer Hoffnungslosigkeit waren und in gewisser Weise an Edward Hoppers Bilder erinnerten. Er ließ über die Berühmtheiten, mit denen er zusammenkam, einen teilnahmslosen Blick schweifen und filmte Bardot oder Sagan mit der gleichen Wertschätzung, als habe er Tintenfische oder Flußkrebse vor sich. Er sprach mit niemandem, schloß sich niemandem an; er war wirklich faszinierend.

Janine ließ sich 1958 von ihrem Mann scheiden, kurz nachdem sie Bruno zu ihren Eltern geschickt hatte. Es war eine Scheidung in gegenseitigem Einverständnis und aus beiderseitigem Verschulden. Großzügig überließ ihr Serge seine Anteile an der Klinik in Cannes, die ihr ein beträchtliches Einkommen sicherten. Nachdem sie sich mit Marc in einer Villa in Sainte-Maxime niedergelassen hatte, änderte er nichts an seiner ungeselligen Lebensart. Sie drängte ihn, sich um seine Karriere als Filmemacher zu kümmern; er stimmte zu, unternahm aber nichts, und begnügte sich damit, auf das nächste Reportagethema zu warten. Wenn sie abends ein großes Essen gab, aß er meistens vorher allein in der Küche; anschließend verließ er das Haus und ging am Ufer spazieren. Kurz bevor sich die Gäste verabschiedeten, kehrte er zurück und entschuldigte sich damit, er habe noch den Schnitt eines Films beenden müssen. Die Geburt seines Sohns im Juni 1958 löste bei ihm eine offensichtliche Störung aus. Minutenlang starrte er das Kind an, das eine verblüffende Ähnlichkeit mit ihm besaß: das gleiche scharf geschnittene Gesicht mit hervorstehenden Backenknochen; die gleichen großen grünen Augen. Kurz danach begann Janine, ihn zu betrügen. Er litt vermutlich darunter, aber das ist schwer zu sagen, denn er sprach tatsächlich immer seltener. Er errichtete kleine Altäre aus Kieselsteinen, Zweigen und Krebspanzern; dann fotografierte er sie in flach einfallendem Licht.

Seine Reportage über Saint-Tropez hatte großen Erfolg in der Branche, aber er weigerte sich, den *Cahiers du cinéma* ein Interview zu geben. Sein Ansehen stieg noch, nachdem ein kurzer, äußerst bissiger Dokumentarfilm im Fernsehen gezeigt wurde, den er im Frühjahr 1959 über die Jugendzeitschrift *Salut les copains* und die Popmusikfans gedreht hatte. Der Spielfilm interessierte ihn überhaupt nicht, und zweimal lehnte er es ab, mit Godard zu arbeiten. Etwa zur gleichen Zeit begann Janine, mit

Amerikanern zu verkehren, die die Côte d'Azur besuchten. In den USA, in Kalifornien, war etwas grundlegend Neues im Entstehen begriffen. In Esalen, in der Nähe von Big Sur, wurden Kommunen gegründet, auf der Grundlage von sexueller Freiheit und dem Gebrauch psychedelischer Drogen, denen eine bewußtseinserweiternde Wirkung zugeschrieben wurde. Janine wurde die Geliebte von Francesco di Meola, einem Amerikaner italienischer Abstammung, der Ginsburg und Aldous Huxley kennengelernt hatte und zu den Gründern einer der Esalener Kommunen gehörte.

Im Januar 1960 fuhr Marc nach China, um eine Reportage über die kommunistische Gesellschaft neuer Prägung zu machen, die in der Volksrepublik im Aufbau begriffen war. Am Nachmittag des 23. Juni kehrte er nach Sainte-Maxime zurück. Es schien niemand im Haus zu sein. Doch ein splitternacktes, etwa fünfzehnjähriges Mädchen saß im Schneidersitz auf dem Wohnzimmerteppich. »*Gone to the beach* ...«, erwiderte sie auf seine Fragen, ehe sie wieder in Lethargie verfiel. In Janines Schlafzimmer lag ein großer, offensichtlich betrunkener bärtiger Mann quer auf dem Bett und schnarchte. Marc spitzte die Ohren; er vernahm jammernde oder röchelnde Laute.

Im Schlafzimmer im ersten Stock herrschte ein entsetzlicher Gestank; die Sonne, die durch die Fenster hereindrang, warf ein grelles Licht auf die schwarzweißen Fliesen. Sein Sohn kroch unbeholfen über die Steinplatten, rutschte ab und zu in einer Pfütze aus Urin oder Exkrementen aus. Er kniff die Augen zusammen und jammerte unablässig. Als er die menschliche Gegenwart spürte, versuchte er, die Flucht zu ergreifen. Marc nahm ihn in die Arme; völlig verängstigt zitterte das kleine Wesen in seinen Händen.

Marc ging wieder nach draußen; in einem Geschäft in der Nähe kaufte er einen Kindersitz. Er hinterließ Janine eine kurze Nachricht, stieg in den Wagen, schnallte das Kind auf dem Sitz fest und fuhr in Richtung Norden. Auf der Höhe von Valence bog er ins Zentralmassiv ab. Es wurde dunkel. Ab und zu warf er zwischen zwei Kurven einen Blick auf seinen Sohn, der auf der Rückbank döste; er spürte eine seltsame Rührung in sich.

Von diesem Tag an wurde Michel von seiner Großmutter aufgezogen, die, seit sie im Ruhestand war, wieder in ihre Heimat, ins Departement Yonne zurückgekehrt war. Kurz darauf ging seine Mutter nach Kalifornien, um in di Meolas Kommune zu leben. Michel sollte sie nicht vor seinem fünfzehnten Lebensjahr wiedersehen. Er sollte übrigens auch seinen Vater nicht mehr oft wiedersehen. 1964 fuhr dieser nach Tibet, das zu jener Zeit unter chinesischer Besatzung stand, um dort eine Reportage zu machen. In einem Brief an seine Mutter versicherte er, es gehe ihm gut, und berichtete begeistert von den Errungenschaften des tibetanischen Buddhismus, den China gewaltsam auszumerzen versuchte; dann traf keine Nachricht mehr von ihm ein. Ein Protestschreiben Frankreichs an die chinesische Regierung blieb wirkungslos, und obwohl seine Leiche nicht gefunden wurde, erklärte man ihn ein Jahr später offiziell für tot.

5

Im Sommer 1968 ist Michel zehn. Seit seinem zweiten Lebensjahr lebt er allein mit seiner Großmutter. Sie leben in Charny, im Departement Yonne, nahe der Grenze zum Departement Loiret. Er steht morgens früh auf, um das Frühstück für seine Großmutter zuzubereiten; er hat sich auf einem speziellen Zettel notiert, wie lange der Tee ziehen muß, wie viele Scheiben Brot nötig sind und andere Dinge.

Häufig bleibt er bis zum Mittagessen in seinem Zimmer. Er liest Jules Verne, *Pif der Hund* oder *Fünf Freunde*; aber am häufigsten vertieft er sich in seine Buchreihe *Das ganze Universum.* Darin geht es um die Festigkeitslehre, die Form der Wolken und den Tanz der Bienen. Und es ist die Rede vom Taj Mahal, dem Palast, den ein König vor sehr langer Zeit zu Ehren seiner verstorbenen Königin errichten ließ, von Sokrates' Tod oder der Erfindung der Geometrie vor dreitausend Jahren durch Euklid.

Nachmittags sitzt er im Garten. In kurzen Hosen, mit dem Rücken an den Kirschbaum gelehnt, spürt er die weiche Masse des Grases. Er spürt die Hitze der Sonne. Die Salatpflanzen nehmen die Hitze der Sonne in sich auf; sie nehmen auch Wasser in sich auf, und er weiß, daß er sie bei Einbruch der Dunkelheit gießen muß. Er liest weiter *Das ganze Universum* oder ein Buch aus der Reihe *Hundert Fragen zu*; er nimmt Wissen in sich auf.

Häufig fährt er auch mit dem Fahrrad durch die Gegend. Er tritt mit aller Kraft in die Pedale und füllt seine Lungen mit der Würze der Ewigkeit. Die Ewigkeit der Kindheit ist nur kurz, aber das weiß er noch nicht; die Landschaft gleitet vorüber.

In Charny gibt es nur noch ein Lebensmittelgeschäft; aber mittwochs kommt der Lieferwagen des Schlachters und freitags der des Fischhändlers; samstags kocht seine Großmutter oft Stockfisch in Sahnesoße zu Mittag. Michel verbringt jetzt seinen letzten Sommer in Charny, aber das weiß er noch nicht. Zu Beginn des Jahres hat seine Großmutter einen Schwächeanfall erlitten. Ihre beiden Töchter, die in einem Pariser Vorort leben, bemühen sich, in ihrer Nähe ein Haus für sie zu finden. Sie ist nicht mehr in der Lage, das ganze Jahr allein zu leben und sich um ihren Garten zu kümmern.

Michel spielt selten mit den Jungen in seinem Alter, versteht sich aber durchaus nicht schlecht mit ihnen. Er wird ein bißchen als Außenseiter betrachtet; er kommt sehr gut in der Schule zurecht, begreift alles ohne sichtliche Anstrengung. Seit jeher ist er der Beste in allen Fächern; selbstverständlich ist seine Großmutter stolz auf ihn. Doch er wird von seinen Klassenkameraden weder gehaßt noch schikaniert; er läßt sie bei den Klassenarbeiten wie selbstverständlich von sich abschreiben. Er wartet, bis sein Nachbar fertig ist, dann beginnt er eine neue Seite. Trotz seiner hervorragenden Leistungen sitzt er in der letzten Reihe. Die Verhältnisse im Reich der Kindheit sind unberechenbar.

6

An einem Sommernachmittag, als er noch im Departement Yonne lebte, ist Michel mit seiner Cousine Brigitte über die Wiesen gerannt. Brigitte war ein hübsches sechzehnjähriges, außerordentlich liebenswürdiges Mädchen, das einige Jahre später einen absoluten Vollidioten heiraten sollte. Es war im Sommer 1967. Sie nahm seine Hände und wirbelte ihn im Kreis um sich herum; dann ließen sie sich ins frisch gemähte Gras fallen. Er schmiegte sich an ihren warmen Busen; sie trug einen kurzen Rock. Am nächsten Tag waren sie mit kleinen roten Pickeln übersät, ein fürchterlicher Juckreiz überfiel sie am ganzen Körper. Der *Thrombidium holosericum*, auch Larve der Erntemilbe genannt, ist in den Wiesen im Sommer weit verbreitet. Sein Durchmesser beträgt etwa 2 Millimeter. Er besitzt einen kräftigen, fleischigen, stark gewölbten Leib von leuchtend roter Farbe. Er bohrt sein Rostrum in die Haut der Säugetiere und verursacht unerträgliche Reizungen. Die *Linguatulia rhinaria*, der Zungenwurm, lebt in den Nasen-, Stirn- oder Kieferhöhlen des Hundes und manchmal auch des Menschen. Der Embryo ist oval und besitzt einen Schwanzfortsatz; sein Mund verfügt über einen Bohrmechanismus. Zwei Paar Gliedmaßen (oder Klammerhaken) sind mit langen Klauen versehen. Das ausgewachsene Tier ist weiß, lanzettförmig und etwa 18 bis 85 Millimeter lang. Sein Körper ist flach, geringelt, durchsichtig und mit Chitinnadeln besetzt.

Im Dezember 1968 zog seine Großmutter ins Departement Seine-et-Marne, um in der Nähe ihrer Töchter zu sein. Michels Leben änderte sich dadurch anfangs nur wenig. Crécy-en-Brie liegt nur etwa fünfzig Kilometer von Paris entfernt, doch damals war es noch eine ländliche Gemeinde. Das Dorf ist hübsch und besteht aus alten Häusern; Corot hat dort ein paar Bilder gemalt. Ein Kanalsystem leitet Wasser aus dem Grand Morin ab, was Crécy in manchen Werbeprospekten den übertriebenen Beinamen »Venedig der Brie« eingebracht hat. Nur wenige Bewohner des Ortes arbeiten in Paris. Die meisten sind in kleinen ortsansässigen Unternehmen beschäftigt, sehr viele auch in Meaux.

Zwei Monate später kaufte seine Großmutter einen Fernsehapparat; im ersten Programm war gerade das Werbefernsehen aufgenommen worden. In den frühen Morgenstunden des 21. Juli 1969 konnte er in einer Direktübertragung die ersten Schritte des Menschen auf dem Mond verfolgen. Sechshundert Millionen Fernsehzuschauer, über den ganzen Erdball verteilt, wurden im gleichen Augenblick Zeuge dieses Schauspiels. Die wenigen Stunden, die diese Übertragung dauerte, waren vermutlich der Höhepunkt der ersten Periode des technologischen Traums der westlichen Welt.

Obwohl er mitten im Schuljahr ankam, gewöhnte er sich auf der Oberschule in Crécy-en-Brie gut ein und wurde ohne Schwierigkeiten in die achte Klasse versetzt. Jeden Donnerstag kaufte er *Pif*, eine Jugendzeitschrift, die gerade in neuer Aufmachung erschien. Im Gegensatz zu vielen Lesern kaufte er sie nicht in erster Linie wegen des Gimmicks, sondern wegen der vollständigen Abenteuerberichte. Vor dem Hintergrund erstaunlich vieler Epochen und Schauplätze führten diese Berichte ein paar einfache und tiefgründige moralische Werte vor Augen. Ragnar der Wikinger, Teddy Ted und der Apache, Rahan, der »Sohn wilder Zeiten«, Nasdine Hodja, der Wesire und Kalifen überlistete: sie alle hätten als Vertreter derselben Ethik dienen können. Michel wurde sich dieser Werte nach und nach bewußt und sollte für immer von ihnen geprägt bleiben. Die Lektüre von Nietzsche rief nur eine vorübergehende Verärgerung in ihm hervor, die Lektüre von Kant bestätigte nur das, was er bereits wußte. Die reine Moral ist einzig und universell. Sie erfährt im Laufe der Zeit keinerlei Veränderung und auch keinerlei Erweiterung. Sie hängt von keinem historischen, wirtschaftlichen, soziologischen oder kulturellen Faktor ab; sie hängt absolut von gar nichts ab. Sie ist nicht determiniert, aber sie determiniert. Sie ist nicht bedingt, aber sie bedingt. Mit anderen Worten, sie ist etwas Absolutes.

Eine Moral, die sich in der Praxis beobachten läßt, ist immer das Ergebnis einer variablen Mischung aus Elementen reiner Moral und anderen Elementen mehr oder weniger unbekannter, zumeist religiöser Herkunft. Je höher der Anteil an Elementen reiner Moral ist, desto länger und glücklicher verläuft die Existenz der Gesellschaft, die Träger dieser betreffenden Moral ist. Im Extremfall ließe sich behaupten, daß eine Gesellschaft, die von den reinen Prinzipien der universellen Moral geleitet wird, ebenso lange besteht wie die Welt.

Michel bewunderte alle Helden aus *Pif*, doch seine Lieblingsfigur war ohne Zweifel Schwarzer Wolf, der einsame Indianer, eine edle Synthese aus den Eigenschaften der Apachen, der Sioux und der Cheyennes. Schwarzer Wolf durchkreuzte in Begleitung seines Pferdes Shinook und seines Wolfs Toopee endlos die Prärie. Er handelte nicht nur, wenn er etwa ohne zu zögern den Schwächsten zu Hilfe eilte, sondern kommentierte auch ständig seine eigenen Handlungen auf der Grundlage eines transzendierenden ethischen Kriteriums, das manchmal durch verschiedene Sprichwörter der Dakota- oder Cree-Indianer poetisiert oder manchmal etwas nüchterner mit einem Hinweis auf das »Gesetz der Prärie« zum Ausdruck gebracht wurde. Noch Jahre später sollte Michel ihn als den Idealtypus des kantischen Helden betrachten, der immer so handelte, »als ob er durch seine Maximen jederzeit ein gesetzgebendes Glied im allgemeinen Reiche der Zwecke wäre.« Manche Episoden, wie etwa *Das Lederarmband* mit der ergreifenden Figur des alten Cheyenne-Häuptlings, der auf der Suche nach den Sternen war, gingen folglich über den etwas begrenzten Rahmen des Abenteuerberichts hinaus und waren von einer rein poetischen und moralischen Atmosphäre durchdrungen.

Das Fernsehen interessierte ihn weniger. Er verfolgte jedoch mit klopfendem Herzen die wöchentliche Sendung *Das Leben der Tiere.* Die Gazellen und die Damhirsche, anmutige Säugetiere, verbrachten ihre Tage in Angst und Schrecken. Die Löwen und die Panther lebten in einem Zustand stumpfsinniger Lethargie, der durch momentane Ausbrüche von Grausamkeit unterbrochen wurde. Sie töteten, zerfleischten und verschlangen die schwächsten Tiere, die alt oder krank waren; dann verfielen sie wieder in einen Dämmerzustand, der nur durch die Angriffe der Parasiten belebt wurde, die sie von innen verschlangen. Manche Parasiten wurden selbst von noch kleineren Parasiten angegriffen; und letztere waren ihrerseits ein fruchtbarer Nährboden für die Viren. Die Echsen und Schlangen glitten zwischen den Bäumen hindurch und bohrten ihre Giftzähne in Vögel und Säugetiere; es sei denn, sie wurden plötzlich vom Schnabel eines Raubvogels zerstückelt. Claude Dargets dümmliche, theatralische Stimme kommentierte diese furchtbaren Bilder mit einem Ausdruck nicht zu rechtfertigender Bewunderung. Michel bebte vor Empörung und spürte auch dabei, wie in ihm eine unerschütterliche Überzeugung heranreifte: Im ganzen gesehen war die ungezähmte Natur nichts anderes als eine ekelhafte Schweinerei; im ganzen gesehen rechtfertigte die ungezähmte Natur eine totale Zerstörung, einen universellen Holocaust – und die Aufgabe des Menschen auf der Erde bestand vermutlich darin, diesen Holocaust durchzuführen.

Im April 1970 erschien *Pif* mit einer Gratisbeilage, die berühmt bleiben sollte: *Pulver des Lebens.* Jedes Heft enthielt ein Tütchen mit den Eiern eines winzigen Salzwasserkrebstieres, der *Artemia salina.* Seit mehreren tausend Jahren führten diese Organismen ein Dasein, das dem Scheintod glich. Die Prozedur, um sie zum Leben zu erwecken, war ziemlich kompliziert: Man mußte etwas Wasser drei Tage lang stehen lassen, es erwärmen, den Inhalt des Tütchens hinzugeben und leicht schütteln. An den folgenden Tagen mußte man das Gefäß in der Nähe einer Licht- und Wärmequelle aufbewahren; regelmäßig Wasser mit der richtigen Temperatur nachfüllen, um die Verdunstung auszugleichen; die Mischung vorsichtig umrühren, um sie mit Sauerstoff anzureichern. Ein paar Wochen später wimmelte das Glas von unzähligen, fast durchsichtigen kleinen Krebsen, die ehrlich gesagt etwas ekelhaft waren. Da Michel nicht wußte, was er damit anfangen sollte, schüttete er das Ganze schließlich in den Grand Morin.

Im selben Heft enthüllte der zwanzigseitige, abgeschlossene Abenteuerbericht Einzelheiten über Rahans Jugend und die Umstände, die ihn in die Situation des einsamen Helden inmitten vorgeschichtlicher Zeiten gebracht hatten. Als er noch ein Kind war, war seine Sippe durch einen Vulkanausbruch dezimiert worden. Sein Vater, Craô der Weise, hatte ihm, kurz bevor er starb, nur noch ein Halsband mit drei Krallen hinterlassen können. Jede dieser Krallen stellte eine Tugend »derer, die aufrecht gehen« dar, der Menschen. Es gab die Kralle der Ehrenhaftigkeit und die Kralle des Muts; und die wichtigste von allen, die Kralle der Güte. Seit jenem Tag trug Rahan dieses Halsband und versuchte, sich dessen, was es darstellte, würdig zu zeigen.

Das Haus in Crécy hatte einen schmalen, langen Garten mit einem Kirschbaum, der nicht ganz so groß war wie der im Garten im Departement Yonne. Er las immer noch *Das ganze Universum* und *Hundert Fragen zu*. Zu seinem zwölften Geburtstag schenkte ihm seine Großmutter den Experimentierkasten *Der kleine Chemiker*. Die Chemie war viel spannender als die Mechanik oder die Elektrizitätslehre; sie war rätselhafter, vielseitiger. Die Chemikalien, die in kleine Dosen abgefüllt waren, hatten unterschiedliche Farben, Formen und Texturen, wie Essenzen, die für immer getrennt waren. Und dennoch brauchte man sie nur zusammenzubringen, und schon reagierten sie heftig, gingen blitzschnell völlig neue Verbindungen ein.

Als Michel an einem Nachmittag im Juli im Garten las, wurde ihm plötzlich klar, daß die chemischen Grundlagen des Lebens ganz anders hätten sein können. Die Rolle, die Kohlenstoff, Sauerstoff und Stickstoff in den Molekülen der Lebewesen spielten, hätte auch von anderen Molekülen eingenommen werden können, die die gleiche Wertigkeit, aber ein höheres Atomgewicht besaßen. Auf einem anderen Planeten mit anderen Temperatur- und Druckverhältnissen hätten Silizium, Schwefel und Phosphor die Moleküle des Lebens sein können; oder Germanium, Selen und Arsen; oder auch Zinn, Tellur und Antimon. Es gab niemanden, mit dem er ernsthaft über diese Dinge hätte diskutieren können: Auf seine Bitte hin kaufte ihm seine Großmutter mehrere Bücher über Biochemie.

7

Brunos erste Erinnerung stammte aus seinem vierten Lebensjahr; es war die Erinnerung an eine Demütigung. Er ging damals in den Kindergarten im Parc Laperlier in Algier. An einem Herbstnachmittag hatte die Kindergärtnerin den Jungen erklärt, wie man aus Blättern Girlanden herstellt. Die kleinen Mädchen saßen wartend am Fuß einer Anhöhe und stellten bereits die ersten Anzeichen einer dummen weiblichen Ergebenheit zur Schau; die meisten von ihnen trugen weiße Kleider. Der Boden war mit goldgelben Blättern übersät; es gab vor allem Kastanien und Platanen. Seine Kameraden wurden einer nach dem anderen mit ihrer Girlande fertig und standen auf, um sie ihrer kleinen Liebsten um den Hals zu legen. Er kam nicht voran, die Blätter zerbröselten, alles ging in seinen Händen kaputt. Wie sollte er ihnen erklären, daß er Liebe brauchte? Wie sollte er ihnen das ohne die Blättergirlande erklären? Er begann vor Wut zu weinen; die Kindergärtnerin kam ihm nicht zu Hilfe. Es war bereits zu spät, die Kinder standen auf, um den Park zu verlassen. Kurz darauf wurde der Kindergarten geschlossen.

Seine Großeltern hatten eine schöne Wohnung am Boulevard Edgar-Quinet. Die Bürgerhäuser im Zentrum von Algier waren nach dem Modell der Pariser Wohnhäuser aus der Haussmannzeit errichtet. Ein zwanzig Meter langer Flur zog sich durch die ganze Wohnung und führte zu einem Wohnzimmer, von dessen Balkon man die ganze weiße Stadt überblicken konnte. Viele Jahre später, als er Anfang Vierzig war, verbittert und vom Leben enttäuscht, sollte das Bild wieder vor seinen Augen stehen, wie er sich als Vierjähriger auf seinem Dreirad abmühte und, so schnell er konnte, durch den dunklen Flur bis zu der hellen Öffnung des Balkons fuhr. Das waren vermutlich die Augenblicke, in denen er sein größtes irdisches Glück erlebt hatte.

1961 starb sein Großvater. In unserem Klima zieht der Kadaver eines Säugetiers oder eines Vogels zunächst gewisse Fliegen (*Musca, Curtonevra*) an; sobald die Verwesung einsetzt, kommen augenblicklich andere Arten ins Spiel, insbesondere die *Calliphora* und die *Lucilia*. Unter der gemeinsamen Einwirkung von Bakterien und Verdauungssäften, die von den Larven ausgeschieden werden, verflüssigt sich der Kadaver mehr oder weniger, und durch Vergärung und Zersetzung wird Ammoniak und Buttersäure produziert. Nach drei Monaten haben die Fliegen ihr Werk vollendet und werden durch ein Heer von Käfern der Gattung *Dermestes* und den Schmetterling *Aglossa pinguinalis* ersetzt, die sich vor allem von den Fetten ernähren. Die im Gärungsprozeß befindlichen Eiweißstoffe werden von den Larven der *Piophila petasionis* und den Käfern der Gattung *Corynetes* verwertet. Der verweste Kadaver, der noch etwas Feuchtigkeit enthält, wird anschließend zum Revier der Milben, die dessen letzte Jauche aufsaugen. Aber auch wenn er ausgetrocknet und mumifiziert ist, beherbergt er noch Nutznießer: die Larven der Pelzkäfer und Kabinettkäfer, die Raupen der *Aglossa cuprealis* und der *Tineola bisellelia*. Sie vollenden den Zyklus.

Bruno sah den schönen, tiefschwarzen, mit einem silbernen Kreuz verzierten Sarg seines Großvaters wieder vor sich. Es war ein beruhigendes, ja beglückendes Bild; sein Großvater dürfte sich in so einem herrlichen Sarg bestimmt wohl fühlen. Später sollte Bruno von der Existenz der Milben und all dieser Larven mit den Namen italienischer Starlets erfahren. Doch auch heute noch blieb das Bild vom Sarg seines Großvaters ein beglückendes Bild.

Er sah seine Großmutter wieder vor sich, wie sie am Tag ihrer Ankunft in Marseille auf einer Kiste mitten in der mit Fliesen ausgelegten Küche saß. Kakerlaken liefen zwischen den Steinplatten umher. An jenem Tag hatte ihr Verstand vermutlich einen Knacks bekommen. Innerhalb weniger Wochen hatte sie den Todeskampf ihres Mannes, die überstürzte Abreise aus Algerien und die Schwierigkeiten, in Marseille eine Wohnung zu finden, miterlebt. Es war eine schmutzige Siedlung im Nordosten der Stadt. Sie war noch nie zuvor in Frankreich gewesen. Und ihre Tochter hatte sie im Stich gelassen, sie war nicht zur Beerdigung ihres Vaters gekommen. Da mußte sich ein Fehler eingeschlichen haben. Irgendwo mußte ein Fehler begangen worden sein.

Sie kam wieder auf die Beine und blieb noch fünf Jahre am Leben. Sie kaufte sich Möbel, stellte für Bruno ein Bett ins Eßzimmer, meldete ihn in der Grundschule des Viertels an. Jeden Abend holte sie ihn ab. Er schämte sich, wenn er diese kleine, verhutzelte, gebrochene alte Frau sah, die ihn an die Hand nahm. Die anderen hatten Eltern; Scheidungskinder waren noch selten.

Nachts ließ sie unaufhörlich die Etappen ihres Lebens wieder an sich vorüberziehen. Die Decke der Wohnung war niedrig, im Sommer herrschte eine erstickende Hitze. Im allgemeinen fand sie erst kurz vor Tagesanbruch Schlaf. Sie verbrachte den ganzen Tag in Pantoffeln in der Wohnung, hielt Selbstgespräche, ohne es zu merken, wiederholte manchmal fünfzigmal nacheinander dieselben Sätze. Der Gedanke an ihre Tochter ließ ihr keine Ruhe. »Sie ist nicht zur Beerdigung ihres Vaters gekommen ...« Sie ging von einem Zimmer ins andere, hielt manchmal einen Scheuerlappen oder einen Topf in der Hand, deren Verwendungszweck sie vergessen hatte. »Beerdigung ihres Vaters gekommen ... Beerdigung ihres Vaters gekommen ...« Ihre Pantoffeln glitten mit schlurfendem Geräusch über die Fliesen. Bruno rollte sich verstört in seinem Bett zusammen; ihm wurde klar, daß das alles ein schlimmes Ende nehmen würde. Manchmal begann sie bereits damit am frühen Morgen, im Morgenrock und mit Lockenwicklern. »Algerien ist Frankreich ...«, und dann setzte das Schlurfen ein. Sie ging zwischen den beiden Zimmern hin und her, während ihr Blick unverwandt auf einen unsichtbaren Punkt gerichtet war. »Frankreich ... Frankreich ...« wiederholte ihre Stimme, die allmählich leiser wurde.

Sie war immer eine gute Köchin gewesen, das war ihre letzte Freude. Sie bereitete die köstlichsten Gerichte für Bruno zu, als erwarte sie zehn Personen zum Essen. Eingelegte Paprika, Anchovis, Kartoffelsalat: Manchmal gab es fünf verschiedene Vorspeisen vor dem Hauptgericht – gefüllte Zucchini, Kaninchen mit Oliven, manchmal Couscous. Nur im Backen war sie nicht sehr gut; aber an den Tagen, an denen sie ihre Rente ausgezahlt bekam, brachte sie türkischen Honig, Maronencreme oder gebrannte Mandeln mit. Bruno wurde nach und nach ein dickes furchtsames Kind. Sie selbst aß fast nichts. Sonntag morgens stand sie etwas später auf; er schlüpfte in ihr Bett und schmiegte sich an ihren abgemagerten Körper. Manchmal stellte er sich vor, er wäre mit einem Messer bewaffnet und stände nachts auf, um ihr das Messer mitten ins Herz zu stechen; anschließend sah er sich, wie er weinend und völlig gebrochen vor ihrem Leichnam stand; er stellte sich vor, daß er wenig später sterben würde.

Ende 1966 erhielt sie einen Brief von ihrer Tochter, die ihre Adresse von Brunos Vater bekommen hatte – sie schrieben sich jedes Jahr zu Weihnachten. Janine drückte keinerlei ernstliches Bedauern über die Ereignisse der jüngsten Vergangenheit aus, die sie nur mit folgenden Worten erwähnte: »Ich habe erfahren, daß Papa gestorben ist und Du umgezogen bist.« Sie kündigte im übrigen an, daß sie Kalifornien verlassen werde, um sich wieder in Südfrankreich niederzulassen; sie gab keine Adresse an.

An einem Märzmorgen im Jahr 1967 stieß die alte Frau beim Zubereiten von frittierten Zucchini einen Topf mit siedendheißem Öl um. Sie hatte gerade noch die Kraft, den Hausflur zu erreichen, und ihr Geschrei alarmierte die Nachbarn. Als Bruno abends aus der Schule kam, sah er Madame Haouzi, die eine Etage über ihnen wohnte; sie nahm ihn direkt ins Krankenhaus mit. Er durfte seine Großmutter ein paar Minuten lang sehen; ihre Wunden waren durch die Bettücher verhüllt. Man hatte ihr viel Morphium gegeben; dennoch erkannte sie Bruno, ergriff seine Hand; dann führte man das Kind fort. In der Nacht versagte ihr Herz.

Zum zweitenmal war Bruno mit dem Tod konfrontiert; zum zweitenmal entging ihm der Sinn des Ereignisses beinah vollends. Noch Jahre später, wenn er einen Französischaufsatz oder eine gelungene Geschichtsarbeit zurückbekam, nahm er sich vor, seiner Großmutter davon zu erzählen. Gleich darauf sagte er sich natürlich, daß sie tot war; aber das war ein flüchtiger Gedanke, der ihr Gespräch nicht wirklich unterbrach. Als er seine *agrégation* in Neuphilologie bestand, sprach er lange mit ihr über seine Noten; zu jener Zeit glaubte er allerdings nur noch sporadisch daran. Bei dieser Gelegenheit hatte er zwei Dosen Maronencreme gekauft; das war ihre letzte lange Unterhaltung. Als das Studium zu Ende war und er seine erste Stelle als Lehrer antrat, stellte er fest, daß er sich verändert hatte und nicht mehr richtig mit ihr in Kontakt treten konnte; das Bild seiner Großmutter verschwand allmählich hinter der Wand.

Am Tag nach der Beerdigung fand eine seltsame Begebenheit statt. Sein Vater und seine Mutter, die er beide zum erstenmal sah, unterhielten sich darüber, was sie mit ihm anfangen sollten. Sie befanden sich im großen Zimmer der Wohnung in Marseille; Bruno saß auf seinem Bett und hörte ihnen zu. Es ist immer eigenartig, wenn man hört, wie andere über einen selbst sprechen, vor allem, wenn sie zu vergessen scheinen, daß man da ist. Man kann dazu neigen, es selbst zu vergessen, das ist nicht unangenehm. Kurz gesagt, er fühlte sich nicht unmittelbar betroffen. Dabei sollte diese Unterhaltung eine entscheidende Rolle in seinem Leben spielen, und später rief er sie sich oft wieder ins Gedächtnis zurück, ohne daß es ihm übrigens je gelang, wirklich etwas dabei zu empfinden. Es gelang ihm nicht, eine direkte Beziehung herzustellen, eine körperliche Beziehung zwischen sich und diesen beiden Erwachsenen, die ihn an jenem Tag im Eßzimmer vor allem durch ihre Größe und ihr jugendliches Aussehen überrascht hatten. Bruno würde im September in die siebte Klasse kommen, und es wurde beschlossen, daß man ein Internat für ihn finden müsse und sein Vater ihn an den Wochenenden zu sich nach Paris nehmen würde. Seine Mutter würde versuchen, ihn ab und zu in den Ferien aufzunehmen. Bruno hatte nichts dagegen einzuwenden; diese beiden Personen schienen ihm nicht direkt feindselig gesinnt. Das richtige Leben war sowieso das Leben mit seiner Großmutter gewesen.

8

DAS OMEGA-TIER

Bruno lehnt sich gegen den Waschtisch. Er hat seine Schlafanzugjacke ausgezogen. Die Falten seines kleinen weißen Bauchs sind gegen das Porzellan des Waschtischs gepreßt. Er ist elf. Er will sich die Zähne putzen, wie jeden Abend; er hofft, daß er sich waschen kann, ohne daß es einen Zwischenfall gibt. Doch da nähert sich Wilmart, anfangs noch allein, und stößt Bruno gegen die Schulter. Zitternd vor Angst weicht Bruno zurück; er weiß ziemlich genau, was anschließend geschehen wird. »Laßt mich in Ruhe ...«, sagt er leise.

Jetzt nähert sich auch Pelé. Er ist klein, stämmig und außerordentlich stark. Er versetzt Bruno eine heftige Ohrfeige, so daß dieser zu weinen beginnt. Dann werfen sie ihn zu Boden, packen ihn an den Füßen und schleifen ihn fort. In der Nähe der Toiletten reißen sie ihm die Schlafanzughose vom Leib. Sein Glied ist klein, kindlich und noch unbehaart. Zu zweit halten sie ihn an den Haaren fest und zwingen ihn, den Mund zu öffnen. Pelé fährt ihm mit einer Klobürste über das Gesicht. Bruno spürt den Geschmack der Scheiße. Er brüllt.

Brasseur schließt sich den anderen an; er ist vierzehn, er ist der älteste Schüler der siebten Klasse. Er holt seinen Schwanz raus, der Bruno dick und riesig vorkommt. Er stellt sich senkrecht über ihn und pißt ihm ins Gesicht. Am Vortag hat er Bruno gezwungen, ihn zu lutschen und den Arsch zu lecken; aber heute abend hat er keine Lust dazu. »Clément, dein Pimmel ist kahl«, sagt er spöttisch, »da muß man nachhelfen, damit die Haare wachsen ...« Auf ein Zeichen hin seifen die anderen sein Glied mit Rasierschaum ein. Brasseur klappt ein Rasiermesser auf, nähert sich mit der Klinge. Bruno scheißt vor Angst auf den Boden.

Eines Nachts im Mai 1968 hatte ihn ein Erzieher gefunden, wie er nackt und mit Scheiße bedeckt in den Klos hinten im Hof zusammengerollt lag. Er hatte ihm einen Schlafanzug übergezogen und ihn zu Cohen mitgenommen, dem leitenden Erzieher. Bruno hatte Angst, man würde ihn zur Rede stellen; er fürchtete, er müsse den Namen von Brasseur nennen. Aber Cohen hatte ihn, obwohl er mitten in der Nacht aus dem Schlaf gerissen worden war, sehr sanft behandelt. Im Gegensatz zu den Erziehern, die ihm unterstanden, siezte er die Schüler. Es war sein drittes Internat, und es war nicht das strengste; er wußte, daß die Opfer sich fast immer weigern, ihre Peiniger zu verraten. Das einzige, was er tun konnte, war den Erzieher zu maßregeln, der für den Schlafsaal der siebten Klasse verantwortlich war. Die meisten Kinder hier waren von ihren Eltern im Stich gelassen worden, er stellte für sie die einzige Autorität dar. Er müßte sie strenger überwachen lassen und vor der Tat eingreifen, aber das war nicht möglich, es gab nur fünf Erzieher für zweihundert Schüler. Als Bruno fort war, kochte er sich einen Kaffee und blätterte die Personalakte der Schüler der siebten Klasse durch. Er verdächtigte Pelé und Brasseur, hatte aber keinerlei Beweise. Wenn es ihm gelang, sie zu erwischen, war er entschlossen, sie notfalls von der Schule zu verweisen; schon wenige gewalttätige, rohe Elemente reichten aus, um die anderen zu brutalen Handlungen zu verleiten. Die meisten Jungen, vor allem, wenn sie eine Bande bilden, legten es darauf an, die schwächsten Wesen zu demütigen und zu quälen. Besonders zu Beginn der Jugend erreicht ihre Grausamkeit unerhörte Ausmaße. Er machte sich keine Illusionen über das Verhalten des Menschen, wenn dieser nicht mehr der Kontrolle des Gesetzes unterliegt. Seit seiner Ankunft im Internat in Meaux war es ihm gelungen, sich Respekt zu verschaffen. Ohne diesen letzten Schutzwall des Gesetzes, den er darstellte, würden die Mißhandlungen, die Jungen wie Bruno zugefügt wurden, keine Grenzen mehr kennen, das wußte er.

Bruno blieb sitzen und wiederholte erleichtert die siebte Klasse. Pelé, Brasseur und Wilmart kamen in die achte Klasse und würden in einem anderen Schlafsaal sein. Leider wurde aufgrund von Weisungen aus dem Ministerium, die 1968 im Anschluß an die Mai-Unruhen herausgegeben worden waren, beschlossen, die Zahl der Stellen für die Erzieher in den Internaten zu reduzieren und ein System der Selbstdisziplin einzuführen; die Maßnahme entsprach dem Geist der Zeit und hatte außerdem den Vorteil, die Lohnkosten zu senken. Es wurde leichter, von einem Schlafsaal in den anderen zu schleichen; die Schüler der achten Klasse gewöhnten sich an, mindestens einmal in der Woche bei den Kleineren eine Razzia zu veranstalten; sie kehrten mit einem, manchmal zwei Opfern in ihren Schlafsaal zurück, und dann begann die Tortur. Gegen Ende Dezember sprang Jean-Michel Kempf, ein schmächtiger, furchtsamer Junge, der zu Beginn des Schuljahres in das Internat gekommen war, aus dem Fenster, um seinen Folterknechten zu entkommen. Der Sturz hätte tödlich ausgehen können, der Junge hatte jedoch das Glück, mit zahlreichen Knochenbrüchen davonzukommen. Er hatte eine schwere Knöchelverletzung, und die Ärzte hatten Mühe, das zersplitterte Gelenk zusammenzuflikken; es sollte sich herausstellen, daß er zum Krüppel wurde. Cohen führte eine allgemeine Vernehmung durch, die seine Vermutungen bestärkte; obwohl Pelé alles abstritt, erhielt er einen dreitägigen Schulverweis. Die Tiergesellschaften funktionieren praktisch alle nach dem Dominanz-System, das auf der jeweiligen physischen Stärke ihrer Mitglieder basiert. Dieses System zeichnet sich durch eine strenge Hierarchiebildung aus: das stärkste Männchen der Gruppe wird das *Alpha-Tier* genannt; ihm folgt das zweitstärkste, das *Beta-Tier*, und so geht es weiter bis zu jenem Tier, das in der Rangordnung den niedrigsten Platz einnimmt und *Omega-Tier* genannt wird. Die Rangfolge wird im allgemeinen durch Kampfrituale bestimmt; die Tiere niederen Ranges versuchen, ihren Status zu verbessern, indem sie Tiere höheren Ranges herausfordern, denn sie wissen, daß sie im Falle eines Siegs ihre Position verbessern. Ein hoher Rang bringt gewisse Vorrechte mit sich: als erster Nahrung aufzunehmen, mit den Weibchen der Gruppe zu kopulieren. Das schwächste Tier jedoch besitzt im allgemeinen die Möglichkeit, den Kampf zu vermeiden, indem es eine *Demutsstellung* (eine kauernde Haltung, Präsentation des Anus) einnimmt. Bruno befand sich in einer ungünstigeren Lage. Die Brutalität und das Dominanzverhalten, die in den Tiergesellschaften allgemein verbreitet sind, wird schon beim Schimpansen (*Pan troglodytes*) von grausamen Willkürakten dem schwächsten Tier gegenüber begleitet. Dieses Verhalten erreicht seinen Höhepunkt bei den primitiven menschlichen Gesellschaften, und innerhalb der höher entwickelten Gesellschaften beim Kind und beim jungen Heranwachsenden. Später kommt das *Mitleid* beziehungsweise die Identifikation mit dem Leiden des anderen auf; dieses Mitleid wird sehr bald im Rahmen des *moralischen Gesetzes* systematisiert. Im Internat in Meaux repräsentierte Jean Cohen das moralische Gesetz, und er hatte nicht die geringste Absicht, davon abzuweichen. Er erachtete den Gebrauch, den die Nazis von Nietzsches Gedankengut gemacht hatten, für durchaus legitim: In seinen Augen führte Nietzsches Gedankengut, dadurch daß es das Mitgefühl negierte, sich über die moralischen Gesetze erhob und den Willen und das Reich des Willens begründete, auf natürliche Weise zum Nazismus. Aufgrund seiner Dienstjahre und seines akademischen Grads hätte er zum Internatsleiter ernannt werden können; doch er begnügte sich freiwillig mit der Stelle des leitenden Erziehers. Er schrieb mehrere Briefe an die Schulbehörde, um sich über die Stellenreduzierung für die Erzieher in den Internaten zu beschweren; diese Briefe blieben ohne Folgen. In einem Zoo verhält sich ein männliches Känguruh (*Macropodidae*) oft so, als sei die aufrechte Körperhaltung seines Wärters eine Herausforderung zum Kampf. Die Aggressionen des Känguruhs können dadurch besänftigt werden, daß der Wärter eine gebeugte Haltung einnimmt, die für friedliche Känguruhs charakteristisch ist. Jean Cohen hatte nicht die geringste Lust, sich in ein friedliches Känguruh zu verwandeln. Michel Brasseurs Bösartigkeit, ein normales Entwicklungsstadium des bereits bei nicht so hochentwickelten Tieren vorhandenen Egoismus, hatte einen seiner Kameraden zeitlebens in einen Krüppel verwandelt; sie würde vermutlich bei einem Jungen wie Bruno nicht rückgängig zu machende psychische Schäden hinterlassen. Als er Brasseur in sein Büro zitierte, um ihn zu befragen, bemühte er sich nicht, ihm seine Verachtung zu verheimlichen, und erst recht nicht seine Absicht, dafür zu sorgen, daß er von der Schule verwiesen werde.

An jedem Sonntagabend, wenn sein Vater ihn in seinem Mercedes zurückfuhr, begann Bruno kurz vor Nanteuil-les-Meaux zu zittern. Das Besuchszimmer des Internats war mit Flachreliefs ausgeschmückt, die berühmte ehemalige Schüler darstellten: Courteline und Moissan. Georges Courteline, frz. Schriftsteller, ist der Verfasser ironischer Bühnenstücke, die die Absurdität des kleinbürgerlichen und bürokratischen Lebens darstellen. Henri Moissan, frz. Chemiker (Nobelpreis 1906), hat den Gebrauch des elektrischen Ofens eingeführt und Silizium und Fluor isoliert. Sein Vater kam immer gerade rechtzeitig für das Abendessen um sieben an. Im allgemeinen konnte Bruno nur mittags essen, wenn die Mahlzeit gemeinsam mit den anderen Schülern, die nicht im Internat lebten, eingenommen wurden; abends waren die Internatsschüler unter sich. Es waren Tische für acht Personen, die Größeren besetzten als erste die Plätze. Sie bedienten sich reichlich und spuckten dann in die Schüssel, damit die Kleinen den Rest nicht mehr anrührten.

An jedem Sonntag zögerte Bruno, mit seinem Vater zu sprechen und kam schließlich zu der Überzeugung, daß es unmöglich sei. Sein Vater war der Ansicht, ein Junge müsse lernen, sich zu verteidigen; und manche, die nicht älter waren als er, gaben tatsächlich Widerworte und kämpften verbissen, bis es ihnen gelang, sich Respekt zu verschaffen. Mit zweiundvierzig Jahren war Serge Clément ein Mann, *der es zu etwas gebracht hatte.* Während seine Eltern ein kleines Lebensmittelgeschäft in Petit-Clamart führten, besaß er inzwischen drei Kliniken für Schönheitschirurgie: eine in Neuilly, eine weitere in Le Vésinet und die dritte in der Schweiz, in der Nähe von Lausanne. Als sich seine Exfrau in Kalifornien niederließ, hatte er außerdem die Geschäftsführung der Klinik in Cannes wieder übernommen und zahlte ihr die Hälfte der Gewinne aus. Schon seit langem operierte er nicht mehr selbst; aber er war, wie man sagt, ein guter *Manager.* Er wußte nicht recht, wie er mit seinem Sohn umgehen sollte. Im Grunde meinte er es gut mit ihm, vorausgesetzt, die Sache nahm nicht zuviel Zeit in Anspruch; er fühlte sich ein wenig schuldig. An den Wochenenden, an denen Bruno kam, verzichtete er im allgemeinen darauf, seine Mätressen zu sich einzuladen. Er kaufte Fertigmenüs in einem Feinkostgeschäft, sie aßen zu zweit; dann sahen sie fern. Er kannte kein einziges Spiel. Manchmal stand Bruno nachts auf und ging zum Kühlschrank. Er schüttete Cornflakes in eine Schale, fügte Milch und Sahne hinzu; er bedeckte das Ganze mit einer dicken Schicht Zucker. Dann aß er. Er leerte mehrere Schalen, bis ihm fast schlecht wurde. Der Brei lag ihm schwer im Magen. Das erfüllte ihn mit einem wohligen Gefühl.

9

Hinsichtlich des Sittenwandels zeichnete sich das Jahr 1970, trotz der Eingriffe einer noch wachsamen Zensur, durch eine rasche Zunahme des erotischen Konsums aus. Das Musical *Hair*, das das Ziel verfolgte, die »sexuelle Befreiung« einer breiten Öffentlichkeit zugänglich zu machen, hatte großen Erfolg. Die Oben-ohne-Mode verbreitete sich schnell an den Stränden im Süden. Innerhalb weniger Monate stieg die Zahl der Sexshops in Paris von drei auf fünfundvierzig.

Im September kam Michel in die neunte Klasse und begann, als zweite Fremdsprache Deutsch zu erlernen. Im Rahmen des Deutschunterrichts lernte er Annabelle kennen.

Zu jener Zeit hatte Michel nur eine ungefähre Vorstellung vom Glück. Im Grunde hatte er nie wirklich darüber nachgedacht. Die Vorstellung, die er sich davon machen konnte, ging auf seine Großmutter zurück, die sie auf direktem Wege ihren Kindern vermittelt hatte. Seine Großmutter war katholisch und wählte de Gaulle; ihre zwei Töchter hatten beide einen Kommunisten geheiratet; das änderte grundsätzlich nicht viel. Diese Generation, die in ihrer Kindheit die Entbehrungen des Krieges kennengelernt hatte und bei der Befreiung zwanzig war, hatte folgende Vorstellungen und wollte ihren Kindern folgende Welt hinterlassen: die Frau bleibt daheim und führt den Haushalt (aber sie wird dabei durch elektrische Haushaltsgeräte sehr entlastet; sie kann ihrer Familie viel Zeit widmen). Der Mann arbeitet außer Haus (aber die Automatisierung hat zur Folge, daß er nicht mehr so lange arbeitet und daß seine Arbeit nicht mehr so schwer ist). Die Ehepaare sind treu und glücklich; sie leben in hübschen Häusern außerhalb der Stadt (in den *Vororten*). In ihrer Freizeit beschäftigen sie sich mit handwerklichen Dingen, Gartenarbeit, Kunst. Es sei denn, sie ziehen es vor, zu reisen, die Lebensweise und Kultur anderer Gegenden, anderer Länder kennenzulernen.

Jacob Wilkening war in Leeuwarden in Westfriesland geboren; er war im Alter von vier Jahren nach Frankreich gekommen, und seine niederländische Herkunft war ihm nur noch vage bewußt. 1946 hatte er die Schwester eines seiner besten Freunde geheiratet; sie war siebzehn und noch nie mit einem anderen Mann zusammengewesen. Nachdem er eine Zeitlang in einem Betrieb gearbeitet hatte, der Mikroskope herstellte, hatte er ein Unternehmen für Präzisionsoptik gegründet, das vor allem Zulieferaufträge für Angénieux und Pathé ausführte. Die japanische Konkurrenz gab es damals noch nicht; Frankreich stellte ausgezeichnete Objektive her, von denen einige mit den Produkten von Schneider oder Zeiss konkurrieren konnten; seine Firma lief gut. Dem Paar wurden zwei Söhne geboren, 1948 und 1951; und viel später, 1958, dann Annabelle.

Annabelle, die in einer glücklichen Familie geboren war (in fünfundzwanzig Ehejahren hatten ihre Eltern keinen einzigen ernsthaften Streit gehabt), wußte, daß ihr Leben ebenso verlaufen würde. In dem Sommer, bevor sie Michel begegnete, begann sie, sich mit diesem Gedanken zu beschäftigen; sie wurde bald dreizehn. Irgendwo auf der Welt gab es einen Jungen, den sie nicht kannte und der sie auch nicht kannte, aber mit dem sie ihr Leben verbringen würde. Sie würde versuchen, ihn glücklich zu machen, und er würde seinerseits versuchen, sie glücklich zu machen; aber sie wußte nicht, wie er wohl aussehen mochte; das war sehr verwirrend. In einem Brief an die *Micky-Maus*-Redaktion hatte eine Leserin in ihrem Alter von der gleichen Verwirrung berichtet. Die Antwort sollte beruhigend wirken und endete mit den Worten: »Mach Dir keine Sorgen, kleine Coralie; du erkennst ihn ganz bestimmt.«

Sie begannen, sich regelmäßig zu treffen, um ihre Deutschaufgaben gemeinsam zu machen. Michel wohnte kaum fünfzig Meter entfernt auf der gegenüberliegenden Straßenseite. Immer öfter verbrachten sie ihre schulfreien Donnerstage und ihre Sonntage gemeinsam; er kam stets kurz nach dem Mittagessen. »Annabelle, dein Liebster...«, verkündete ihr älterer Bruder nach einem Blick aus dem Fenster. Sie errötete; ihre Eltern dagegen vermieden es, sich über sie lustig zu machen. Sie merkte es bald: Sie mochten Michel.

Er war ein eigenartiger Junge; er verstand nichts von Fußball und interessierte sich auch nicht für Schlagersänger. Er war nicht unbeliebt in seiner Klasse, sprach mit mehreren Mitschülern; aber seine Kontakte blieben begrenzt. Vor Annabelle war kein Klassenkamerad zu ihm nach Hause gekommen. Er hatte sich angewöhnt, seine Zeit mit Nachdenken und einsamen Träumereien zu verbringen; nach und nach gewöhnte er sich an die Gegenwart einer Freundin. Sie unternahmen oft Radtouren, fuhren die Straße nach Voulangis hinauf; und dann gingen sie durch Wiesen und Wälder zu einem Hügel, von dem man einen weiten Blick über das Grand Morin-Tal hatte. Sie gingen durchs Gras, lernten sich allmählich kennen.

10

CAROLINE YESSAYAN IST AN ALLEM SCHULD

Seit dem Beginn desselben Schuljahrs 1970 verbesserte sich Brunos Situation im Internat ein wenig; er kam in die neunte Klasse und gehörte allmählich zu den Großen. Die Schüler der neunten bis dreizehnten Klasse schliefen im anderen Flügel, in Schlafsälen mit abgeteilten Vierbettbereichen. In den Augen der gewalttätigsten Jungen war er bereits zutiefst gedemütigt, fertig gemacht; sie wandten sich nach und nach anderen Opfern zu. Im selben Jahr begann Bruno, sich für Mädchen zu interessieren. Ab und zu, wenn auch selten, machten die beiden Internate gemeinsame Ausflüge. Wenn am Donnerstagnachmittag schönes Wetter war, gingen sie an eine Art Strand, der am Marne-Ufer am Stadtrand von Meaux angelegt worden war. Dort gab es ein Café mit ganz vielen Kickern und Flippern, doch die Hauptattraktion bestand aus einer Pythonschlange in einem Glaskäfig. Die Jungen vergnügten sich damit, sie zu reizen, und klopften mit dem Finger gegen den Käfig; die Erschütterungen machten die Schlange völlig verrückt, sie warf sich mit aller Kraft gegen die Glaswände, bis sie betäubt zu Boden sank. Eines Nachmittags im Oktober sprach Bruno mit Patricia Hohweiller; sie war Waise und verließ das Internat nur in den Ferien, um zu einem Onkel im Elsaß zu fahren. Sie war blond und schlank, sprach sehr schnell, ihr rasch wechselnder Gesichtsausdruck verzog sich manchmal zu einem seltsamen, unbewegten Lächeln. In der Woche darauf erlebte er einen furchtbaren Schock, als er sah, wie sie mit gespreizten Beinen auf Brasseurs Schoß saß; er hielt sie an den Hüften fest und knutschte sie ab. Bruno zog jedoch daraus keine allgemeine Schlußfolgerung. Wenn die brutalen Kerle, die ihn jahrelang terrorisiert hatten, bei den Mädchen Erfolg hatten, so lag das nur daran, daß sie die einzigen waren, die es wagten, sie anzumachen. Er bemerkte übrigens, daß Pelé, Wilmart und selbst Brasseur es unterließen, die Kleinen zu schlagen oder zu demütigen, sobald ein Mädchen in der Nähe war.

Von der neunten Klasse an konnten sich die Schüler im Filmklub einschreiben. Die Vorführungen fanden Donnerstag abends in der Aula des Jungeninternats statt; auch die Mädchen waren zugelassen. Eines Abends im Dezember, als *Nosferatu – Eine Symphonie des Grauens* gezeigt wurde, setzte sich Bruno neben Caroline Yessayan. Gegen Ende des Films, nachdem Bruno mehr als eine Stunde lang daran gedacht hatte, legte er seine linke Hand sehr sanft auf den Schenkel seiner Nachbarin. Mehrere wunderschöne Sekunden lang (fünf? sieben? auf keinen Fall mehr als zehn) geschah nichts. Sie rührte sich nicht. Bruno überlief es siedend heiß, er war kurz davor, in Ohnmacht zu fallen. Dann schob sie wortlos, ohne Gewalt, seine Hand zurück. Viel später, und sogar sehr oft, wenn Bruno sich von irgendeiner kleinen Nutte lutschen ließ, sollte er an diese wenigen Sekunden unfaßbaren Glücks zurückdenken; er sollte auch an jenen Augenblick zurückdenken, in dem Caroline Yessayan seine Hand sanft zurückgeschoben hatte. Dieser kleine Junge hatte irgend etwas sehr Reines, sehr Sanftes verspürt, das einem früheren Stadium angehörte als die Sexualität, als jeder erotische Konsum. Er hatte den simplen Wunsch verspürt, einen liebenden Körper zu berühren, sich in liebende Arme zu schmiegen. Das Zärtlichkeitsbedürfnis gehört einem früheren Stadium an als der Verführungsdrang, deshalb ist es so schwer, zu verzweifeln.

Warum hatte Bruno an jenem Abend Caroline Yessayans Schenkel berührt, und nicht ihren Arm (was sie sehr wahrscheinlich akzeptiert hätte und was vielleicht der Beginn einer zärtlichen Beziehung zwischen ihnen hätte sein können; denn sie hatte kurz zuvor in der Warteschlange ganz absichtlich mit ihm gesprochen, damit er Zeit hatte, sich neben sie zu setzen, und ebenso absichtlich den Arm auf die Lehne gelegt, die ihre beiden Sitze trennte; tatsächlich war ihr Bruno schon seit langem aufgefallen, sie mochte ihn und wünschte sich an jenem Abend lebhaft, er würde ihre Hand ergreifen)? Wahrscheinlich, weil Caroline Yessayans Schenkel nackt war und Bruno sich in seiner schlichten Seele nicht vorstellen konnte, daß sich dahinter nicht eine Absicht verbarg. Je länger sich Bruno mit zunehmendem Alter angeekelt in die Gefühlswelt seiner Kindheit zurückversetzte, desto klarer trat der innere Kern seines Schicksals hervor und erschien im Licht einer kalten, hoffnungslosen Gewißheit. An jenem Dezemberabend im Jahr 1970 hätte Caroline Yessayan vermutlich die Macht besessen, ihn die Demütigungen und Trostlosigkeit seiner frühen Kindheit vergessen zu lassen; nach diesem ersten Mißerfolg (denn nachdem sie sanft seine Hand zurückgeschoben hatte, wagte er es nie wieder, sie anzusprechen) wurde alles viel schwieriger. Dabei war Caroline Yessayan gesamtmenschlich gesehen in keiner Weise dafür verantwortlich. Ganz im Gegenteil, denn Caroline Yessayan, die kleine Armenierin mit dem sanften Blick eines Lamms und dem langen lockigen schwarzen Haar, die als Folge nicht zu lösender familiärer Komplikationen in den düsteren Gebäuden des Mädcheninternats von Meaux gelandet war, war für sich allein schon Grund genug, den Glauben an die Menschheit nicht zu verlieren. Wenn dennoch alles in eine betrübliche Leere umgeschlagen war, dann nur aufgrund eines winzigen, fast lächerlichen Details. Dreißig Jahre später war Bruno fest davon überzeugt: Wenn man den anekdotischen Elementen der Situation die Bedeutung zumaß, die sie wirklich verdienten, konnte man die Situation mit folgenden Worten zusammenfassen: Caroline Yessayans Minirock war an allem schuld.

Dadurch, daß Bruno seine Hand auf Caroline Yessayans Schenkel legte, machte er ihr in Wirklichkeit praktisch einen Heiratsantrag. Er verlebte den Beginn seiner Jugend in einer Zeit des Wandels. Abgesehen von einigen Vorläufern – ein trauriges Beispiel für diese stellten übrigens seine Eltern dar – hatte die vorausgegangene Generation eine außergewöhnlich enge Verknüpfung zwischen Ehe, Sexualität und Liebe hergestellt. Die steigende Zahl der Lohnempfänger, die rasche wirtschaftliche Entwicklung der 50er Jahre sollten tatsächlich – außer in den immer kleiner werdenden Kreisen, in denen der Begriff des Familienbesitzes noch eine wirkliche Rolle spielte – dazu führen, daß die *Vernunftheirat* an Bedeutung verlor. Die katholische Kirche, die der außerehelichen Sexualität immer starke Vorbehalte entgegengebracht hatte, begrüßte begeistert diese gesellschaftliche Entwicklung zugunsten der *Liebesheirat*, die ihren Theorien besser entsprach (»Und schuf sie, einen Mann und ein Weib«) und sich besser dazu eignete, den ersten Schritt in Richtung auf die Zivilisation des Friedens, der Treue und der Liebe zu machen, die ihr natürliches Ziel darstellte. Die kommunistische Partei, die einzige geistige Macht, die während dieser Jahre einem Vergleich mit der katholischen Kirche standhalten konnte, kämpfte für ganz ähnliche Ziele. Daher warteten die Jugendlichen in den 50er Jahren mit einhelliger Ungeduld darauf, *sich zu verlieben*, vor allem da ihnen die Landflucht und der damit verbundene Untergang der Dorfgemeinschaften die Möglichkeit bot, die Suche nach einem Ehepartner auf einen nahezu unbegrenzten Radius auszudehnen, und die Partnerwahl zugleich eine extreme Bedeutung erlangte (die Politik der sogenannten *grands ensembles*, der Wohnsiedlungen – die augenfälligste Illustration für die auf den Rahmen der Kleinfamilie reduzierte Gesellschaft –, wurde im September 1955 in Sarcelles eingeführt). Daher kann man die 50er und die beginnenden 60er Jahre unbestreitbar als ein wahres *goldenes Zeitalter der Liebesgefühle* bezeichnen – wovon uns die Chansons von Jean Ferrat und jene aus Françoise Hardys Anfangszeit noch heute ein anschauliches Bild vermitteln.

Gleichzeitig verbreitete sich jedoch der Libidinal-Massenkonsum nordamerikanischen Ursprungs (die Songs von Elvis

Presley, die Filme mit Marilyn Monroe) in Westeuropa. Parallel zu den Kühlschränken und Waschmaschinen, den materiellen Begleitern des Eheglücks, verbreiteten sich das Transistorradio und der Plattenspieler, die das Verhaltensmuster des *Jugend-Flirts* propagieren sollten. Der in den ganzen 60er Jahren latente ideologische Konflikt kam Anfang der 70er Jahre in den Zeitschriften *Mademoiselle Age tendre* und *20 Ans* zum Ausbruch und kreiste um die zu jener Zeit zentrale Frage: »Wie weit darf man vor der Ehe gehen?« In denselben Jahren wurde die libidinal-hedonistische Haltung nordamerikanischen Ursprungs von anarchistisch inspirierten Presseorganen tatkräftig unterstützt (*Actuel* erschien zum erstenmal im Oktober 1970, *Charlie-Hebdo* im November). Wenn diese Zeitschriften auch im Prinzip im politischen Umfeld der Protestbewegung gegen den Kapitalismus angesiedelt waren, waren sie sich dennoch mit der Unterhaltungsindustrie in den wesentlichen Punkten einig: Zerstörung der jüdisch-christlich geprägten moralischen Werte, Apologie der Jugend und der individuellen Freiheit. Dem Druck gegensätzlicher Tendenzen ausgesetzt, entwarfen die Mädchenzeitschriften im Eilverfahren ein Arrangement, das man in der folgenden Lebensbeschreibung zusammenfassen kann. In der ersten Phase (sagen wir zwischen zwölf und achtzehn Jahren) *geht* das Mädchen mit zahlreichen Jungen (die semantische Zweideutigkeit des Begriffs *gehen* spiegelt übrigens eine Zweideutigkeit des realen Verhaltens wider: Was hieß das eigentlich genau, mit einem Jungen zu *gehen*? Bedeutete es, sich auf den Mund zu küssen, oder handelte es sich um die tieferen Freuden des *Necking* und des *Petting* oder gar um richtige sexuelle Beziehungen? Sollte man zulassen, daß der Junge einem die Brüste berührte? Mußte man den Schlüpfer ausziehen? Und was sollte man mit den Geschlechtsorganen des Jungen anfangen?). Für Patricia Hohweiller, für Caroline Yessayan war das alles keineswegs einfach; ihre Lieblingszeitschriften gaben unklare, widersprüchliche Antworten. In der zweiten Phase (im allgemeinen kurz nach dem Abitur) empfand dasselbe Mädchen das Bedürfnis nach einer *ernsten* Beziehung (die später in den deutschen Zeitschriften mit dem Ausdruck »big love« bezeichnet wurde), und die entscheidende Frage hieß dann: »Soll ich mit Jérémie zusammenziehen?« Das war die zweite, im Prinzip endgültige Phase. Wie extrem anfällig dieses in den Mädchenzeitschriften propagierte Arrangement war – in Wirklichkeit handelte es sich nur darum, antagonistische Verhaltensmuster in Einklang zu bringen, indem man sie völlig willkürlich zwei aufeinanderfolgenden Lebensphasen zuordnete –, sollte sich erst einige Jahre später herausstellen, als bekannt wurde, wie weit verbreitet das Phänomen der Scheidung war. Dennoch hat dieses zweifelhafte Schema einige Jahre lang für die jungen Mädchen, die sowieso ziemlich naiv und vom Tempo der Umwälzungen, die sich um sie herum vollzogen, ziemlich überfordert waren, ein glaubhaftes Lebensideal darstellen können, das sie in den Grenzen des Möglichen zu verwirklichen suchten.

Für Annabelle lagen die Dinge allerdings völlig anders. Sie dachte abends vor dem Einschlafen an Michel; sie freute sich am nächsten Morgen darauf, ihn wiederzusehen. Wenn sie im Unterricht irgend etwas Lustiges oder Interessantes erlebte, dachte sie sofort an den Augenblick, in dem sie es ihm erzählen würde. An den Tagen, an denen sie sich aus irgendeinem Grund nicht hatten sehen können, war sie unruhig und traurig. In den Sommerferien (ihre Eltern hatten ein Haus in der Gironde) schrieb sie ihm jeden Tag. Auch wenn sie es sich nicht offen eingestand, auch wenn ihre Briefe nicht von entflammter Glut zeugten, sondern eher jenen glichen, die sie einem gleichaltrigen Bruder hätte schreiben können, auch wenn das Gefühl, das ihr Leben einhüllte, mehr einer sanften Woge denn einer verzehrenden Leidenschaft glich, ergriff allmählich folgende Gewißheit Besitz von ihrem Denken: Sie war auf Anhieb, ohne sie gesucht, ohne sich wirklich nach ihr gesehnt zu haben, ihrer *großen Liebe* begegnet. Die erste war die richtige, es würde keine andere geben, diese Frage brauchte nicht einmal gestellt zu werden. *Mademoiselle Age tendre* zufolge war dieser Fall durchaus möglich: Man dürfe sich nichts vormachen, es käme so gut wie nie vor; doch in gewissen, äußerst seltenen Fällen, die an Wunder grenzten – aber trotzdem waren sie unwiderlegbar bezeugt –, könne es vorkommen. Und es sei das Schönste, was einem auf der Welt passieren könne.

11

Aus dieser Zeit besaß Michel ein Foto, das in den Osterferien 1971 im Garten von Annabelles Eltern aufgenommen war; ihr Vater hatte Schokoladeneier in den Sträuchern und Blumenbeeten versteckt. Auf dem Foto stand Annabelle mitten zwischen den Forsythiensträuchern; mit kindlichem Ernst und ganz auf die Suche konzentriert, bog sie die Zweige auseinander. Ihre Gesichtszüge begannen feiner zu werden, man konnte schon ahnen, daß sie außerordentlich schön werden würde. Ihr Busen zeichnete sich leicht unter dem Pullover ab. Es war das letztemal, daß es zu Ostern Schokoladeneier gab; im Jahr darauf waren sie schon zu alt für diese Spiele.

Ab dem dreizehnten Lebensjahr lagern sich beim Mädchen unter der Einwirkung des Progesterons und des Östradiols, die in den Eierstöcken gebildet werden, Fettpolster in der Brust- und Gesäßgegend ein. Diese Körperteile erlangen im Optimalfall eine volle, harmonische, runde Form; ihre Betrachtung ruft beim Mann ein heftiges sinnliches Begehren hervor. Wie schon ihre Mutter im gleichen Alter hatte auch Annabelle einen sehr schönen Körper. Doch das Gesicht ihrer Mutter war lediglich ansprechend und gefällig gewesen, mehr nicht. Nichts konnte den schmerzhaften Schock von Annabelles Schönheit voraussehen lassen, und ihre Mutter bekam allmählich Angst. Annabelle hatte die großen blauen Augen und das dichte, glänzende hellblonde Haar sicherlich von ihrem Vater geerbt, dem holländischem Zweig der Familie; aber nur ein unerhörter morphogenetischer Zufall hatte die herzzerreißende Ebenmäßigkeit ihrer Gesichtszüge hervorbringen können. Ohne Schönheit ist ein junges Mädchen unglücklich, denn es hat keine Chance, geliebt zu werden. Niemand macht sich zwar über ein solches Mädchen lustig oder schikaniert es; aber es ist gleichsam durchsichtig, kein Blick folgt ihr. Jeder fühlt sich in ihrer Gegenwart unwohl und ignoriert sie lieber. Eine extreme Schönheit dagegen, eine Schönheit, die in ungewöhnlichem Maße die übliche, bezaubernde Frische der jungen Mädchen übertrifft, ruft eine übernatürliche Wirkung hervor und scheint unweigerlich ein tragisches Schicksal anzukünden. Mit fünfzehn Jahren gehörte Annabelle zu den ganz wenigen Mädchen, nach denen sich alle Männer, gleich welchen Alters oder Stands, umdrehen; zu den Mädchen, die ganz einfach dadurch, daß sie über die Geschäftsstraße einer mittelgroßen Stadt gehen, den Herzrhythmus der jungen Männer und der Männer im reiferen Alter beschleunigen und den Greisen ein Grunzen des Bedauerns entlocken. Sie wurde sich sehr bald der Stille bewußt, die jedesmal entstand, wenn sie ein Café oder einen Klassenraum betrat; aber es sollte Jahre dauern, ehe sie den Grund dafür völlig begriff. In der Oberschule in Crécy-en-Brie ging man allgemein davon aus, daß sie mit Michel »ging«; aber offen gesagt, hätte es selbst ohne diese Annahme kein Junge gewagt, mit ihr etwas anzufangen. Das ist einer der wesentlichen Nachteile, die übergroße Schönheit einem Mädchen einbringt: Nur die erfahrenen, zynischen, skrupellosen Verführer fühlen sich der Herausforderung gewachsen; und daher fällt im allgemeinen den denkbar unwürdigsten Wesen der Schatz ihrer Unschuld zu, und das ist für sie die erste Stufe eines unaufhaltsamen Niedergangs.

Im September 1972 kam Michel in die elfte Klasse des Gymnasiums in Meaux. Annabelle kam in die zehnte; sie würde noch ein Jahr auf der Oberschule bleiben. Er fuhr mit dem Zug aus dem Gymnasium zurück und stieg in Esbly in einen Schienenbus um. Im allgemeinen nahm er den Zug, der um 18 Uhr 33 in Crécy eintraf; Annabelle erwartete ihn am Bahnhof. Gemeinsam gingen sie an den Kanälen entlang durch die kleine Stadt. Manchmal – wenn auch ziemlich selten – gingen sie ins Café. Annabelle wußte inzwischen, daß Michel früher oder später Lust haben würde, sie zu küssen und ihren Körper zu streicheln, dessen Verwandlung sie spürte. Sie erwartete diesen Augenblick ohne Ungeduld und auch ohne allzu große Angst; sie war voller Zuversicht.

Auch wenn die grundlegenden Faktoren des Sexualverhaltens angeboren sind, spielt der Verlauf der ersten Lebensjahre eine wichtige Rolle für die Mechanismen seiner Auslösung, vor allem bei den Vögeln und den Säugetieren. Der frühe Körperkontakt mit seinen Artgenossen scheint für den Hund, die Katze, die Ratte, das Meerschweinchen und den Rhesusaffen (*Macaca mulatta*) lebenswichtig zu sein. Der Entzug des körperlichen Kontakts mit der Mutter während der Kindheit führt etwa bei der männlichen Ratte zu schweren sexuellen Verhaltensstörungen und insbesondere zu einem gehemmten Paarungsverhalten. Selbst wenn sein Leben davon abgehangen hätte (und es hing tatsächlich weitgehend davon ab), wäre Michel nicht dazu fähig gewesen, Annabelle zu küssen. Oft war sie abends so glücklich, wenn sie ihn mit seiner Schultasche in der Hand aus dem Schienenbus steigen sah, daß sie sich ihm buchstäblich an den Hals warf. Dann verharrten sie einige Sekunden lang eng umschlungen in einem Zustand glücklicher Lähmung; erst danach sprachen sie miteinander.

Auch Bruno war in der elften Klasse im Gymnasium in Meaux, aber in einer Parallelklasse; er wußte, daß seine Mutter einen zweiten Sohn von einem anderen Vater hatte; mehr wußte er nicht. Er sah seine Mutter sehr selten. Zweimal hatte er die Ferien in der Villa verbracht, die sie in Cassis bewohnte. Sie nahm viele junge Leute in ihrem Haus auf, die auf der Durchreise waren und per Anhalter durchs Land zogen. Diese jungen Leute waren das, was die Boulevardblätter *Hippies* nannten. Tatsächlich arbeiteten sie nicht; während ihres Aufenthalts in der Villa kam Janine, die ihren Vornamen geändert hatte und sich Jane nennen ließ, für ihren Unterhalt auf. Sie lebten folglich von den Einnahmen aus der Klinik für Schönheitschirurgie, die ihr Exmann gegründet hatte – also letztlich von dem Wunsch gewisser wohlhabender Frauen, gegen die Verfallserscheinungen zu kämpfen, die die Zeit mit sich bringt, oder gewisse Unvollkommenheiten der Natur zu korrigieren. Sie badeten nackt in kleinen Felsbuchten. Bruno weigerte sich, seine Badehose auszuziehen. Er fühlte sich kalkweiß, winzig, abstoßend und dick. Manchmal nahm seine Mutter einen der Jungen mit ins Bett. Sie war schon fünfundvierzig; ihre Schamlippen waren dünner geworden und hingen etwas herab, aber ihre Züge waren immer noch hinreißend. Bruno wichste dreimal am Tag. Die Scheiden der jungen Frauen waren zugänglich, manchmal waren sie nicht einmal einen Meter entfernt; aber Bruno begriff vollkommen, daß sie ihm verschlossen blieben: die anderen Jungen waren größer, gebräunter und kräftiger. Viele Jahre später sollte Bruno feststellen, daß die Welt der Kleinbürger, die Welt der Angestellten und mittleren Beamten toleranter, liebenswürdiger und aufgeschlossener ist als die Welt der Aussteiger, der am Rande der Gesellschaft lebenden jungen Leute, die damals durch die *Hippies* verkörpert wurden. »Ich kann mich als ehrbarer Angestellter verkleiden und von ihnen akzeptiert werden«, sagte Bruno gern. »Dafür brauche ich mir nur einen Anzug, eine Krawatte und ein Oberhemd zu kaufen – das ganze für 800 Franc im Schlußverkauf bei C & A; eigentlich brauche ich nur zu lernen, wie man eine Krawatte bindet. Dann ist da allerdings noch das Problem mit dem Auto – das ist im Grunde die einzige Schwierigkeit im Leben eines Angestellten; aber das ist zu schaffen, man nimmt einen Kredit auf, man arbeitet ein paar Jahre, und dann schafft man es. Dagegen würde es mir nichts nützen, mich als Aussteiger zu verkleiden: dafür bin ich weder jung, noch schön, noch *cool* genug. Ich habe Haarausfall und nehme leicht zu; und je älter ich werde, um so ängstlicher und empfindlicher werde ich und um so stärker leide ich darunter, wenn man mir mit Abweisung oder Verachtung begegnet. Kurz gesagt, ich bin nicht natürlich genug, oder mit anderen Worten, nicht *Tier* genug – und dabei handelt es sich um ein unüberwindbares Handikap: Was immer ich sage, tue oder kaufe, nie wird es mir gelingen, diese Schwäche zu überwinden, denn sie hat die rohe Gewalt einer *natürlichen* Schwäche.« Schon bei seinem ersten Aufenthalt bei seiner Mutter wurde Bruno klar, daß die *Hippies* ihn nie akzeptieren würden; er war kein schönes Tier, würde nie eins sein. Nachts träumte er von weit geöffneten Scheiden. Etwa zur gleichen Zeit begann er, Kafka zu lesen. Beim erstenmal empfand er ein Gefühl der Kälte, des heimtückischen Frosts; mehrere Stunden, nachdem er den *Prozeß* zu Ende gelesen hatte, fühlte er sich noch erstarrt, benommen. Er wußte sofort, daß diese verlangsamte, von Schmach und Schuld gekennzeichnete Welt, in der sich die Wesen in einer kosmischen Leere begegneten, ohne daß je eine Beziehung zwischen ihnen möglich schien, genau seiner Geisteswelt entsprach. Die Welt war langsam und kalt. Doch es gab eine warme Sache, die die Frauen zwischen den Beinen hatten; aber zu dieser Sache hatte er keinen Zugang.

Es wurde immer offensichtlicher, daß es Bruno schlecht ging und er keine Freunde hatte, daß er panische Angst vor Mädchen hatte und seine Jugend generell ein elender Mißerfolg war. Sein Vater merkte es und spürte, wie ihn ein zunehmendes Schuldgefühl überkam. Er verlangte, seine Exfrau zu Weihnachten 1972 zu sehen, um mit ihr darüber zu sprechen. Im Lauf des Gesprächs stellte sich heraus, daß Brunos Halbbruder auf dasselbe Gymnasium ging, daß er ebenfalls in der elften Klasse war (wenn auch in einer Parallelklasse) und daß sie sich nie begegnet waren; diese Tatsache ging ihm sehr nah, denn er sah darin das Symbol eines verwerflichen Zerfalls der Familie, für den sie beide verantwortlich waren. Zum erstenmal in seinem Leben sprach er ein Machtwort und verlangte, daß Janine die Verbindung zu ihrem zweiten Sohn wieder aufnehmen solle, um zu retten, was noch zu retten war.

Janine machte sich wenig Illusionen über die Gefühle, die Michels Großmutter ihr gegenüber hegte; aber es kam noch schlimmer, als sie es sich vorgestellt hatte. In dem Augenblick, da sie ihren Porsche vor dem Haus in Crécy-en-Brie parkte, kam die alte Frau mit der Einkaufstasche in der Hand aus der Tür. »Ich kann Sie nicht daran hindern, ihn zu sehen, er ist schließlich Ihr Sohn«, sagte sie abrupt. »Ich gehe jetzt einkaufen und komme in zwei Stunden wieder; bei meiner Rückkehr will ich Sie hier nicht mehr sehen.« Dann machte sie auf dem Absatz kehrt.

Michel war in seinem Zimmer; sie öffnete die Tür und trat ein. Sie hatte vorgehabt, ihn in die Arme zu nehmen, aber als sie zu dieser Geste ansetzte, wich er einen guten Meter zurück. Seit er größer war, glich er seinem Vater immer mehr: das gleiche feine blonde Haar, das gleiche scharf geschnittene Gesicht mit den hervorstehenden Backenknochen. Sie hatte ihm einen Plattenspieler und mehrere Alben der Rolling Stones als Geschenk mitgebracht. Er nahm alles wortlos entgegen (er behielt das Gerät, sollte aber die Platten wenige Tage später zerstören). Sein Zimmer war nüchtern eingerichtet, kein Poster schmückte die Wand. Ein Mathematikbuch lag aufgeschlagen auf der Schreibplatte des Sekretärs. »Was ist das?« fragte sie. »Differentialgleichungen«, erwiderte er reserviert. Sie hatte vorgehabt, mit ihm über sein Leben zu sprechen, ihn für die Ferien einzuladen; das war offensichtlich nicht möglich. Sie begnügte sich damit, ihm den baldigen Besuch seines Bruders anzukündigen; er war einverstanden. Als sie schon fast eine Stunde da war und immer öfter ein langes Schweigen entstand, drang plötzlich Annabelles Stimme durch den Garten. Michel stürzte ans Fenster, rief ihr zu, sie solle hereinkommen. Janine warf einen Blick auf das Mädchen, als es gerade durch das Gartentor ging. »Du hast aber eine hübsche Freundin ...«, bemerkte sie und verzog dabei leicht den

Mund. Ihre Worte trafen Michel mit voller Wucht, seine Gesichtszüge veränderten sich. Als Janine wieder zu dem Porsche ging, begegnete sie Annabelle, blickte ihr in die Augen; in ihrem Blick lag Haß.

Gegen Bruno hegte Michels Großmutter keinerlei Abneigung; auch er hatte unter dieser Rabenmutter zu leiden gehabt, das war ihre Sicht der Dinge – etwas summarisch, aber letztlich zutreffend. Bruno gewöhnte sich also an, Michel jeden Donnerstagnachmittag zu besuchen. Er nahm den Schienenbus aus Richtung Crécy-la-Chapelle. Wenn immer es möglich war (und es war fast immer möglich), setzte er sich einem Mädchen gegenüber, das allein war. Die meisten hatten die Beine übereinandergeschlagen, eine durchsichtige Bluse oder etwas anderes. Er setzte sich nicht direkt, sondern eher schräg gegenüber, aber oft in dieselbe Sitzreihe, keine zwei Meter entfernt. Er hatte schon einen Ständer, wenn er langes blondes oder braunes Haar sah; während er durch das Abteil ging, um sich einen Platz zu suchen, wurde der Schmerz in seinem Slip heftiger. Schon bevor er sich setzte, zog er ein Taschentuch aus der Tasche. Er brauchte nur noch einen Schnellhefter aufzuschlagen und ihn auf die Schenkel zu legen; nach wenigen Handgriffen war es soweit. Manchmal, wenn ein Mädchen die Beine übereinanderschlug, während er gerade seinen Schwanz herausholte, brauchte er nicht einmal die Hand zu Hilfe zu nehmen; ein Strahl erlöste ihn, wenn er das Höschen sah. Das Taschentuch war nur zur Sicherheit da, im allgemeinen spritzte sein Samen auf die Seiten des Schnellhefters: auf die Gleichungen zweiten Grades, auf die schematische Darstellung von Insekten, auf die Kohlenproduktion der UdSSR. Das Mädchen las weiter in ihrer Zeitschrift.

Viele Jahre später war Bruno immer noch voller Zweifel. Diese Dinge hatten sich ereignet; sie standen in direktem Zusammenhang mit einem kleinen furchtsamen, dicken Jungen, von dem er noch Fotos besaß. Und es gab einen Zusammenhang zwischen diesem kleinen Jungen und dem von Begierde verzehrten Erwachsenen, zu dem er geworden war. Seine Kindheit war traurig gewesen, seine Jugend grauenhaft; inzwischen war er zweiundvierzig und objektiv gesehen noch weit vom Tod entfernt. Was hatte das Leben ihm noch zu bieten? Vielleicht ab und zu etwas oralen Sex, für den er, wie er wußte, immer bereitwilliger bezahlen würde. Ein Leben, das einem Ziel entgegenstrebt, läßt wenig Platz für Erinnerungen. In dem Maße, wie seine Erektionen immer schwieriger und kürzer wurden, überließ sich Bruno einer betrübten Entspannung. Das Hauptziel seines Lebens war sexueller Art gewesen; sich ein anderes Ziel zu setzen, war nicht mehr möglich, das wußte er jetzt. Darin war Bruno charakteristisch für seine Epoche. Während seiner Jugend hatte der erbitterte wirtschaftliche Konkurrenzkampf, dem die französische Gesellschaft seit etwa zweihundert Jahren ausgesetzt war, etwas nachgelassen. In der gesellschaftlichen Vorstellungswelt verbreitete sich zunehmend die Ansicht, daß die wirtschaftlichen Bedingungen auf ganz natürliche Art zu einer gewissen Gleichheit führen müßten. Sowohl von Politikern wie von seiten der Unternehmer wurde häufig das Modell der schwedischen Sozialdemokratie zitiert. Bruno sah sich daher kaum ermutigt, seine Zeitgenossen durch wirtschaftlichen Erfolg zu übertreffen. In beruflicher Hinsicht bestand sein einziges – durchaus angemessenes – Ziel darin, in dieser »großen, nicht sehr scharf abgegrenzten Mittelschicht« aufzugehen, die Präsident Giscard d'Estaing später beschrieben hat. Aber der Mensch läßt sich schnell dazu verleiten, Hierarchien aufzubauen und strebt unter großem Einsatz danach, sich seinen Mitmenschen überlegen zu fühlen. Dänemark und Schweden, die den europäischen Demokratien auf dem Weg zur wirtschaftlichen Angleichung als Vorbild dienten, standen ebenfalls Pate, was die *sexuelle Freiheit* betraf. Völlig unerwartet ergab sich innerhalb der Mittelschicht, zu der auch allmählich die Arbeiter und Angestellten gezählt wurden – oder genauer gesagt, der Generation der Kinder dieser Mittelschicht –, ein neues Feld für den narzißtischen Konkurrenzkampf. Während eines Sprachaufenthalts, den Bruno im Juli 1972 in Traunstein, einer kleinen bayrischen Stadt in der Nähe der österreichischen Grenze, verbrachte, gelang es Patrick Castelli, einem anderen jungen Franzosen seiner Gruppe, innerhalb von drei Wochen siebenunddreißig Mädchen flachzulegen. Im gleichen Zeitraum erzielte Bruno eine Trefferquote von Null. Er zeigte schließlich seinen Schwanz einer Verkäuferin im Supermarkt – die zum Glück in Gelächter ausbrach und darauf verzichtete, ihn anzuzeigen. Wie er selbst, stammte Patrick Castelli aus einer gutbürgerlichen Familie und kam gut in der Schule zurecht; ihre wirtschaftlichen Aussichten waren durchaus vergleichbar. Die meisten Jugenderinnerungen, die Bruno besaß, waren ähnlicher Art.

Später führte die Globalisierung der Wirtschaft zu einem viel härteren Konkurrenzkampf, der den Traum der gesamten Bevölkerung, sich in eine vereinheitlichte Mittelschicht mit regelmäßig steigender Kaufkraft einzugliedern, zerstörte; immer breitere Bevölkerungsschichten glitten ab in wirtschaftliche Unsicherheit und Arbeitslosigkeit. Der erbitterte sexuelle Konkurrenzkampf wurde dadurch allerdings nicht schwächer, ganz im Gegenteil.

Inzwischen kannte Bruno Michel seit fünfundzwanzig Jahren. Während dieses erschreckend langen Zeitraums hatte er den Eindruck, sich kaum verändert zu haben; die Hypothese eines persönlichen Identitätskerns, eines Kerns, dessen wesentlichen Merkmale unveränderbar waren, schien ihm unwiderlegbar zu sein. Und doch waren große Teile seiner eigenen Geschichte endgültig in Vergessenheit geraten. Von ganzen Monaten, ganzen Jahren hatte er das Gefühl, als habe er sie nicht erlebt. Auf seine letzten beiden Jugendjahre, die so reich an Erinnerungen und prägenden Erfahrungen waren, traf das allerdings nicht zu. Die Erinnerung eines menschlichen Lebens, erklärte ihm sein Halbbruder viel später, ähnelt einer stimmigen

Geschichte von Griffith. Sie saßen in Michels Wohnung und tranken Campari, es war an einem Maiabend. Sie erwähnten nur selten die Vergangenheit, meistens drehten sich ihre Gespräche um das politische oder gesellschaftliche Zeitgeschehen; aber an jenem Abend taten sie es. »Du verfügst über Erinnerungen aus verschiedenen Augenblicken deines Lebens«, sagte Michel zusammenfassend, »diese Erinnerungen tauchen in unterschiedlicher Form auf; du siehst im Geist wieder Gedanken, Motivationen oder Gesichter vor dir. Manchmal erinnerst du dich nur an einen Namen, wie zum Beispiel diese Patricia Hohweiller, von der du mir eben erzählt hast und die du heute garantiert nicht mehr wiedererkennen würdest. Manchmal siehst du wieder ein Gesicht vor dir und bist unfähig, irgend etwas damit zu verbinden. Alles, was du zum Beispiel über Caroline Yessayan weißt, hat sich mit großer Genauigkeit auf jene wenigen Sekunden verdichtet, in denen deine Hand auf ihrem Schenkel lag. Die stimmigen Geschichten von Griffith sind 1984 eingeführt worden, um Quantenmessungen in Wahrscheinlichkeitsdarstellungen zu verbinden. Eine Geschichte von Griffith wird ausgehend von einer Reihe von mehr oder weniger beliebigen Messungen entworfen, die zu unterschiedlichen Zeitpunkten vorgenommen werden. Jede Messung drückt die Tatsache aus, daß eine gewisse physikalische Größe, die von einer Messung zur anderen eventuell unterschiedlich sein kann, zu einem bestimmten Zeitpunkt innerhalb eines gewissen Wertebereichs liegt. Ein Elektron zum Beispiel hat zum Zeitpunkt t_1 eine gewisse Geschwindigkeit, die mit einer von der Meßart abhängigen Näherung bestimmt werden kann; zum Zeitpunkt t_2 befindet es sich in einem bestimmten Bereich des Raums; zum Zeitpunkt t_3 hat es einen gewissen Spinwert. Ausgehend von einer Untermenge von Messungen kann man eine logisch in sich stimmige *Geschichte* definieren, von der man allerdings nicht sagen kann, ob sie *wahr* ist; sie läßt sich nur ohne Widersprüche vertreten. Unter den möglichen Geschichten der Welt können manche innerhalb eines bestimmten Versuchsrahmens in der normalisierten Form von Griffith neu geschrieben werden; dann nennt man sie *stimmige Geschichten von Griffith*, und alles verläuft dann so, als bestände die Welt aus getrennten Dingen mit stabilen, spezifischen Eigenschaften. Allerdings ist die Anzahl der stimmigen Geschichten von Griffith, die ausgehend von einer Reihe von Messungen neu geschrieben werden können, im allgemeinen deutlich höher als eins. Du hast ein Bewußtsein deines Ichs; dieses Bewußtsein erlaubt dir, eine Hypothese aufzustellen: Die Geschichte, die du ausgehend von deinen eigenen Erinnerungen rekonstruieren kannst, ist eine stimmige Geschichte, die sich mit dem Prinzip einer eindeutigen Darstellung rechtfertigen läßt. Als einzelnes Individuum, das einer Ontologie von Dingen und Eigenschaften unterworfen ist und sich für die Dauer eines gewissen Zeitraums beharrlich an das Dasein klammert, hegst du nicht den geringsten Zweifel daran: Man muß dir zwangsläufig eine stimmige Geschichte von Griffith zuordnen können. Diese Hypothese stellst du erstmal für den Bereich des wirklichen Lebens auf, nicht jedoch für den Bereich des Traums.«

»Ich würde gern daran glauben, daß das Ich eine Illusion ist, wenn auch eine schmerzliche Illusion ...«, sagte Bruno leise; aber Michel wußte nichts darauf zu antworten, er verstand nichts vom Buddhismus. Die Unterhaltung war nicht einfach, sie sahen sich höchstens zweimal im Jahr. Als sie noch jung waren, hatten sie lebhafte Diskussionen geführt; aber diese Zeit war nun vorbei. Im September 1973 kamen sie gemeinsam in die zwölfte Klasse des mathematischen Zweigs; zwei Jahre lang nahmen sie gemeinsam am Mathematik- und Physikunterricht teil. Michel war dem Niveau seiner Klasse weit überlegen. Das menschliche Dasein war, wie ihm allmählich klar wurde, enttäuschend, voller Beklemmung und Bitterkeit. Die mathematischen Gleichungen dagegen erfüllten ihn mit großer, innerer Freude. Er tastete sich im Halbdunkel vorwärts, und plötzlich fand er einen Einstieg: mit wenigen Formeln, mit wenigen gewagten Faktorisierungen schwang er sich zu den strahlenden Höhen innerer Ausgeglichenheit auf. Die erste Gleichung der Beweisführung war die aufregendste, denn die Wahrheit, die in halber Entfernung flimmerte, war noch ungewiß; die letzte Gleichung war die glänzendste, die erfreulichste. Im selben Jahr kam Annabelle in die elfte Klasse des Gymnasiums in Meaux. Sie sahen sich oft zu dritt nach der Schule. Anschließend kehrte Bruno ins Internat zurück, während Annabelle und Michel zum Bahnhof gingen. Die Sache nahm eine seltsame, betrübliche Wendung. Anfang 1974 vertiefte sich Michel in die Hilbert-Räume; dann machte er sich mit der Maßtheorie vertraut, entdeckte die Integrale von Riemann, von Lebesgue und von Stieltjes. Während der gleichen Zeit las Bruno Kafka und onanierte im Schienenbus. An einem Nachmittag im Mai hatte er im Schwimmbad von La Chapelle-sur-Crécy, das gerade eröffnet worden war, das Vergnügen, die beiden Enden seines Badetuchs zur Seite zu schieben, um zwei zwölfjährigen Mädchen seinen Schwanz zu zeigen; er hatte vor allem das Vergnügen zu sehen, daß sie sich gegenseitig anstießen und für den Anblick interessierten; er tauschte mit einer der beiden, einer kleinen Dunkelhaarigen mit Brille, einen langen Blick. Bruno war zu unglücklich und zu frustriert, um sich wirklich für die Psyche anderer Menschen zu interessieren, aber dennoch war ihm klar, daß sich sein Halbbruder in einer Situation befand, die schlimmer war als seine eigene. Oft gingen sie gemeinsam ins Café; Michel trug lächerliche Anoraks und Wollmützen, er konnte nicht kickern; die meiste Zeit redete Bruno. Michel rührte sich nicht, er redete immer weniger; er blickte Annabelle mit aufmerksamen, regungslosen Augen an. Annabelle gab nicht auf; für sie glich Michels Gesicht dem Kommentar einer anderen Welt. Um die gleiche Zeit las sie *Die Kreutzer-Sonate*, glaubte einen Augenblick, ihn durch dieses Buch zu verstehen. Fünfundzwanzig Jahre später erkannte Bruno, daß sie sich in einer unausgeglichenen, unnormalen Situation ohne jede Zukunftsaussicht befunden hatten; wenn man die Vergangenheit betrachtet, hat man immer den – vermutlich trügerischen – Eindruck eines gewissen Determinismus.

12

NORMALTEMPO

So bemerkten in revolutionären Zeiten z. B. diejenigen, die sich das Verdienst zuschrieben, bei ihren Zeitgenossen die anarchischen Leidenschaften wachgerufen zu haben, nicht, daß sie ihren Triumph nur einer Stimmung verdankten, die aus dem Ganzen der Lage hervorging.

(Auguste Comte: *Die Soziologie: Cours de philosophie positive,* Lektion 48)

Die Mitte der 70er Jahre wurde in Frankreich durch den Skandalerfolg gekennzeichnet, den *Phantom of the Paradise, Clockwork Orange* und *Die Ausgebufften* erzielten: drei völlig unterschiedliche Filme, deren gemeinsamer Erfolg jedoch die kommerzielle Relevanz einer »Jugendkultur« bewies, die im wesentlichen auf Sex und Gewalt beruhte und im Laufe der folgenden Jahrzehnte immer größere Marktanteile erobern sollte. Die in den 60er Jahren zu Wohlstand gekommene Generation um die Dreißig dagegen konnte sich völlig mit *Emmanuelle* identifizieren: Der 1974 herausgekommene Film von Just Jaeckin, der einen neuartigen Zeitvertreib, exotische Schauplätze und Phantasmen vor Augen führte, war innerhalb einer Kultur, die tief in der jüdisch-christlichen Tradition verwurzelt blieb, für sich allein ein Manifest für den Übergang in die Freizeitgesellschaft.

Allgemeiner gesehen konnte die Bewegung für die Liberalisierung der Sitten 1974 wichtige Erfolge verzeichnen. Am 20. März wurde in Paris der erste Vitatop Club eröffnet, der auf dem Gebiet des Fitneßtrainings und des Körperkults eine bahnbrechende Rolle spielen sollte. Am 5. Juli wurde das Gesetz verabschiedet, das das Volljährigkeitsalter auf achtzehn Jahre herabsetzte, und am 11. das Gesetz, das die Scheidung mit gegenseitigem Einverständnis ermöglichte und den Ehebruch aus dem Strafgesetzbuch verschwinden ließ. Und am 28. November wurde nach einer hitzigen Debatte, die von den meisten Kommentatoren als »historisch« bezeichnet wurde, mit Unterstützung der Linken das von Simone Veil eingebrachte Gesetz verabschiedet, das die Abtreibung legalisierte. Die christliche Anthropologie, die in den westlichen Ländern lange vorherrschend war, räumte tatsächlich allem menschlichen Leben von der Zeugung bis zum Tod eine uneingeschränkte Bedeutung ein; diese Bedeutung hängt mit der Tatsache zusammen, daß die Christen an die Existenz einer *Seele* im Inneren des menschlichen Körpers glaubten –, einer prinzipiell unsterblichen Seele, die dazu bestimmt war, später mit Gott vereint zu werden. Unter dem Druck des Fortschritts innerhalb der Biologie sollte sich im 19. und 20. Jahrhundert allmählich eine materialistische Anthropologie entwickeln, die von völlig anderen Voraussetzungen ausging und in ihren ethischen Empfehlungen weitaus bescheidener war. Zum einen wurde dem Fötus, jener kleinen Anhäufung von Zellen in fortschreitendem Differenzierungsprozeß, nur noch unter der Voraussetzung eines gewissen gesellschaftlichen Konsens (keine erbliche Belastung, die zu Mißbildungen führt, Einwilligung der Eltern) eine individuelle autonome Existenz zuerkannt. Zum anderen konnte der Greis, jene Anhäufung von Organen in fortschreitendem Auflösungsprozeß, nur noch dann das Recht auf Überleben für sich in Anspruch nehmen, wenn seine organischen Funktionen ein Minimum an Koordination aufwiesen – Einführung des Begriffs der *menschlichen Würde*. Die ethischen Probleme, die in dieser Form die beiden entgegengesetzten Pole des Lebens (Abtreibung; und einige Jahrzehnte später dann die Euthanasie) stellten, sollten von da an zu unüberwindbaren Gegensätzen zwischen zwei Weltanschauungen, zu zwei völlig antagonistischen Anthropologien, führen.

Der prinzipielle Agnostizismus der französischen Republik sollte den scheinheiligen, ja leicht hinterlistigen Siegeszug der materialistischen Anthropologie erleichtern. Auch wenn die Probleme bezüglich des *Werts* des menschlichen Lebens nie offen angesprochen wurden, bildeten sie sich in den Köpfen der Menschen immer stärker heraus; man kann ohne Zweifel behaupten, daß sie in der Endphase der westlichen Zivilisation maßgeblich daran beteiligt waren, ein allgemein verbreitetes depressives, wenn nicht gar masochistisches Klima zu schaffen.

Für Bruno, der gerade achtzehn geworden war, war der Sommer 1974 eine wichtige, ja geradezu entscheidende Zeit. Als er sich viele Jahre später in Behandlung eines Psychiaters begab, sollte er mehrfach darauf zurückkommen, um diese oder jene Einzelheit abzuwandeln – tatsächlich schien der Psychiater diesen Bericht ungemein zu schätzen. Hier also die kanonische Fassung, die Bruno gern davon gab:

»Die Sache hat sich Ende Juli abgespielt. Ich war für eine Woche zu meiner Mutter an die Côte d'Azur gefahren. Sie hatte viele Leute zu Besuch, es war ein ständiges Kommen und Gehen. In jenem Sommer schlief sie mit einem Kanadier – einem jungen, kräftigen Kerl mit der Statur eines Holzfällers. Am Morgen meiner Abreise bin ich sehr früh aufgewacht. Die Sonne war bereits heiß. Ich bin in ihr Zimmer gegangen, sie schliefen beide noch. Ich habe ein paar Sekunden gezögert, dann habe ich das Bettlaken zurückgezogen. Meine Mutter hat sich bewegt, einen Augenblick habe ich geglaubt, sie würde die Augen öffnen; sie hat die Schenkel leicht gespreizt. Ich habe mich vor ihrer Scheide niedergekniet, habe meine Hand bis auf wenige Zentimeter herangeführt, doch ich habe nicht gewagt, sie zu berühren. Dann bin ich wieder hinausgegangen, um mir einen runterzuholen. Sie hatte zahlreiche, mehr oder weniger verwilderte Katzen in ihrem Haus aufgenommen. Ich habe mich einer jungen schwarzen Katze genähert, die sich auf einem Stein wärmte. Der Boden rings um das Haus war steinig und sehr weiß, von geradezu erbarmungslosem Weiß. Die Katze hat mich mehrmals angesehen, während ich onanierte, aber sie hat die Augen geschlossen, bevor ich ejakulierte. Ich habe mich gebückt, einen großen Stein aufgehoben und den Schädel der Katze zertrümmert; Gehirnmasse spritzte auf. Ich habe den Kadaver mit Steinen zugedeckt, dann bin ich ins Haus zurückgekehrt; alle schliefen noch. Am Vormittag hat mich meine Mutter zu meinem Vater gefahren, der etwa fünfzig Kilometer von ihr entfernt wohnte. Im Auto hat sie mir zum erstenmal von di Meola erzählt. Vier Jahre zuvor hatte auch er Kalifornien verlassen; er hatte in der Nähe von Avignon auf den Hängen des Mont Ventoux ein großes Landgut gekauft. Im Sommer nahm er junge Leute aus allen europäischen Ländern und aus Nordamerika bei sich auf. Sie meinte, ich könne dort mal einen Sommer hinfahren, das würde mir neue Horizonte eröffnen. Di Meolas Lehre knüpfte vor allem an die brahmanische Tradition an, aber, ihr zufolge, ohne jeden Fanatismus oder Ausschließlichkeitsanspruch. Er bezog auch die Errungenschaften der Kybernetik, der NLP und der in Esalen entwickelten Deprogrammierungstechniken mit ein. Es ging vor allem darum, das Individuum zu befreien, sein tiefes schöpferisches Potential zu entfalten. ›Wir benutzen nur 10 % unserer Neuronen.‹

›Außerdem‹, fügte Jane hinzu (sie fuhren gerade durch einen Pinienwald), ›kannst du dort junge Leute in deinem Alter kennenlernen. Während du bei uns warst, haben wir alle den Eindruck gehabt, daß du in sexueller Hinsicht Probleme hast.‹ Die westliche Art, mit Sexualität umzugehen, fügte sie hinzu, sei völlig verkrampft und pervertiert. In vielen primitiven Gesellschaften fände die Initiation zu Beginn des Jugendalters unter Aufsicht der erwachsenen Stammesmitglieder statt. ›Ich bin deine Mutter‹, stellte sie noch einmal fest. Sie unterließ es, hinzuzufügen, daß sie selbst 1963 di Meolas Sohn David initiiert hatte. David war damals dreizehn gewesen. Am ersten Nachmittag hatte sie sich vor ihm ausgezogen, ehe sie ihn zum Masturbieren ermunterte. Am zweiten Nachmittag hatte sie ihn selbst masturbiert und gelutscht. Am dritten Tag hatte er sie schließlich penetrieren können. Jane war das noch in angenehmer Erinnerung; der Schwanz des Jungen war steif und schien in seiner Steifheit unbegrenzt verfügbar zu sein, selbst nach mehreren Samenergüssen; von diesem Augenblick an hatte sie sich vermutlich endgültig für junge Männer entschieden. ›Allerdings‹, fügte sie hinzu, ›findet die Initiation immer außerhalb des direkten Familiensystems statt. Das ist unerläßlich, um die Öffnung zur Außenwelt zu ermöglichen.‹« Bruno zuckte zusammen und fragte sich, ob sie am selben Morgen, in dem Augenblick, als er ihre Scheide angestarrt hatte, vielleicht doch aufgewacht sei. Doch die Bemerkung seiner Mutter war an sich nicht sonderlich überraschend; das Inzesttabu ist bereits bei Graugänsen und Backenfurchenpavianen bezeugt. Der Wagen näherte sich Sainte-Maxime.

»Als ich bei meinem Vater ankam«, fuhr Bruno fort, »wurde mir klar, daß es ihm nicht sehr gut ging. Er hatte sich in jenem Sommer nur zwei Wochen Urlaub nehmen können. Er hatte, was mir damals allerdings noch nicht klar war, finanzielle Probleme, zum erstenmal ging es geschäftlich abwärts. Später hat er mir alles erzählt. Er hatte den aufkommenden Markt für Silikonbrüste völlig verpaßt. In seinen Augen war das nur eine vorübergehende Mode, die sich auf den amerikanischen Markt beschränken würde. Das war natürlich idiotisch. Es gibt kein einziges Beispiel für eine aus den USA kommende Mode, der es nicht in wenigen Jahren gelungen ist, Westeuropa zu überschwemmen; kein einziges. Einer seiner jungen Mitarbeiter hatte diese Gelegenheit ergriffen, um sich selbständig zu machen, und ihm einen großen Teil seiner Kundschaft weggeschnappt, indem er die Silikonbrüste als Lockmittel einsetzte.«

Zum Zeitpunkt dieses Geständnisses war Brunos Vater siebzig und sollte kurz darauf einer Leberzirrhose zum Opfer fallen. »Die Geschichte wiederholt sich«, hatte er düster hinzugefügt und die Eiswürfel in seinem Glas klirren lassen. »Poncet, dieser Idiot (es handelte sich um den jungen, dynamischen Chirurgen, der zwanzig Jahre zuvor seinen Ruin verursacht hatte), Poncet, dieser Idiot, hat sich gerade geweigert, Geld in die Schwanzverlängerung zu investieren. Er findet, das sei die reinste Metzgerarbeit, er glaubt nicht, daß der männliche Markt in Europa mitziehen wird. Dieser Idiot. Genauso idiotisch wie ich damals. Wenn ich heute dreißig wäre, dann würde ich mich auf die Schwanzverlängerung stürzen, darauf kannst du Gift nehmen!« Nach einer solchen Erklärung verfiel er im allgemeinen in einen Zustand geistiger Abwesenheit und dämmerte vor sich hin. Die Unterhaltung war stockend, wie es in diesem Alter zwangsläufig der Fall ist.

In jenem Juli des Jahres 1974 befand sich Brunos Vater noch im ersten Stadium seines Verfalls. Er schloß sich nachmittags mit einem Stapel Kriminalromane von San Antonio und einer Flasche Bourbon ein. Gegen sieben tauchte er wieder auf und wärmte mit zittriger Hand ein Fertiggericht auf. Er hatte das Vorhaben, mit seinem Sohn zu sprechen, noch nicht ganz aufgegeben, aber es gelang ihm nicht, es gelang ihm einfach nicht. Nach zwei Tagen wurde die Atmosphäre wirklich bedrückend. Bruno verließ jetzt öfter das Haus, blieb ganze Nachmittage fort; er ging ganz einfach an den Strand.

Dem Psychiater gefiel der darauffolgende Teil des Berichts weniger, aber Bruno legte großen Wert darauf, er hatte keine Lust, ihn zu übergehen. Schließlich war dieser Idiot dazu da, ihm zuzuhören, dafür wurde er doch bezahlt, oder etwa nicht?

»Sie war allein«, fuhr Bruno also fort, »sie war den ganzen Nachmittag allein am Strand. Eine arme Tochter reicher Leute, wie ich; sie war siebzehn. Sie war wirklich ziemlich dick, ein kleiner Fettkloß mit schüchternem Gesicht, viel zu weißer Haut und Pickeln. Am vierten Nachmittag, genau am Tag vor meiner Abreise, nahm ich mein Badetuch und setzte mich neben sie. Sie lag auf dem Bauch und hatte das Oberteil ihres Bikinis aufgehakt. Ich erinnere mich noch, mir fiel nichts besseres ein, als sie zu fragen: ›Bist du hier in Ferien?‹ Sie hob die Augen: Sie hatte bestimmt nichts Geistreiches erwartet, aber vielleicht doch nicht etwas so Bescheuertes. Anschließend nannten wir unsere Vornamen, sie hieß Annick. Irgendwann mußte sie sich aufrichten, und ich fragte mich: Ob sie wohl versucht, ihr Oberteil auf dem Rücken zuzuhaken oder richtet sie sich etwa auf und zeigt mir ihre Brüste? Sie fand einen Mittelweg: Sie drehte sich um und hielt dabei die beiden Körbchen mit der Hand fest. Am Ende saß das Oberteil etwas schief und bedeckte ihre Brüste nur halb. Sie hatte wirklich einen großen Busen, der schon etwas schlaff war, was sich später sicher noch stark verschlimmert hat. Ich habe mir gesagt, daß sie ganz schön mutig war. Ich habe meine Hand genähert und sie unter das Körbchen geschoben, so daß ich nach und nach ihre Brust ertasten konnte. Sie hat sich nicht gerührt, sondern ist nur ein wenig starr geworden und hat die Augen geschlossen. Ich habe meine Hand weiter vorgeschoben, ihre Brustwarzen waren hart. Das bleibt einer der schönsten Augenblicke meines Lebens.

Anschließend ist die Sache etwas komplizierter geworden. Ich habe sie mit nach Hause genommen, und wir sind sofort in mein Zimmer hinaufgegangen. Ich hatte Angst, mein Vater könne sie sehen; er ist immerhin ein Mann, der in seinem Leben äußerst schöne Frauen gehabt hat. Aber er schlief; wie sich herausstellte, war er völlig betrunken und ist erst abends um zehn aufgewacht. Seltsamerweise hat sie sich geweigert, daß ich ihr den Slip ausziehe. Das habe sie noch nie getan, hat sie mir gesagt; in Wirklichkeit hatte sie noch nie irgend etwas mit einem Jungen gehabt. Aber sie hat mir ohne zu zögern und mit großer Hingabe einen runtergeholt; ich erinnere mich, daß sie dabei gelächelt hat. Dann habe ich meinen Schwanz ihrem Mund genähert: Sie hat ein bißchen daran gelutscht, aber es hat ihr nicht sonderlich gefallen. Ich habe nicht darauf beharrt und mich rittlings auf sie gesetzt. Als ich meinen Penis zwischen ihre Brüste schob, habe ich gespürt, daß sie wirklich glücklich war, sie hat leise gestöhnt. Das hat mich ungeheuer erregt, ich bin aufgestanden und habe ihr den Slip ausgezogen. Diesmal hat sie nicht protestiert, sie hat sogar die Beine gehoben, um mir die Sache zu erleichtern. Sie war keine Schönheit, aber sie hatte eine anziehende Möse, eine ebenso anziehende Möse wie jede Frau. Sie schloß die Augen. In dem Augenblick, als ich ihr die Hände unter den Hintern schob, hat sie ihre Schenkel ganz gespreizt. Das hatte eine solche Wirkung auf mich, daß ich sofort ejakulierte, noch ehe ich in sie eindringen konnte. Auf ihren Schamhaaren waren ein paar Samenspritzer. Es tat mir schrecklich leid, aber sie hat mir gesagt, das sei egal, sie sei glücklich.

Wir hatten nicht viel Zeit, um zu reden, es war schon acht, und sie mußte schnell zu ihren Eltern zurückkehren. Sie hat mir gesagt, warum, weiß ich auch nicht, sie sei ein Einzelkind. Sie wirkte so glücklich, so stolz, einen Grund zu haben, zu spät zum Abendessen zu kommen, daß ich beinah in Tränen ausgebrochen wäre. Wir haben uns lange im Garten vor dem Haus geküßt. Am folgenden Morgen bin ich nach Paris zurückgekehrt.«

Nach diesem kurzen Bericht legte Bruno eine Pause ein. Der Therapeut räusperte sich leise und sagte dann meistens: »Gut.« Je nachdem wieviel Zeit der Bericht erfordert hatte, sagte er etwas, um das Gespräch wieder in Gang zu bringen, oder begnügte sich mit der Bemerkung: »Vielleicht sollten wir es für heute dabei belassen?« und verlieh dem *Finale* eine leichte Hebung, um die Spur einer Fragestellung anzudeuten. Das Lächeln, das seine Worte begleitete, war von ausgesuchter Leichtigkeit.

13

Im Sommer desselben Jahres 1974 ließ sich Annabelle von einem Jungen in einer Diskothek in Saint-Palais küssen. Sie hatte vor kurzem in *Stéphanie* einen ausführlichen Bericht über die Freundschaft zwischen Jungen und Mädchen gelesen. Zum Thema des *Jugendfreunds* entwickelte die Zeitschrift eine besonders abstoßende These: Es sei äußerst selten, daß sich der Jugendfreund in »den« Freund des Mädchens verwandele; er sei eher dazu bestimmt, *ein* Freund zu werden, *ein treuer Freund*; er könne sogar oft als Vertrauter oder Ratgeber dienen, wenn die ersten *Flirts* Gefühlsverwirrungen hervorriefen.

In den Sekunden nach diesem ersten Kuß überkam Annabelle trotz der Behauptungen der Zeitschrift ein entsetzlich trauriges Gefühl. Irgend etwas Schmerzhaftes und Unbekanntes erfüllte auf einmal ihre Brust. Sie verließ das *Kathmandou* und untersagte dem Jungen, ihr zu folgen. Sie zitterte leicht, als sie die Diebstahlsicherung ihres Mopeds aufschloß. Sie hatte an jenem Abend ihr schönstes Kleid angezogen. Das Haus ihres Bruders war nur einen Kilometer entfernt, als sie dort ankam war es erst kurz nach elf, im Wohnzimmer brannte noch Licht; als sie das Licht sah, fing sie an zu weinen. Das waren die Umstände, in denen Annabelle 1974 in einer Julinacht das schmerzliche, definitive Bewußtsein ihrer *individuellen Existenz* erlangte. Die individuelle Existenz, die dem Tier zunächst in Form von körperlichem Schmerz offenbart wird, erlangt in den menschlichen Gesellschaften nur auf dem Wege über die *Lüge*, mit der sie in der Praxis auch verschmelzen kann, das volle Bewußtsein ihrer selbst. Bis zum Alter von sechzehn Jahren hatte Annabelle ihren

Eltern nie etwas verheimlicht; sie hatte auch nie etwas – und das war, wie ihr jetzt klar wurde, etwas Seltenes und Kostbares – vor Michel verheimlicht. Innerhalb weniger Stunden wurde Annabelle in jener Nacht bewußt, daß das Leben der Menschen eine ununterbrochene Folge von Lügen ist. Bei der gleichen Gelegenheit wurde sie sich ihrer Schönheit bewußt.

Die individuelle Existenz und das Gefühl der Freiheit, das sie hervorruft, bilden die natürlichen Grundlagen der *Demokratie.* In der demokratischen Staatsform werden die Beziehungen zwischen Individuen üblicherweise durch die Form des *Vertrags* geregelt. Jeder Vertrag, der über die natürlichen Rechte eines der Vertragspartner hinausgeht oder keine eindeutigen Widerrufsklauseln enthält, wird aufgrund dieser Tatsache als null und nichtig angesehen.

Vom Sommer 1974 erzählte Bruno gern und mit vielen Einzelheiten, über das darauffolgende Schuljahr jedoch verlor er selten ein Wort; es hinterließ bei ihm allerdings auch nur die Erinnerung an eine zunehmende Gehemmtheit. Ein unbestimmtes zeitliches Segment, jedoch von ziemlich trüber Färbung. Er sah Annabelle und Michel noch genauso oft, im Prinzip waren sie gut befreundet; doch sie sollten bald ihr Abitur machen, und das Ende des Schuljahrs würde sie zwangsläufig trennen. Michel hatte sich verändert: Er hörte Jimi Hendrix und wälzte sich dabei auf dem Teppich, es war sehr intensiv; lange nach den anderen ließ er eindeutige Zeichen *pubertären Verhaltens* erkennen. Annabelle und er wirkten gehemmt, sie gingen nicht mehr oft Hand in Hand. Kurz gesagt, wie Bruno es einmal seinem Psychiater gegenüber zusammenfaßte, »alles ging den Bach runter.«

Seit dem kleinen Abenteuer mit Annick, das er in seiner Erinnerung ein wenig zu verschönern suchte (er hatte es übrigens für ratsam gehalten, sie nicht wieder anzurufen), fühlte sich Bruno etwas selbstsicherer. Dennoch war auf diese erste Eroberung keine weitere gefolgt, und er hatte sich eine eiskalte Abfuhr geholt, als er versuchte, Sylvie zu küssen, ein hübsches dunkelhaariges *Püppchen*, das in dieselbe Klasse ging wie Annabelle. Doch da sich ein Mädchen mit ihm eingelassen hatte, warum sollten es dann nicht auch andere tun? Und er entwickelte nach und nach ein vages Bedürfnis, Michel gegenüber eine Beschützerrolle zu spielen. Michel war schließlich sein Bruder und zwei Jahre jünger. »Du mußt etwas mit Annabelle anstellen«, sagte er mehrfach zu ihm, »sie wartet nur darauf, sie ist in dich verliebt, und sie ist das hübscheste Mädchen der Schule.« Michel wand sich auf seinem Stuhl und erwiderte: »Ja.« Wochen vergingen. Er zögerte offensichtlich, die Schwelle zum Erwachsenenalter zu überschreiten. Annabelle zu küssen, wäre für beide die einzige Möglichkeit gewesen, den Schwierigkeiten dieses Übergangs aus dem Weg zu gehen; aber er war sich dessen nicht bewußt; er ließ sich von einem trügerischen Gefühl der Ewigkeit zum Narren halten. Im April rief er unter seinen Lehrern Entrüstung hervor, weil er es versäumt hatte, die Bewerbungsunterlagen für die Vorbereitungsklassen der *grandes écoles* auszufüllen. Dabei war es offensichtlich, daß er bessere Chancen als jeder andere hatte, zu einer dieser Eliteuniversitäten zugelassen zu werden. Das Abitur fand in anderthalb Monaten statt, und er machte den Eindruck, immer mehr zu schwimmen. Durch die vergitterten Fenster des Klassenzimmers betrachtete er die Wolken, die Bäume auf dem Schulhof und die anderen Schüler; kein menschliches Geschehnis schien ihn mehr wirklich berühren zu können.

Bruno dagegen hatte beschlossen, sich in einer philosophischen Fakultät einzuschreiben: Er hatte allmählich die Nase voll von den Reihenentwicklungen von Taylor und Maclaurin, und vor allem gab es an der philosophischen Fakultät Mädchen, viele Mädchen. Sein Vater hatte nichts dagegen einzuwenden. Wie alle alten Lebemänner wurde er mit zunehmendem Alter sentimental und machte sich bittere Vorwürfe, mit seinem Egoismus das Leben seines Sohns verpfuscht zu haben; das war im übrigen nicht ganz falsch. Anfang Mai trennte er sich von Julie, seiner letzten Geliebten, obwohl sie eine hinreißende Frau war; sie hieß Julie Lamour, aber ihr Künstlername war Julia Love. Sie hatte in den ersten Pornos *à la française* mitgespielt, den heutzutage vergessenen Filmen von Burd Tranbaree oder Francis Leroi. Sie hatte eine gewisse Ähnlichkeit mit Janine, war aber viel bescheuerter. »Das ist mein Untergang ... Das ist mein Untergang ...«, wiederholte Brunos Vater unentwegt, als ihm ein Jugendfoto seiner Exfrau in die Hände fiel und er die Ähnlichkeit feststellte. Während eines Abendessens bei Bénazéraf hatte seine Geliebte Gilles Deleuze kennengelernt, und seitdem verstieg sie sich regelmäßig in intellektuelle Rechtfertigungen des Pornos, es wurde unerträglich. Außerdem kostete sie ihn viel Geld, denn sie hatte sich bei den Dreharbeiten an gemietete Rolls Royce, Pelzmäntel und all den erotischen Flitterkram gewöhnt, der ihm mit fortschreitendem Alter immer mehr auf die Nerven ging. Ende 1974 mußte er sein Haus in Sainte-Maxime verkaufen. Ein paar Monate später kaufte er seinem Sohn ein Appartement in der Nähe des Jardin de l'Observatoire: ein sehr schönes helles, ruhiges Appartement ohne Gegenüber. Als er es Bruno zeigte, hatte er keineswegs den Eindruck, ihm ein außergewöhnliches Geschenk zu machen, es handelte sich eher um den Versuch, so gut es ging, etwas *wiedergutzumachen*; außerdem war die Sache offensichtlich ein gutes Geschäft. Als er den Blick durch den Raum schweifen ließ, wurde er jedoch etwas lebhafter. »Hier kannst du Mädchen einladen!« gab er unbedachterweise von sich. Als er das Gesicht seines Sohnes sah, bereute er es augenblicklich.

Michel schrieb sich schließlich an der Universität Orsay in den Fachbereichen Mathematik und Physik ein; vor allem hatte es ihm gefallen, daß die Studentenwohnheime ganz in der Nähe waren: Das war seine Art der Entscheidungsfindung. Wie erwartet bestanden beide das Abitur. Annabelle begleitete sie an dem Tag, an dem die Ergebnisse bekanntgegeben wurden, ihr

Gesicht war ernst, innerhalb eines Jahres war sie sehr gereift. Sie war etwas schlanker geworden, das Lächeln mehr nach innen gewandt, und zu allem Unglück war sie noch hübscher geworden. Bruno beschloß, die Initiative zu ergreifen: Das Ferienhaus in Sainte-Maxime gab es nicht mehr, aber er konnte auf das Landgut von di Meola fahren, wie seine Mutter es ihm vorgeschlagen hatte; er schlug den beiden vor, ihn zu begleiten. Einen Monat später, gegen Ende Juli, fuhren sie los.

14

DER SOMMER 1975

»Sie denken nicht daran,
daß sie sich kehren zu ihrem Gott,
denn sie haben einen Hurengeist in ihrem Herzen,
und den Herrn kennen sie nicht.«

(Hosea: *Verse* 5, 4)

Der Mann, der sie an der Haltestelle des Busses aus Carpentras empfing, war geschwächt und krank. Francesco di Meola, Sohn eines italienischen Anarchisten, der in den 20er Jahren in die USA ausgewandert war, *hatte es in seinem Leben zu etwas gebracht*, finanziell gesehen, versteht sich. Wie Serge Clément hatte der junge Italiener gegen Ende des Zweiten Weltkriegs begriffen, daß nun eine völlig neue Epoche begann und gewisse Tätigkeiten, die lange als elitär oder marginal angesehen worden waren, erheblich an wirtschaftlicher Bedeutung gewinnen würden. Während Brunos Vater sein Geld in die Schönheitschirurgie investiert hatte, hatte di Meola sein Glück in der Schallplattenproduktion versucht; manche verdienten in dieser Branche viel mehr als er, das stimmt zwar, aber es gelang ihm immerhin, sich ein großes Stück des Kuchens zu sichern. Mit Anfang Vierzig ahnte er wie viele Kalifornier, daß eine neue Welle aufkam, die viel mehr war als eine bloße Modeerscheinung und die die ganze westliche Zivilisation überrollen sollte; daher hatte er sich in seiner Villa in Big Sur mit Allan Watts, Paul Tillich, Carlos Castaneda, Abraham Maslow und Carl Rogers unterhalten. Einige Zeit später war es ihm sogar vergönnt, Aldous Huxley, dem wahren geistigen Urheber der

Bewegung, zu begegnen. Huxley, der schon stark gealtert und fast erblindet war, schenkte ihm nur begrenzte Aufmerksamkeit; doch diese Begegnung sollte ihn entscheidend beeinflussen.

Die Gründe, die ihn 1970 dazu brachten, Kalifornien zu verlassen und sich ein Landgut in der Haute-Provence zu kaufen, waren ihm selbst nicht völlig klar. Später, gegen Ende seines Lebens, gelangte er zu der Überzeugung, er habe aus undurchsichtigen Gründen den Wunsch gehabt, *in Europa zu sterben*; aber anfangs war er sich nur oberflächlicherer Beweggründe bewußt. Die 68er Bewegung hatte ihn beeindruckt, und zu dem Zeitpunkt, da die Hippiewelle in Kalifornien allmählich wieder abnahm, sagte er sich, daß vielleicht irgend etwas mit der europäischen Jugend zu machen sei. Jane bestärkte ihn darin. Vor allem die französische Jugend war verklemmt und vom paternalistischen Joch des Gaullismus unterdrückt; aber Jane zufolge genügte ein Funke, um alles in Brand zu setzen. Seit einigen Jahren bestand Francescos größtes Vergnügen darin, mit sehr jungen Mädchen, die sich von der spirituellen Aura der Bewegung angezogen fühlten, Marihuana-Zigaretten zu rauchen und sie anschließend, umgeben von Mandalas und Räucherstäbchen, zu vögeln. Die Mädchen, die in Big Sur auftauchten, waren im allgemeinen kleine bescheuerte protestantische Ziegen; wenigstens die Hälfte von ihnen waren noch Jungfrau. Gegen Ende der 60er Jahre begann der Strom nachzulassen. Da sagte er sich, daß es vielleicht Zeit sei, nach Europa zurückzukehren; er fand es selbst merkwürdig, in dieser Form daran zu denken, hatte er doch Italien im Alter von knapp fünf Jahren verlassen. Sein Vater war nicht nur ein revolutionärer Aktivist gewesen, sondern auch ein kultivierter Mensch, ein Ästhet, der eine Schwäche für gepflegte Unterhaltung hatte. Das hatte wohl Spuren bei ihm hinterlassen. Im Grunde hatte er die Amerikaner schon immer für etwas bescheuert gehalten.

Er war noch ein sehr gut aussehender Mann, mit scharf geschnittenen, matten Gesichtszügen, dichtem, langem, gewelltem weißen Haar; und doch begannen sich die Zellen im Inneren seines Körpers wild zu vermehren, den genetischen Code der Nachbarzellen zu zerstören und Toxine zu bilden. Die Spezialisten, die er aufgesucht hatte, widersprachen sich in vielen Punkten, außer in einem, dem wesentlichen: daß er bald sterben würde. Sein Krebs konnte nicht mehr operiert werden, er würde unweigerlich weitere Metastasen entwickeln. Die meisten Ärzte waren der Meinung, daß er ein friedliches Ende erleben würde und mit Hilfe einiger Medikamente sogar bis zum Schluß keine Schmerzen zu erleiden habe; tatsächlich empfand er bislang nur eine große allgemeine Müdigkeit. Er fand sich jedoch nicht damit ab; es war ihm nicht einmal gelungen, sich auf diese Vorstellung einzulassen. Für den heutigen westlichen Menschen, auch wenn er kerngesund ist, erzeugt der Gedanke an den Tod eine Art *Hintergrundgeräusch*, das sein Gehirn erfüllt, sobald die Pläne und Wünsche weniger werden. Mit fortschreitendem Alter wird die Gegenwart dieses Geräusches immer aufdringlicher; man kann es mit einem dumpfen Rauschen vergleichen, das manchmal von einem Knirschen begleitet wird. In anderen Zeitaltern wurde das Hintergrundgeräusch durch das Warten auf das Reich des Herrn erzeugt; heute wird es durch das Warten auf den Tod erzeugt. So ist das nun mal.

Huxley, daran würde er sich immer erinnern, schien die Aussicht auf seinen eigenen Tod in keiner Weise berührt zu haben; aber vielleicht war er einfach abgestumpft oder stand unter Drogen. Di Meola hatte Platon, die Bhagavadgita und das Tao te-king gelesen; keines dieser Bücher hatte ihm die geringste Erleichterung gebracht. Er war knapp sechzig, und dennoch würde er bald sterben, alle Symptome waren vorhanden, es gab keinen Zweifel. Er verlor sogar das Interesse an Sex, und daher nahm er Annabelles Schönheit sozusagen nur zerstreut zur Kenntnis. Was die Jungen betraf, so bemerkte er sie nicht einmal. Seit langem lebte er umgeben von jungen Leuten, und die vage Neugier, die der Gedanke hervorgerufen hatte, Janes Sohn kennenzulernen, war vielleicht nicht mehr als eine Gewohnheit; im Grunde, das war eindeutig, scherte er sich einen Dreck darum. Er setzte sie mitten auf dem Landgut ab und sagte ihnen, sie könnten ihr Zelt aufbauen, wo sie wollten; er hatte Lust, sich ins Bett zu legen, möglichst ohne jemandem zu begegnen. Äußerlich stellte er noch vorzüglich den Typ des besonnenen, sinnlichen Mannes dar, in dessen Augen Ironie oder gar Weisheit funkelte; ein paar besonders dumme Mädchen hatten in seinem Gesicht sogar etwas Strahlendes, Wohlwollendes zu entdecken geglaubt. Er empfand sich selbst durchaus nicht als wohlwollend, und außerdem hatte er den Eindruck, ein mittelmäßiger Schauspieler zu sein: Wie hatten sie nur alle auf ihn hereinfallen können? Also wirklich, sagte er sich manchmal etwas traurig, diese jungen Leute auf der Suche nach neuen spirituellen Werten, waren echt bescheuert.

Bereits wenige Sekunden nachdem sie aus dem Jeep gestiegen waren, begriff Bruno, daß er einen Fehler begangen hatte. Das Gelände fiel in sanften Wellen nach Süden ab, war mit Sträuchern und Blumen bewachsen. Ein Wasserfall ergoß sich in ein tiefes natürliches Becken mit ruhigem grünen Wasser; direkt daneben lag eine nackte Frau auf einem flachen Felsen, um sich von der Sonne trocknen zu lassen, während sich eine andere einseifte, ehe sie ins Wasser sprang. Etwas näher bei ihnen kniete ein großer bärtiger Typ und meditierte oder schlief. Auch er war nackt und sehr gebräunt; sein langes, strohblondes Haar zeichnete sich scharf gegen seine dunkle Haut ab; er hatte eine gewisse Ähnlichkeit mit Kris Kristofferson. Bruno fühlte sich entmutigt; aber was hätte er anderes erwarten sollen? Vielleicht war es noch früh genug, um wieder abzureisen, vorausgesetzt, sie taten es sofort. Er warf seinen Gefährten einen Blick zu: Mit einer erstaunlichen Ruhe begann Annabelle, ihr Zelt auszupakken; Michel saß auf einem Baumstumpf und spielte mit der Kordel seines Rucksacks; er wirkte völlig abwesend.

Das Wasser folgt dem Weg des geringsten Widerstands. Das menschliche Verhalten, das in seinem Prinzip und fast allen seinen Handlungen determiniert ist, läßt nur wenige Gabelungen zu, und diese Gabelungen selbst werden kaum genutzt. 1950 bekam Francesco di Meola einen Sohn von einer italienischen Schauspielerin, einer zweitrangigen Schauspielerin, die nie über die Rolle ägyptischer Sklavinnen hinauskam und es schaffte – das war der Höhepunkt ihrer Laufbahn –, in *Quo vadis?* zweimal das Stichwort zu geben. Sie nannten ihren Sohn David. Im Alter von fünfzehn träumte David davon, ein *Rockstar* zu werden. Er war nicht der einzige. Obwohl sie viel reicher als ein Generaldirektor oder ein Bankier waren, behielten die Rockstars dennoch das Image eines Rebellen. Jung, schön, berühmt, von allen Frauen begehrt, von allen Männern beneidet, bildeten die Rockstars die absolute Spitze der sozialen Rangordnung. Seit der Anbetung der Pharaonen im alten Ägypten hat es in der Geschichte der Menschheit nichts gegeben, das sich mit der kultischen Verehrung vergleichen ließ, die die europäische und amerikanische Jugend den Rockstars entgegenbrachte. Was sein Äußeres anging, erfüllte David alle Voraussetzungen, um sein Ziel zu erreichen: Er war von absoluter, zugleich animalischer, teuflischer Schönheit; hatte ein markantes Gesicht, das dennoch äußerst reine Züge besaß; langes dichtes, leicht gewelltes schwarzes Haar; große, tiefblaue Augen.

Dank der Beziehungen seines Vaters konnte David bereits im Alter von siebzehn eine erste Single aufnehmen; es wurde ein totaler Mißerfolg. Man muß allerdings sagen, daß im selben Jahr *Sergeant Peppers, Days of Future Passed* und viele andere Platten herauskamen. Jimi Hendrix, die Rolling Stones, die Doors befanden sich auf dem Höhepunkt ihres Schaffens; Neil Young begann, Platten aufzunehmen, und man erwartete noch viel von

Brian Wilson. Es gab in jenen Jahren einfach keinen Platz für einen annehmbaren, aber wenig erfinderischen Baßgitarristen. David ließ sich nicht davon entmutigen, wechselte viermal die Band, probierte verschiedene Formationen aus; drei Jahre nach der Abreise seines Vaters beschloß auch er, sein Glück in Europa zu versuchen. Er fand ohne Schwierigkeiten ein Engagement in einem Klub an der Côte d'Azur, das war kein Problem; jeden Abend warteten mehrere Mädchen hinter der Bühne auf ihn, auch das war kein Problem. Aber in keiner einzigen Plattenfirma interessierte sich auch nur irgend jemand für seine Demo-Kassetten.

Als David Annabelle begegnete, hatte er schon über fünfhundert Frauen gehabt; dennoch konnte er sich nicht entsinnen, je eine solche plastische Vollkommenheit gesehen zu haben. Annabelle ihrerseits fühlte sich von ihm angezogen wie alle anderen vor ihr. Sie widerstand ihm mehrere Tage, gab erst eine Woche nach ihrer Ankunft nach. Es waren etwa dreißig, die sich hinter dem Haus versammelt hatten, um zu tanzen, die Nacht war sternklar und sanft. Annabelle trug einen weißen Rock und ein kurzes T-Shirt mit einer Sonne darauf. David tanzte immer in ihrer Nähe, wirbelte sie manchmal in einer Rock-'n'-Roll-Figur herum. Seit über einer Stunde tanzten sie unermüdlich zu einem bald schnellen, bald langsamen Tamburin-Rhythmus. Bruno lehnte mit zusammengeschnürtem Herzen regungslos an einem Baum, hellwach und auf der Hut. Mal tauchte Michel am Rand des erleuchteten Kreises auf, mal verschwand er in der Nacht. Plötzlich war er da, keine fünf Meter entfernt. Bruno sah, wie Annabelle die Tanzenden verließ und auf Michel zuging, er hörte deutlich, wie sie sagte: »Tanzt du nicht?« Ihr Gesicht war in diesem Augenblick sehr traurig. Michel lehnte die Aufforderung mit einer unglaublich langsamen Geste ab, wie sie ein vorgeschichtliches Tier, das gerade wieder zum Leben erweckt worden ist, hätte ausführen können. Annabelle blieb fünf bis zehn

Sekunden regungslos vor ihm stehen, dann wandte sie sich um und schloß sich wieder der Gruppe an. David nahm sie an der Hüfte und zog sie fest an sich. Sie legte die Hand auf seine Schulter. Bruno blickte Michel wieder an; er hatte den Eindruck, daß ein Lächeln seine Lippen umspielte; er senkte den Blick. Als er ihn wieder hob, war Michel verschwunden. Annabelle war in Davids Armen; ihre Lippen berührten sich fast.

Michel lag in seinem Zelt und wartete auf das Morgengrauen. Gegen Ende der Nacht brach ein heftiges Gewitter aus, überrascht stellte er fest, daß er ein wenig Angst hatte. Dann beruhigte sich der Himmel wieder, und es begann ruhig und gleichmäßig zu regnen. Die Tropfen schlugen wenige Zentimeter von seinem Gesicht entfernt mit dumpfem Geräusch auf das Zeltdach, aber er war vor ihnen geschützt. Plötzlich hatte er die leise Vorahnung, daß sein ganzes Leben diesem Augenblick gleichen würde. Er würde die menschlichen Regungen nur durchqueren, manchmal würden sie ihm sehr nahe kommen; andere Menschen würden das Glück oder die Verzweiflung kennenlernen; all das würde ihn niemals wirklich betreffen oder erreichen. Im Lauf des Abends hatte Annabelle mehrmals beim Tanzen zu ihm hingeblickt. Er hätte sich gern gerührt, aber er konnte es nicht; er hatte deutlich das Gefühl gehabt, in eisigem Wasser zu versinken. Dabei war alles außerordentlich ruhig. Er hatte den Eindruck, durch wenige Zentimeter Leere, die gleichsam einen Panzer oder eine Rüstung bildeten, von der übrigen Welt getrennt zu sein.

15

Am nächsten Morgen war Michels Zelt leer. Alle seine Sachen waren verschwunden, aber er hatte einen Zettel hinterlassen, auf dem nur stand: »MACHT EUCH KEINE SORGEN.«

Bruno fuhr eine Woche später wieder ab. Als er in den Zug stieg, kam ihm zu Bewußtsein, daß er während des ganzen Aufenthalts nicht einmal versucht hatte, ein Mädchen anzusprechen, und in den letzten Tagen nicht einmal mehr, mit irgend jemandem zu reden.

Gegen Ende August stellte Annabelle fest, daß ihre Regel ausblieb. Sie sagte sich, daß es so besser sei. Es gab keine Schwierigkeiten: Davids Vater kannte einen Arzt, der beim *Planning familial* aktiv war und in Marseille operierte. Ein Typ mit einem kleinen rotblonden Schnurrbart, um die Dreißig, voller Begeisterung, der Laurent hieß. Er bestand darauf, daß sie ihn beim Vornamen nannte: Laurent. Er zeigte ihr die verschiedenen Instrumente, erklärte ihr, wie das Absaugen und das Ausschaben vor sich ging. Er legte Wert darauf, mit seinen Patientinnen, die er fast wie Freundinnen behandelte, einen demokratischen Dialog herzustellen. Er hatte von Anfang an die Frauenbewegung unterstützt, und ihm zufolge blieb da noch viel zu tun. Der Operationstermin wurde für den folgenden Tag angesetzt; die Kosten übernahm das *Planning familial.*

Als Annabelle in ihr Hotelzimmer zurückkehrte, war sie völlig mit den Nerven fertig. Am folgenden Tag würde sie die Abtreibung vornehmen lassen, noch eine Nacht im Hotel schlafen und dann nach Hause zurückkehren; das hatte sie beschlossen. Seit drei Wochen hatte sie jede Nacht mit David in dessen

Zelt verbracht. Beim erstenmal hatte es etwas weh getan, aber anschließend hatte sie Lust verspürt, wilde Lust; sie hatte nicht einmal geahnt, daß die sexuelle Lust so stark sein könne. Und dabei hegte sie keinerlei Zuneigung für diesen Typen; sie wußte, daß er sie sehr schnell ersetzen würde, wahrscheinlich war er schon dabei, es zu tun.

Am selben Abend schilderte Laurent bei einem Essen mit Freunden begeistert den Fall Annabelle. Für Mädchen wie sie hatten sie gekämpft, erklärte er; um zu vermeiden, daß das Leben eines knapp siebzehnjährigen Mädchens (»das noch dazu sehr hübsch war«, hätte er fast hinzugefügt) durch ein Ferienabenteuer verpfuscht wurde.

Annabelle fürchtete sich sehr vor der Rückkehr nach Crécy-en-Brie, aber in Wirklichkeit geschah gar nichts. Es war der 4. September; ihre Eltern beglückwünschten sie zu ihrer Bräune. Sie teilten ihr mit, daß Michel nicht mehr da sei und schon das Zimmer im Studentenwohnheim in Bures-sur-Yvette bezogen habe; sie hatten offensichtlich nicht die leiseste Ahnung. Sie besuchte Michels Großmutter. Die alte Frau wirkte ziemlich erschöpft, aber sie empfing sie sehr freundlich und gab ihr ohne Schwierigkeiten die Adresse ihres Enkels. Sie hatte es etwas merkwürdig gefunden, daß Michel vor den anderen heimgekehrt war, ja, sie hatte es auch merkwürdig gefunden, daß er einen Monat vor Semesterbeginn in das Studentenheim gezogen war; aber Michel *war* eben ein merkwürdiger Junge.

Mitten in der großen natürlichen Barbarei ist es den Menschen manchmal (wenn auch selten) gelungen, kleine, warme, von der Liebe besonnte Plätze zu schaffen. Kleine, abgekapselte reservierte Bereiche, in denen Intersubjektivität und Liebe herrschten.

Annabelle verbrachte die folgenden beiden Wochen damit, Michel zu schreiben. Es war nicht einfach, sie mußte viel durchstreichen und sehr oft wieder von vorn anfangen. Als der Brief fertig war, waren es vierzig Seiten geworden; zum erstenmal war es wirklich ein *Liebesbrief*. Sie schickte ihn am 17. September ab, am Tag, an dem die Schule wieder anfing; dann wartete sie.

Die Fakultät Orsay-Paris XI ist die einzige Universität im Pariser Raum, die wirklich nach dem amerikanischen Campus-System konzipiert ist. Mehrere Wohnheime, die über einen Park verstreut sind, beherbergen die Studenten und Doktoranden. Orsay ist nicht nur ein Lehrinstitut, sondern auch ein Forschungszentrum für Elementarteilchenphysik von sehr hohem Niveau.

Michel bewohnte ein Eckzimmer im vierten und obersten Stock des Hauses 233; er fühlte sich dort gleich wohl. Das Zimmer war mit einem kleinen Bett, einem Schreibtisch und Bücherregalen eingerichtet. Man sah auf eine Rasenfläche, die sich bis an den Fluß hinunterzog; wenn er sich etwas aus dem Fenster lehnte, konnte er ganz rechts die Betonmasse des Teilchenbeschleunigers erkennen. Um diese Jahreszeit, einen Monat vor Semesterbeginn, war das Wohnheim fast leer; es waren nur ein paar afrikanische Studenten da, deren Problem vor allem darin bestand, für den August, wenn die Wohngebäude geschlossen waren, eine Unterkunft zu finden. Michel wechselte ab und zu ein paar Worte mit der Hausmeisterin; tagsüber ging er am Fluß spazieren. Er ahnte noch nicht, daß er mehr als acht Jahre in diesem Wohnheim verbringen sollte.

Eines Morgens gegen elf streckte er sich, umgeben von gleichgültigen Bäumen, im Gras aus. Er wunderte sich darüber, daß er so sehr litt. Seine Weltanschauung, die von den christlichen Kategorien der Erlösung und der Gnade weit entfernt war und nicht einmal den Begriff der Freiheit und der Vergebung kannte, bekam dadurch etwas Mechanisches, Unerbittliches. Wenn die Ausgangsbedingungen erst einmal gegeben sind, dachte er, und die Parameter für das Netz der ersten Interaktionen aufgestellt sind, entwickeln sich die Ereignisse in einem desillusionierten, leeren Raum; ihre Determinierung ist unabwendbar. Was geschehen war, mußte geschehen, anders konnte es nicht sein; niemand konnte dafür verantwortlich gemacht werden. Nachts träumte Michel von abstrakten, schneebedeckten Räumen; sein in Verbände gewickelter Körper trieb unter einem dicht verhangenen Himmel zwischen Stahlwerken daher. Bei Tage begegnete er manchmal einem der Afrikaner, einem kleinen Malier mit aschgrauer Haut; sie nickten sich gegenseitig zu. Die Mensa war noch nicht geöffnet; er kaufte Thunfisch in Dosen im Supermarkt Continent in Courcelles-sur-Yvette, dann kehrte er wieder ins Wohnheim zurück. Es wurde dunkel. Er ging durch leere Flure.

Mitte Oktober schrieb ihm Annabelle einen zweiten Brief, der kürzer war als der vorige. In der Zwischenzeit hatte sie Bruno angerufen, der auch nichts von seinem Bruder gehört hatte: Er wußte nur, daß Michel regelmäßig seine Großmutter anrief, sie aber wahrscheinlich nicht vor Weihnachten besuchen würde.

Als Michel eines Abends im November aus einem Analyse-Seminar zurückkam, fand er eine Nachricht in seinem Fach im Studentenwohnheim. Die Nachricht lautete folgendermaßen: »Ruf deine Tante Marie-Thérèse an. DRINGEND.« In den letzten zwei Jahren hatte er seine Tante Marie-Thérèse und seine Cousine Brigitte kaum gesehen. Er rief sofort an. Seine Großmutter hatte zum zweitenmal einen Schwächeanfall gehabt, man hatte sie ins Krankenhaus nach Meaux bringen müssen. Die Aorta war schwach, das Herz drohte zu versagen.

Er ging zu Fuß durch Meaux, kam am Gymnasium vorbei; es war gegen zehn. Im gleichen Augenblick beschäftigte sich Annabelle in einem Klassenraum mit einem Text von Epikur – einem geistreichen, gemäßigten und, kurz gesagt, ziemlich langweiligen griechischen Denker. Der Himmel war düster, das Wasser der Marne aufgewühlt und schmutzig. Er fand ohne Schwierigkeiten das Saint-Antoine-Hospital – ein ultramoderner Krankenhauskomplex aus Glas und Stahl, der im Jahr zuvor eingeweiht worden war. Seine Tante Marie-Thérèse und seine Cousine Brigitte warteten auf dem Flur im siebten Stock auf ihn; sie hatten ganz offensichtlich geweint. »Ich weiß nicht, ob du sie sehen solltest ...«, sagte Marie-Thérèse. Er überging die Bemerkung. Was getan werden mußte, würde er tun.

Seine Großmutter lag allein in einem Zimmer auf der Intensivstation. Das schneeweiße Bettlaken ließ ihre Arme und Schultern frei; es fiel ihm schwer, den Blick von dem entblößten, faltigen, bleichen, furchtbar alten Fleisch abzuwenden. Ihre mit einem Tropf verbundenen Arme waren mit Gurten am Bettrand befestigt. In ihrer Kehle steckte ein geriffelter Schlauch. Kabel, die an Aufzeichnungsgeräte angeschlossen waren, kamen unter dem Laken hervor. Man hatte ihr das Nachthemd ausgezogen; man hatte ihr nicht ermöglicht, das Haar zu einem Knoten zu stecken, wie sie es seit Jahren jeden Morgen tat. Mit ihrem offenen langen grauen Haar war sie nicht mehr ganz seine Großmutter; sie war eine arme Kreatur aus Fleisch, sehr jung und sehr alt zugleich, die jetzt der Medizin ausgeliefert war. Michel ergriff ihre Hand; nur diese Hand erkannte er wirklich wieder. Er hatte oft ihre Hand ergriffen, hatte es noch vor kurzer Zeit getan, als er schon über siebzehn war. Ihre Augen öffneten sich nicht; aber vielleicht spürte sie trotz allem seine Berührung. Er drückte ihre Hand nicht sehr fest, nahm sie nur in die seine, wie er es immer getan hatte; er hoffte sehr, daß sie seine Berührung erkennen würde.

Diese Frau hatte eine furchtbare Kindheit erlebt, schon mit sieben Jahren mußte sie umgeben von trunksüchtigen, halb verrohten Männern auf dem Bauernhof mitarbeiten. Ihre Jugend war so kurz gewesen, daß sie sich kaum daran erinnern konnte. Nach dem Tod ihres Mannes hatte sie in der Fabrik gearbeitet und dabei gleichzeitig ihre vier Kinder aufgezogen; mitten im Winter mußte sie nach draußen gehen, um Wasser zu holen, damit ihre Kinder sich waschen konnten. Mit über sechzig Jahren, kurz nachdem sie in Rente gegangen war, hatte sie sich bereit gefunden, sich noch einmal um ein kleines Kind zu kümmern – den Sohn ihres Sohnes. Ihm hatte es auch an nichts gefehlt – weder an sauberer Kleidung, noch an gutem Essen am Sonntagmittag, noch an Zuneigung. All das hatte sie in ihrem Leben getan. Eine auch nur annähernd vollständige Studie der Menschheit muß zwangsläufig diese Art von Phänomenen berücksichtigen. Solche Menschen hat es in der Geschichte gegeben. Menschen, die ihr ganzes Leben gearbeitet, hart gearbeitet haben, und das nur aus Hingabe und Liebe; Menschen, die ihr Leben aus Hingabe und Liebe den anderen buchstäblich geschenkt haben; und die dennoch keineswegs den Eindruck hatten, sich aufzuopfern; und die sich in Wirklichkeit keine andere Lebensweise vorstellen konnten, als ihr Leben aus Hingabe und Liebe den anderen zu schenken. In der Praxis waren diese Menschen im allgemeinen Frauen.

Michel blieb etwa eine Viertelstunde in dem Zimmer und hielt die Hand seiner Großmutter in der seinen; dann kam ein Assistenzarzt, um ihm mitzuteilen, daß er leider im Weg sein würde. Vielleicht sei noch etwas zu machen; nein, keine Operation, das sei unmöglich; aber vielleicht trotzdem etwas, es sei jedenfalls noch nicht alles verloren.

Auf dem Rückweg sagte niemand ein Wort; Marie-Thérèse saß am Steuer ihres Renault 16 und fuhr mit mechanischen Gesten. Auch beim Essen sprachen sie nicht viel, riefen nur hin und wieder eine Erinnerung wach. Marie-Thérèse trug das Essen auf, sie mußte sich irgendwie betätigen; ab und zu hielt sie inne, weinte ein wenig und ging dann wieder in die Küche zurück.

Annabelle hatte die Abfahrt des Krankenwagens und die Rückkehr des Renault 16 beobachtet. Gegen ein Uhr nachts stand sie auf und zog sich an, ihre Eltern schliefen bereits; sie ging bis zu der Gittertür vor Michels Haus. Alles war hell erleuchtet, sie waren wahrscheinlich im Wohnzimmer; aber es war unmöglich, durch die Vorhänge hindurch irgend etwas zu erkennen. Es regnete leicht. Zehn Minuten vergingen. Annabelle wußte, daß sie an der Tür klingeln und Michel sehen konnte; aber sie konnte es auch lassen. Sie war sich nicht recht bewußt, daß sie in diesem Augenblick die konkrete Erfahrung der *Freiheit* machte; auf jeden Fall war es ganz furchtbar, und nach diesen zehn Minuten sollte sie nie mehr ganz dieselbe sein. Viele Jahre später sollte Michel eine kurze Theorie der menschlichen Freiheit vorstellen, die auf der Analogie mit dem Verhalten des suprafüssigen Heliums beruhte. Das diskrete atomare Phänomen des Elektronenaustauschs zwischen den Neuronen und den Synapsen im Inneren des Gehirns ist im Prinzip der Quantenunschärfe unterworfen; die große Anzahl der Neuronen bewirkt jedoch durch die statistisch bedingte Aufhebung der elementaren Unterschiede, daß das menschliche Verhalten – sowohl in seinen groben Zügen wie auch in den Einzelheiten – ebenso streng determiniert ist wie das jedes anderen natürlichen Systems. Doch unter manchen, äußerst seltenen Umständen – die Christen nannten es das *Wirken der Gnade* – entsteht eine neue Kohärenzwelle und breitet sich im Inneren des Gehirns aus; dadurch läßt sich – vorübergehend oder endgültig – ein neues Verhalten beobachten, das durch ein völlig anderes System harmonischer Oszillatoren bestimmt wird; es handelt sich um etwas, das man gemeinhin eine *freie Handlung* nennt.

Doch nichts dergleichen ereignete sich in jener Nacht, und Annabelle kehrte ins Haus ihres Vaters zurück. Sie fühlte sich spürbar gealtert. Es sollten fast fünfundzwanzig Jahre vergehen, ehe sie Michel wiedersehen würde.

Das Telefon klingelte gegen drei; die Krankenschwester schien echtes Bedauern zu empfinden. Man habe wirklich alles Menschenmögliche versucht; aber im Grunde sei praktisch nichts mehr möglich gewesen. Das Herz sei eben zu alt, das sei das Problem. Wenigstens habe sie nicht gelitten, das könne man mit Bestimmtheit sagen. Aber man müsse leider sagen, daß es vorbei sei.

Michel ging zu seinem Schlafzimmer, er machte ganz kleine Schritte von höchstens zwanzig Zentimetern. Brigitte wollte aufstehen, doch Marie-Thérèse hielt sie mit einer Handbewegung zurück. Es vergingen etwa zwei Minuten, dann hörte man aus dem Schlafzimmer eine Art Miauen oder Heulen. Diesmal stürzte Brigitte los. Michel lag zusammengerollt am Fußende des Bettes. Seine Augen waren etwas aus den Höhlen getreten. Auf seinem Gesicht spiegelte sich keine, der Trauer oder einem anderen menschlichen Gefühl gleichende Regung. Sein Gesicht war von widerwärtigem tierischen Entsetzen verzerrt.

Zweiter Teil

Die seltsamen Augenblicke

1

Kurz hinter Poitiers verlor Bruno die Kontrolle über sein Fahrzeug. Der Peugeot 305 geriet ins Schleudern, rutschte über die halbe Fahrbahn, streifte die Leitplanke und blieb stehen, nachdem er sich einmal um die eigene Achse gedreht hatte. »Verdammte Scheiße!« fluchte er dumpf, »so ein Mist!« Ein Jaguar, der mit 220 Stundenkilometern angerast kam, bremste heftig, wäre um ein Haar gegen die andere Leitplanke geprallt und fuhr wild hupend davon. Bruno stieg aus, reckte seine Faust und brüllte »Arschloch!« hinter ihm her, »du verdammtes Arschloch!« Dann wendete er den Wagen und fuhr weiter.

Der ORT DER WANDLUNG war 1975 von einer Gruppe Altachtundsechziger (in Wirklichkeit war keiner von ihnen an den 68er Ereignissen in irgendeiner Weise beteiligt; sagen wir, sie hatten eine Achtundsechziger-*Gesinnung*) auf einem großen, mit Kiefern bepflanzten Gelände, das den Eltern von einem von ihnen gehörte, etwas südlich von Cholet gegründet worden. Das Vorhaben, stark geprägt von den ultraliberalen Idealen, die Anfang der siebziger Jahre in Mode waren, bestand darin, eine konkrete Utopie zu verwirklichen, das heißt, einen Ort zu schaffen, an dem man sich bemühte, »hier und jetzt« nach den Prinzipien der Selbstverwaltung, der Wahrung der individuellen Freiheit und der unmittelbaren Demokratie zu leben. Der ORT war jedoch keine neue Kommune; es handelte sich um den – eher bescheidenen – Versuch, einen Ferienort zu schaffen, das heißt einen Ort, an dem die Verfechter dieser Ideen die Möglichkeit hatten, während der Sommermonate die erwähnten Prinzipien in konkreter Weise in die Tat umzusetzen; es ging außerdem darum, Synergien und schöpferische Begegnungen hervorzurufen, und das alles vor dem Hintergrund einer humanistischen, republikanischen Einstellung; und es ging, den Worten eines der Gründer zufolge, letztlich darum, »ordentlich zu vögeln«.

Bruno verließ die Autobahn an der Ausfahrt Cholet Süd und fuhr etwa zehn Kilometer auf einer Küstenstraße. Der Plan war nicht sehr deutlich, und ihm war zu heiß. Fast durch Zufall, wie ihm schien, entdeckte er das Schild. In bunten Buchstaben auf weißem Grund kündigte dieses an: »ORT DER WANDLUNG«; und darunter war auf einem kleineren Sperrholzschild in roten Buchstaben ein Satz aufgemalt, der die Devise dieser Stätte zu sein schien: »Die Freiheit der anderen dehnt die meine bis ins Unendliche aus« (Michail Bakunin). Rechts führte wohl ein Weg ans Meer; zwei junge Mädchen zogen eine Plastikente hinter sich her. Sie trugen nichts unter ihrem T-Shirt, diese Schlampen. Bruno blickte hinter ihnen her; sein Schwanz tat ihm weh. Ein nasses T-Shirt, sagte er düster zu sich selbst, das ist doch schon was. Dann bogen sie seitwärts ab: Offensichtlich gingen sie auf den benachbarten Campingplatz.

Er stellte seinen Peugeot auf dem Parkplatz ab und ging auf einen kleinen Bretterverschlag zu, auf dem oben ein Schild mit der Aufschrift »WILLKOMMEN« angebracht war. Drinnen saß eine etwa sechzigjährige Frau im Schneidersitz. Ihre mageren, faltigen Brüste hingen leicht über den Baumwollpareo herunter; Bruno tat sie leid. Sie lächelte etwas starr und gutmütig. »Willkommen im ORT«, sagte sie schließlich. Dann lächelte sie wieder über das ganze Gesicht; hatte sie nicht alle beisammen? »Hast du dein Reservierungsformular dabei?« Bruno holte die Papiere aus seiner kunstledernen Umhängetasche. »Prima«, stieß die alte Schlampe hervor und lächelte weiterhin schwachsinnig.

Autos waren auf dem Campingplatz nicht gestattet; er beschloß, in zwei Etappen vorzugehen. Als erstes wollte er sich einen Platz suchen, an dem er sein Zelt aufbauen konnte, und anschließend seine Sachen holen. Kurz vor der Abreise hatte er sich im Kaufhaus La Samaritaine ein Iglu-Zelt gekauft (hergestellt in der Volksrepublik China, 2 bis 3 Plätze, 449 Franc).

Als Bruno die Wiese erreichte, sah er als erstes die Pyramide. Zwanzig Meter breit, zwanzig Meter hoch: Das Ding war vollkommen gleichseitig. Alle Wände waren aus Glas und durch ein Gitter aus dunklen Holzstreben in einzelne Scheiben unterteilt. In manchen Scheiben spiegelten sich hell die Strahlen der sinkenden Sonne wider; durch andere konnte man die innere Struktur erkennen: Zwischenetagen und Trennwände, ebenfalls aus dunklem Holz. Das Ganze sollte an einen Baum erinnern, was übrigens ganz gut gelungen war – der Stamm wurde durch einen großen Zylinder dargestellt, der sich in der Mitte der Pyramide erhob und in dem vermutlich die Haupttreppe untergebracht war. Mehrere Leute kamen aus dem Gebäude, allein oder in kleinen Gruppen; die einen waren bekleidet, die anderen nackt. In der untergehenden Sonne, die auf den Gräsern funkelte, wirkte all das wie ein Science-fiction-Film. Bruno betrachtete die Szene zwei oder drei Minuten lang; dann klemmte er sich wieder das Zelt unter den Arm und machte sich daran, den ersten Hügel zu erklimmen.

Das Gelände bestand aus mehreren bewaldeten Hügeln mit von Kiefernnadeln bedecktem Boden und verschiedenen Lichtungen; überall verstreut befanden sich die Sanitäranlagen, die Stellplätze für die Zelte waren nicht abgegrenzt. Bruno schwitzte leicht, er hatte Blähungen; das Essen, das er in der Autobahnraststätte zu sich genommen hatte, war offensichtlich zu reichlich gewesen. Er hatte Mühe, einen klaren Gedanken zu fassen; dabei konnte die Platzwahl, das wurde ihm schnell bewußt, ein entscheidendes Element für den Erfolg seines Aufenthalts darstellen.

Während er noch darüber nachdachte, entdeckte er eine Wäscheleine, die zwischen zwei Bäumen gespannt war. Mehrere Höschen, die sich in der sanften abendlichen Brise bewegten, waren dort zum Trocknen aufgehängt. Das war vielleicht eine Idee, sagte er sich; seine Nachbarn lernt man kennen auf einem Campingplatz; nicht unbedingt, um zu vögeln, aber man lernt jemanden kennen, das ist ein möglicher erster Schritt. Er legte sein Zelt auf den Boden und begann die Anleitung für den Aufbau zu studieren. Die französische Übersetzung war jämmerlich, die englische kaum besser; mit den anderen europäischen Sprachen dürfte es ähnlich sein. Scheißchinesen. Was sollte denn bloß »umdrehen Sie die Halbstarren, um die Kuppel zu konkretisieren« bedeuten?

Er starrte mit zunehmender Verzweiflung auf die Abbildungen, als zu seiner Rechten eine Art Squaw in einem Ledermini und mit großen, im Abendlicht baumelnden Brüsten auftauchte. »Bist du gerade angekommen?« sagte die Erscheinung, »brauchst du Hilfe, um dein Zelt aufzubauen?« »Ach, das geht schon ...«, erwiderte er mit erstickter Stimme, »das geht schon, danke. Aber das ist nett ...«, flüsterte er noch. Er witterte eine Falle. Tatsächlich drang wenige Sekunden später lautes Geschrei aus dem benachbarten Wigwam (wo hatten sie bloß das Ding gekauft, oder hatten sie es etwa selbst hergestellt?). Die Squaw stürzte los und kam mit zwei winzigen Blagen wieder, eine auf jeder Hüfte, die sie träge zu schaukeln begann. Das Geschrei steigerte sich. Das zu der Squaw gehörige männliche Exemplar trippelte herbei, den Schwanz im Wind. Es war ein ziemlich kräftiger bärtiger Kerl um die Fünfzig mit langem grauen Haar. Er nahm eines der beiden kleinen Äffchen in die Arme und begann es zu betätscheln; es war widerlich. Bruno entfernte sich ein paar Meter; das war gerade noch mal gut gegangen. Mit solchen Monstern in der Nähe hätte er kein Auge zutun können. Sie stillte, diese dumme Kuh, das war eindeutig; aber trotzdem schöne Brüste.

Bruno ging in schrägem Winkel ein paar Meter weiter, entfernte sich auf leisen Sohlen von dem Wigwam; doch er wollte in der Nähe der Höschen bleiben. Das waren ganz zarte Stücke, durchsichtig und ganz aus Spitze; er konnte sich nicht vorstellen, daß sie der Squaw gehören sollten. Er entdeckte einen Platz zwischen zwei Kanadierinnen (Cousinen? Schwestern? Schulfreundinnen?) und machte sich an die Arbeit.

Als er fertig war, brach schon die Dunkelheit an. Im Halbdunkel ging er hinunter, um seine Koffer zu holen. Er begegnete mehreren Leuten auf dem Weg: Paaren, Einzelpersonen, ziemlich vielen alleinstehenden Frauen um die Vierzig. In regelmäßigen Abständen waren Schilder mit der Aufschrift »GEGENSEITIGER RESPEKT« an die Bäume genagelt; er ging näher an eines heran. Eine Schale unter dem Schild war randvoll mit Kondomen gefüllt, die das französische Gütesiegel trugen. Darunter stand ein Abfalleimer aus weißem Plastik. Er trat auf das Pedal, um den Deckel zu öffnen, leuchtete mit der Taschenlampe hinein: Es waren vor allem Bierdosen darin, aber auch ein paar gebrauchte Kondome. Das ist beruhigend, sagte sich Bruno; hier tut sich offensichtlich was.

Der Rückweg war anstrengend; seine Koffer schnitten ihm in die Hände ein, er war außer Atem; er mußte auf halber Höhe haltmachen. Ein paar Leute gingen über den Campingplatz, die Lichtkegel ihrer Taschenlampen kreuzten sich in der Dunkelheit. Weiter hinten war die Küstenstraße, es herrschte noch starker Verkehr; im *Dynasty*, an der Straße nach Saint-Clément, fand ein *topless*-Abend statt, aber er war zu müde, um dorthin oder wohin auch immer zu gehen. Bruno rührte sich etwa eine halbe Stunde nicht von der Stelle. Ich betrachte die Scheinwerfer durch die Bäume hindurch, sagte er zu sich; das ist mein Leben.

Als er wieder in seinem Zelt war, schenkte er sich einen Whisky ein, blätterte im *Swing Magazin* mit dem Titel »Das Recht auf Lust« und wichste dabei ohne Hast; er hatte das letzte

Heft auf einer Raststätte in der Nähe von Angers gekauft. Er hatte nicht wirklich die Absicht, auf die verschiedenen Annoncen zu antworten; er fühlte sich nicht genügend in Form für *gang bang* oder *golden shower*. Die Frauen, die bereit waren, sich mit Singles einzulassen, bevorzugten im allgemeinen Schwarze und erwarteten sowieso Mindestmaße, die er bei weitem nicht erreichte. Bei jedem Heft, das er durchgeblättert hatte, war ihm eines immer klarer geworden: Um wirklich in die Porno-Szene reinzukommen, hatte er einen zu kleinen Schwanz.

Dabei war er, ganz allgemein gesehen, nicht unzufrieden mit seinem Äußeren. Die Haarimplantation war durchaus ein Erfolg, er war einem fähigen Arzt in die Hände gefallen. Er ging regelmäßig ins Fitneßstudio, den Gymnase-Club, und fand sich, ehrlich gesagt, für einen Zweiundvierzigjährigen gar nicht so schlecht. Er schenkte sich einen weiteren Whisky ein, ejakulierte auf die Zeitschrift und schlief beinah friedlich ein.

2

EIN DREIZEHNSTÜNDIGER FLUG

Sehr bald sah sich der ORT DER WANDLUNG mit dem Problem des Alterns konfrontiert. Die Ideale aus der Gründerzeit kamen den jungen Leuten der 80er Jahre überholt vor. Abgesehen von den Kursen »Improvisationstheater« und »kalifornische Massage« war der ORT im Grunde vor allem zu einem Campingplatz geworden; was den Komfort der Unterbringung oder die Qualität der Bewirtung anging, konnte er nicht mit den institutionalisierten Ferienzentren konkurrieren. Außerdem erschwerte eine gewisse anarchistische Tradition, die dem ORT zu eigen war, eine strenge Kontrolle der Zugänge und der Bezahlung; die finanzielle Stabilität, die von Anfang an auf wackligen Beinen stand, war folglich immer schwieriger zu erzielen.

Die erste Maßnahme, die von den Gründungsmitgliedern einstimmig beschlossen wurde, sah vor, die Tarife für junge Leute deutlich zu senken; sie erwies sich als unzureichend. Zu Beginn des Rechnungsjahres 1984 schlug Frédéric Le Dantec auf der jährlichen Vollversammlung eine Neuorientierung vor, die den wirtschaftlichen Erfolg des ORTS sichern sollte. Das Unternehmen, so analysierte er, war der neue Abenteuerspielplatz der 80er Jahre. Sie alle hatten wertvolle Erfahrungen mit den Techniken und Therapien erworben, die aus der humanistischen Psychologie (Gestaltpsychologie, Rebirthing, *do in*, Feuerlaufen, transaktionelle Analyse, Zen-Meditation, NLP ...) hervorgegangen sind. Warum sollten sie diese Kompetenzen nicht für die Ausarbeitung eines vom ORT veranstalteten Kursprogramms für Unternehmen verwerten? Nach erregter Debatte wurde der Vorschlag angenommen. Zu jener Zeit wurde die Pyramide errichtet und mit dem Bau von etwa fünfzig Bungalows mit beschränktem, aber ausreichendem Komfort begonnen, die für die Kursteilnehmer bestimmt waren. Gleichzeitig wurde ein intensives Mailing gestartet, das als Zielgruppe die Personalchefs verschiedener großer Firmen hatte. Manche Gründungsmitglieder, die politisch sehr weit links angesiedelt waren, reagierten sehr unwirsch auf die neue Ausrichtung. Es fand ein kurzer interner Machtkampf statt, woraufhin der ORT von einem e. V. in eine GmbH umgewandelt wurde, deren Mehrheitsgesellschafter Frédéric Le Dantec war. Schließlich waren seine Eltern die Besitzer des Geländes, und die Kreditgenossenschaft des Departements Maine-et-Loire schien bereit, das Projekt zu unterstützen.

Fünf Jahre später war es dem ORT gelungen, eine eindrucksvolle Liste von Referenzen vorzuweisen (die Banque Nationale de Paris, IBM, das Finanzministerium, den Pariser Verkehrsmittelverbund RATP, den Hoch- und Tiefbau-Multi Bouygues ...). Das ganze Jahr über wurden Kurse für einzelne oder mehrere Unternehmen zugleich durchgeführt, und der Sektor »Ferienzentrum«, der vor allem aus nostalgischen Gründen beibehalten wurde, machte nur noch 5 % des Jahresumsatzes aus.

Bruno wachte mit starken Kopfschmerzen und ohne allzu große Illusionen auf. Eine Sekretärin, die gerade für 5000 Franc am Tag den Kurs »Persönlichkeitsentwicklung – Positives Denken« absolviert hatte, hatte ihm von dem ORT erzählt. Er hatte die Broschüre für den Sommerurlaub angefordert: Sympathisch, gemeinschaftlich, ungezwungen, all das klang nicht sehr berauschend. Doch eine statistische Angabe unten auf der Seite hatte seine Aufmerksamkeit erregt: Im letzten Sommer waren im Juli und August 63 % der Feriengäste des ORTS Frauen gewesen. Praktisch kamen zwei Frauen auf einen Typen; das war ein außergewöhnliches Verhältnis. Er hatte sofort beschlossen, im Juli eine Woche zu reservieren, um sich die Sache mal anzusehen; wenn er sich für die Unterbringung im Zelt entschied, kam es außerdem billiger als im Club Med oder selbst in den Ferienzentren der UCPA. Er konnte sich natürlich vorstellen, was das für Frauen waren: ausgeflippte Altlinke und vermutlich HIV-positiv. Aber immerhin, zwei Frauen auf einen Typen, da hatte er echte Chancen; wenn er es geschickt anstellte, konnte er sogar zwei Frauen vögeln.

In sexueller Hinsicht hatte das Jahr für ihn gut angefangen. Die Ankunft der Mädchen aus den ehemaligen Ostblockstaaten hatte die Preise gesenkt, jetzt konnte man ohne Schwierigkeiten eine individuell gestaltete Massage, die noch wenige Monate zuvor 400 Franc gekostet hatte, für 200 bekommen. Unglücklicherweise hatte er im April eine teure Reparatur am Wagen gehabt, noch dazu war es seine Schuld. Die Bank hatte begonnen, ihm Druck zu machen, und er hatte sich wohl oder übel einschränken müssen.

Er stützte sich auf einen Ellbogen und schenkte sich den ersten Whisky ein. Das *Swing Magazin* lag noch immer aufgeschlagen neben ihm; ein Typ, der seine Socken anbehalten hatte, streckte seinen Penis mit sichtbarer Anstrengung dem Objektiv entgegen: Er hieß Hervé.

Nicht mein Ding, sagte Bruno mehrmals zu sich, nicht mein Ding. Er schlüpfte rasch in eine Unterhose, ehe er auf die Sanitäranlagen zuging. Schließlich, sagte er sich voller Hoffnung, war selbst die Squaw von gestern durchaus eine Nummer wert. Große, ein wenig schlaffe Titten, das war sogar ideal für einen guten Tittenfick; seit drei Jahren hatte er das schon nicht mehr gehabt. Dabei war er ziemlich scharf darauf; aber die Nutten hielten im allgemeinen nichts von Tittenficks. Stört es sie, Samen ins Gesicht gespritzt zu bekommen? Erfordert es mehr Zeit und persönliches Engagement als eine Lutschpartie? Wie dem auch sei, diese Art der Dienstleistung schien untypisch zu sein; ein Tittenfick wurde im allgemeinen nicht in Rechnung gestellt, war folglich nicht vorgesehen und daher schwer zu bekommen. Für die Mädchen war das eher eine Privatsache. Aber mit den Privatsachen hatte es so seine Bewandtnis. Mehr als einmal hatte Bruno, als er eigentlich auf der Suche nach einem Tittenfick war, sich mit einer einfachen Wichspartie oder einer Lutschpartie begnügen müssen; manchmal übrigens durchaus gelungen; aber trotzdem, das Angebot auf dem Gebiet des Tittenficks war strukturell einfach unzureichend, das waren die Gedanken, die Bruno durch den Kopf gingen.

Als er an diesem Punkt seiner Überlegungen angekommen war, erreichte er den Körperpflegebereich Nr. 8. Er hatte sich schon mehr oder weniger mit dem Gedanken abgefunden, nur alten Weibern zu begegnen, und bekam daher einen heftigen Schock, als er die jungen Mädchen sah. Sie waren zu viert, zwischen fünfzehn und siebzehn, neben den Duschen, genau gegenüber von den Waschbecken. Zwei von ihnen standen im Bikinihöschen und warteten; die beiden anderen tollten herum wie Nixen, schwatzten, spritzten sich gegenseitig naß und stießen kleine Schreie aus: Sie waren völlig nackt. Die Anmut und die Erotik dieses Schauspiels waren unbeschreiblich; das hatte er nicht verdient. Sein Schwanz wurde in der Unterhose steif; er holte ihn mit einer Hand heraus und drückte sich gegen den Sokkel des Waschbeckens, gleichzeitig versuchte er, sich mit einem Zahnstocher die Zähne zu reinigen. Er stach sich ins Zahnfleisch, zog einen blutigen Zahnstocher aus dem Mund. Die Spitze seines Penis war heiß, geschwollen und prickelte furchtbar; es bildete sich ein Tropfen.

Eines der Mädchen, eine zierliche Brünette, kam aus der Dusche und ergriff ein Badetuch; sie frottierte zufrieden ihre jungen Brüste. Eine kleine Rothaarige streifte ihren Slip ab und ging in die frei gewordene Dusche; die Haare ihrer Möse waren rotblond. Bruno stöhnte leise, wurde von einem plötzlichen Schwindel erfaßt. Im Geist sah er, wie er dort hinging. Er hatte das Recht, seine Unterhose auszuziehen, zu den Duschen zu gehen und dort zu warten. Er hatte das Recht, dort zu warten, um sich zu duschen. Im Geist sah er, wie er mit einem Steifen vor ihnen stand; er stellte sich vor, er würde einen Satz zu ihnen sagen, wie etwa: »Ist das Wasser heiß?« Die beiden Duschen waren nur fünfzig Zentimeter voneinander entfernt; wenn er sich neben der kleinen Rothaarigen duschte, würde sie vielleicht zufällig seinen Schwanz streifen. Bei diesem Gedanken wurde er von einem heftigeren Schwindel erfaßt; er klammerte sich an den Rand des Waschbeckens. Im gleichen Augenblick stürmten zwei Jungen mit übertrieben lautem Gelächter von rechts herbei; sie trugen schwarze, mit Neonstreifen besetzte Shorts. Brunos Schwanz schlaffte augenblicklich ab, er schob ihn wieder in die Unterhose und konzentrierte sich auf seine Zahnpflege.

Er stand immer noch unter dem Schock der Begegnung, als er einige Zeit später zu den Frühstückstischen hinabging. Er setzte sich etwas abseits und sprach mit niemandem; während er auf den mit Vitaminen angereicherten Körnern kaute, sann er über den sadistischen Charakter der sexuellen Partnersuche nach, über ihren faustischen Aspekt. Es ist völlig falsch, dachte Bruno zum Beispiel, daß man von Homosexuellen spricht. Er selbst war nie oder praktisch nie einem Homosexuellen begegnet; dagegen kannte er zahlreiche *Päderasten.* Manche Päderasten – wenn auch zum Glück nicht sehr viele – haben eine Vorliebe für kleine Jungen; diese Päderasten landen im Gefängnis, mit langen Gefängnisstrafen, ohne die Möglichkeit der vorzeitigen Strafaussetzung, und das war's dann. Die meisten von ihnen haben jedoch eine Vorliebe für junge Männer zwischen fünfzehn und fünfundzwanzig; jenseits dieser Altersgrenze gibt es für sie nur noch alte, schlappe Ärsche. Seht euch doch mal an, wie zwei alte Schwule miteinander umgehen, sagte Bruno gern, seht sie euch genau an: Manchmal besteht zwischen ihnen eine gegenseitige Sympathie oder gar Zuneigung; aber begehren sie sich noch? Keinesfalls. Sobald ein kleiner praller Arsch von fünfzehn bis fünfundzwanzig vorbeikommt, zerfleischen sie sich wie zwei alte Hyänen neben einem Kadaver, sie zerfleischen sich, um diesen kleinen prallen Arsch zu bekommen; das waren die Gedanken, die Bruno durch den Kopf gingen.

Wie in vielen anderen Bereichen hatten die sogenannten Homosexuellen für den Rest der Gesellschaft eine Vorkämpferrolle eingenommen, dachte Bruno weiter. Er selbst zum Beispiel war zweiundvierzig; begehrte er etwa Frauen seines Alters? Absolut nicht. Für eine kleine, in einen Minirock gehüllte Möse jedoch war er noch bereit, bis ans Ende der Welt zu reisen. Wenigstens bis nach Bangkok jedenfalls. Immerhin ein dreizehnstündiger Flug.

3

Die sexuelle Begierde hat im wesentlichen junge Körper zum Objekt, und die progressive Verlagerung auf die Zielgruppe sehr junger Mädchen war im Grunde nur eine Rückkehr zur Normalität, zum wahren Objekt der Begierde, vergleichbar etwa der Rückkehr zu einem normalen Preisniveau, die auf eine anormale Überhitzung der Börse folgt. Dennoch befanden sich die Frauen, die zur Zeit der »Achtundsechziger« um die Zwanzig waren, zwei Jahrzehnte später, mit Anfang Vierzig, in einer schwierigen Situation. Sie waren im allgemeinen geschieden und konnten kaum auf die – herzliche oder verachtenswerte – Zweisamkeit der Ehe zählen, deren Abschaffung sie mit allen Mitteln zu beschleunigen versucht hatten. Sie gehörten einer Generation an, die – zum erstenmal in solchem Ausmaß – die Überlegenheit der Jugend über das reife Alter proklamiert hatte, und durften sich daher kaum wundern, ihrerseits von der Generation, die dazu bestimmt war, sie zu ersetzen, verachtet zu werden. Und der Körperkult schließlich, zu dessen Entfaltung sie maßgeblich beigetragen hatten, konnte sie, je mehr ihr Fleisch erschlaffte, nur dazu bringen, einen zunehmenden Ekel vor sich selbst zu empfinden – einen Ekel, der im übrigen jenem entsprach, den sie in den Augen der anderen lesen konnten.

Die Männer in ihrem Alter befanden sich im wesentlichen in der gleichen Situation; doch dieses gemeinsame Schicksal sollte keinerlei Solidarität zwischen diesen Wesen hervorbringen: mit Anfang Vierzig waren die Männer in ihrer überwältigenden Mehrheit weiterhin auf der Suche nach jungen Frauen –

und manchmal durchaus mit gewissem Erfolg, zumindest jene, die die gesellschaftlichen Spielregeln geschickt zu nutzen wußten und eine gewisse Position im intellektuellen Bereich, in der Finanz- oder der Medienwelt erlangt hatten; für die Frauen waren in fast allen Fällen die Jahre der Reife eine Zeit des Versagens, der Masturbation und der Schmach.

Als idealer Ort für das Ausleben sexueller Freiheit und sinnlicher Begierde sollte der ORT DER WANDLUNG natürlich mehr als jeder andere zum Schauplatz so mancher Depression und Verbitterung werden. Vorbei mit den auf der Lichtung im Schein des Vollmonds eng umschlungenen menschlichen Gliedmaßen! Vorbei mit der geradezu dionysischen Zelebrierung eingeölter Körper in der Mittagssonne! So faselten die Vierzigjährigen und betrachteten dabei ihre schlaffen Schwänze und ihre Speckfalten.

1987 fanden die ersten halbreligiös inspirierten Kurse Eingang in den ORT. Selbstverständlich blieb die christliche Religion ausgeschlossen; aber eine exotische Mystik ließ sich, wenn sie nur verschwommen genug war, für diese im Grunde geistig recht beschränkten Wesen harmonisch mit dem Körperkult verbinden, dem sie gegen alle Vernunft weiterhin huldigten. Die Kurse für Sensitivity-Massage oder Orgon-Energie wurden natürlich weiterhin angeboten; aber das Interesse an Astrologie, ägyptischem Tarot, meditativer Chakren-Arbeit und Freisetzung subtiler Energien trat immer deutlicher in Erscheinung. Es fanden »Begegnungen mit dem Engel in uns« statt; man lernte, die Vibration der Kristalle zu spüren. 1991 hielt der sibirische Schamanismus seinen Einzug, im selben Jahr, in dem ein ausgedehnter Initiationsaufenthalt in einer mit heiliger Glut beheizten *sweat lodge* bei einem Teilnehmer zum Tod durch Herzversagen führte. Die Tantra-Methode, die sexuelle Berührungen, seichte Spiritualität und einen ausgeprägten Egoismus miteinander verband, hatte besonders großen Erfolg. Kurz gesagt, in wenigen Jahren wurde der ORT – wie viele andere Zentren in

Frankreich oder in Westeuropa – ein *New-Age*-Zentrum mit großem Zulauf. Er behielt jedoch seinen hedonistischen, ultraliberalen Charakter der 70er Jahre bei, der ihm auf dem Markt seine einzigartige Position garantierte.

Nach dem Frühstück kehrte Bruno in sein Zelt zurück und zögerte, ob er onanieren sollte (die Erinnerung an die jungen Mädchen war noch sehr lebhaft), verzichtete aber schließlich darauf. Diese aufreizenden Mädchen dürften die Sprößlinge der Achtundsechzigerinnen sein, denen man – zumeist in Gruppen – auf dem Gelände des Campingplatzes begegnete. Manche von diesen alten Schlampen hatten es also trotz allem geschafft, sich fortzupflanzen. Diese Tatsache ließ Bruno in vages, aber unangenehmes Grübeln versinken. Er zog mit einem Ruck den Reißverschluß seines Iglu-Zelts auf; der Himmel war blau. Kleine Wolken schwebten wie Samenspritzer zwischen den Kiefern; es würde einen strahlenden Tag geben. Er sah sich das Programm für die Woche an: Er hatte sich für das Angebot Nummer 1 entschieden: *Kreativität und Entspannung*. Für den Vormittag hatte er die Wahl zwischen drei Kursen: Pantomime und Psychodrama, Aquarellmalerei, Creative Writing – Soft. Psychodrama, nein danke, das Theater hatte er schon hinter sich, ein Wochenende in einem Schloß in der Nähe von Chantilly: fünfzigjährige Soziologieassistentinnen, die sich auf Gymnastikmatten wälzten und ihren Papa um Teddybären anflehten; das sollte man sich lieber ersparen. Die Aquarellmalerei reizte ihn, aber die Sache fand im Freien statt: sich inmitten von Kiefernnadeln auf die Erde hocken, umgeben von Insekten und wer weiß, was sonst noch, um irgendwelche Schinken zu malen, sollte er sich das etwa zumuten?

Die Leiterin des Creative-Writing-Kurses hatte langes schwarzes Haar, einen großen Mund mit karminroten Lippen (einen Mund von der Art, die man gemeinhin ein »Lutschmäulchen« nennt); sie trug eine weite, schwarze Hemdbluse und eine schwarze Keilhose. Hübsche Frau, sehr apart. Trotzdem eine alte Schlampe, dachte Bruno, als er sich irgendwo in den Kreis hockte, den die Teilnehmer mehr oder weniger bildeten. Rechts von ihm saß eine dicke, grauhaarige Frau mit starken Brillengläsern und furchtbar fahlem Teint, die laut schnaufte. Sie stank nach Wein; dabei war es erst halb elf.

»Um unsere gemeinsame Anwesenheit zu begrüßen«, sagte die Leiterin zum Auftakt, »um die Erde und die fünf Himmelsrichtungen zu begrüßen, beginnen wir den Kurs mit einer Bewegung des Hatha-Yoga, die den Namen *Sonnengruß* trägt.« Darauf folgte die Beschreibung einer unverständlichen Stellung; die Rotweinelse neben ihm gab den ersten Rülpser von sich. »Du bist abgespannt, Jacqueline ...«, kommentierte die Yogini, »mach die Übung nicht, wenn dir nicht danach ist. Leg dich lang hin, die anderen tun es gleich auch.«

Man mußte sich tatsächlich hinlegen, während die Karma-Lehrmeisterin ein paar erbauliche Platitüden von sich gab, die sich wie Mineralwasserreklame anhörten: »Ihr geht in wunderbar reines Wasser hinein. Dieses Wasser umgibt eure Glieder, euren Bauch. Ihr bedankt euch bei der Mutter Erde. Ihr schmiegt euch vertrauensvoll an die Mutter Erde. Spürt euer Begehren. Bedankt euch bei euch selbst dafür, daß ihr euch dieses Begehren gewährt habt«, usw. Bruno lag auf der schmutzigen Gymnastikmatte und spürte, wie er vor Ärger mit den Zähnen knirschte; die Rotweinelse neben ihm rülpste in regelmäßigen Abständen. Zwischen zwei Rülpsern stieß sie mit lautem »Haaah! ...«, das ihren entspannten Zustand verkörpern sollte, den Atem aus. Die Karma-Schnepfe machte mit ihrer Nummer weiter und beschwörte die tellurischen Kräfte, die den Bauch und das Geschlecht bestrahlen. Nachdem sie die vier Elemente durchgegangen war, schloß sie, zufrieden mit ihrer Leistung, mit folgenden Worten: »Jetzt habt ihr die Schwelle des rationalen Geists hinter euch gelassen; ihr habt den Kontakt zu euren tiefen Schichten hergestellt. Öffnet euch nun dem unbegrenzten Raum des

Schöpferischen.« »Leck mich ...«, dachte Bruno wütend, während er sich mit viel Mühe aufrichtete. Anschließend fand die *Schreibsequenz* statt, gefolgt von einer allgemeinen Einführung und dem Verlesen der Texte. Es war nur eine einzige halbwegs annehmbare Frau in dem Kurs: eine kleine Rothaarige in Jeans und T-Shirt und mit ganz schönen Kurven, sie hörte auf den Namen Emma und hatte ein völlig albernes Gedicht geschrieben, in dem von Mondschafen die Rede war. Im allgemeinen trieften alle vor Dankbarkeit und Freude über den wiedergefundenen Kontakt, Mutter Erde, Vater Sonne und das ganze Tralala. Dann kam Bruno an die Reihe. Mit düsterer Stimme las er seinen kurzen Text vor:

Taxifahrer sind doch wirklich blöde Säcke,
sie halten nicht, selbst wenn ich verrecke.

»Das empfindest du ...«, sagte die Yogini. »Das empfindest du, weil du deine schlechten Energien nicht überwunden hast. Ich fühle, daß du tiefe Schichten in dir verbirgst. Wir können dir helfen, hier und jetzt. Wir stehen jetzt alle auf und zentrieren uns wieder auf die Gruppe.«

Sie richteten sich auf, nahmen sich an der Hand und bildeten einen Kreis. Widerwillig ergriff Bruno rechts die Hand der Rotweinelse und links die eines abstoßenden bärtigen Alten, der Ähnlichkeit mit Cavanna hatte. Konzentriert, aber ruhig, stieß die Yoga-Tante ein langes »Ohm« aus. Und dann ging es wieder los, alle stießen sie ein »Ohm« aus, als hätten sie ihr ganzes Leben lang nichts anderes getan. Während Bruno noch tapfer versuchte, sich dem sonoren Rhythmus der Darbietung anzupassen, spürte er plötzlich, wie er rechts aus dem Gleichgewicht gebracht wurde. Schwer wie ein Stein fiel die Rotweinelse starr zu Boden. Er ließ ihre Hand los, konnte aber den Sturz nicht vermeiden und fand sich auf den Knien vor der alten Schlampe wieder, die ausgestreckt auf dem Rücken lag und auf der Matte zappelte. Die Yogini hielt einen Augenblick inne, um ruhig festzustellen: »Ja, Jacqueline, das ist richtig, leg dich hin, wenn dir danach ist.« Diese beiden da schienen sich gut zu kennen.

Die zweite Schreibsequenz verlief ein wenig besser; inspiriert durch einen flüchtigen Anblick, der sich ihm am Vormittag geboten hatte, gelang es Bruno, das folgende Gedicht zu schreiben:

Ritze-Ratze-Runzel
Ich bräune meinen Pimmel
Ritze-Ratze-Punzel
Ich träum, ich wär im Himmel

Ich treffe Gott
Im Solarium
Er sitzt auf dem Pott
Und lacht sich krumm

Ritze-Ratze-Simpel
Er wohnt im Paradies
Ritze-Ratze-Pimpel
Ist das nicht fies?

»Da steckt viel Humor drin …«, kommentierte die Yogini mit leicht vorwurfsvollem Unterton. »Eine Mystik …«, riskierte die Rülpserin. »Eher eine umgekehrte Mystik …« Wohin sollte das bloß führen? Wie lange würde er das noch ertragen? Lohnte sich das wirklich? Bruno stellte sich ernsthaft die Frage. Als der Kurs vorüber war, eilte er zu seinem Zelt, sogar ohne zu versuchen, mit der kleinen Rothaarigen ins Gespräch zu kommen; er brauchte einen Whisky vor dem Mittagessen. Als er in die Nähe seines Zelts kam, stieß er auf eines der jungen Mädchen, nach denen er sich bei den Duschen die Augen ausgeguckt hatte; mit einer anmutigen Bewegung, die ihre Brüste hob, nahm sie die Spitzenhöschen von der Leine, die sie am Vortag zum Trocknen aufgehängt hatte. Er hätte vor Lust platzen und den ganzen Campingplatz mit klebrigen Fäden bespritzen können. Was hatte sich eigentlich seit seiner eigenen Jugend geändert? Er verspürte die gleichen Begierden, nur wußte er inzwischen, daß er sie vermutlich nicht befriedigen konnte. In einer Welt, die nur die Jugend achtet, sind die Menschen nach und nach innerlich *ausgezehrt.* Für das Mittagessen guckte er sich als Tischnachbarin eine Katholikin aus. Das war nicht schwer zu erraten, sie trug ein großes Eisenkreuz um den Hals; außerdem hatte sie diese auf der Unterseite geschwollenen Augenlider, die dem Blick eine gewisse Tiefe verleihen und oft eine Katholikin oder gar eine Mystikerin (und manchmal allerdings auch eine Alkoholikerin) kennzeichnen. Langes schwarzes Haar, sehr weiße Haut, ein bißchen mager, aber nicht schlecht. Ihr gegenüber saß eine junge Frau mit rotblondem Haar vom Typ Schweiz-Kalifornierin: mindestens einen Meter achtzig, perfekte Figur, machte den Eindruck, unerträglich gesund zu sein. Sie leitete den Tantra-Kurs. In Wirklichkeit war sie in Créteil geboren und hieß Brigitte Martin. In Kalifornien hatte sie sich die Brüste vergrößern und in die orientalische Mystik einweihen lassen; außerdem hatte sie den Vornamen gewechselt. Seit ihrer Rückkehr nach Créteil leitete sie unter dem Namen Shanti Martin einen Tantra-Kurs in Les Flanades; die Katholikin schien sie unheimlich zu bewundern. Anfangs konnte Bruno an der Unterhaltung teilnehmen, es ging um natürliche Ernährung – er hatte sich eingehend über Weizenkeime informiert. Doch sehr bald kamen sie auf religiöse Themen zu sprechen, und da konnte er nicht mithalten. Konnte man Jesus mit Krishna gleichsetzen oder mit wem sonst? Sollte man Rintintin Rusty vorziehen? Obwohl sie katholisch war, mochte die Katholikin den Papst nicht; mit seiner mittelalterlichen Einstellung bremse Johannes Paul II. die geistige Entwicklung des Abendlands, das war ihre These. »Das stimmt«, warf

Bruno ein, »er ist ein Kretin.« Der wenig bekannte Ausdruck erhöhte das Interesse der beiden anderen an ihm. »Und der Dalai-Lama kann mit den Ohren wackeln ...«, sagte er traurig und aß sein Sojasteak auf.

Die Katholikin erhob sich energisch, ohne einen Kaffee zu trinken. Sie wollte nicht zu spät zu ihrem Workshop für Persönlichkeitsentwicklung kommen, der den Titel *Die Regeln des Ja-Ja* trug. »O ja, das Ja-Ja ist toll!« äußerte die Schweizerin begeistert und stand ebenfalls auf. »Vielen Dank für das Gespräch ...«, sagte die Katholikin und wandte ihm den Kopf mit einem hübschen Lächeln zu. Na also, dann hatte er sich ja gar nicht so schlecht aus der Affäre gezogen. »Mit diesen Zicken zu sprechen«, dachte Bruno, als er über den Campingplatz ging, »ist genauso, als ob man in ein Pißbecken voller Kippen pißt; oder in ein Klo voller Monatsbinden scheißt: Die Sachen gehen einfach nicht unter und fangen an zu stinken.« Der Raum trennt die Häute. Das Wort durchquert elastisch den Raum, den Raum zwischen den Häuten. Wenn sie nicht wahrgenommen werden, kein Echo finden und sozusagen dumm in der Luft schweben, fingen die Worte an zu verfaulen und zu stinken, das ließ sich nicht bestreiten. Aber selbst wenn sie eine Verbindung eingehen, können Worte trennen.

Er ließ sich neben dem Schwimmbecken in einem Liegestuhl nieder. Die jungen Mädchen alberten herum, um sich von den Jungen ins Wasser werfen zu lassen. Die Sonne stand im Zenit; glänzende nackte Körper begegneten sich rings um die blaue Oberfläche. Ohne darauf acht zu geben, vertiefte sich Bruno in *Die sechs Gefährten und der Mann mit dem Handschuh*, vermutlich Paul-Jacques Bonzons Meisterwerk und vor kurzem in der *Bibliothèque verte*, der Bücherreihe für Jungen, neu aufgelegt. In dieser fast unerträglichen Hitze war es angenehm, sich in der beruhigenden Begleitung des braven Hundes Kapi in den Nebel von Lyon versetzen zu lassen.

Das Nachmittagsprogramm ließ ihm die Wahl zwischen Sensitivity-Gestaltmassage, Befreiung der Stimme und Rebirthing in warmem Wasser. Auf den ersten Blick schien die Massage die heißeste Sache zu sein. Er bekam einen kleinen Einblick in die Befreiung der Stimme, als er zum Massagekurs ging: Unter Anleitung der Tantra-Tante sprang ein knappes Dutzend völlig aufgeregter Leute, schnatternd wie verschreckte Truthähne, wild in der Gegend herum.

Auf der Kuppe des Hügels bildeten die Tische, auf Böcken ruhende Platten, die mit Badetüchern bedeckt waren, einen großen Kreis. Die Teilnehmer waren nackt. In der Mitte des Kreises gab der Kursleiter, ein kleiner dunkelhaariger Mann, der leicht schielte, einen kurzen chronologischen Überblick über die Geschichte der Sensitivity-Gestaltmassage: Ausgehend von Fritz Perls Arbeiten über die Gestaltmassage oder »kalifornische Massage« habe er nach und nach gewisse Aspekte des Sensitivity-Trainings integriert, bis seine Methode – das sei zumindest seine Ansicht – zur umfassendsten Massagemethode geworden sei. Er wisse, daß nicht alle im ORT diesen Standpunkt teilten, aber er wolle auf diese Kontroverse nicht näher eingehen. Wie dem auch sei – und damit wolle er die Einführung beenden –, mit der Massage sei es nicht anders als mit den übrigen Dingen: Es gab solche und solche; man könne sogar beinahe sagen, es gäbe nicht zwei identische Massagen. Nach diesen einleitenden Worten begann er, die Sache konkret vorzuführen und bat eine der Teilnehmerinnen, sich auf den Tisch zu legen. »Die Verspannungen der Partnerin spüren ...«, bemerkte er, während er ihre Schultern streichelte; sein Schwanz schwang wenige Zentimeter neben dem langen blonden Haar des Mädchens hin und her. »Vereinigen, immer vereinigen ...«, fuhr er fort, während er Öl auf ihre Brüste goß. »Die Einheit des Körperschemas beachten ...« Seine Hände glitten zu ihrem Bauch hinab, das Mädchen hatte die Augen geschlossen und spreizte die Schenkel, sie schien es zu genießen.

»So«, sagte er schließlich, »jetzt könnt ihr zu zweit arbeiten. Geht herum, begegnet euch im Raum; nehmt euch genug Zeit zur Begegnung.« Bruno, der von der vorangegangenen Szene noch völlig gebannt war, reagierte mit Verspätung, dabei war das der entscheidende Augenblick. Man mußte sich bedächtig der begehrten Partnerin nähern, lächelnd vor ihr stehen bleiben und sie ruhig fragen: »Sollen wir zusammen arbeiten?« Die anderen schienen die Masche schon zu kennen, und in dreißig Sekunden war alles gelaufen. Bruno blickte sich völlig hilflos um und stand plötzlich einem kleinen stämmigen, stark behaarten Südländer mit dickem Penis gegenüber. Er hatte es nicht bemerkt, aber es waren nur fünf Mädchen für sieben Typen da.

Gott sei dank schien der andere nicht schwul zu sein. Sichtlich wütend streckte er sich wortlos auf den Bauch aus, legte den Kopf auf die verschränkten Arme und wartete. »Die Verspannungen spüren ... die Einheit des Körperschemas beachten ...« Bruno nahm mehr Öl, ohne in der Lage zu sein, höher als bis zu den Knien zu kommen; der Typ lag regungslos wie ein Baumstamm. Selbst sein Hintern war stark behaart. Das Öl begann schon auf das Badetuch zu tropfen, seine Waden dürften völlig getränkt sein. Bruno hob den Kopf. In unmittelbarer Nähe lagen zwei Männer auf dem Rücken. Sein linker Nachbar ließ sich die Brustmuskeln massieren, die Brüste des Mädchens bewegten sich sanft; er hatte die Nase in der Höhe ihrer Möse. Der Kassettenrecorder des Kursleiters verbreitete Syntheziser-Sphärenmusik; der Himmel war tiefblau. Rings um ihn herum richteten sich ölglänzende Schwänze langsam im Licht auf. All das war furchtbar *real*. Er konnte nicht weitermachen. Auf der gegenüberliegenden Seite des Kreises erteilte der Kursleiter einem Pärchen Ratschläge. Bruno nahm blitzschnell seinen Rucksack und ging zum Schwimmbad hinab. Rings um das Becken war Hochbetrieb. Nackte Frauen lagen auf dem Rasen und plauderten, lasen oder sonnten sich einfach. Wo sollte er sich hinlegen? Mit dem Badetuch in der Hand irrte er in Schlangenlinien über den Rasen; er stolperte sozusagen zwischen den Scheiden her. Als er sich allmählich sagte, daß er sich entscheiden müsse, entdeckte er die Katholikin im Gespräch mit einem kleinen, untersetzten, lebhaften Südländer mit schwarzem gelockten Haar und lachenden Augen. Er winkte ihr kurz zu, um anzudeuten, daß er sie erkannt hatte – was sie jedoch nicht sah –, und ließ sich in der Nähe ins Gras sinken. Ein Typ grüßte den kleinen Südländer im Vorübergehen: »Hallo Karim!« Dieser hob zur Antwort die Hand, ohne seinen Redefluß zu unterbrechen. Sie lag auf dem Rücken und hörte schweigend zu. Zwischen ihren mageren Schenkeln hatte sie einen sehr hübschen, wohlgerundeten Pelz mit entzückend gelockten schwarzen Haaren. Karim massierte sich beim Sprechen sanft die Eier. Bruno legte den Kopf auf den Boden und konzentrierte sich auf die Schamhaare der Katholikin, einen Meter vor ihm: Es war eine Welt der Sanftheit. Er schlief ein wie ein Stein.

Am 14. Dezember 1967 nahm die Nationalversammlung in erster Lesung das von Neuwirth eingebrachte Gesetz zur Legalisierung der Empfängnisverhütung an; die Pille war von nun an rezeptfrei in allen Apotheken erhältlich, wenn sie auch noch nicht von der Krankenkasse bezahlt wurde. Von diesem Augenblick an wurde die *sexuelle Befreiung*, die bis dahin leitenden Angestellten, freiberuflich Tätigen und Künstlern – sowie gewissen Kleinunternehmern – vorbehalten war, breiten Bevölkerungsschichten zugänglich gemacht. Es ist nicht uninteressant, daß diese *sexuelle Befreiung* manchmal als Traumvorstellung von einer Gemeinschaft dargestellt wurde, während es sich in Wirklichkeit nur um eine weitere Etappe auf dem unaufhaltsamen Siegeszug des Individualismus handelte. Wie der schöne Begriff »Schutzgemeinschaft der Ehe« andeutet, stellten das Ehepaar und die Familie die letzte Insel des Urkommunismus im Schoß der liberalen Gesellschaft dar. Die sexuelle Befreiung hatte die Zerstörung dieser letzten Gemeinschaftsformen zur Folge, der letzten Zwischenstufen, die das Individuum vom Markt trennten. Dieser Zerstörungsprozeß hält bis zum heutigen Tag an.

Nach dem Essen veranstaltete das Organisationskomitee des ORTS DER WANDLUNG häufig *Tanzabende*. Diese Wahl erschien für ein Zentrum, das allen neuen geistigen Strömungen aufgeschlossen gegenüberstand, auf den ersten Blick verwunderlich, war aber nur der deutliche Beweis dafür, daß der Tanzabend als sexueller Begegnungsmodus in nichtkommunistischen Gesellschaften unübertroffen bleibt. Die primitiven Gesellschaften, bemerkte Frédéric Le Dantec, organisierten ihre Feste ebenfalls auf der Basis von Tanz oder gar Trance. Daher waren auf der Rasenfläche mitten im ORT eine Lautsprecheranlage und eine Bar aufgebaut worden; und die Leute hopsten bis zu vorgerückter Stunde im Mondschein. Für Bruno war das eine zweite Chance. Die jungen Mädchen, die auf dem Campingplatz waren, besuchten diese Abende allerdings nur selten. Sie gingen lieber in die Diskotheken der näheren Umgebung (ins *Bilboquet*, ins *Dynasty*, ins *2001* oder eventuell ins *Pirates*), die Event-Abende mit Schaumparties, Männerstriptease oder Porno-Stars boten. Im ORT blieben nur zwei oder drei Jungen mit träumerischem Temperament und kleinem Glied zurück. Sie begnügten sich übrigens damit, in ihrem Zelt zu bleiben und schlaff auf einer verstimmten Gitarre zu klimpern, während die anderen nur deutliche Verachtung für sie übrig hatten. Bruno fühlte sich diesen Jungen nahe; doch wie dem auch war, in Ermangelung junger Mädchen, die sowieso praktisch unmöglich zu erobern waren, hätte er gern, um den Ausdruck eines *Newlook*-Lesers zu verwenden, den er in der Cafeteria der Raststätte Angers Nord kennengelernt hatte, »seinen Stachel in irgendeine Speckschwarte gebohrt«. Von dieser Hoffnung erfüllt ging er in weißer Hose und dunkelblauem Polohemd dorthin, wo sich die Quelle des Lärms befand.

Als er den Blick über die Gruppe der Tanzenden schweifen ließ, bemerkte er sogleich Karim. Er hatte die Katholikin im

Stich gelassen und konzentrierte all seine Bemühungen auf eine bezaubernde Rosenkreuzerin. Sie und ihr Mann waren am Nachmittag eingetroffen: Sie waren groß, ernst und schlank und schienen aus dem Elsaß zu sein. Sie hatten sich in einem riesigen, verwinkelten Zelt mit lauter Vorbauten und versetzten Wänden niedergelassen, für dessen Aufbau der Mann vier Stunden gebraucht hatte. Zu Beginn des Abends hatte er Bruno mit Beschlag belegt, um ihm die verborgenen Schönheiten des Rosenkreuzes darzulegen. Seine Augen blitzten hinter den kleinen runden Brillengläsern; er war ein richtiger Fanatiker. Bruno hatte nur mit halbem Ohr zugehört. Den Worten des Mannes zufolge war die Bewegung in Deutschland entstanden; sie basiere natürlich auf gewissen alchimistischen Studien, aber sie müsse ebenfalls mit der rheinischen Mystik in Beziehung gesetzt werden. Vermutlich irgend so ein Schwulen- und Nazikram. »Steck dir doch das Kreuz in den Arsch, Alter ...«, dachte Bruno träumerisch, während er aus den Augenwinkeln den Hintern der äußerst hübschen Frau des Schwätzers betrachtete, die vor dem Gaskocher kniete. »Und schieb die Rose hinterher ...«, fügte er im Geist hinzu, als die Frau sich mit nackten Brüsten aufrichtete, um ihren Mann damit zu beauftragen, das Kind zu wickeln.

Auf jeden Fall tanzte sie augenblicklich mit Karim. Sie bildeten ein seltsames Paar, er fünfzehn Zentimeter kleiner als sie, füllig und pfiffig, neben dieser großen germanischen Knolle. Er lächelte und redete ununterbrochen beim Tanzen, selbst auf die Gefahr hin, sein ursprüngliches Verführungsvorhaben aus den Augen zu verlieren; immerhin schien die Sache voranzugehen: Sie lächelte auch, blickte ihn mit geradezu faszinierter Neugier an, und einmal brach sie sogar in lautes Lachen aus. Am anderen Ende der Rasenfläche erklärte ihr Mann einem neuen potentiellen Anhänger die Hintergründe der Bewegung, die 1530 in Niedersachsen entstanden war. In regelmäßigen Abständen brüllte sein dreijähriger Sohn, ein unerträglicher blonder Bengel, weil er ins Bett wollte. Kurz gesagt, auch da nahm man an einem authentischen Moment des *realen Lebens* teil. Neben Bruno gaben zwei schmächtige Kerle, die aussahen wie Geistliche, ihre Kommentare über die Leistung des Verführungskünstlers ab. »Er hat eben eine verdammt herzliche Art, verstehst du ...«, sagte der eine. »An sich kommt er nicht an sie ran, dafür sieht er nicht gut genug aus, und dann hat er einen Bauch und ist kleiner als sie. Aber er hat eine verdammt herzliche Art, der alte Sack, und damit macht er das übrige wett.« Der andere stimmte mit trübseliger Miene zu und bewegte die Finger, als bete er einen imaginären Rosenkranz. Als Bruno seinen Wodka-Orange getrunken hatte, stellte er fest, daß Karim es geschafft hatte, die Rosenkreuzerin zu einem grasbewachsenen Hang mitzunehmen. Er hatte ihr eine Hand um den Hals gelegt und schob ihr, ohne mit dem Reden aufzuhören, sanft die andere unter den Rock. »Und die Beine spreizt sie doch, die alte Nazischlampe ...«, dachte er, während er sich von den Tanzenden entfernte. Kurz bevor er den hellen Lichtkreis verließ, sah er flüchtig, wie sich die Katholikin von einem Typen, der wie ein Skilehrer aussah, den Hintern befummeln ließ. Er hatte noch eine Dose Ravioli im Zelt.

Bevor er zu Bett ging, fragte er noch aus einem Reflex reiner Verzweiflung seinen Anrufbeantworter ab. Er hatte eine Nachricht. »Du bist wahrscheinlich im Urlaub ...«, hörte er Michels ruhige Stimme. »Ruf mich an, wenn du wieder zurück bist. Ich habe auch Urlaub, und zwar für lange Zeit.«

4

Er geht, erreicht die Grenze. Ein Schwarm Raubvögel kreist um einen unsichtbaren Mittelpunkt – vermutlich einen verwesenden Kadaver. Die Muskeln seiner Schenkel reagieren elastisch auf die Unebenheiten des Wegs. Eine gelbliche Steppe bedeckt die Hügel; nach Osten reicht der Blick bis ins Unendliche. Er hat seit dem Vortag nichts gegessen; er hat keine Angst mehr.

Er wacht voll angekleidet auf, liegt quer über dem Bett. Vor dem Lieferanteneingang des Monoprix werden Waren aus einem Lastwagen entladen. Es ist kurz nach sieben.

Seit Jahren führte Michel ein rein geistiges Dasein. Die Gefühle, die das Leben der Menschen bestimmen, waren nicht Gegenstand seiner Betrachtung; er kannte sie kaum. Das Leben in der heutigen Zeit konnte mit vollkommener Präzision geregelt werden; die Kassiererinnen des Supermarkts erwiderten seinen kurzen Gruß. Es hatte in den letzten zehn Jahren, seit er dort wohnte, in dem Wohnblock viel Hin und Her gegeben. Manchmal bildete sich ein Paar. Dann beobachtete er den Einzug; im Treppenhaus transportierten Freunde Kisten und Lampen. Sie waren jung und lachten manchmal. Oft (aber nicht immer) zogen die beiden Partner bei der Trennung, die darauf folgte, zur gleichen Zeit wieder aus. Dann stand eine Wohnung leer. Was sollte man daraus schließen? Wie ließen sich all diese Verhaltensweisen deuten? Es war schwer zu sagen.

Er selbst hatte nur den Wunsch zu lieben, zumindest verlangte er sonst nichts. Nichts Genaues. Das Leben, dachte Michel, müßte eigentlich etwas Einfaches sein; etwas, das man wie eine Aneinanderreihung endlos wiederholter kleiner Rituale erleben kann. Rituale, die eventuell etwas albern sein durften, aber an die man trotzdem glauben konnte. Ein Leben ohne große Erwartungen und ohne Dramen. Aber das Leben der Menschen war nicht so angelegt. Manchmal ging er nach draußen und beobachtete die Jugendlichen und die Wohnblocks. Eines war sicher: Niemand wußte mehr, wie man leben sollte. Doch vielleicht übertrieb er etwas: Manche schienen sich einer Sache verschrieben zu haben, waren ganz von ihr erfüllt, offensichtlich erhielt ihr Leben dadurch einen Sinn. So setzten sich etwa die militanten Mitglieder von *Act Up* dafür ein, daß gewisse Werbespots im Fernsehen gesendet wurden, die manche als Pornographie bezeichneten, weil sie verschiedene homosexuelle Praktiken in Großaufnahme zeigten. Aber ganz allgemein gesehen, schienen sie ein angenehmes, aktives Leben zu führen, das von den unterschiedlichsten Ereignissen begleitet war. Sie hatten zahlreiche Partner, vergnügten sich mit Arschficks in *dark rooms*. Manchmal verrutschten oder platzten die Kondome. Dann starben sie an Aids; aber selbst ihr Tod hatte noch einen kämpferischen Sinn und eine gewisse Würde. Ganz allgemein gesehen gab das Fernsehen und besonders das erste Programm, TF1, eine ständige Lektion in Sachen Würde. Als Michel noch jung war, hatte er geglaubt, das Leiden verleihe dem Menschen eine zusätzliche Würde. Jetzt mußte er einsehen, daß er sich geirrt hatte. Nicht das Leiden, sondern das Fernsehen verlieh dem Menschen eine zusätzliche Würde.

Trotz der wiederholten reinen Freuden, die ihm das Fernsehen bereitete, hielt er es für richtig, ab und zu aus dem Haus zu gehen. Außerdem mußte er ja Einkäufe machen. Ohne feste Bezugspunkte verzettelt sich der Mensch, dann ist nichts mehr mit ihm anzufangen.

Am Vormittag des 9. Juli (am Tag der heiligen Amandine) bemerkte er, daß in den Regalen seines Monoprix schon Schulhefte, Ordner und Schreibetuis ausgelegt waren. Der Werbeslogan der Aktion, »das neue Schuljahr ohne Kopfzerbrechen« war in seinen Augen jedoch nur halbwegs überzeugend. Was war die Schule, was war das Wissen schon anderes als ein ständiges *Kopfzerbrechen*?

Am nächsten Tag fand er in seinem Briefkasten den Herbst/Winter-Katalog des Kaufhauses *Les 3 Suisses*. Auf dem Pappeinband des dicken Katalogs stand keine Adresse; war er von einem Zusteller des Kaufhauses deponiert worden? Als langjähriger Kunde der Versandhäuser war er an diese kleinen Aufmerksamkeiten gewöhnt, diese Zeichen gegenseitiger Treue. Der Sommer mußte sich wohl schon dem Ende nähern, denn die Verkaufsstrategien zielten bereits auf den Herbst ab; dabei war der Himmel noch strahlend, und es war ja erst Anfang Juli.

Als junger Mann hatte Michel verschiedene Romane gelesen, die sich um das Thema des Absurden, der existentiellen Verzweiflung, der beständigen Leere der Tage drehten; diese extremistische Literatur hatte ihn nur teilweise überzeugt. Zu jener Zeit hatte er sich oft mit Bruno getroffen. Bruno träumte davon, Schriftsteller zu werden; er schrieb zahlreiche Seiten voll und onanierte viel; er hatte ihm Beckett zu lesen gegeben. Beckett war vermutlich das, was man einen *großen Schriftsteller* nennt: Und doch war es Michel nicht gelungen, auch nur eines seiner Bücher zu Ende zu lesen. Das war gegen Ende der 70er Jahre gewesen; er und Bruno waren zwanzig und fühlten sich schon alt. Und das sollte so weitergehen: Sie sollten sich immer älter fühlen und sich dessen schämen. Ihre Epoche würde bald eine noch nie erfolgte Wandlung vollziehen: Das tragische Gefühl des Todes sollte in der allgemeineren, etwas verschwommenen Empfindung des Alterns aufgelöst werden. Zwanzig Jahre später hatte Bruno noch immer nicht wirklich an den Tod gedacht; und er begann zu ahnen, daß er nie daran denken werde. Er würde bis zum Schluß den Wunsch haben, zu leben, bis zum Schluß im Leben stehen, bis zum Schluß die Zwischenfälle und Mißgeschicke des konkreten Lebens und des körperlichen Verfalls bekämpfen. Bis zum letzten Augenblick würde er um eine kleine Zugabe bitten, um eine kleine Verlängerung des Daseins. Bis zum letzten Augenblick würde er insbesondere nach einem allerletzten Höhepunkt der Lust suchen, nach einem kleinen zusätzlichen sexuellen Kitzel. Eine gut ausgeführte Fellatio blieb, so nutzlos sie auch auf lange Sicht war, ein wahres Vergnügen; und das zu leugnen, dachte Michel, während er in seinem Katalog die Seiten mit der Damenunterwäsche (*Sinnlich! Strapshalter*) durchblätterte, wäre unvernünftig gewesen.

Er selbst onanierte selten; die Phantasmen, die ihn als jungen Forscher vor dem Minitel oder auch beim Anblick authentischer junger Frauen (zumeist Vertreterinnen der pharmazeutischen Industrie) von Zeit zu Zeit heimgesucht hatten, waren allmählich verschwunden. Er regelte das Nachlassen seiner Potenz mittlerweile durch harmloses, friedliches Wichsen, wofür sich der 3-Suisses-Katalog, gelegentlich ergänzt durch eine erotische CD-ROM für 79 Franc, als völlig ausreichende Vorlage erwies. Bruno dagegen, das wußte er, vergeudete sein reifes Mannesalter mit der Suche nach zweifelhaften Lolitas mit üppigen Brüsten, knackigem Hintern und einladendem Mund; Gott sei dank war Bruno verbeamtet. Aber er lebte nicht in einer absurden Welt: Er lebte in einer melodramatischen Welt, die mit Superweibern und Fettklößen, mit geilen Typen und Saftsäcken bevölkert war; das war die Welt, in der Bruno lebte. Michel dagegen lebte in einer genau geregelten, wenn auch, historisch gesehen, anfälligen Welt, die jedoch durch gewisse kommerzielle Zeremonien einen gleichmäßigen Rhythmus bekam: das Tennisturnier in Roland Garros, Weihnachten, Silvester, den zweimal im Jahr eintreffenden 3-Suisses-Katalog. Wenn er homosexuell gewesen wäre, hätte er an der Anti-Aids-Kampagne des ersten Programms oder an der *Gay Pride*-Parade teilnehmen können. Wenn er Erotomane gewesen wäre, hätte er sich für die

Erotikmesse begeistert. Wenn er Sportfan gewesen wäre, hätte er in dieser Minute die Pyrenäen-Etappe der Tour de France verfolgt. Als Verbraucher ohne besondere Merkmale begrüßte er dennoch erfreut die Wiederkehr der italienischen Woche im Monoprix seines Viertels. All das war gut organisiert, auf menschliche Weise organisiert; in all dem konnte man sein Glück finden; wenn er es hätte besser machen wollen, hätte er nicht gewußt, wie er es anfangen sollte.

Am Morgen des 15. Juli las er in der Mülltonne im Hauseingang einen christlichen Prospekt auf. Verschiedene Lebensberichte liefen auf ein identisches, glückliches Ende hinaus: die Begegnung mit dem auferstandenen Christus. Eine Weile interessierte er sich für die Geschichte einer jungen Frau (»Isabelle erlitt einen Schock, denn ihr Universitätssemester stand auf dem Spiel«), doch dann entdeckte er viel mehr Gemeinsamkeiten mit Pavels Erfahrung (»Pavel, der in der tschechischen Armee als Offizier diente, betrachtete das Befehligen einer Raketenabschußbasis als Höhepunkt seiner militärischen Laufbahn«). Michel übertrug ohne Schwierigkeit die folgende Notiz auf seine eigene Situation: »Als hochspezialisierter Techniker, der eine Ausbildung in einer angesehenen Akademie erhalten hatte, hätte Pavel das Dasein zu schätzen wissen müssen. Dennoch war er unglücklich und immer auf der Suche nach etwas, das seinem Leben einen Sinn verleihen könne.«

Der 3-Suisses-Katalog dagegen schien eine stärker geschichtlich orientierte Interpretation des europäischen Unbehagens zu liefern. Das bereits auf den ersten Seiten spürbare Bewußtsein eines bevorstehenden Zivilisationswandels fand seine endgültige Formulierung auf Seite 17; Michel sann mehrere Stunden über die Botschaft nach, die in den beiden Sätzen, die die Thematik der Kollektion definierten, enthalten war: »Optimismus, Großzügigkeit, Verständnis und Harmonie bringen die Welt voran. DIE WELT VON MORGEN IST WEIBLICH.«

In den 20-Uhr-Nachrichten gab Bruno Masure bekannt, daß eine amerikanische Sonde die Spuren fossilen Lebens auf dem Mars entdeckt habe. Es handele sich um bakterielle Formen, vermutlich um eine Urform der Methanbakterien. Auf einem Planeten unweit der Erde hatten sich also biologische Makromoleküle bilden können und hatten nicht näher bestimmte Gebilde mit Fähigkeit zur Selbstreplikation hervorgebracht, die aus einem einfachen Kern und einer wenig erforschten Membran bestanden; und dann hatte alles aufgehört, zweifellos aufgrund eines Klimawechsels: Die Vermehrung war immer schwieriger geworden, ehe sie ganz unterbrochen wurde. Die Geschichte des Lebens auf dem Mars hörte sich eher bescheiden an. Doch dieser kurze Bericht über einen etwas seichten Mißerfolg widersprach aufs heftigste (und Bruno Masure schien sich dessen nicht völlig bewußt zu sein) allen mythischen und religiösen Konstruktionen, an denen sich die Menschheit seit jeher erfreut. Es gab keinen einmaligen grandiosen Schöpfungsakt; es gab kein auserwähltes Volk, nicht einmal eine auserwählte Gattung oder einen auserwählten Planeten. Es gab fast überall im Weltraum nur ungewisse und im allgemeinen wenig überzeugende Versuche. All das war außerdem enttäuschend eintönig. Die DNA der Mars-Bakterien schien mit der DNA der irdischen Bakterien völlig identisch zu sein. Diese Feststellung machte ihn ein wenig traurig, was schon an sich ein Zeichen für eine leichte Depression war. Ein Forscher im Normalzustand, ein Forscher in funktionsfähigem Zustand, hätte sich ganz im Gegenteil über diese identische Struktur freuen und darin die Verheißung von vereinheitlichenden Synthesen sehen müssen. Wenn die DNA überall identisch war, mußte es Gründe dafür geben, tiefere Gründe, die mit der Molekularstruktur der Peptide oder vielleicht mit den topologischen Bedingungen der Selbstreproduktion zusammenhingen. Es mußte doch möglich sein, diese tieferen Gründe zu entdecken; in jüngeren Jahren, er erinnerte sich noch sehr gut, hätte ihn diese Perspektive zutiefst begeistert.

Als er 1982 Desplechin kennenlernte, beendete Djerzinski gerade seine Doktorarbeit an der Universität Orsay. Aus diesem Grund nahm er an Alain Aspects großartigen Versuchen über die Untrennbarkeit des Verhaltens von zwei Photonen teil, die nacheinander von ein und demselben Kalziumatom emittiert werden; er war der jüngste Forscher des Teams.

Aspects Versuche, die exakt, streng und ausgezeichnet dokumentiert waren, sollten unter den Wissenschaftlern in allen Teilen der Welt ziemliches Aufsehen erregen: Zum erstenmal war es nach allgemeiner Ansicht jemandem gelungen, die Einwände, die Einstein, Podolsky und Rosen 1935 gegen den Quantenformalismus erhoben hatten, vollständig zu widerlegen. Die »Bellschen Ungleichungen«, die von Einsteins Hypothesen abgeleitet waren, waren deutlich verletzt worden, und die Ergebnisse stimmten vollkommen mit den Voraussagen der Quantentheorie überein. Somit blieben nur noch zwei Hypothesen. Entweder waren die verborgenen Eigenschaften, die das Verhalten der Elementarteilchen bestimmten, nichtlokal, das heißt, die Elementarteilchen konnten aus einer beliebigen Entfernung einen instantanen Einfluß aufeinander nehmen. Oder aber man mußte auf das Konzept verzichten, demzufolge die Elementarteilchen bei fehlender Beobachtung spezifische inhärente Eigenschaften besitzen: Und dann befand man sich wieder vor einer tiefen ontologischen Leere – es sei denn, man entschied sich für einen radikalen Positivismus und begnügte sich damit, den mathematischen Voraussageformalismus des Beobachtbaren zu entwickeln und verzichtete endgültig auf den Gedanken einer verborgenen Realität. Natürlich schlossen sich die meisten Forscher der zweiten Hypothese an.

Der erste Bericht über Aspects Versuche erschien im Heft 48 der *Physical Review* unter dem Titel: »*Experimental realization of Einstein-Podolsky-Rosen* Gedankenexperiment: *a new violation of Bell's inequalities.*« Djerzinski war Mitunterzeichner des Artikels. Wenige Tage darauf besuchte ihn Desplechin. Desplechin war damals dreiundvierzig und leitete das Institut für Molekularbiologie des CNRS in Gif-sur-Yvette. Er wurde sich in zunehmendem Maße bewußt, daß ihnen irgend etwas Grundlegendes im Mechanismus der Genmutationen entging; und daß dieses Etwas vermutlich mit komplizierteren Phänomenen zusammenhing, die sich auf atomarer Ebene vollzogen.

Ihr erstes Gespräch fand in Michels Zimmer im Studentenheim statt. Desplechin wunderte sich nicht über die karge, triste Ausstattung: Er hatte mit etwas Ähnlichem gerechnet. Die Unterhaltung zog sich bis spät in die Nacht hin. Die Existenz einer endlichen Liste chemischer Elemente hatte, wie Desplechin in Erinnerung rief, bereits im zweiten Jahrzehnt dieses Jahrhunderts Niels Bohr zu seinen ersten Überlegungen angeregt. Ein Planetenmodell des Atoms, das auf elektromagnetischen Feldern und Gravitationsfeldern basierte, müßte normalerweise zu einer unendlichen Anzahl von Lösungen und einer unendlichen Anzahl möglicher chemischer Grundstoffe führen. Und dennoch ging das gesamte Universum letztlich auf kaum mehr als hundert Elemente zurück; diese Liste war streng festgelegt und unveränderlich. Eine solche Situation, die im Hinblick auf die klassischen elektromagnetischen Theorien und Maxwellschen Gleichungen völlig anormal war, hatte schließlich, wie Desplechin weiter in Erinnerung rief, zur Entwicklung der Quantenmechanik geführt. Die Biologie befand sich heute, seiner Meinung nach, in einer ähnlichen Situation. Die Existenz von identischen Makromolekülen und unveränderlichen zellulären Superstrukturen, die der gesamten Tier- und Pflanzenwelt gemein waren, ließ sich, ihm zufolge, nicht im begrenzten Rahmen der klassischen Chemie erklären. Auf die eine oder andere Weise, die noch nicht genauer zu beschreiben war, mußte das Quantenniveau direkt auf die Steuerung biologischer Phänomene einwirken. Damit eröffnete sich ein völlig neues Forschungsfeld.

An jenem ersten Abend war Desplechin verblüfft über die geistige Aufgeschlossenheit und die Ruhe seines jungen Gesprächspartners. Er lud ihn für den folgenden Samstag zum Abendessen in die Rue de l'Ecole-polytechnique zu sich ein. Einer seiner Kollegen, ein Biochemiker, der mehrere Arbeiten über die RNA-Transkriptasen veröffentlicht hatte, würde ebenfalls zugegen sein.

Als Michel Desplechins Wohnung betrat, hatte er den Eindruck, eine Filmkulisse vor sich zu sehen. Möbel aus hellem Holz, Terrakottafliesen, afghanische Kelims, Reproduktionen von Matisse... Er hatte bisher nur geahnt, daß es solch ein wohlhabendes, kultiviertes Milieu mit äußerst feinem, sicherem Geschmack gab; jetzt konnte er sich den Rest vorstellen, den Familienbesitz in der Bretagne, vielleicht ein kleines Bauernhaus im Luberon. »Fehlt nur noch ein Quartett von Bartók...«, dachte er flüchtig, als er sich über die Vorspeise hermachte. Zum Essen wurde Champagner gereicht; die Nachspeise, eine Charlotte aus roten Früchten, wurde von einem ausgezeichneten halbtrockenen Rosé begleitet. Zu diesem Zeitpunkt setzte Desplechin ihm sein Vorhaben auseinander. Er könne dafür sorgen, daß in seinem Forschungsinstitut in Gif ein Posten geschaffen werde; Michel müsse ein paar zusätzliche Kenntnisse in Biochemie erwerben, aber das könne ziemlich schnell gehen. Gleichzeitig würde er selbst die Betreuung von Michels Habilitationsschrift übernehmen; und sobald er sich habilitiert habe, habe er Anrecht auf eine Festanstellung.

Michel warf einen Blick auf die kleine Khmer-Statue, die mitten auf dem Kaminsims stand; sie stellte mit sehr reinen Linien einen Buddha dar, in einer Haltung, die ausdrückte, daß er die Erde zum Zeugen anrief. Er räusperte sich und nahm den Vorschlag an.

Der außergewöhnliche Fortschritt in der Technik der Kontrollgeräte und der Benutzung von radioaktiven Markern erlaubte es, im Verlauf des folgenden Jahrzehnts eine beträchtliche Anzahl von Ergebnissen zusammenzutragen. Dennoch, dachte

Djerzinski heute, war man in Bezug auf die theoretischen Fragen, die Desplechin bei ihrer ersten Begegnung aufgeworfen hatte, nicht einen Schritt weitergekommen.

Mitten in der Nacht mußte er wieder an die Mars-Bakterien denken; er fand über ein Dutzend Nachrichten im Internet; die meisten kamen von amerikanischen Universitäten. Adenin, Guanin, Thymin und Cytosin waren in normalen Anteilen gefunden worden. Um die Zeit totzuschlagen, rief er die Website von Ann Arbor auf; er fand dort einen Artikel über den Alterungsprozeß. Alicia Marcia-Coelho hatte den Verlust der kodierenden Sequenzen der DNA bei der wiederholten Teilung von Fibroblasten, die aus glatten Muskeln stammten, eindeutig nachgewiesen; auch das war keine wirkliche Überraschung. Er kannte diese Alicia: Sie hatte ihn sogar zehn Jahre zuvor nach einem reichlich begossenen Abendessen im Rahmen eines Genetikkongresses in Baltimore entjungfert. Sie war so betrunken gewesen, daß sie nicht mehr fähig gewesen war, ihm zu helfen, ihren BH auszuziehen. Das war ein mühseliger, ja unangenehmer Moment gewesen; sie hatte sich kurz zuvor von ihrem Mann getrennt, wie sie ihm anvertraute, während er an den Häkchen herumfummelte. Anschließend war alles ganz normal verlaufen; er hatte sich gewundert, daß er einen Ständer bekommen und sogar in der Scheide der Forscherin ejakulieren konnte, ohne die geringste Lust zu empfinden.

5

Viele der Gäste, die im ORT DER WANDLUNG ihre Ferien verbrachten, waren wie Bruno um die Vierzig; viele arbeiteten wie er im Sozial- oder Erziehungssektor und waren durch ihren Beamtenstatus vor der Armut geschützt. Fast alle hätten sich als *Linke* bezeichnet; fast alle lebten allein, meistens nach einer Scheidung. Im Grunde war er also ein durchaus typischer Besucher des Zentrums, und nach wenigen Tagen stellte er fest, daß er sich dort allmählich nicht mehr ganz so unwohl fühlte wie sonst. Die mystischen Schnepfen, die zur Frühstückszeit unerträglich waren, wurden beim Aperitif zu Frauen, die sich mit anderen jüngeren Frauen in einen aussichtslosen Wettbewerb stürzten. Der Tod ist der große Gleichmacher. Und so lernte er am Mittwochnachmittag Catherine kennen, eine Exfeministin um die Fünfzig, die der Gruppe der *Maries pas claires* angehört hatte. Sie hatte dunkles, sehr lockiges Haar und einen matten Teint; mit zwanzig mußte sie sehr attraktiv gewesen sein. Ihre Brüste waren noch ganz appetitlich, aber sie hatte wirklich einen dicken Hintern, wie er am Schwimmbad feststellte. Sie hatte inzwischen auf ägyptischen Symbolismus, Sonnen-Tarot usw. umgesattelt. Bruno ließ seine Unterhose in dem Augenblick herunter, als sie vom Gott Anubis sprach; er hatte das Gefühl, daß sie ihm eine Erektion nicht übelnehmen würde und vielleicht eine Freundschaft zwischen ihnen entstehen könne. Doch leider kam die Erektion nicht zustande. Sie hatte Speckfalten zwischen den Schenkeln, die sie eng aneinanderpreßte; sie trennten sich ziemlich kühl.

Am selben Abend, kurz vor dem Essen, sprach ihn ein Typ namens Pierre-Louis an. Er stellte sich als Mathematiklehrer vor;

so sah er allerdings auch aus. Bruno hatte ihn zwei Tage zuvor bei einem Creativity-Abend gesehen; er hatte einen sich mühsam dahinschleppenden Sketch über einen arithmetischen Beweis zum besten gegeben, in einer Art Komik des Absurden, der völlig witzlos war. Er schrieb ganz schnell etwas auf eine große weiße Plastiktafel und hielt manchmal abrupt inne; dann war sein großer kahler Schädel von nachdenklichen Falten zerfurcht, und er zog die Augenbrauen in einer Weise hoch, die witzig wirken sollte; er hielt den Filzschreiber in der Hand und rührte sich mehrere Sekunden lang nicht, ehe er wieder um die Wette schrieb und stotterte. Als er mit dem Sketch fertig war, klatschten fünf oder sechs Leute, mehr aus Mitleid. Er wurde knallrot; und das war's.

An den Tagen danach war es Bruno mehrmals gelungen, ihm aus dem Weg zu gehen. Im allgemeinen trug er einen Stoffhut wie ein englischer Urlauber. Er war ziemlich dünn und sehr groß, mindestens ein Meter neunzig; aber er hatte einen kleinen Bauch, und dieser kleine Bauch wirkte, wenn er auf das Sprungbrett ging, sehr seltsam. Er mochte etwa fünfundvierzig sein.

An jenem Abend nutzte Bruno die Gelegenheit, als sich der lange Lulatsch gemeinsam mit den anderen im afrikanischen Improvisationstanz versuchte, um sich wieder einmal schnell davonzuschleichen, und ging den Hang zu dem geselligen Restaurant hinauf. Neben der Exfeministin, die einer symbolistisch angehauchten Schicksalsgenossin gegenüber saß, war noch ein Platz frei. Er hatte sich kaum über sein Tofuragout hergemacht, als Pierre-Louis am anderen Ende der Tischreihe auftauchte; sein Gesicht strahlte vor Freude, als er sah, daß Bruno gegenüber noch ein Platz frei war. Er begann schon zu reden, noch ehe es Bruno wirklich merkte; allerdings stotterte er ziemlich, und die beiden Schnepfen nebenan glucksten und kicherten ziemlich schrill. Die Reinkarnation des Osiris, die ägyptischen Marionetten und und ... die beiden nahmen sie überhaupt nicht zur Kenntnis. Zu irgendeinem Zeitpunkt wurde

Bruno bewußt, daß der andere Witzbold ihn nach seiner beruflichen Tätigkeit fragte. »Och, nichts Besonderes ...«, sagte er vage; er war bereit, über alles zu sprechen, aber nicht über das Schulsystem. Dieses Essen ging ihm allmählich auf die Nerven, er stand auf, um nebenan eine Zigarette zu rauchen. Unglücklicherweise verließen im gleichen Augenblick die beiden Symbolistinnen mit wackelndem Hintern den Tisch, ohne ihnen auch nur einen Blick zu schenken; das löste vermutlich den Zwischenfall aus.

Bruno war etwa zehn Meter vom Tisch entfernt, als er ein lautes Pfeifen oder eher ein Zischen hörte, irgend etwas Schrilles, wirklich Menschenunähnliches. Er wandte sich um: Pierre-Louis war puterrot angelaufen und ballte die Fäuste. Ohne Schwung zu holen, sprang er mit einem Satz mit beiden Beinen auf den Tisch. Er holte wieder Atem; das Pfeifen, das aus seiner Kehle drang, verstummte. Dann ging er auf dem Tisch auf und ab und hämmerte sich dabei mit den Fäusten gegen den Schädel; Teller und Gläser tanzten durch die Luft; er trat nach allen Seiten um sich und sagte immer wieder mit lauter Stimme: »So geht das nicht! So könnt Ihr mich nicht behandeln! ...« Ausnahmsweise stotterte er mal nicht. Es waren fünf Personen erforderlich, um ihn zu überwältigen. Noch am selben Abend wurde er in die psychiatrische Klinik in Angoulême eingeliefert.

Gegen drei Uhr schreckte Bruno aus dem Schlaf und verließ das Zelt; er war schweißgebadet. Auf dem Campingplatz war alles ruhig, es war Vollmond; man hörte das eintönige Quaken der Frösche. Am Ufer des Teichs wartete er darauf, daß es Zeit wurde, zu frühstücken. Kurz vor dem Morgengrauen wurde ihm etwas kalt. Die Vormittagskurse begannen um zehn. Gegen Viertel nach zehn ging er auf die Pyramide zu. Er zögerte vor der Tür zum Creative-Writing-Kurs; dann ging er ein Stockwerk hinab. Etwa zwanzig Sekunden lang bemühte er sich, das Programm des Aquarellkurses zu entziffern, dann ging er wieder ein paar Stufen hinauf. Die Treppe hatte gerade Geländer, die auf halber Höhe von kurzen gekrümmten Segmenten abgelöst wurden. Innerhalb jedes Segments wurden die Stufen zunächst breiter und dann wieder schmaler. Am Wendepunkt der Krümmung befand sich eine Stufe, die breiter war als alle anderen. Auf diese Stufe setzte er sich. Er lehnte sich an die Wand. Er fühlte sich allmählich wohl.

Die wenigen glücklichen Augenblicke während seiner Zeit auf dem Gymnasium hatte er so verbracht, auf einer Stufe zwischen zwei Stockwerken, kurz nachdem der Unterricht begonnen hatte. Ruhig an die Wand gelehnt, in gleicher Entfernung von zwei Treppenabsätzen, die Augen mal halb geschlossen, mal weit geöffnet, hatte er da gesessen und gewartet. Natürlich konnte jemand kommen; dann mußte er aufstehen, seine Schultasche nehmen und mit schnellem Schritt auf den Klassenraum zugehen, in dem der Unterricht bereits begonnen hatte. Aber meistens kam niemand; alles war so friedlich; und während er auf den grauen, mit Fliesen belegten Stufen saß (er war nicht mehr im Geschichtsunterricht und noch nicht im Physikunterricht), schwebte sein Geist in kurzen Aufwallungen sanft und beinahe verstohlen der Freude entgegen.

Heute waren die Umstände natürlich anders: Er war aus freien Stücken hier, hatte beschlossen, am gemeinschaftlichen Leben des Ferienzentrums teilzunehmen. Im oberen Stockwerk fand ein Creative-Writing-Kurs statt; direkt darunter ein Aquarellkurs; weiter unten dürfte sich eine Gruppe mit Massagen oder holotropem Atmen beschäftigen; noch weiter unten hatten sich ganz offensichtlich die Teilnehmer des afrikanischen Tanz-Workshops wieder eingefunden. Überall lebten, atmeten Menschen, versuchten, Lust zu empfinden oder ihre potentiellen persönlichen Möglichkeiten zu erweitern. In allen Stockwerken machten die Menschen Fortschritte auf dem Gebiet ihrer sozialen, sexuellen, beruflichen oder kosmischen Integration oder bemühten sich zumindest darum. Sie »arbeiteten an sich selbst«, wie der am häufigsten verwendete Ausdruck lautete. Er selbst wurde allmählich etwas schläfrig; er hatte keine Wünsche mehr, suchte nach nichts, war nirgendwo mehr; langsam und stufenweise schwebte sein Geist dem Reich des Nicht-Seins entgegen, der reinen Ekstase des Nicht-Daseins in der Welt. Zum erstenmal seit seinem dreizehnten Lebensjahr fühlte sich Bruno fast glücklich.

Können Sie mir sagen, wo die Hauptverkaufsstellen für Süßwaren sind?

Er ging in sein Zelt und schlief drei Stunden. Als er aufwachte, war er schon wieder in bester Verfassung und hatte einen Ständer. Die sexuelle Frustration ruft beim Mann eine Beklemmung hervor, die sich durch eine starke Verkrampfung in der Magengegend äußert; der Samen scheint in den Unterleib hinaufzusteigen und Fangarme in Richtung Brust auszuwerfen. Das Organ selbst schmerzt, ist ständig heiß und näßt leicht. Er hatte seit Sonntag nicht onaniert; das war vermutlich ein Fehler. Der letzte Mythos des Abendlands besagte: Sex ist gesund; Sex ist möglich und gesund. Er streifte eine Badehose über und steckte mit einer Geste, die ihm ein kurzes Lachen entlockte, ein paar Kondome in seine Umhängetasche. Jahrelang hatte er ständig Kondome bei sich gehabt, er hatte sie nie gebraucht; die Nutten hatten sowieso welche.

Der Strand war voller Spießer in Shorts und Miezen in Tanga Strings; das war sehr beruhigend. Er kaufte sich eine Tüte Pommes frites und schlenderte zwischen den Feriengästen her, ehe er sich an ein etwa zwanzigjähriges Mädchen heranmachte, das herrliche, runde, feste Brüste mit hohem Ansatz und breitem karamelfarbenen Warzenhof hatte. »Guten Tag ...«, sagte er. Dann machte er eine Pause; das Mädchen runzelte verwirrt die Stirn. »Guten Tag ...«, wiederholte er, »können Sie mir sagen, wo die Hauptverkaufsstellen für Süßwaren sind?« »Was?« sagte sie, stützte sich auf einen Ellbogen und richtete sich leicht auf. Da stellte er fest, daß sie einen Walkman auf dem Kopf hatte; er machte kehrt und winkte seitlich mit einer Hand wie Peter Falk in *Columbo*. Es hatte keinen Sinn, weiterzumachen: zu kompliziert, zu abgehoben.

Er ging schräg auf das Meer zu und bemühte sich, den Anblick der Brüste des Mädchens im Gedächtnis zu behalten. Plötzlich sah er drei junge Mädchen, die direkt vor ihm aus dem Wasser kamen; er schätzte sie auf höchstens vierzehn. Er entdeckte ihre Badetücher und breitete sein Handtuch wenige Meter daneben aus; sie beachteten ihn überhaupt nicht. Er zog sich schnell das T-Shirt aus, bedeckte sich damit die Schenkel, drehte sich auf die Seite und holte seinen Penis heraus. In schöner Übereinstimmung rollten die Miezen ihre Badeanzüge nach unten, um ihre Brüste bräunen zu lassen. Noch ehe Bruno Zeit hatte, die Hand zu Hilfe zu nehmen, spritzte er heftig in sein T-Shirt ab. Er gab ein leises Stöhnen von sich und ließ sich in den Sand sacken. Geschafft!

Primitive Riten beim Aperitif

Der Aperitif, das gesellige Ereignis des Tages im ORT DER WANDLUNG, fand im allgemeinen unter Musikbegleitung statt. An jenem Abend spielten drei Typen auf Bongotrommeln für etwa fünfzig Wandlungsfreaks, die auf der Stelle hüpften und wild mit den Armen schlenkerten. Es handelte sich in Wirklichkeit um Erntetänze, die in einigen Kursen für afrikanischen Tanz eingeübt wurden; normalerweise verfielen einige der Teilnehmer nach mehreren Stunden in *Trance* – oder taten wenigstens so. Im wörtlichen oder veralteten Sinne bezeichnete Trance, zumindest im Französischen, eine tiefe Besorgnis, Todesangst. »Ich ziehe es vor, das Weite zu suchen, als weiterhin solche *Todesängste* auszustehen« (Emile Zola benutzt an dieser Stelle das Wort *transes*). Bruno lud die Katholikin zu einem Glas

Pineau des Charentes ein. »Wie heißt du?« fragte er. »Sophie«, erwiderte sie. »Tanzt du nicht?« fragte er. »Nein«, entgegnete sie, »ich habe nicht viel für afrikanischen Tanz übrig, das ist mir zu …« Zu was? Er verstand ihr Zögern. Zu primitiv? Natürlich nicht. Zu rhythmisch? Das war schon fast rassistisch. Man konnte einfach nichts über diese beknackten afrikanischen Tänze sagen. Arme Sophie, dabei versuchte sie nur ihr Bestes! Sie hatte ein hübsches Gesicht, schwarzes Haar, blaue Augen und sehr weiße Haut. Sie hatte vermutlich kleine, aber sehr empfindsame Brüste. Sie war bestimmt Bretonin. »Bist du Bretonin?« fragte er. »Ja, aus Saint-Brieuc!« entgegnete sie freudestrahlend. »Aber ich liebe brasilianische Tänze …«, fügte sie hinzu, vermutlich als Entschuldigung dafür, daß sie afrikanische Tänze nicht schätzte. Das genügte, um Bruno in Wut zu bringen. Er hatte allmählich die Nase voll von dieser blöden Brasilien-Manie. Warum denn ausgerechnet Brasilien? Nach allem, was er wußte, war Brasilien ein Scheißland voller stumpfsinniger Fanatiker, die sich nur für Fußball und Autorennen interessierten. Gewalt, Korruption und Elend erreichten dort ihren Höhepunkt. Wenn es ein Land gab, das wirklich abscheulich war, dann war es eindeutig Brasilien. »Sophie!« rief Bruno begeistert, »ich könnte im Urlaub nach Brasilien reisen. Ich würde durch die Favellas fahren. Mit einem gepanzerten Minibus. Ich würde mir die kleinen achtjährigen Killer ansehen, die davon träumen, Gangsterbosse zu werden; und die kleinen Nutten, die mit dreizehn an Aids sterben. Ich würde keine Angst haben, weil mich das gepanzerte Fahrzeug schützt. Das wäre das Vormittagsprogramm, und den Nachmittag würde ich mit schwerreichen Drogenhändlern und Zuhältern am Strand verbringen. Und umgeben von diesem ausschweifenden Leben und dieser Hektik würde ich die Melancholie des westlichen Daseins vergessen. Sophie, du hast recht: Ich werde mich in einem Reisebüro der Nouvelles Frontières erkundigen, sobald ich wieder zu Hause bin.«

Sophie blickte ihn eine Weile nachdenklich an, auf ihrer Stirn zeichnete sich eine tiefe Sorgenfalte ab. »Du mußt ganz schön gelitten haben …«, sagte sie schließlich traurig.

»Sophie«, rief Bruno erneut, »weißt du, was Nietzsche über Shakespeare geschrieben hat? ›Was muß ein Mensch gelitten haben, um dergestalt es nötig zu haben, Hanswurst zu sein! …‹ Ich war schon immer der Ansicht, daß Shakespeare ein Autor ist, der völlig überschätzt wird; wenngleich er allerdings ein beachtlicher Hanswurst ist.« Er hielt inne, stellte überrascht fest, daß er tatsächlich zu leiden begann. Die Frauen waren manchmal so ausgesprochen liebenswürdig; sie reagierten auf Aggressivität mit Verständnis, auf Zynismus mit Sanftheit. Welcher Mann würde sich so verhalten? »Sophie, ich habe Lust, deine Möse zu lecken …«, sagte er gerührt; aber diesmal hörte sie nicht, was er sagte. Sie hatte sich zu dem Skilehrer umgewandt, der drei Tage zuvor ihren Hintern befummelt hatte, und ein Gespräch mit ihm begonnen. Bruno war ein paar Sekunden wie vor den Kopf geschlagen, dann ging er über den Rasen zum Parkplatz. Der Supermarkt in Cholet, das Centre Leclerc, war bis zweiundzwanzig Uhr geöffnet. Als er zwischen den Regalen herging, dachte er darüber nach, daß Aristoteles zufolge eine Frau von geringer Körpergröße einer anderen Gattung als die übrige Menschheit angehört. »Ein kleiner Mann scheint mir noch ein Mann zu sein«, schreibt der Philosoph, »aber eine kleine Frau scheint mir einer neuen Gattung der Schöpfung anzugehören.« Wie war diese seltsame Behauptung zu erklären, die in so starkem Gegensatz zu dem sonst so gesunden Menschenverstand des Stagiriten stand? Er kaufte Whisky, ein paar Dosen Ravioli und Ingwergebäck. Bei seiner Rückkehr war es bereits dunkel. Als er am Whirlpool vorbeikam, hörte er Geflüster, ein unterdrücktes Lachen. Mit der Leclerc-Tüte in der Hand blieb er stehen und blickte durch die Zweige. Anscheinend waren dort zwei oder drei Paare: Sie machten keinen Lärm mehr, nur die leichten Strudel des Wasserstrahls waren zu hören. Der Mond trat hinter den

Wolken hervor. Im gleichen Augenblick kam ein weiteres Paar herbei und begann sich zu entkleiden. Das Flüstern begann wieder. Bruno stellte seine Plastiktüte ab, holte seinen Penis heraus und begann wieder zu onanieren. Er kam sehr schnell, in dem Augenblick, als die Frau in das heiße Wasser stieg. Es war schon Freitagabend, er würde seinen Aufenthalt um eine Woche verlängern müssen. Er würde die Sache anders angehen, sich ein Mädchen suchen, mit den Leuten reden.

6

In der Nacht von Freitag auf Samstag schlief er schlecht und hatte einen unangenehmen Traum. Er sah sich mit den Zügen eines jungen Schweins mit speckigem, unbehaarten Fleisch. Gemeinsam mit den anderen Ferkeln wurde er in einen riesigen dunklen Tunnel mit verrosteten Wänden getrieben, der die Form eines Hohlwirbels hatte. Die Strömung des Wassers, die ihn weitertrieb, war nicht sehr stark, manchmal gelang es ihm, die Beine auf den Boden zu stellen; dann kam eine stärkere Welle, und wieder wurde er ein paar Meter tiefer gezogen. Manchmal sah er das weißliche Fleisch eines seiner Gefährten, der durch den Sog roh nach unten gezogen wurde. Sie kämpften im Dunkeln, in völliger Stille, die nur ab und zu kurz vom Scharren der Hufe an den Metallwänden unterbrochen wurde. Als er weiter nach unten gelangte, hörte er jedoch ein dumpfes Maschinengeräusch, das aus den Tiefen des Tunnels heraufdrang. Nach und nach wurde ihm klar, daß der Strudel sie auf eine Turbine mit riesigen, messerscharfen Flügelrädern zutrieb.

Später lag sein abgeschnittener Kopf auf einer Wiese, die von der mehreren Meter hohen Mündung des Hohlwirbels überragt wurde. Sein Schädel war der Länge nach in zwei Hälften geteilt; und dennoch hatte der unversehrte Teil, der mitten im Gras lag, nicht das Bewußtsein verloren. Er wußte, daß die Ameisen allmählich in die offenliegende Gehirnmasse eindringen würden, um die Neuronen zu verschlingen; dann würde er endgültig das Bewußtsein verlieren. Zur Zeit beobachtete sein einziges Auge den Horizont. Die Grasfläche schien sich unendlich auszudehnen. Riesige Zahnräder drehten sich unter einem platinweißen Himmel in entgegengesetzte Richtungen. Vielleicht erlebte er das Ende der Zeit; zumindest war die Welt, so wie er sie gekannt hatte, an einem Ende angekommen.

Beim Frühstück lernte er einen bretonischen Altachtundsechziger kennen, der den Aquarellkurs leitete. Er hieß Paul Le Dantec und war der Bruder des gegenwärtigen Leiters des ORTS, er gehörte zum engen Kreis der Gründungsmitglieder. Mit seiner indischen Jacke, seinem langen grauen Bart und seiner baumelnden keltischen Halskette erinnerte er auf wunderbare, liebenswerte Weise an die Urgeschichte der Hippies. Mit über fünfundfünzig Jahren führte der Veteran jetzt ein friedliches Dasein. Er stand bei Tagesanbruch auf, wanderte durch die Hügel, beobachtete die Vögel. Dann ließ er sich vor einer Schale Kaffee mit Calvados nieder und rollte sich inmitten des menschlichen Treibens Zigaretten. Der Aquarellkurs begann erst um zehn, er hatte genug Zeit, um zu diskutieren.

»Als alter Wandlungsfreak ... (Bruno lachte, um wenigstens eine fiktive Gemeinsamkeit zwischen ihnen herzustellen), erinnerst du dich doch bestimmt noch an die Anfänge des Zentrums, die sexuelle Befreiung, die 70er Jahre ...«

»Befreiung? Ach du meine Fresse!« grunzte der Urahn. »Es hat schon immer Weiber gegeben, die geil auf Sexparties waren. Und Macker, die die Sau rauslassen, hat's auch schon immer gegeben. Es hat sich wirklich nichts geändert, Alter.«

»Aber ich habe doch gehört«, fuhr Bruno unbeirrt fort, »daß sich so einiges geändert hat, seit es Aids gibt ...«

»Allerdings«, gab der Aquarellmaler zu und räusperte sich dabei, »für die Männer war die Sache früher einfacher. Da hast du schon mal ein paar offene Münder oder Mösen gefunden, in die du ihn einfach reinschieben konntest, ohne dich groß vorzustellen. Aber auch nur auf richtigen Sexparties, und bei denen gab's am Eingang eine Art Gesichtskontrolle, meistens wurden da nur Pärchen zugelassen. Aber manchmal habe ich auch Frauen gesehen, die sich die Möse bis oben hin mit Gleitcreme vollgeschmiert hatten und die den ganzen Abend nur masturbierten; niemand hat sie gevögelt, Alter, niemand. Nicht mal, um ihnen einen Gefallen zu tun, das war einfach nicht drin; denn auch da mußt du erst mal einen hochkriegen.«

»Dann kann man im Grunde also sagen«, warf Bruno nachdenklich ein, »daß es nie einen sexuellen Kommunismus gegeben hat, sondern nur ein System erweiterter Verführung.«

»Na klar ...«, stimmte der alte Sack zu, »Verführung, die hat's immer gegeben.«

All das klang nicht sehr ermutigend. Aber es war Samstag, es würden noch neue Leute eintreffen. Bruno beschloß, sich zu entspannen und die Dinge so zu nehmen, wie sie kamen, *keep cool, man!*; und somit verlief der Tag ohne Zwischenfälle, und ehrlich gesagt, sogar ohne das geringste Ereignis. Abends gegen elf ging er wieder am Whirlpool vorbei. Über dem sanft brodelnden Wasser stieg eine leichte Dunstwolke auf, die vom Licht des Vollmonds erhellt wurde. Er näherte sich lautlos. Das Becken hatte einen Durchmesser von drei Metern. Am gegenüberliegenden Beckenrand befand sich ein eng umschlungenes Paar; die Frau schien rittlings auf dem Mann zu sitzen. »Schließlich ist es mein gutes Recht ...«, dachte Bruno wütend. Er zog sich schnell aus und stieg in den Whirlpool. Die Nachtluft war kühl, das Wasser im Gegensatz dazu angenehm warm. Durch das Geflecht der Kiefernzweige konnte man über dem Becken die Sterne sehen; er entspannte sich etwas. Das Paar schenkte ihm keinerlei Beachtung; die Frau bewegte sich über dem Typen auf und ab und begann zu stöhnen. Man konnte ihre Gesichtszüge nicht erkennen. Schließlich atmete auch der Mann allmählich lauter. Die Bewegungen der Frau wurden schneller; einmal warf sie sich zurück, der Mond erhellte kurz ihre Brüste; ihr Gesicht wurde von der Masse ihres dunklen Haars verdeckt. Dann drückte sie sich an ihren Gefährten und schlang ihre Arme um seinen Körper; er atmete noch lauter, ein langes Stöhnen, und er verstummte.

Zwei Minuten verharrten sie eng umschlungen, dann stand der Mann auf und verließ das Becken. Ehe er sich wieder anzog, rollte er ein Kondom von seinem Penis. Überrascht stellte Bruno fest, daß sich die Frau nicht rührte. Die Schritte des Mannes entfernten sich, und es wurde wieder still. Sie streckte die Beine im Wasser aus. Bruno tat das gleiche. Ein Fuß legte sich auf seinen Schenkel, streifte sein Glied. Mit leichtem Plätschern löste sie sich vom Beckenrand und kam auf ihn zu. Wolken verschleierten jetzt den Mond; die Frau war etwa fünfzig Zentimeter von ihm entfernt, doch er konnte ihre Züge noch immer nicht erkennen. Ein Arm glitt unter seinen Oberschenkel, der andere legte sich um seine Schultern. Bruno schmiegte sich an sie, das Gesicht auf der Höhe ihres Busens; ihre Brüste waren klein und fest. Er ließ den Beckenrand los und gab sich ganz ihrer Umarmung hin. Er spürte, wie sie wieder in die Mitte des Beckens zurückglitt und sich langsam um die eigene Achse drehte. Seine Halsmuskeln entspannten sich ganz plötzlich und sein Kopf sank schwer hinab. Das Brodeln des Wassers, das an der Oberfläche kaum hörbar war, verwandelte sich wenige Zentimeter tiefer in ein starkes unterseeisches Brausen. Senkrecht über seinem Gesicht drehten sich langsam die Sterne. Er entspannte sich in ihren Armen, sein aufgerichtetes Glied ragte aus dem Wasser. Sie bewegte die Hände leicht über seinen Körper, er spürte ihr Streicheln kaum, er befand sich in einem Zustand völliger Schwerelosigkeit. Ihr langes Haar streifte seinen Bauch, dann legte sich die Zunge der Frau auf die Spitze seiner Eichel. Sein ganzer Körper bebte vor Seligkeit. Sie schloß ihre Lippen und nahm seine Eichel ganz langsam in den Mund. Er schloß die Augen, während ihn ein verzücktes Zittern durchlief. Das unterseeische Brausen war unendlich beruhigend. Als die Lippen der Frau die Wurzel seines Glieds erreichten, spürte er allmählich die Bewegungen ihrer Kehle. Die Wellen der Lust verstärkten sich in seinem Körper, gleichzeitig spürte er, wie er von den Unterwasserwirbeln gewiegt wurde, und plötzlich war ihm sehr heiß. Sie zog sanft die Rachenwände zusammen, seine ganze Energie sammelte sich mit einem Schlag in seinem Glied. Er kam mit einem lauten Schrei; er hatte noch nie solche Lust verspürt.

7

WOHNWAGENGESPRÄCH

Christianes Wohnwagen war etwa fünfzig Meter von seinem Zelt entfernt. Sie knipste beim Hereingehen das Licht an, holte eine Flasche Bushmills hervor und füllte zwei Gläser. Sie war schlank, kleiner als Bruno und vermutlich einmal sehr hübsch gewesen; aber ihre feinen Gesichtszüge waren erschlafft und mit geplatzten Äderchen übersät. Nur ihr seidiges schwarzes Haar war noch prachtvoll. Sie hatte sanfte, ein wenig traurige blaue Augen. Sie mochte etwa vierzig sein.

»Ab und zu überkommt mich das, dann vögele ich mit jedem«, sagte sie. »Nur für die Penetration verlange ich ein Kondom.«

Sie benetzte sich die Lippen, trank einen Schluck. Bruno betrachtete sie; sie hatte sich nur oben ein graues Sweatshirt übergestreift. Ihr Venusberg besaß eine hübsche Rundung; leider hingen ihre großen Schamlippen etwas herab.

»Ich möchte, daß du auch einen Orgasmus bekommst«, sagte er.

»Laß dir Zeit. Trink erst mal was. Du kannst hier schlafen, es ist Platz genug da ...« Sie zeigte auf das Doppelbett.

Sie sprachen über den Mietpreis der Wohnwagen. Christiane konnte nicht zelten, sie hatte Probleme mit ihrem Rücken. »Ziemlich ernste Probleme«, sagte sie. »Die meisten Männer lassen sich am liebsten einen blasen«, sagte sie weiter. »Penetration finden sie langweilig, sie haben Schwierigkeiten, einen hochzukriegen. Aber wenn man ihren Schwanz in den Mund nimmt, dann werden sie wieder zu kleinen Kindern. Ich habe den Eindruck, daß sie ziemlich unter dem Feminismus gelitten haben, mehr als sie zugeben wollen.«

»Es gibt Schlimmeres als den Feminismus ...«, sagte Bruno düster. Er leerte sein Glas zur Hälfte, ehe er sich entschloß weiterzureden: »Kennst du den ORT schon lange?«

»Praktisch von Anfang an. Als ich verheiratet war, bin ich eine Zeitlang nicht mehr hierher gekommen, aber jetzt komme ich wieder jedes Jahr für zwei oder drei Wochen. Anfangs gehörte der ORT zur Alternativszene, *Neue Linke* und so; jetzt ist er eher *New Age*; aber ansonsten hat sich nicht viel geändert. Schon in den 70er Jahren hat man sich für orientalische Mystik interessiert; heute gibt es immer noch einen Whirlpool und Massagen. Das Zentrum ist durchaus angenehm, aber etwas trist; hier gibt es nicht soviel Gewalt wie draußen. Die Brutalität der Anmache wird ein bißchen durch die religiöse Atmosphäre überdeckt. Aber trotzdem gibt es Frauen, die hier leiden. Männer, die einsam altern, haben es nicht so schwer wie Frauen in der gleichen Situation. Sie trinken schlechten Wein, schlafen ein und stinken aus dem Mund; und am nächsten Morgen, wenn sie aufwachen, fangen sie wieder von vorne an; sie sterben meist sehr schnell. Die Frauen nehmen Beruhigungsmittel, machen Yoga, gehen zum Psychologen; sie leben sehr lange und leiden sehr. Sie haben einen geschwächten, unansehnlich gewordenen Körper zu bieten; das wissen sie und leiden darunter. Und trotzdem machen sie weiter, denn sie können nicht darauf verzichten, geliebt zu werden. Bis zum Schluß fallen sie dieser Illusion zum Opfer. Von einem gewissen Alter an hat die Frau zwar immer noch die Möglichkeit, sich an Schwänzen zu reiben, aber sie hat nie wieder die Möglichkeit, geliebt zu werden. So sind die Männer nun mal.«

»Christiane«, sagte Bruno sanft, »du übertreibst ... Ich würde dir jetzt zum Beispiel gern Lust verschaffen.«

»Das glaube ich dir. Ich habe den Eindruck, daß du ziemlich nett bist. Egoistisch und nett.«

Sie zog ihr Sweatshirt aus, legte sich quer übers Bett, schob sich ein Kissen unter den Hintern und spreizte die Schenkel.

Bruno leckte erst ziemlich lange die Umgebung ihrer Möse, dann reizte er mit schnellen Zungenschlägen ihre Klitoris. Christiane atmete tief aus. »Steck einen Finger rein ...«, sagte sie. Bruno gehorchte und drehte sich etwas zur Seite, um gleichzeitig, während er weiterleckte, ihre Brüste zu streicheln. Er spürte, wie ihre Brustwarzen steif wurden und hob den Kopf. »Mach weiter, bitte ...«, sagte sie. Er legte seinen Kopf bequemer hin und streichelte die Klitoris mit dem Zeigefinger. Ihre kleinen Schamlippen schwollen an. Vor Freude leckte er sie gierig. Christiane stöhnte auf. Für einen kurzen Moment sah er die dünne, faltige Scheide seiner Mutter wieder vor sich; dann verblaßte die Erinnerung, und er massierte weiter die Klitoris, immer schneller, und leckte zugleich die Schamlippen mit langen, wohlwollenden Zungenschlägen. Ihr Unterleib rötete sich, sie keuchte immer lauter. Sie war sehr feucht und angenehm salzig. Bruno machte eine kurze Pause, schob ihr einen Finger in den After, einen anderen in die Scheide und begann wieder, die Klitoris mit der Zungenspitze mit schnellen kleinen Stößen zu lecken. Sie kam sehr ruhig und zuckte dabei lange. Er blieb regungslos liegen, das Gesicht auf ihrer feuchten Scheide, und streckte ihr die Hände entgegen; er spürte, wie sich Christianes Finger um seine Hände schlossen. »Danke«, sagte sie. Dann stand sie auf, streifte sich das Sweatshirt über und füllte wieder die Gläser.

»Das war wirklich gut, eben im Whirlpool ...«, sagte Bruno. »Wir haben keinen Ton gesagt; in dem Augenblick, als ich deinen Mund gespürt habe, konnte ich deine Gesichtszüge noch nicht erkennen. Es hat keinerlei Verführung gegeben, es war eine sehr reine Sache.«

»Das kommt alles von den sogenannten Krause-Endkolben ...«, sagte Christiane lächelnd. »Du mußt schon entschuldigen, ich unterrichte Naturwissenschaften.« Sie trank einen Schluck Bushmills ... »Klitoris und Eichel sind mit Krause-Endkolben übersät, in denen sich sehr viele Nervenfasern befinden. Wenn man sie streichelt, werden im Gehirn Endorphine in großen Mengen freigesetzt. Die Geschlechtsorgane jedes Mannes und jeder Frau besitzen etwa die gleiche Anzahl von Krause-Endkolben – bis dahin ist noch alles sehr gerecht verteilt; aber, wie du ja weißt, spielen natürlich noch andere Dinge mit. Ich war sehr verliebt in meinen Mann. Ich habe sein Glied voller Verehrung gestreichelt und geleckt; ich habe mich gefreut, wenn ich ihn in mir spürte. Ich war stolz darauf, seine Erektionen hervorzurufen, ich besaß ein Foto von seinem aufgerichteten Glied, das ich immer in der Brieftasche bei mir hatte; es war für mich wie ein Bild der Andacht, meine größte Freude bestand darin, ihm Lust zu verschaffen. Schließlich hat er mich wegen einer jüngeren Frau verlassen. Ich habe vorhin durchaus gemerkt, daß du dich von meiner Möse nicht wirklich angezogen fühlst; es ist schon ein wenig die Möse einer alten Frau. Aufgrund der zunehmenden Verschränkung der Kollagene beim alternden Menschen und der Fragmentierung des Elastins der Mitose verliert das Bindegewebe allmählich seine Festigkeit und Elastizität. Mit zwanzig hatte ich eine sehr schöne Vagina; heute weiß ich genau, daß meine großen und kleinen Schamlippen etwas herabhängen.«

Bruno leerte sein Glas; er wußte wirklich nicht, was er darauf erwidern sollte. Kurz darauf gingen sie ins Bett. Er legte seinen Arm um Christianes Hüften; dann schliefen sie ein.

8

Bruno wachte als erster auf. Hoch oben in den Bäumen sang ein Vogel. Christiane hatte sich im Laufe der Nacht entblößt. Sie hatte einen hübschen Hintern, noch schön rund und aufreizend. Er erinnerte sich an einen Satz aus *Die kleine Meerjungfrau*; er besaß eine alte 45er Platte mit dem *Matrosenlied* der Frères Jacques. Das Lied berichtet von der kleinen Nixe, die auf ihre Stimme, auf ihr Heimatland und auf ihren hübschen Nixenschwanz verzichtet; und all das, um aus Liebe zu einem Prinzen eine richtige Frau zu werden. Sie wird mitten in der Nacht von einem Sturm an den Strand gespült; dort trinkt sie den Zaubertrank der Hexe. Sie hat das Gefühl, in zwei Teile geteilt worden zu sein; die Schmerzen sind so schrecklich, daß sie ohnmächtig wird. Anschließend folgten ein paar ganz andere Akkorde, die eine neue Umgebung andeuteten; und dann kam dieser Satz, der Bruno so stark beeindruckt hatte: »*Als sie erwachte, schien die Sonne, und der Prinz stand vor ihr.*«

Danach dachte er an die Unterhaltung vom Vorabend mit Christiane zurück und sagte sich, daß es ihm vielleicht gelingen könne, ihre ein wenig herabhängenden, aber sanften Schamlippen zu lieben. Wie jeden Morgen beim Aufwachen, und wie die meisten Männer, hatte er einen Ständer. Im Halbdunkel des Morgengrauens wirkte Christianes Gesicht, umgeben von der dichten zerzausten Masse ihres schwarzen Haars, sehr blaß. Sie öffnete leicht die Augen, als er in sie eindrang. Sie schien ein wenig verwundert, spreizte aber die Beine. Er begann sich in ihr zu bewegen, stellte aber fest, daß sein Glied immer schlaffer wurde. In die Trauer, die er darüber empfand, mischte sich Besorgnis und Scham. »Ist es dir lieber, wenn ich ein Kondom nehme?« fragte er. »Ja, bitte. Sie sind in dem Kulturbeutel nebenan.« Er riß die Verpackung auf; es waren Durex *Technica.* Sobald er die Latexhülle übergestreift hatte, erschlaffte sein Glied natürlich vollends. »Es tut mir leid«, sagte er, »es tut mir wirklich leid.« »Das macht nichts«, erwiderte sie sanft, »komm, leg dich hin.« Die Aids-Gefahr war ein wahrer Segen für die Männer dieser Generation. Sie brauchten manchmal nur den Gummi herauszuholen, und schon erschlaffte ihr Glied. »Ich habe mich nie daran gewöhnen können ...« Nachdem diese kleine Zeremonie vollendet und ihre Männlichkeit dadurch gerettet war, konnten sie sich wieder ins Bett legen, sich an den Körper ihrer Frau schmiegen und in Ruhe schlafen.

Nach dem Frühstück gingen sie den Hügel hinab und kamen an der Pyramide vorbei. Am Ufer des Teichs war niemand. Sie legten sich auf die Wiese in die Sonne; Christiane zog ihm die Bermudashorts aus und begann, ihm einen runterzuholen. Sie tat es sehr sanft, mit viel Gefühl. Später, als er aufgrund ihrer Bekanntschaft Zugang zum Kreis der *libertären Paare* bekommen hatte, sollte Bruno feststellen, daß dies eine äußerst seltene Gabe war. Die meisten Frauen in diesem Milieu wichsten ziemlich roh, ohne die geringste Nuancierung. Sie drückten viel zu fest zu und massierten den Schwanz mit idiotischer Hektik, vermutlich versuchten sie, die Schauspielerinnen in den Pornofilmen zu imitieren. Das mochte vielleicht am Bildschirm sehr eindrucksvoll wirken, aber das taktile Ergebnis war reichlich unbefriedigend, wenn nicht gar schmerzhaft. Christiane dagegen ging sehr zart vor, befeuchtete sich regelmäßig die Finger und massierte sanft die verschiedenen empfindsamen Zonen. Eine Frau in einem Sari ging nah an ihnen vorbei und setzte sich ans Ufer des Teichs. Bruno atmete tief ein und bemühte sich, den Orgasmus zurückzuhalten. Christiane lächelte ihm zu; die Sonne brannte allmählich heiß. Ihm wurde klar, daß die zweite

Woche im ORT sehr angenehm verlaufen würde. Vielleicht würden sie sich sogar wiedersehen, zusammen alt werden. Ab und zu würde sie ihm ein kleines bißchen körperliches Glück verschaffen, und gemeinsam würden sie das Nachlassen der sinnlichen Begierde erleben. So würden einige Jahre vergehen; und dann würde die Sache vorbei sein; sie waren alt, und für sie war das Theater der körperlichen Liebe zu Ende.

Während Christiane sich duschte, studierte Bruno die Pflegeformel des Präparats »Erhalt der Jugendlichkeit durch Mikrokapseln«, das er am Tage zuvor im Centre Leclerc gekauft hatte. Während auf der Verpackung vor allem die Neuartigkeit des Konzepts der »Mikrokapseln« hervorgehoben wurde, unterschied die Gebrauchsanleitung zwischen drei Wirkungsbereichen: das Filtern schädlicher Sonnenstrahlen, hydratisierende Feuchtigkeitspflege und lang anhaltender Schutz vor freien Radikalen. Die Ankunft von Catherine, der Exfeministin, die auf ägyptische Tarots umgesattelt hatte, unterbrach ihn beim Lesen. Sie kam gerade, wie sie ihm nicht verheimlichte, von einem Kurs für Persönlichkeitsentwicklung zurück, *Dance your job*. Es ging darum, mit Hilfe von verschiedenen symbolischen Spielen seine Berufung zu finden; diese Spiele ermöglichten es, nach und nach den »inneren Helden« jedes Teilnehmers herauszuarbeiten. Nach Ablauf des ersten Tages stellte sich heraus, daß Catherine etwas von einer Hexe, aber auch etwas von einer Löwin hatte; das hätte ihr normalerweise den Weg in eine leitende Position in der Verkaufsbranche ebnen müssen.

»Hm...«, sagte Bruno.

In diesem Augenblick kam Christiane wieder, sie hatte sich ein Handtuch um die Hüften geschlungen. Catherine hielt sichtbar verkrampft inne. Sie schützte einen Workshop für *Zen-Meditation und argentinischen Tango* vor und zog sich schnell zurück.

»Ich dachte, du machtest bei *Tantra und Rechnungswesen* mit...«, rief ihr Christiane hinterher.

»Kennst du sie?«

»O ja, ich kenne sie seit zwanzig Jahren, diese alte Giftspritze. Sie ist auch seit Anfang an dabei, praktisch seit der Gründung des ORTS.«

Sie schüttelte ihr Haar und band sich das Handtuch wie einen Turban um den Kopf. Gemeinsam gingen sie hinauf. Bruno hatte plötzlich Lust, sie an der Hand zu nehmen. Er tat es.

»Ich habe die Feministinnen nie ausstehen können ...«, sagte Christiane, als sie auf halber Höhe des Hügels waren. »Diese Zicken haben die ganze Zeit nur über das Geschirrspülen und die Arbeitsaufteilung geredet; sie waren buchstäblich besessen vom Spülen. Manchmal haben sie auch ein paar Worte über das Kochen und das Staubsaugen verloren; aber ihr Hauptthema war immer das Spülen. In wenigen Jahren haben sie es geschafft, die Typen aus ihrem Umkreis in griesgrämige, impotente Neurotiker zu verwandeln. Von diesem Augenblick an – und das war absolut systematisch – haben sie angefangen, der Männlichkeit nachzutrauern. Im Endeffekt sah das dann so aus, daß sie ihre Typen in den Wind schickten, um sich von beknackten Latino-Machos vögeln zu lassen. Ich habe mich immer darüber gewundert, wieso die intellektuellen Emanzen so eine Vorliebe für zwielichtige Existenzen, Brutalos und Schwachköpfe haben. Kurz gesagt, sie haben zwei oder drei von ihnen vernascht – die ganz scharfen Weiber unter ihnen vielleicht ein paar mehr –, und dann haben sie sich ein Kind machen lassen und angefangen, nach Rezepten aus *Marie-Claire* Marmelade einzukochen. Ich habe das Dutzende von Malen erlebt, es war immer dasselbe.«

»Das ist vorbei ...«, sagte Bruno versöhnlich.

Sie verbrachten den Nachmittag am Schwimmbecken. Gegenüber von ihnen, auf der anderen Seite des Pools, hüpften junge Mädchen umher, die sich um einen Walkman balgten. »Sind sie nicht süß?« bemerkte Christiane. »Die Blonde mit den kleinen Brüsten ist wirklich hübsch ...«; dann legte sie sich auf das Badetuch. »Kannst du mich eincremen ...?«

Christiane nahm an keinem Kurs teil. Sie empfand sogar einen gewissen Abscheu vor diesen schizophrenen Aktivitäten, wie sie sagte. »Ich bin vielleicht ein bißchen hart«, sagte sie weiter, »aber ich kenne diese Achtundsechziger-Emanzen, die jetzt über vierzig sind, ich gehöre im Grunde auch dazu. Sie altern in völliger Einsamkeit, und ihre Vagina ist praktisch tot. Unterhalte dich mal fünf Minuten mit ihnen, dann stellst du fest, daß sie überhaupt nicht an all diese Geschichten mit den Chakren, Kristallen und Lichtvibrationen glauben. Sie geben sich Mühe, daran zu glauben, manchmal schaffen sie es zwei Stunden lang, solange der Kurs dauert. Sie spüren die Gegenwart des Engels in sich und die innere Blume, die sich in ihrem Bauch entfaltet; dann ist der Kurs zu Ende und sie sind wieder allein, ziemlich alt und häßlich. Und dann kriegen sie Weinkrämpfe. Hast du das nicht gemerkt? Hier gibt es oft Weinkrämpfe, vor allem nach den Zen-Kursen. Allerdings haben die meisten keine andere Wahl, denn obendrein haben sie noch Geldprobleme. Im allgemeinen haben sie eine Psychoanalyse gemacht und sind dadurch völlig pleite. Die Sache mit den Mantras und Tarots ist zwar bescheuert, aber wenigstens ist das nicht so teuer wie eine Analyse.«

»Ja, das und die Zahnarztrechnungen ...«, sagte Bruno unbestimmt. Er legte seinen Kopf zwischen ihre gespreizten Schenkel und spürte, daß er bald so einschlafen würde.

Nach Einbruch der Dunkelheit kehrten sie zum Whirlpool zurück; er bat sie, sie solle ihn nicht bis zum Orgasmus bringen. Als sie wieder im Wohnwagen waren, schliefen sie miteinander. »Laß ...«, sagte Christiane, als er die Hand nach den Kondomen ausstreckte. Als er in sie eindrang, spürte er, daß sie glücklich war. Eines der erstaunlichsten Merkmale der körperlichen Liebe ist wirklich das Gefühl der Vertrautheit, das sie verschafft, wenn sie von einem Mindestmaß an gegenseitiger Sympathie begleitet wird. Schon in den ersten Minuten geht man vom *Sie* zum *Du* über, und es scheint, als habe die Geliebte, selbst wenn man sie erst seit dem Vortag kennt, Anspruch auf gewisse Bekenntnisse, die man keinem anderen Menschen anvertraut. Und so erzählte Bruno in jener Nacht Christiane Dinge, die er noch nie jemandem erzählt hatte, nicht einmal Michel – und erst recht nicht seinem Psychiater. Er sprach über seine Kindheit, den Tod seiner Großmutter und die Demütigungen im Internat. Er erzählte ihr von seiner Jugend und davon, wie er im Zug wenige Meter von den Mädchen entfernt onaniert hatte; er erzählte ihr von den Sommerferien, die er im Haus seines Vaters verbracht hatte. Christiane hörte ihm zu und streichelte ihm dabei das Haar.

Sie verbrachten die Woche gemeinsam, und am Abend vor Brunos Abreise aßen sie in einem Fischrestaurant in Saint-Georges-de-Didonne. Die Luft war ruhig und lau, die Kerzenflammen, die ihren Tisch erhellten, flackerten kaum. Sie hatten einen Blick auf die ganze Girondemündung, in der Ferne konnte man die Landzunge vor Grave erkennen. »Wenn ich sehe, wie der Mond auf dem Meer glitzert«, sagte Bruno, »wird mir mit ungewöhnlicher Klarheit bewußt, daß wir nichts, aber auch gar nichts mit dieser Welt zu tun haben.«

»Mußt du wirklich weg?«

»Ja, ich muß vierzehn Tage mit meinem Sohn verbringen. Eigentlich hätte ich schon letzte Woche fahren müssen, aber diesmal kann ich die Sache nicht mehr aufschieben. Seine Mutter fliegt übermorgen ab, sie hat ihren Urlaub fest gebucht.«

»Wie alt ist dein Sohn?«

»Zwölf.«

Christiane überlegte, trank einen Schluck Muscadet. Sie trug ein langes Kleid, hatte sich geschminkt und sah aus wie ein junges Mädchen. Man erahnte ihre Brüste durch das Spitzenoberteil; das Kerzenlicht ließ kleine Flammen in ihren Augen aufleuchten. »Ich glaube, ich bin ein bißchen verliebt ...«, sagte sie. Bruno wartete, wagte nicht, sich zu bewegen, war vollkommen regungslos. »Ich lebe in Noyon«, sagte sie weiter. »Mit meinem Sohn hat alles ziemlich gut geklappt, bis er dreizehn war. Sein Vater hat ihm vielleicht gefehlt, aber ich weiß nicht ... Brauchen Kinder wirklich einen Vater? Sicher ist auf jeden Fall, daß er seinen Sohn absolut nicht brauchte. Anfangs hat er sich noch ein bißchen um ihn gekümmert, dann sind sie ins Kino oder zu McDonald's gegangen, aber er hat ihn immer vor der verabredeten Zeit wieder zurückgebracht. Und dann wurde es immer seltener: Als er mit seiner neuen Freundin nach Südfrankreich gezogen ist, hat er völlig damit aufgehört. In Wirklichkeit habe ich ihn praktisch allein erzogen, vielleicht hat es mir an Autorität gefehlt. Vor zwei Jahren hat er begonnen, auszugehen und sich mit Leuten zu treffen, mit denen man besser keinen Umgang haben sollte. Das wundert zwar so manchen, aber Noyon ist eine Stadt, in der es viel Gewalt gibt. Dort leben viele Schwarze und Nordafrikaner, der Front National hat bei den letzten Wahlen 40 % der Stimmen bekommen. Ich wohne in einem Block am Stadtrand, die Klappe meines Briefkastens ist abgerissen worden, und ich kann nichts im Keller lassen. Ich habe oft Angst, manchmal hört man Schüsse. Wenn ich aus dem Gymnasium zurückkomme, verbarrikadiere ich mich in meiner Wohnung; ich gehe nie abends aus. Ab und zu setze ich mich vors Minitel, um wenigstens auf dem Bildschirm mit irgend jemandem einen erotischen Austausch zu haben, aber das ist auch schon alles. Mein Sohn kommt spät heim, manchmal kommt er gar nicht. Ich wage nicht, ihm etwas zu sagen; ich habe Angst, daß er mich schlägt.«

»Ist es weit von Paris?«

Sie lächelte. »Gar nicht weit, das liegt im Departement Oise, kaum achtzig Kilometer entfernt ...« Sie verstummte und lächelte wieder; ihr Gesicht war in diesem Augenblick sehr sanft und voller Hoffnung. »Ich habe das Leben geliebt«, fuhr sie fort. »Ich habe das Leben so geliebt, ich war ein feinfühliges, liebevolles Wesen und habe Sex immer sehr gemocht. Irgend etwas ist schiefgelaufen; ich weiß nicht so recht, was, aber irgend etwas in meinem Leben ist schiefgelaufen.«

Bruno hatte schon sein Zelt abgebaut und seine Sachen im Auto verstaut; er verbrachte seine letzte Nacht im Wohnwagen. Am Morgen versuchte er, mit Christiane zu schlafen, doch diesmal scheiterte er, er war bewegt und nervös. »Spritz deinen Samen auf mich«, sagte sie. Sie verteilte den Samen über ihr Gesicht und ihre Brüste. »Besuch mich mal«, sagte sie noch, während er zur Tür hinausging. Er versprach zu kommen. Es war Samstag, der 1. August.

9

Entgegen seinen Gewohnheiten nahm Bruno nur Nebenstraßen. Kurz vor Parthenay hielt er eine Weile an. Er hatte das Bedürfnis, nachzudenken; ja, aber worüber eigentlich? Er hatte den Wagen mitten in einer ruhigen, langweiligen Landschaft neben einem Kanal mit fast stehendem Wasser abgestellt. Darin wuchsen oder verrotteten Wasserpflanzen, es war schwer zu entscheiden. Die Stille wurde von leisem Sirren gestört – es mußte wohl Insekten in der Luft geben. Er legte sich auf den Grashang und stellte fest, daß das Wasser eine sehr leichte Strömung besaß: Der Kanal floß langsam nach Süden. Es war kein Frosch zu hören.

Im Oktober 1975, kurz vor Beginn seines Studiums, war Bruno in das Appartement gezogen, das sein Vater ihm gekauft hatte; er hatte damals den Eindruck gehabt, daß nun ein neues Leben für ihn beginne. Die Enttäuschung ließ nicht lange auf sich warten. Sicher, es gab viele Mädchen, sogar sehr viele Mädchen, die an der Universität Censier Literatur studierten; aber alle schienen schon in festen Händen zu sein oder zumindest keine Lust zu haben, ihm in die Hände zu geraten. Um Kontakte zu knüpfen, ging er in alle Übungen, in alle Seminare, und wurde so schnell zu einem guten Schüler. In der Cafeteria sah er sie, hörte, wie sie schwatzten: Sie gingen aus, trafen sich mit Freunden, luden sich gegenseitig zu Feten ein. Bruno begann zu essen. Er legte sich ziemlich schnell auf einen Freßweg fest, der den Boulevard Saint-Michel hinabführte. Er begann zunächst mit einem Hot dog in der Imbißstube an der Ecke Rue Gay-Lussac; anschließend aß er etwas weiter unten eine Pizza oder manchmal ein griechisches Sandwich. Im McDonald's an der Ecke Boulevard Saint-Germain verschlang er mehrere Cheeseburger, die er mit Coca-Cola oder Bananen-Milkshakes herunterspülte; dann wankte er die Rue de la Harpe hinab, ehe er sich mit tunesischem Gebäck den Rest gab. Auf dem Weg nach Hause blieb er vor dem *Latin* stehen, das zwei Pornofilme gleichzeitig im Programm hatte. Manchmal blieb er eine halbe Stunde vor dem Kino stehen und tat so, als studiere er die Buslinien, in der Hoffnung, eine Frau oder ein Pärchen hineingehen zu sehen, wurde aber jedesmal enttäuscht. Meistens kaufte er sich schließlich dennoch eine Eintrittskarte; er fühlte sich schon besser, wenn er im Zuschauerraum war, die Platzanweiserin war wunderbar diskret. Die Männer setzten sich ziemlich weit auseinander, ließen immer mehrere freie Plätze zwischen sich. Sie holten sich in Ruhe einen runter, während sie sich *Lüsterne Krankenschwestern, Die Anhalterin trägt keinen Slip, Die Lehrerin mit den gespreizten Schenkeln, Die kleinen Lutschmäuler* oder irgendeinen der vielen anderen Filme ansahen. Der einzige heikle Moment war der, wenn er das Kino verließ: Der Ausgang ging direkt auf den Boulevard Saint-Michel, und Bruno konnte durchaus unverhofft einem Mädchen aus der Uni gegenüberstehen. Im allgemeinen wartete er, bis irgendein Typ aufstand und blieb ihm dicht auf den Fersen; es schien ihm weniger entwürdigend, mit Freunden ins Pornokino zu gehen. Im allgemeinen kam er gegen Mitternacht heim, las Chateaubriand oder Rousseau.

Ein- oder zweimal in der Woche beschloß Bruno, ein neues Leben zu beginnen, eine völlig andere Richtung einzuschlagen. Und so ging er dabei vor: Als erstes zog er sich nackt aus und betrachtete sich im Spiegel. Es war unerläßlich, bei dieser Selbsterniedrigung konsequent bis zum Äußersten zu gehen und die abstoßende Häßlichkeit seines dicken Bauchs, seiner Hängebacken und seines schon schlaffen Hinterns genau unter die Lupe zu nehmen. Dann löschte er alle Lichter. Er stellte die Füße dicht nebeneinander, verschränkte die Hände vor der Brust und beugte den Kopf ein wenig vor, um sich besser in sich selbst versenken zu können. Dann atmete er langsam tief ein, bis sich sein ekliger Bauch ganz aufblähte; dann atmete er wieder ganz langsam aus und sprach dabei im Geist eine Zahl aus. Alle Zahlen waren wichtig, seine Konzentration durfte nie nachlassen; aber die wichtigsten waren Vier, Acht und natürlich Sechzehn, die absolute Zahl. Wenn er sich wieder aufrichten würde, nachdem er die Zahl Sechzehn ausgesprochen hatte und dabei mit aller Kraft ausatmete, würde er ein völlig anderer Mensch sein, der endlich bereit war, zu leben und sich in die Strömung des Daseins gleiten zu lassen. Dann würde er weder Angst noch Scham mehr kennen; würde sich normal ernähren, sich mit Mädchen normal verhalten. »Heute ist der erste Tag deines restlichen Lebens.«

Dieses kleine Ritual hatte keinerlei Auswirkung auf seine Schüchternheit, erwies sich dagegen manchmal als relativ wirksames Mittel gegen die Freßsucht; es vergingen manchmal zwei Tage, ehe er wieder abstürzte. Er führte den Mißerfolg auf einen Mangel an Konzentration zurück, glaubte dann aber sehr schnell wieder an die Sache. Er war noch jung.

Eines Abends, als er aus der Bäckerei *Le Sud Tunisien* kam, stieß er auf Annick. Er hatte sie seit ihrer kurzen Begegnung im Sommer 1974 nicht wiedergesehen. Sie war noch häßlicher geworden, war jetzt geradezu fettleibig. Ihre eckige Brille mit dem schwarzen Gestell und den dicken Gläsern ließ ihre braunen Augen noch kleiner erscheinen und unterstrich ihre kränkliche bleiche Hautfarbe. Sie tranken gemeinsam einen Kaffee, es gab einen Augenblick deutlicher Verlegenheit. Sie studierte auch Philologie, aber an der Sorbonne; sie wohnte direkt nebenan, in einem Zimmer, das auf den Boulevard Saint-Michel hinausging. Als sie sich trennten, gab sie ihm ihre Telefonnummer.

Er besuchte sie mehrmals in den darauffolgenden Wochen. Da sie sich durch ihr Äußeres zu sehr gedemütigt fühlte, weigerte sie sich, sich auszuziehen; aber am ersten Abend schlug sie Bruno vor, ihm einen zu blasen. Sie sprach nicht über ihr Äußeres, ihre Begründung war, daß sie die Pille nicht nahm. »Ganz bestimmt, ist mir viel lieber …« Sie ging nie aus, blieb jeden Abend zu Hause. Sie trank Kräutertees, versuchte, eine Diät einzuhalten; aber nichts half. Bruno versuchte mehrere Male, ihr die Hose auszuziehen; doch sie krümmte sich zusammen, stieß ihn wortlos mit Gewalt zurück. Er gab schließlich nach, holte sein Glied heraus. Sie lutschte es schnell ab, ein wenig zu kräftig; er ejakulierte in ihrem Mund. Manchmal sprachen sie über ihr Studium, aber nicht sehr oft; im allgemeinen ging er schnell wieder fort. Es stimmte schon, daß sie nicht gerade hübsch war und er sich nur schwer vorstellen konnte, sich mit ihr auf der Straße, im Restaurant oder in der Warteschlange vor einem Kino zu zeigen. Er stopfte sich mit tunesischem Gebäck voll, bis ihm fast schlecht wurde; er ging zu ihr hinauf, ließ sich einen blasen und ging wieder. Es war vermutlich besser so.

Am Abend von Annicks Tod war das Wetter sehr mild. Es war erst Ende März, aber es war schon ein Frühlingsabend. Bruno kaufte sich in seiner Stammbäckerei eine große Teigrolle mit Mandelfüllung, dann ging er zu der Uferstraße an der Seine. Der Klang der Lautsprecher eines Vergnügungsdampfers erfüllte die Luft, hallte von den Wänden von Notre-Dame wider. Er kaute auf seinem klebrigen, mit Honig überzogenen Gebäck herum, bis er es schließlich auf hatte, und ekelte sich wieder einmal zutiefst vor sich selbst. Das wäre doch vielleicht eine Idee, sagte er sich, es hier, mitten in Paris, mitten im Betrieb, unter all den Leuten zu versuchen. Er schloß die Augen, schob die Hacken zusammen, verschränkte die Hände vor der Brust. Langsam und entschlossen begann er in einem Zustand völliger Konzentration zu zählen. Als er die magische Sechzehn ausgesprochen hatte, öffnete er die Augen und richtete sich zu seiner vollen Höhe auf. Der Vergnügungsdampfer war verschwunden, die Uferstraße leer. Das Wetter war noch immer genauso mild.

Vor dem Haus, in dem Annick wohnte, hatte sich eine kleine Menschenschar versammelt, die von zwei Polizisten zurückgehalten wurde. Er trat hinzu. Der Körper des Mädchens lag zerschmettert und seltsam verdreht auf dem Boden. Ihre gebrochenen Arme wirkten wie zwei Anhängsel neben ihrem Schädel, eine Blutlache umgab das, was von ihrem Gesicht noch übriggeblieben war; in einem letzten schützenden Reflex hatte sie wohl vor dem Aufschlagen die Hände um den Kopf gelegt. »Sie ist aus dem siebten Stock gesprungen. Sie war sofort tot...«, sagte neben ihm eine Frau mit seltsamer Genugtuung. In diesem Augenblick traf der Krankenwagen ein, zwei Sanitäter stiegen aus und brachten eine Bahre. Als sie das Mädchen hochhoben, sah er den aufgeplatzten Schädel und wandte das Gesicht ab. Der Krankenwagen fuhr mit heulender Sirene wieder ab. So ging Brunos erste Liebe zu Ende.

Der Sommer '76 war vermutlich die schlimmste Zeit in seinem Leben gewesen; er war gerade zwanzig geworden. Es herrschte eine Gluthitze, selbst die Nächte brachten keine Abkühlung; unter diesem Gesichtspunkt sollte der Sommer '76 in die Annalen eingehen. Die Mädchen trugen kurze, durchsichtige Kleider, die ihnen am schweißnassen Körper klebten. Er lief ganze Tage mit vor Begierde geweiteten Augen durch die Stadt. Nachts stand er auf, ging zu Fuß quer durch Paris, blieb vor Straßencafés stehen, beobachtete aufmerksam Diskothekeneingänge. Er konnte nicht tanzen. Er hatte ständig einen Steifen. Er hatte den Eindruck, zwischen den Beinen ein nässendes, verfaultes, von Würmern zerfressenes Stück Fleisch zu haben. Mehrere Male versuchte er, Mädchen auf der Straße anzusprechen, erhielt zur Antwort nur Erniedrigungen. Nachts blickte er sich im Spiegel an. Sein Haar, das ihm vom Schweiß am Schädel klebte, begann sich über der Stirn zu lichten; die Falten seines Bauchs waren durch das Hemd hindurch zu erkennen. Er begann, in Sexshops und Peep-Shows zu gehen, mit dem Ergebnis, daß er noch stärker litt. Zum erstenmal suchte er bei Prostituierten Linderung.

In den Jahren 1974/1975 hatte sich eine subtile, endgültige Wandlung in der westlichen Gesellschaft vollzogen, sagte sich Bruno. Er lag noch immer auf dem Grashang des Kanals; seine zusammengerollte Leinenjacke diente ihm als Kopfkissen. Er riß ein Grasbüschel aus, tastete die feuchte, rauhe Oberfläche ab. In den gleichen Jahren, in denen er sich erfolglos bemüht hatte, im Leben zurechtzukommen, hatte in den westlichen Gesellschaften eine Wandlung stattgefunden, die auf etwas Düsteres zusteuerte. In jenem Sommer 1976 war es schon völlig klar, daß all das ein schlimmes Ende nehmen würde. Die körperliche Gewalt, die ausgeprägteste Erscheinungsform der Individualisierung, sollte in den westlichen Ländern die sinnliche Begierde ablösen.

10

JULIAN UND ALDOUS

»Wenn die grundlegende Lehrmeinung geändert oder erneuert werden muß, fühlen sich die geopferten Generationen, in deren Mitte sich diese Veränderung vollzieht, im wesentlichen von ihr unberührt oder stehen ihr gar ausgesprochen feindlich gegenüber.«

(Auguste Comte: *Aufruf an die Konservativen*)

Gegen Mittag stieg Bruno wieder ins Auto und fuhr ins Zentrum von Parthenay. Schließlich beschloß er, doch die Autobahn zu nehmen. Aus einer Telefonzelle rief er seinen Bruder an – der sogleich abnahm. Er fahre nach Paris zurück und würde ihn gern noch heute abend sehen. Morgen sei nicht möglich, da sei er mit seinem Sohn zusammen. Aber heute abend, ja, das sei ihm ziemlich wichtig. Michel äußerte keine große Begeisterung. »Wenn du willst ...«, sagte er nach langem Schweigen. Wie die meisten Menschen verabscheute er die Tendenz zur gesellschaftlichen Zersplitterung, die die Soziologen und Kommentatoren so gut beschrieben haben. Wie die meisten Menschen fand er es wünschenswert, einige wenige familiäre Beziehungen aufrechtzuerhalten, auch wenn ein gewisses Maß an Langeweile damit einherging. So hatte er sich jahrelang dazu gezwungen, Weihnachten bei seiner Tante Marie-Thérèse zu verbringen, die ihre letzten Lebensjahre mit ihrem netten, fast tauben Mann in einem kleinen Einfamilienhaus in Raincy verbrachte. Sein Onkel wählte immer noch die Kommunisten und weigerte sich, zur Mitternachtsmesse zu gehen, das war jedesmal ein Anlaß, *mit der Faust auf den Tisch zu hauen*. Michel hörte zu, wie der alte

Mann über die Emanzipation der Arbeiter sprach und dabei seinen Enzian trank; ab und zu brüllte er irgendeine Banalität als Antwort. Dann trafen die anderen ein, unter ihnen auch seine Cousine Brigitte. Er mochte Brigitte gern und hätte ihr gewünscht, sie möge glücklich sein; aber mit einem so bescheuerten Mann war das offensichtlich schwierig. Er war Arzneimittelvertreter bei Bayer und betrog seine Frau so oft wie möglich; und da er gut aussah und viel auf Reisen war, war es oft möglich. Jedes Jahr war Brigittes Gesicht etwas schmaler.

1990 verzichtete Michel auf seinen jährlichen Besuch; es blieb noch Bruno. Die familiären Beziehungen bleiben einige Jahre, manchmal sogar einige Jahrzehnte erhalten, tatsächlich bleiben sie viel länger erhalten als alle anderen; und dann geht es schließlich mit ihnen zu Ende.

Bruno traf gegen einundzwanzig Uhr ein, er hatte schon etwas getrunken und verspürte den Drang, theoretische Fragen anzusprechen. »Ich habe mich immer darüber gewundert«, begann er, noch ehe er sich setzte, »wie unglaublich zutreffend die Voraussagen sind, die Aldous Huxley in *Schöne neue Welt* gemacht hat. Wenn man bedenkt, daß dieses Buch 1932 erschienen ist, ist das völlig irre. Seitdem hat die westliche Gesellschaft unablässig versucht, sich diesem Modell anzunähern. Immer genauere Kontrolle des Zeugungsvorgangs, die eines Tages zur völligen Trennung von Zeugung und Sex und zur künstlichen Fortpflanzung der Menschheit im Labor unter völlig sicheren, zuverlässigen genetischen Bedingungen führen wird. Es verschwinden folglich die familiären Beziehungen, die Begriffe Vaterschaft und Abstammung. Und dank der pharmazeutischen Fortschritte wird es keine Unterschiede zwischen den verschiedenen Lebensaltern mehr geben. In der Welt, die Huxley beschreibt, übt ein sechzigjähriger Mann die gleichen Tätigkeiten aus wie ein Zwanzigjähriger, hat die gleiche äußere Erscheinung und die gleichen sinnlichen Begierden wie er. Und wenn es dann nicht mehr möglich ist, gegen den Alterungsprozeß zu kämpfen, stirbt man freiwillig durch selbstbestimmte Euthanasie; sehr diskret, sehr schnell, völlig undramatisch. Die Gesellschaft, die Huxley in *Brave New World* beschreibt, ist eine glückliche Gesellschaft, die keine Tragödien und keine extremen Gefühle mehr kennt. Es herrscht völlige sexuelle Freiheit, die persönliche Entfaltung und die sinnliche Begierde werden durch nichts mehr eingeschränkt. Es bleiben noch vorübergehende Augenblicke der Depression, der Trauer und des Zweifels; doch sie werden durch medikamentöse Behandlung schnell behoben, die Wirkungsweise der antidepressiven und angstlösenden Medikamente wurde maßgeblich verbessert. ›Ein Milliliter erfrischt die Gemüter.‹ Das ist genau die Welt, auf die wir heute zustreben, die Welt, in der wir leben möchten.

Ich weiß natürlich«, fuhr Bruno mit einer Handbewegung fort, als wolle er einen Einwand vom Tisch fegen, den Michel nicht erhoben hatte, »daß man Huxleys Welt im allgemeinen als einen totalitären Alptraum beschreibt und versucht, in diesem Buch eine scharfe Anklage zu sehen; doch das ist reine Heuchelei. *Brave New World* ist für uns in jeder Hinsicht – sei es, was die genetische Kontrolle, die sexuelle Freiheit, den Kampf gegen das Altern oder die Freizeitkultur betrifft – ein Paradies, in Wirklichkeit ist es haargenau die Welt, die wir anstreben, wenn auch bisher noch ohne Erfolg. Nur eine Sache verletzt heute etwas unser egalitäres, oder genauer gesagt, auf persönlichem Verdienst beruhendes Wertsystem, und das ist die Aufteilung der Gesellschaft in Kasten, die ihrer genetischen Natur entsprechend für unterschiedliche Arbeiten eingesetzt werden. Aber das ist wirklich der einzige Punkt, in dem sich Huxleys Voraussagen als falsch erwiesen haben; und zugleich ist es der einzige Punkt, der durch die Weiterentwicklung der Automatisierung und der maschinellen Produktion heutzutage ziemlich irrelevant geworden ist. Aldous Huxley ist ohne jeden Zweifel ein sehr schlechter Schriftsteller, seine Sätze sind schwerfällig und ohne jede Eleganz, seine Romanfiguren sind langweilig und didaktisch. Aber er hat die grundlegende Intuition gehabt, daß die Entwicklung der menschlichen Gesellschaften seit mehreren Jahrhunderten ausschließlich durch die wissenschaftliche und technologische Entwicklung gesteuert worden ist und immer mehr gesteuert werden wird. Es mag sein, daß es ihm an Finesse und psychologischem Einfühlungsvermögen gefehlt hat und sein Stil ziemliche Mängel aufweist; aber all das ist, gemessen daran, wie zutreffend seine anfängliche Intuition ist, relativ unwichtig. Er hat als erster unter den Schriftstellern begriffen – die Science-fiction-Autoren miteinbezogen –, daß nach der Physik jetzt die Biologie die entscheidende Rolle spielen würde.«

Bruno hielt inne und stellte plötzlich fest, daß sein Bruder etwas abgenommen hatte; er wirkte abgespannt, sorgenvoll und auch ein wenig unaufmerksam. Tatsächlich hatte er es seit einigen Tagen versäumt, Einkäufe zu machen. Im Unterschied zu den vergangenen Jahren befanden sich vor dem Monoprix noch immer viele Bettler und Zeitungsverkäufer; dabei war Hochsommer, eine Jahreszeit, in der die Armut normalerweise nicht so bedrückend ist. Wie sollte das erst werden, wenn es Krieg gab? fragte sich Michel, während er durch die Schaufenster beobachtete, wie die Clochards langsam vorbeigingen. Wann würde es Krieg geben, und wie würde der Schulbeginn aussehen? Bruno schenkte sich ein weiteres Glas Wein ein; er hatte allmählich Hunger und war etwas überrascht, als sein Bruder ihm mit müder Stimme antwortete:

»Huxley stammt aus einer großen Familie englischer Biologen. Sein Großvater war ein Freund von Darwin, er hat viel zur Verteidigung der evolutionistischen Thesen geschrieben. Sein Vater und sein Bruder Julian waren ebenfalls berühmte Biologen. Es ist eine englische Tradition unter den pragmatischen, liberalen, intellektuellen Skeptikern, ganz anders als etwa in Frankreich zur Zeit der Aufklärung, denn sie basiert viel stärker auf der Beobachtung und der experimentellen Methode. Während seiner ganzen Jugend hatte Huxley Gelegenheit, mit Ökonomen, Juristen und vor allem Naturwissenschaftlern zusammenzukommen, die sein Vater zu sich einlud. Unter den Schriftstellern seiner Generation war er bestimmt als einziger dazu fähig, die Fortschritte zu erahnen, die die Biologie machen würde. Aber all das wäre ohne den Nationalsozialismus viel schneller gegangen. Die Nazi-Ideologie hat wesentlich dazu beigetragen, daß die Ideen der Eugenik und der Rassenverbesserung diskreditiert wurden; es hat mehrere Jahrzehnte gedauert, bis man wieder darauf zurückgreifen konnte.« Michel stand auf und holte aus seinem Bücherschrank einen Band mit dem Titel *What dare I think.* »Das hat Julian Huxley geschrieben, Aldous' ältester Bruder, das Buch ist schon 1931 erschienen, ein Jahr vor *Schöne neue Welt.* Man findet darin bereits Anregungen zur genetischen Kontrolle und zur Artenverbesserung, einschließlich der der Menschheit, also das, was sein Bruder in dem Roman in die Praxis umgesetzt hat. Und all das wird unmißverständlich als wünschenswertes Ziel hingestellt, dem man entgegenstreben soll.«

Michel setzte sich wieder und wischte sich den Schweiß von der Stirn. »Nach dem Krieg, im Jahr 1946, wurde Julian Huxley zum Generaldirektor der soeben gegründeten UNESCO ernannt. Im gleichen Jahr veröffentlichte sein Bruder *Wiedersehen mit der Schönen neuen Welt*, in dem er sein erstes Buch als Anklage und als Satire hinzustellen versucht. Einige Jahre später wurde Aldous Huxley als einer der maßgeblichen theoretischen Begründer der Hippiebewegung angesehen. Er hatte schon immer für die völlige sexuelle Freiheit gekämpft und als einer der ersten für den Konsum bewußtseinserweiternder Drogen plädiert. Alle Gründer von Esalen kannten ihn und waren von seinem Gedankengut beeinflußt worden. Später hat die New-Age-Bewegung die Thematik der Gründer von Esalen ausnahmslos übernommen. Aldous Huxley war in Wirklichkeit einer der einflußreichsten Denker unseres Jahrhunderts.«

Sie gingen zum Essen in ein Restaurant um die Ecke, das für 270 Franc ein chinesisches Fondue für zwei Personen anbot. Michel hatte seit drei Tagen das Haus nicht verlassen. »Ich habe heute noch nichts gegessen«, bemerkte er leicht überrascht; er hielt das Buch immer noch in der Hand.

»Huxley hat 1962 einen Roman mit dem Titel *Eiland* veröffentlicht, sein letztes Buch«, fuhr er fort und stocherte in seinem Klebreis. »Er siedelt die Handlung auf einer paradiesischen Tropeninsel an – die Vegetation und die Landschaft sind wahrscheinlich von Sri Lanka inspiriert. Auf dieser Insel hat sich weit ab von den großen kommerziellen Strömungen des 20. Jahrhunderts eine eigenständige Zivilisation herausgebildet, die technologisch hochentwickelt ist und zugleich der Natur große Achtung entgegenbringt: Eine friedliche Gesellschaft, die sich völlig von den familiären Neurosen und den Hemmungen der jüdisch-christlichen Tradition befreit hat. Die Nacktheit ist dort etwas Natürliches; Wollust und Liebe können ungehindert ausgelebt werden. Dieses mittelmäßige, aber leicht zu lesende Buch hat großen Einfluß auf die Hippies und durch sie auf die Anhänger der New-Age-Bewegung gehabt. Wenn man die Sache etwas genauer betrachtet, hat die harmonische Gemeinschaft, die in *Eiland* beschrieben wird, vieles mit der Gesellschaft aus *Schöne neue Welt* gemein. Huxley selbst scheint aufgrund seiner anzunehmenden Verkalkung die Ähnlichkeit nicht wahrgenommen zu haben, aber die in *Eiland* beschriebene Gesellschaft steht der *Schönen neuen Welt* ebenso nah wie die libertäre Hippiegesellschaft der liberalen bürgerlichen Gesellschaft oder eher ihrer sozialdemokratischen schwedischen Variante.«

Er hielt inne, tauchte eine große Garnele in die scharfe Soße und legte die Stäbchen wieder auf den Tisch. »Genau wie sein Bruder war Aldous Huxley ein Optimist …«, sagte er schließlich mit einem gewissen Widerwillen. »Die metaphysische Wandlung, die den Materialismus und die moderne Wissenschaft hervorgebracht hat, hat zwei entscheidende Dinge zur Folge gehabt:

den Rationalismus und den Individualismus. Huxleys Irrtum besteht darin, daß er das Kräfteverhältnis zwischen diesen beiden Folgeerscheinungen nicht richtig eingeschätzt hat. Insbesondere besteht sein Irrtum darin, daß er die Zunahme des Individualismus unterschätzt hat, die das gesteigerte Bewußtsein des Todes mit sich bringt. Aus dem Individualismus erwachsen Freiheit und Selbstgefühl sowie das Bedürfnis, sich von anderen zu unterscheiden und sich ihnen überlegen zu fühlen. In einer rationalen Gesellschaft, wie sie in *Schöne neue Welt* beschrieben ist, kann der Kampf abgemildert werden. Der wirtschaftliche Wettbewerb – eine Metapher für die Beherrschung des Raums – hat in einer reichen Gesellschaft, in der die wirtschaftlichen Schwankungen fest unter Kontrolle sind, keine Existenzberechtigung. Der sexuelle Wettbewerb – eine Metapher für die Beherrschung der Zeit, zumindest unter dem Aspekt der Zeugung – hat in einer Gesellschaft, in der die Trennung zwischen Sex und Zeugung gänzlich vollzogen ist, keine Existenzberechtigung; aber Huxley hat vergessen, den Individualismus zu berücksichtigen. Er hat nicht begriffen, daß Sex, sobald man ihn von der Zeugung loslöst, nicht so sehr als Lustprinzip, sondern vielmehr als Prinzip narzistischer Unterscheidung weiterbesteht; mit dem Wunsch nach Reichtum verhält es sich genauso. Warum hat sich das sozialdemokratische schwedische Modell nie gegenüber dem liberalen Modell durchsetzen können? Warum ist es nie auf dem Gebiet der sexuellen Befriedigung ausprobiert worden? Weil die metaphysische Wandlung, die die moderne Wissenschaft herbeigeführt hat, Individualisierung, Eitelkeit, Haß und Begierde mit sich bringt. Die sinnliche Begierde an sich – im Gegensatz zur Lust – ist eine Quelle des Leidens, des Hasses und des Unglücks. Das haben alle Philosophen – nicht nur die buddhistischen, nicht nur die christlichen, sondern alle Philosophen, die diesen Namen verdienen – gewußt und gelehrt. Die Lösung der Utopisten – von Platon über Fourier bis hin zu Huxley – besteht darin, die sinnliche Begierde und das

Leiden, das damit verbunden ist, zu stillen, indem sie deren unmittelbare Befriedigung organisieren. Die eros- und werbungsorientierte Gesellschaft, in der wir leben, ist dagegen bestrebt, die sinnliche Begierde in unerhörtem Ausmaß zu fördern, wobei sie deren Befriedigung jedoch dem Bereich der Privatsphäre zuordnet. Für das reibungslose Funktionieren der Gesellschaft, für das Weiterbestehen des Wettbewerbs, ist es erforderlich, daß die sinnliche Begierde zunimmt, sich ausbreitet und das Leben der Menschen verzehrt.« Erschöpft wischte er sich den Schweiß von der Stirn; er hatte sein Essen nicht angerührt.

»Es gibt Korrektive, kleine humanistische Korrektive ...«, sagte Bruno sanft. »Ich meine, Dinge, die es erlauben, den Tod zu vergessen. In *Schöne neue Welt* sind es die Medikamente gegen Angstgefühle und Depressionen; in *Eiland* handelt es sich dabei eher um Meditation, bewußtseinserweiternde Drogen und ein paar vage Elemente aus der hinduistischen Religion. In der Praxis versuchen die Leute heute eine Mischung aus beidem.«

»Auch Julian Huxley geht in *What dare I think* auf die religiöse Problematik ein, er widmet ihr den gesamten zweiten Teil seines Buches«, entgegnete Michel mit zunehmendem Widerwillen. »Es ist ihm völlig klar, daß die Fortschritte der Wissenschaft und des Materialismus die Grundlagen aller traditionellen Religionen unterminiert haben; es ist ihm auch klar, daß keine Gesellschaft ohne Religion fortbestehen kann. Auf über hundert Seiten bemüht er sich, die Grundlagen für eine Religion zu schaffen, die mit dem heutigen Stand der Wissenschaft vereinbar ist. Man kann allerdings nicht behaupten, daß das Ergebnis besonders überzeugend sei; man kann auch nicht behaupten, daß die Entwicklung unserer Gesellschaften tatsächlich diese Richtung eingeschlagen habe. Da jede Hoffnung auf Vereinigung durch die Gewißheit des materiellen Tods vernichtet wird, ist es unvermeidlich, daß sich Eitelkeit und Grausamkeit weiter ausbreiten. Und in ihrer kompensatorischen Funktion«, sagte er und beschloß damit die Unterhaltung auf seltsame Weise, »ergeht es der Liebe genauso.«

11

Nach Brunos Besuch verbrachte Michel die beiden folgenden Wochen im Bett. Wie kann eigentlich eine Gesellschaft, so fragte er sich, ohne Religion weiterbestehen? Schon für den einzelnen schien die Sache nicht einfach zu sein. Mehrere Tage lang betrachtete er den Heizkörper, der links neben seinem Bett angebracht war. In der kalten Jahreszeit füllten sich die Heizrippen mit warmem Wasser, das war ein nützlicher, wohldurchdachter Mechanismus; aber wie lange konnte die westliche Gesellschaft ohne jede Religion weiterbestehen? Als Kind hatte er gern die Pflanzen im Gemüsegarten gegossen. Er besaß noch ein kleines quadratisches Schwarzweißfoto, auf dem er unter Aufsicht seiner Großmutter eine Gießkanne in der Hand hielt; er mochte damals etwa sechs Jahre alt gewesen sein. Später hatte er gern Einkäufe gemacht; mit dem Wechselgeld des Brots durfte er sich Karamelbonbons kaufen. Anschließend hatte er Milch beim Bauern geholt; er hatte die Aluminiumkanne mit der noch warmen Milch am ausgestreckten Arm hin und her geschwenkt und sich etwas gefürchtet, wenn er nach Einbruch der Dunkelheit über den von Dornensträuchern gesäumten Hohlweg ging. Heute war für ihn jeder Gang in den Supermarkt eine Qual. Dabei änderten sich die Waren, es kamen unentwegt neue Tiefkühlgerichte für Singles auf den Markt. Vor kurzem hatte er – zum erstenmal – in der Fleischabteilung seines Monoprix ein Straußensteak gesehen.

Um die Reproduktion zu ermöglichen, trennen sich die beiden Stränge, aus denen das DNA-Molekül besteht, ehe jeder für sich komplementäre Nukleotide anzieht. Der Moment der Trennung ist ein heikler Augenblick, da unmittelbar danach unkontrollierbare, zumeist schädliche Mutationen entstehen können. Die stimulierende Wirkung des Fastens auf die geistige Tätigkeit ist erwiesen, und nach Ablauf der ersten Woche hatte Michel die Intuition, daß eine vollkommene Reproduktion unmöglich sei, solange das DNA-Molekül die Form einer Doppelhelix hatte. Um eine unveränderte Replikation über eine beliebige Anzahl von Zellzyklen zu erhalten, war es vermutlich nötig, daß die Struktur, die die genetische Information enthielt, eine kompakte Topologie besaß – etwa die eines Möbiusbandes oder die eines Torus.

Als Kind hatte er den natürlichen Verschleiß der Gegenstände, die Tatsache, daß sie zerbrachen oder sich abnutzten, nicht ertragen können. So hatte er etwa jahrelang die beiden zerbrochenen Enden eines kleinen weißen Plastiklineals aufbewahrt, es unzählige Male wieder repariert, mit Klebestreifen umwickelt. Durch die dicke Schicht der Klebestreifen war das Lineal nicht mehr gerade, konnte nicht mehr dazu dienen, Striche zu ziehen, also die Aufgabe eines Lineals erfüllen; und dennoch bewahrte er es auf. Wenn es erneut zerbrach, reparierte er es, fügte eine weitere Schicht Klebestreifen hinzu und legte es wieder in sein Etui.

Einer von Djerzinskis genialen Einfällen, sollte Frédéric Hubczejak viele Jahre später schreiben, bestand darin, daß er sich nicht mit seiner ersten Intuition begnügte, derzufolge die geschlechtliche Fortpflanzung als solche eine Quelle für schädliche Mutationen war. Seit Tausenden von Jahren, hob Hubczejak weiter hervor, waren alle menschlichen Kulturen von der mehr oder weniger deutlich formulierten Annahme geprägt, daß zwischen Geschlecht und Tod eine untrennbare Beziehung bestehe; ein Forscher, der diese Verknüpfung mit unwiderlegbaren Argumenten aus der Molekularbiologie nachgewiesen hatte, hätte normalerweise an dieser Stelle haltmachen und seine Aufgabe als beendet betrachten müssen. Djerzinski jedoch hatte die Intuition gehabt, daß man über den Rahmen der geschlechtlichen Fortpflanzung hinausgehen müsse, um die topologischen Bedingungen der Zellteilung in ihrer allgemeinsten Form zu untersuchen.

Bereits in seinem ersten Schuljahr in der Grundschule in Charny war Michel die Grausamkeit der Jungen aufgefallen. Es handelte sich zwar um Bauernsöhne, also um kleine Tiere, die der Natur noch sehr nahe standen. Aber man mußte sich trotzdem wundern, mit welch fröhlicher, instinktiver Ungezwungenheit sie Kröten mit der Spitze ihres Zirkels oder ihres Federhalters aufspießten; die violette Tinte breitete sich unter der Haut des armen Tieres aus, das langsam verendete. Sie standen im Kreis und betrachteten mit glänzenden Augen den Todeskampf. Ein anderes ihrer Lieblingsspiele bestand darin, den Schnecken mit einer Schere die Fühler abzuschneiden. Das gesamte Empfindungsvermögen der Schnecke bündelt sich in den Fühlern, die an der Spitze kleine Augen tragen. Ohne Fühler ist die Schnecke nur noch eine leidende, hilflose weiche Masse. Michel begriff sehr schnell, daß er gut daran täte, sich in gewissem Abstand von diesen kleinen Rohlingen aufzuhalten; von den Mädchen dagegen, diesen viel sanfteren Wesen, hatte er wenig zu befürchten. Diese erste Intuition bezüglich der Welt wurde durch die Sendung *Das Leben der Tiere* bestärkt, die jeden Mittwochabend im Fernsehen gezeigt wurde. Mitten in der Riesenschweinerei, dem ständigen Gemetzel, das die tierische Natur kennzeichnet, bestand die einzige Spur von Hingabe und Selbstlosigkeit in der Mutterliebe oder einem Schutzinstinkt, auf jeden Fall in irgend etwas, das unmerklich und stufenweise zur Mutterliebe hinführte. Das Tintenfischweibchen, ein ergreifendes kleines Wesen von etwa zwanzig Zentimer Länge, griff ohne zu zögern den Taucher an, der sich ihren Eiern näherte.

Dreißig Jahre später mußte er ein weiteres Mal zu der gleichen Schlußfolgerung kommen: Die Frauen waren einfach besser als die Männer. Sie waren zärtlicher, liebevoller, mitfühlender; sie neigten weniger zu Gewalttätigkeit, Egoismus, Selbstbehauptung, Grausamkeit. Außerdem waren sie vernünftiger, intelligenter und fleißiger.

Wozu, fragte sich Michel, während er die Bewegung der Sonnenstrahlen auf den Vorhängen beobachtete, dienten die Männer eigentlich? Es mag sein, daß die Manneskraft in früheren Zeiten, als es noch zahlreiche Bären gab, eine spezifische, unersetzliche Rolle gespielt hat; aber seit mehreren Jahrhunderten erfüllten die Männer offensichtlich so gut wie keinen Zweck mehr. Um ihrer Langeweile zu entgehen, spielten sie manchmal eine Partie Tennis, was noch das kleinere Übel war; aber manchmal hielten sie es auch für nötig, *die Geschichte voranzutreiben*, das heißt im wesentlichen, Revolutionen und Kriege hervorzurufen. Außer dem absurden Leid, das Revolutionen und Kriege erzeugten, zerstörten diese das Beste aus der Vergangenheit und zwangen die Menschen, reinen Tisch zu machen, um etwas Neues aufzubauen. Die Entwicklung der Menschheit, die sich nicht in den regelmäßigen Bahnen eines allmählichen Aufstiegs vollzog, bekam dadurch eine chaotische, unregelmäßige Wendung mit zersetzender, gewaltsamer Wirkung. Für all das waren die Männer (mit ihrer Bereitschaft zum Risiko, ihrer Lust am Spiel, ihrer grotesken Eitelkeit, ihrer Verantwortungslosigkeit und ihrer grundsätzlichen Brutalität) unmittelbar und ausschließlich verantwortlich. Eine aus Frauen bestehende Welt wäre in jeder Hinsicht überlegen; sie würde sich langsamer, aber mit größerer Regelmäßigkeit, ohne Rückschläge und ohne verhängnisvolle Infragestellungen auf einen Zustand allgemeinen Glücks hinentwickeln.

Am Morgen des 15. August stand er auf und ging nach draußen, in der Hoffnung, daß niemand auf der Straße war, was praktisch zutraf. Er machte sich ein paar Notizen, die er etwa zehn Jahre später wiederfinden sollte, als er seinen wichtigsten Artikel schrieb: *Prolegomena zu einer vollkommenen Replikation.*

Am gleichen Tag brachte Bruno seinen Sohn zu seiner Exfrau zurück; er war erschöpft und verzweifelt. Anne kam von einer Abenteuerreise mit Nouvelles Frontières zur Osterinsel oder nach Benin zurück, er erinnerte sich nicht mehr genau; sie hatte sich vermutlich mit einigen Frauen angefreundet, sie hatten Adressen ausgetauscht – sie würde sie zwei- oder dreimal wiedersehen, ehe sie es leid wurde; aber sie würde keine Männer kennengelernt haben – Bruno hatte den Eindruck, daß sie, was Männer anging, alle Hoffnung aufgegeben hatte. Sie würde ihn zwei Minuten lang zur Seite nehmen und wissen wollen, »wie es gewesen sei«. Er würde antworten: »Gut«, er würde einen ruhigen, selbstsicheren Ton anschlagen, wie es Frauen mögen; und mit einem Anflug von Humor würde er hinzufügen: »Victor hat aber doch ziemlich viel ferngesehen.« Er würde sich sehr schnell unbehaglich fühlen, denn seit Anne das Rauchen aufgegeben hatte, ertrug sie es nicht mehr, daß bei ihr geraucht wurde; ihre Wohnung war geschmackvoll eingerichtet. Beim Abschied würde er ein leichtes Bedauern empfinden, sich wieder einmal fragen, was er tun könne, damit alles anders werde; er würde Victor schnell in den Arm nehmen und anschließend gehen. Dann würde es soweit sein: Die Ferien mit seinem Sohn waren zu Ende.

In Wirklichkeit waren diese beiden Wochen eine Qual gewesen. Bruno hatte auf seiner Matratze gelegen – eine Flasche Bourbon in Reichweite – und auf die Geräusche gehorcht, die sein Sohn im Nebenzimmer machte: die Wasserspülung, die sein Sohn betätigte, nachdem er pissen gegangen war, das Knistern der Fernbedienung. Genau wie sein Halbbruder in diesem Augenblick, und ohne es zu wissen, betrachtete er stundenlang stumpfsinnig die Rohre seines Heizkörpers. Victor schlief auf der Bettcouch im Wohnzimmer; er sah fünfzehn Stunden am Tag fern. Morgens, wenn Bruno aufwachte, lief der Fernseher schon, Victor sah sich die Zeichentrickfilme auf M6 an. Aus Rücksicht auf seinen Vater benutzte er Kopfhörer. Er war nicht gewalttätig, versuchte nicht, unfreundlich zu sein; aber er und sein Vater hatten sich absolut nichts mehr zu sagen. Zweimal am Tag wärmte Bruno ein Fertiggericht auf; sie saßen sich beim Essen gegenüber, fast ohne ein Wort zu sagen.

Wie war es nur dazu gekommen? Victor war seit einigen Monaten dreizehn. Vor einigen Jahren hatte er noch gezeichnet und die Bilder seinem Vater gezeigt. Er malte Gestalten aus den Marvel-Zeichentrickfilmen ab: Fatalis, Fantastik, den Pharaon der Zukunft –, für die er neue Szenen erfand. Manchmal spielten sie eine Partie *Memory* oder gingen Sonntag morgens in den Louvre. Mit zehn Jahren hatte Victor seinem Vater einen Bogen feiner Zeichenpappe zum Geburtstag geschenkt, auf den er in großen bunten Buchstaben in Schönschrift geschrieben hatte: »PAPA, ICH LIEBE DICH.« Jetzt war das alles vorbei. Es war wirklich vorbei. Und Bruno wußte, daß sich die Sache noch verschlimmern würde: Ihre gegenseitige Gleichgültigkeit würde allmählich in Haß umschlagen. In höchstens zwei Jahren würde sein Sohn versuchen, mit gleichaltrigen Mädchen auszugehen; diese fünfzehnjährigen Mädchen würde auch Bruno begehren. Sie würden sich bald in Rivalität zueinander befinden, dem Naturzustand der Männer. Sie waren wie Tiere, die sich in demselben Käfig bekämpften, dem Käfig der Zeit.

Auf dem Weg nach Hause kaufte Bruno bei einem nordafrikanischen Lebensmittelhändler zwei Flaschen Anislikör; dann rief er, ehe er sich sinnlos betrank, seinen Bruder an, um sich für den nächsten Tag mit ihm zu verabreden. Als er bei Michel ankam, verschlang dieser gerade, nachdem er so lange gefastet hatte, voller Heißhunger eine Scheibe italienischer Wurst nach der anderen und trank dazu mehrere Gläser Wein. »Greif zu, greif zu ...«, sagte er vage. Bruno hatte den Eindruck, daß er ihm kaum zuhörte. Es war, als rede er mit einem Psychiater oder gegen eine Wand. Und dennoch redete er.

»Mehrere Jahre lang hat sich mein Sohn mir zugewandt und hat meine Liebe gesucht; ich war deprimiert, unzufrieden mit meinem Leben, und habe ihn zurückgestoßen, weil ich warten wollte, bis es mir besserging. Ich wußte damals noch nicht, daß diese Jahre so schnell vergehen. Zwischen sieben und zwölf sind Kinder wunderbare Wesen – lieb, verständig und offen. Sie sprühen vor Vernunft und vor Freude. Sie sind sehr liebevoll und begnügen sich zugleich mit der Liebe, die man ihnen entgegenbringt. Anschließend bricht alles zusammen. Alles bricht unweigerlich zusammen.«

Michel verschlang die letzten beiden Scheiben Wurst und schenkte sich ein weiteres Glas Wein ein. Seine Hände zitterten sehr stark. Bruno fuhr fort: »Es ist schwer, sich jemanden vorzustellen, der ebenso blöd, aggressiv, unerträglich und gehässig ist wie ein Junge in der Vor-Pubertät, vor allem wenn er mit gleichaltrigen Jungen zusammen ist. Jungen in diesem Alter sind wahre Monster und noch dazu unvorstellbar dumm, ihr Konformismus kennt keine Grenzen; ein vor-pubertärer Junge scheint die plötzliche, unheilvolle (und, im Hinblick auf das Kind, unvorhersehbare) Kristallisation alles Schlechten im Menschen zu sein. Wie soll man folglich daran zweifeln, daß die Sexualität ein absolut negativer Trieb ist? Wie ertragen es die Leute nur, mit einem vor-pubertären Jungen unter einem Dach zu leben? Ich vertrete die These, daß es ihnen nur gelingt, weil ihr Leben völlig leer ist; allerdings ist mein Leben auch leer, und mir ist es nicht gelungen. Auf jeden Fall lügen alle, und alle lügen auf groteske Weise. Man ist geschieden, aber man bleibt befreundet. Man nimmt seinen Sohn jedes zweite Wochenende zu sich; das ist eine Sauerei. Eine totale, grenzenlose Sauerei. In Wirklichkeit haben sich die Männer nie für ihre Kinder interessiert, haben nie Liebe für sie empfunden, überhaupt sind Männer unfähig, Liebe zu empfinden, das ist ein Gefühl, das ihnen völlig fremd ist. Sie kennen nur Begierde, sexuelle Begierde der niedersten Art, und männliche Rivalität; und viel später dann, im Rahmen der Ehe, ist es früher manchmal vorgekommen, daß sie ihrer Gefährtin gegenüber eine gewisse Dankbarkeit empfanden – wenn sie ihnen Kinder geschenkt hatte, den Haushalt ordentlich führte, eine gute Köchin und eine gute Liebhaberin war; dann schliefen sie gern im selben Bett mit ihr. Das war vielleicht nicht das, was die Frauen begehrten, es handelte sich vielleicht um ein Mißverständnis, aber es war ein Gefühl, das sehr stark sein konnte, auch wenn sie nicht der – im übrigen mit der Zeit schwächer werdenden – Versuchung widerstehen konnten, ab und zu eine kleine Mieze zu vernaschen, konnten sie buchstäblich nicht mehr ohne ihre Frau leben, und falls diese unglücklicherweise das Zeitliche segnete, begannen sie zu trinken und starben sehr schnell, im allgemeinen nach wenigen Monaten. Was die Kinder betrifft, sie dienten der Erhaltung eines Berufsstandes, der gesellschaftlichen Regeln und des Erbguts. Das war natürlich in den Oberschichten der Feudalgesellschaft der Fall, aber auch bei den Kaufleuten, Bauern und Künstlern, ja in allen Schichten der Gesellschaft. Heute gibt es das alles nicht mehr: Ich bin Gehaltsempfänger, ich bin Mieter, ich habe meinem Sohn nichts zu vererben. Ich kann ihn keinen Beruf lehren, ich weiß nicht einmal, was er später machen könnte; die gesellschaftlichen Regeln, die ich erlernt habe, werden für ihn sowieso nicht mehr gültig sein, er wird in einer anderen Welt leben. Wenn man die Ideologie des ständigen Wandels akzeptiert, akzeptiert man auch die Vorstellung, daß das Leben eines Menschen auf sein individuelles Dasein beschränkt ist und daß die früheren und zukünftigen Generationen in seinen Augen keinerlei Bedeutung haben. So leben wir jetzt, und ein Kind zu haben, hat für einen Mann heutzutage überhaupt keinen Sinn mehr. Für die Frauen ist das anders, denn sie haben weiterhin das Bedürfnis, ein Wesen zu haben, das sie lieben können – für die Männer trifft das nicht zu und hat nie für sie zugetroffen. Die Behauptung, daß es die Männer ebenfalls danach verlangt, ein Baby zu hätscheln, mit ihren Kindern zu spielen und zu schmusen, ist falsch. Auch wenn das seit Jahren immer wieder behauptet worden ist, ist das dennoch falsch. Sobald man geschieden ist und der familiäre Rahmen gesprengt ist, verliert die Beziehung zu den Kindern jeden Sinn. Das Kind ist die Falle, die zugeschnappt ist, der Feind, für dessen Unterhalt du weiterhin aufkommen mußt und der dich überlebt.«

Michel stand auf und ging in die Küche, um sich ein Glas Wasser zu holen. Er sah farbige Räder, die sich in halber Höhe in der Luft drehten, und hatte das Bedürfnis, sich zu übergeben. Als erstes mußte er das Zittern seiner Hände unterdrücken. Bruno hatte recht, die väterliche Liebe war eine Erfindung, eine Lüge. Eine Lüge ist nützlich, wenn sie erlaubt, die Wirklichkeit zu verändern, dachte er; aber wenn die Veränderung scheitert, bleibt nur noch die Lüge, die Verbitterung und das Bewußtsein der Lüge zurück.

Er ging wieder ins Wohnzimmer. Bruno saß zusammengesunken im Sessel und rührte sich ebensowenig, als sei er tot. Zwischen den Hochhäusern wurde es dunkel; nach einem weiteren stickigen Tag wurde die Temperatur allmählich wieder erträglich. Michel bemerkte plötzlich den leeren Käfig, in dem sein Kanarienvogel mehrere Jahre gelebt hatte; ich muß den Käfig wegwerfen, sagte er sich, er hatte nicht die Absicht, das Tier zu ersetzen. Flüchtig dachte er an seine Nachbarin von gegenüber, die Redakteurin bei der Zeitschrift *20 Ans*; er hatte sie seit Monaten nicht mehr gesehen, wahrscheinlich war sie umgezogen. Er zwang sich, sich auf seine Hände zu konzentrieren, stellte fest, daß das Zittern ein wenig nachgelassen hatte. Bruno saß noch immer regungslos da; ihr Schweigen währte noch ein paar Minuten.

12

»Ich habe Anne 1981 kennengelernt«, fuhr Bruno seufzend fort. »Sie war nicht besonders hübsch, aber ich hatte die Nase voll vom Wichsen. Immerhin hatte sie große Brüste, und das hat mir an ihr gefallen. Ich habe schon immer große Brüste gemocht...« Er seufzte wieder lange. »Meine puritanische Wohlstandstusse mit den großen Titten...« Zu Michels großer Überraschung füllten sich seine Augen mit Tränen. »Später sind ihre Brüste erschlafft, und unsere Ehe ist ebenfalls in die Brüche gegangen. Ich habe ihr das Leben versaut: Das ist etwas, was ich nie vergessen werde: Ich habe dieser Frau das Leben versaut. Hast du noch Wein?«

Michel ging in die Küche, um eine Flasche Wein zu holen. All das war ziemlich ungewöhnlich; er wußte, daß sich Bruno eine Zeitlang in psychiatrische Behandlung begeben hatte, dann hatte er die Behandlung abgebrochen. Man versucht in Wirklichkeit immer, den Schmerz zu verringern. So lange sich der Schmerz durch ein Bekenntnis lindern läßt, redet man; anschließend schweigt man, gibt auf, und man ist allein. Wenn Bruno erneut das Bedürfnis empfand, über sein gescheitertes Leben zu sprechen, erhoffte er sich davon vermutlich irgend etwas, einen Neubeginn; das war vermutlich ein gutes Zeichen.

»Sie war eigentlich gar nicht häßlich«, fuhr Bruno fort, »aber sie hatte ein völlig langweiliges Gesicht ohne jede Anmut. Sie hat nie jene Feinheit, nie jene leuchtenden Züge besessen, die manchmal das Gesicht eines jungen Mädchens erstrahlen lassen. Mit ihren etwas stämmigen Beinen kamen Miniröcke für sie nicht in Frage; aber ich habe sie dazu gebracht, hautenge kurze

Pullis zu tragen und zwar ohne BH; es war sehr aufreizend, ihre großen Brüste zu sehen, die sich darunter abzeichneten. Anfangs war ihr das etwas peinlich, aber schließlich hat sie sich darauf eingelassen; sie hatte keine Ahnung von Erotik, von Reizwäsche, sie hatte einfach keinerlei Erfahrung. Aber ich erzähle von ihr, dabei kennst du sie doch, nicht?«

»Ich bin auf deiner Hochzeit gewesen ...«

»Ach richtig«, sagte Bruno wie benommen vor Verblüffung. »Ich erinnere mich, daß mich dein Kommen sehr überrascht hat. Ich hatte geglaubt, du wolltest nichts mehr mit mir zu tun haben.«

»Ich wollte nichts mehr mit dir zu tun haben.«

Michel dachte an jenen Tag zurück, fragte sich tatsächlich, was ihn dazu gebracht hatte, an dieser erbärmlichen Zeremonie teilzunehmen. Er sah die evangelische Kirche in Neuilly wieder vor sich, den fast kahlen, bedrückend nüchternen Raum, der gut zur Hälfte mit einer Gesellschaft gefüllt war, die ihren Reichtum nicht zur Schau stellte; der Vater der Braut hatte irgendeinen Posten in der Finanzwelt. »Sie waren Linke«, sagte Bruno, »*wie alle damals übrigens Linke waren.* Sie fanden es ganz normal, daß ich vor der Hochzeit mit ihrer Tochter zusammenlebte, wir haben geheiratet, weil sie schwanger war, na ja, das Übliche eben.« Michel erinnerte sich noch an die Worte des Pfarrers, die gut vernehmlich in dem kalten Raum hallten: Es war darin die Rede von Christus, wahrer Mensch und wahrer Gott, von dem Neuen Bund, den Gott mit seinem Volk geschlossen hatte; auf jeden Fall hatte er Mühe gehabt, zu begreifen, worüber eigentlich im einzelnen gesprochen wurde. Nach einer dreiviertel Stunde im gleichen Stil war er allmählich in einen Halbschlaf verfallen; er wachte mit einem Schlag auf, als er folgende Formel hörte: »Der Gott Israels, der sich zweier einsamer Kinder erbarmt hat, segne euch.« Er hatte zunächst Mühe, zu folgen: War er etwa bei Juden? Er mußte eine Minute nachdenken, ehe ihm klar wurde, daß es sich ja um *denselben* Gott handelte. Der Pfarrer fuhr gewandt, mit zunehmender Überzeugung fort: »Wer seine Frau liebt, liebt sich selbst. Kein Mensch hat je sein eigenes Fleisch gehaßt, im Gegenteil, er nährt und pflegt es, wie Christus es mit der Kirche getan hat; denn wir sind Glieder desselben Körpers, wir sind von seinem Fleisch und von seinem Bein. Darum wird ein Mann Vater und Mutter verlassen und an seinem Weibe hangen, und sie werden sein ein Fleisch. Und ich sage euch, das ist ein großes Geheimnis, sowohl was Christus wie auch die Kirche angeht.« Das war allerdings eine Formel, die den Nagel auf den Kopf traf: *Sie werden sein ein Fleisch.* Michel dachte eine Weile über diese Aussicht nach und warf Anne einen Blick zu: Sie war ruhig und konzentriert, schien den Atem anzuhalten; das verlieh ihr fast eine gewisse Schönheit. Vermutlich angeregt durch das Pauluszitat fuhr der Pfarrer mit zunehmender Energie fort: »Herr, betrachte deine Dienerin mit Wohlwollen: Zu der Stunde, da sie sich mit ihrem Gatten im Bund der Ehe vereint, bittet sie dich um deinen Schutz. Gib, daß sie eine treue, züchtige Ehefrau in Christus bleibt und stets dem Beispiel der untadeligen Frauen folgt: daß sie liebevoll zu ihrem Gatten ist wie Rahel, sittsam wie Rebekka, treu wie Sara. Daß sie dem Glauben und den Geboten verbunden bleibt; daß sie, mit ihrem Gatten vereint, allen schlechten Umgang meidet; daß ihre Zurückhaltung ihr Ansehen einbringt, daß ihr Anstand Achtung einflößt, daß sie in Glaubensdingen bewandert ist. Daß sie mit Fruchtbarkeit gesegnet wird, daß alle beide die Kinder ihrer Kinder sehen mögen, bis in die dritte und vierte Generation. Daß sie ein glückliches Alter verleben mögen und ihnen die Ruhe der Auserwählten im Himmelreich vergönnt sei. Im Namen unseres Herren Jesus Christus, Amen.« Michel drängte sich durch die Menge, um sich dem Altar zu nähern, und zog verärgerte Blicke auf sich. Er blieb drei Reihen vor dem Altar stehen, um dem Austausch der Ringe zuzusehen. Mit gesenktem Kopf und eindrucksvoller Konzentration ergriff der Pfarrer die Hände des

Brautpaars; in der Kirche herrschte völlige Stille. Dann hob er den Kopf und rief mit lauter Stimme, die energisch und zugleich verzweifelt klang und eine höchst erstaunliche Ausdruckskraft besaß: »Möge der Mensch nicht das trennen, was Gott vereint hat!«

Später näherte sich Michel dem Pfarrer, der seine Utensilien wegpackte, und sagte: »Es hat mich sehr interessiert, was Sie da eben gesagt haben ...« Der Gottesmann lächelte höflich. Dann kam Michel auf die Versuche von Aspect und das EPR-Paradoxon zu sprechen: Wenn zwei Elementarteilchen vereint worden sind, bilden sie fortan ein unteilbares Ganzes, »das scheint mir einen direkten Bezug zu dieser Geschichte mit dem einen Fleisch zu haben.« Das Lächeln des Pfarrers erstarrte leicht. »Ich meine«, fuhr Michel lebhaft fort, »ontologisch gesehen, kann man ihnen einen Einheitsvektor in einem Hilbert-Raum zuordnen. Verstehen Sie, was ich meine?« »Ja gewiß, gewiß ...«, murmelte der Diener Christi und blickte sich hilflos um. »Entschuldigen Sie«, sagte er abrupt, ehe er sich dem Vater der Braut zuwandte. Sie schüttelten sich lange die Hand und umarmten sich feierlich. »Eine sehr schöne Trauung, wirklich wunderschön ...«, sagte der Finanzexperte gerührt.

»Du bist nicht zum Fest geblieben ...«, erinnerte sich Bruno. »Es war etwas peinlich, ich kannte niemanden, und dabei war es meine Hochzeit. Mein Vater ist mit großer Verspätung eingetroffen, aber wenigstens ist er gekommen: Er war schlecht rasiert, die Krawatte hing auf Halbmast, und er sah wirklich aus wie ein alter, verbrauchter Lebemann. Ich bin sicher, daß sich Annes Eltern eine bessere Partie gewünscht hätten, aber na ja, als bürgerliche evangelische Linke hatten sie trotz allem einen gewissen Respekt vor Lehrern. Außerdem besitze ich eine *agrégation* und sie hatte nur das Staatsexamen. Das Gemeine daran ist, daß sie eine sehr hübsche kleine Schwester hatte. Sie ähnelte ihr ziemlich, hatte ebenfalls große Brüste; nur daß sie kein langweiliges, sondern ein wunderschönes Gesicht hatte.

Das hängt bloß von kleinen Dingen ab, von wenigen Gesichtszügen oder sonst irgendeiner Einzelheit. Das ist bitter …« Er seufzte noch einmal, schenkte sich Wein nach.

»Ich habe im Herbst 1984 meine erste Stelle im Lycée Carnot in Dijon angetreten. Anne war im sechsten Monat schwanger. Das war es dann also, wir waren Lehrer, waren ein Lehrerehepaar; und vor uns lag jetzt ein ganz normales Leben.

Wir haben eine Wohnung in der Rue Vannerie gemietet, ganz in der Nähe des Gymnasiums. ›Die Preise hier sind nicht vergleichbar mit den Pariser Preisen‹, hatte das Mädchen aus dem Maklerbüro gesagt. ›Natürlich ist auch das Leben hier nicht vergleichbar mit dem Pariser Leben, aber Sie werden schon sehen, im Sommer geht es hier sehr fröhlich zu, es sind Touristen da, und während des Festivals für Barockmusik kommen viele junge Leute.‹ Barockmusik …?

Ich habe sofort begriffen, daß ich in Teufels Küche war. Nicht etwa wegen des ›Pariser Lebens‹, damit hatte ich nichts am Hut, in Paris war ich die ganze Zeit nur unglücklich gewesen. Sondern weil ich auf alle Frauen scharf war, außer auf meine eigene. Wie in allen Provinzstädten, gibt es in Dijon viele süße kleine Miezen, das ist viel schlimmer als in Paris. Und damals war die Mode gerade verdammt sexy. Es war unerträglich, all diese Mädchen mit ihrem geilen Gehabe, ihren geilen Röcken und ihrem geilen Lachen. Tagsüber sah ich sie im Unterricht und mittags im *Penalty*, im Bistro neben dem Gymnasium, wo sie sich mit den Jungen unterhielten; ich ging nach Hause, um mit meiner Frau zu Mittag zu essen. Und am Samstagnachmittag sah ich sie auf den Geschäftsstraßen der Stadt wieder, sie kauften sich Klamotten und Platten. Ich war dort mit Anne, sie sah sich die Babykleidung an; ihre Schwangerschaft verlief ohne Probleme, sie war unglaublich glücklich. Sie schlief viel und konnte essen, was sie wollte; wir schliefen nicht mehr miteinander, aber ich glaube, das hat sie nicht mal gemerkt. Während der Vorbereitungskurse auf die Geburt hatte sie sich mit anderen Frauen angefreundet; sie war sehr umgänglich, sehr umgänglich und nett, eine Frau, mit der man bestens auskommen konnte. Als ich erfuhr, daß sie einen Jungen erwartete, war das für mich ein furchtbarer Schock. Das war das Schlimmste, was mir passieren konnte, jetzt mußte ich mich auf das Schlimmste vorbereiten. Ich hätte eigentlich glücklich sein müssen; ich war erst achtundzwanzig und fühlte mich, als sei ich schon tot.

Victor ist im Dezember geboren; ich erinnere mich noch an seine Taufe in der Saint-Michel-Kirche, es war ergreifend. ›Die Getauften sind die lebendigen Steine, mit denen das geistige Gebäude, das heilige Priesteramt errichtet wird‹, sagte der Priester. Victor war ganz rot und faltig in seinem kleinen weißen Spitzenkleid. Es war eine Gemeinschaftstaufe wie in den Anfangszeiten der Kirche; ein knappes Dutzend Familien nahm daran teil. ›Die Taufe ist die Eingliederung in die Kirche‹, sagte der Priester, ›sie macht uns zu Gliedern des Körpers Christi.‹ Anne hielt Victor im Arm, er wog vier Kilo. Er war sehr artig, hat überhaupt nicht geschrien. ›Sind wir daher nicht alle miteinander Glieder des einen und des anderen?‹ sagte der Priester. Wir Eltern sahen einander etwas zweifelnd an. Dann hat der Priester dreimal das Taufwasser über den Kopf meines Sohns gegossen und ihn anschließend mit Chrisma gesalbt. Dieses duftende Öl, das der Bischof geweiht hatte, sei das Symbol für das Geschenk des Heiligen Geistes, sagte der Priester. Dann richtete er sich direkt an ihn. ›Victor‹, sagte der Priester, ›jetzt bist du ein Christ geworden. Durch diese Salbung des Heiligen Geistes bist du mit Christus eins geworden. Du nimmst jetzt an seiner prophetischen, priesterlichen, königlichen Aufgabe teil.‹ Das hat mich so beeindruckt, daß ich der Gruppe *Glaube und Leben* beigetreten bin, die sich jeden Mittwoch traf. Eine junge Koreanerin nahm auch daran teil, die sehr hübsch war und die ich am liebsten sofort gevögelt hätte. Das war ziemlich heikel, sie wußte, daß ich verheiratet war. Eines Samstags hat Anne die Gruppe zu uns eingeladen; die Koreanerin hat sich aufs Sofa gesetzt, sie trug einen kurzen Rock; ich habe den ganzen Nachmittag nur auf ihre Beine gestarrt, aber das hat niemand gemerkt.

In den Februarferien ist Anne mit Victor zu ihren Eltern gefahren; ich bin allein in Dijon geblieben. Ich habe noch einmal den Versuch gemacht, katholisch zu werden; ich lag auf meiner Dunlopillo-Matratze und las *Das Mysterium der unschuldigen Kinder* und trank dabei Anislikör. Charles Péguy ist schon toll, wirklich wunderschön; aber das hat mich schließlich völlig deprimiert. All diese Geschichten über die Sünde und die Vergebung der Sünde, und Gott, der sich mehr über die Rückkehr eines Sünders als über das Heil von tausend Gerechten freut... ich wäre gern ein Sünder gewesen, aber es gelang mir einfach nicht. Ich hatte das Gefühl, man habe mir meine Jugend gestohlen. Ich hatte nur einen Wunsch, und zwar den, mir den Schwanz von kleinen Ludern mit sinnlichen Lippen lutschen zu lassen. In den Diskotheken gab es viele kleine Luder mit sinnlichen Lippen, und während Annes Abwesenheit bin ich mehrmals ins *Slow Rock* und ins *L'Enfer* gegangen; doch sie gingen mit anderen und nicht mit mir, lutschten andere Schwänze und nicht meinen; und das hielt ich einfach nicht mehr aus. Damals kam gerade der Telefonsex per Minitel auf, es wurde ein unheimlicher Aufruhr damit veranstaltet, und ich habe ganze Nächte vor dem Bildschirm verbracht. Victor schlief in unserm Schlafzimmer, aber er schlief jede Nacht durch, das war kein Problem. Ich habe große Angst gehabt, als die erste Telefonrechnung kam, ich habe sie aus dem Briefkasten geholt und den Umschlag auf dem Weg zum Gymnasium geöffnet: vierzehntausend Franc. Zum Glück besaß ich aus meiner Studentenzeit noch ein Sparbuch, ich habe alles auf unser Konto überwiesen, Anne hat nichts gemerkt.

Die Möglichkeit zu leben beginnt im Blick des anderen. Nach und nach wurde mir klar, daß mich meine Kollegen, die Lehrer vom Lycée Carnot, ohne Haß oder Wut betrachteten. Sie hatten nicht das Gefühl, in Konkurrenz mit mir zu stehen; wir hatten uns derselben Aufgabe hingegeben, ich war *einer von ihnen.* Sie haben mir den Sinn für das Normale, für das Praktische beigebracht. Ich habe meinen Führerschein gemacht und angefangen, mich für die Kataloge der CAMIF, dem NECKERMANN für Lehrer, zu interessieren. Als es Frühling wurde, haben wir ab und zu einen Nachmittag auf dem Rasen bei Guilmards verbracht. Sie wohnten in einem ziemlich häßlichen Haus in Fontaine-les-Dijon, aber sie hatten einen sehr schönen großen Rasen mit Bäumen. Guilmard war Mathematiklehrer, wir hatten so ziemlich dieselben Klassen. Er war lang und dünn, hielt sich krumm, hatte rotblondes Haar und einen herabhängenden Schnurrbart; er sah ein bißchen aus wie ein deutscher Buchhalter. Er kümmerte sich mit seiner Frau um das Grillen. Der Nachmittag verstrich, wir sprachen über die Ferien und waren etwas angetrunken; meistens waren wir vier oder fünf Lehrerehepaare. Guilmards Frau war Krankenschwester und stand im Ruf, ein supergeiles Weib zu sein; wenn sie sich auf den Rasen setzte, sah man tatsächlich, daß sie nichts unter ihrem Rock trug. Sie verbrachten ihre Ferien am Cap d'Agde, in der Nudistenkolonie. Ich glaube auch, daß sie in die Sauna für Paare am Place Bossuet gingen – zumindest wurde das erzählt. Ich habe nie gewagt, mit Anne darüber zu sprechen, aber ich fand sie sympathisch, sie hatten so etwas Sozialdemokratisches – ganz anders als die Hippies, die in den 70er Jahren bei unserer Mutter herumgehangen hatten. Guilmard war ein guter Lehrer, er war immer dazu bereit, nach dem Unterricht noch dazubleiben, um einem Schüler zu helfen, der Schwierigkeiten hatte. Er spendete auch für Behinderte, glaube ich.«

Bruno verstummte plötzlich. Nach ein paar Minuten stand Michel auf, öffnete die Balkontür und ging nach draußen, um die Nachtluft einzuatmen. Die meisten Leute, die er kannte, hatten ein ähnliches Leben geführt wie Bruno. Bis auf gewisse, sehr ausgesuchte Kreise wie etwa in der Werbe- oder in der Modebranche ist es in Berufskreisen relativ leicht – zumindest was das Aussehen angeht –, anerkannt zu werden, denn ihre *dress-codes* sind begrenzt und vorgegeben. Nach ein paar Jahren im Beruf verschwindet das sexuelle Begehren, und die Leute verlagern ihr Interesse auf Eßkultur und Weine; manche seiner Kollegen, die noch viel jünger waren als er, hatten schon damit begonnen, sich einen Weinkeller anzulegen. Das war bei Bruno nicht der Fall, er hatte über den Wein – einen Vieux Papes für 11,95 Franc – keine Bemerkung gemacht. Michel, der die Gegenwart seines Bruders halb vergessen hatte, stützte sich auf das Geländer des Balkons und warf einen Blick auf die Hochhäuser. Es war inzwischen völlig dunkel; fast alle Lichter waren erloschen. Es war der letzte Abend des Mariä-Himmelfahrt-Wochenendes. Er ging zu Bruno zurück, setzte sich neben ihn; ihre Knie berührten sich fast. Konnte man Bruno als ein Individuum betrachten? Das Verfaulen seiner Organe betraf nur ihn selbst, er würde den körperlichen Verfall und den Tod als individuelle Erfahrung erleben. Seine hedonistische Lebenseinstellung und die Kräftefelder, die sein Bewußtsein und seine sinnlichen Begierden strukturierten, waren dagegen seiner ganzen Generation zu eigen. Ebenso wie der Aufbau einer Versuchsreihe und die Wahl einer oder mehrerer Observablen es erlauben, einem atomaren System ein bestimmtes Verhalten – mal Teilchen-, mal Wellenverhalten – zuzuweisen, so konnte auch Bruno als Individuum angesehen werden, aber auf der anderen Seite war er nur ein passives Element der Entfaltung einer historischen Bewegung. Seine Motivationen, seine Wertvorstellungen, seine sinnlichen Begierden, all das unterschied ihn nicht im geringsten von seinen Zeitgenossen. Die erste Reaktion eines frustrierten Tieres besteht im allgemeinen in dem Versuch, verstärkt Kraft aufzubringen, um sein Ziel zu erreichen. Ein ausgehungertes Huhn (*Gallus domesticus*) zum Beispiel, das durch einen Drahtzaun daran gehindert wird, seine Nahrung zu erhalten, wird immer hektischere Versuche unternehmen, durch diesen Zaun zu gelangen. Nach und nach wird dieses Verhalten jedoch durch ein anderes ersetzt, das anscheinend keinerlei Ziel verfolgt. So picken Tauben (*Columba livia*) häufig auf dem Boden herum, wenn sie die begehrte Nahrung nicht erhalten können, obwohl sich auf dem Boden keinerlei Nahrung befindet. Sie verfallen nicht nur in dieses wahllose Pickverhalten, sondern gehen auch oft dazu über, ihre Flügel glattzustreichen; ein solches inadäquates Verhalten, das häufig in Situationen auftritt, die eine Frustration oder einen Konflikt beinhalten, wird *Ersatzhandlung* genannt. Anfang 1986, kurz nachdem Bruno dreißig geworden war, begann er zu schreiben.

13

»Keine metaphysische Wandlung«, sollte Djerzinski viele Jahre später schreiben, »vollzieht sich, ohne daß sie vorher durch eine ganze Reihe unbedeutender Wandlungen oder Mutationen angekündigt, vorbereitet und gefördert wird, die häufig bei ihrem ersten geschichtlichen Auftreten unbemerkt bleiben. Ich persönlich betrachte mich als eine dieser unbedeutenden Mutationen.«

Djerzinski, der unter den Menschen Europas umherirrte, wurde zu seinen Lebzeiten kaum verstanden. Eine Gedankenwelt, die sich ohne einen wirklichen Gesprächspartner entwikkelt, wie Hubczejak in seiner Einleitung zu den *Clifden Notes* betont, kann manchmal der Falle der Idiosynkrasie oder des Wahns entgehen; aber es gibt kein weiteres Beispiel dafür, daß sie als Ausdrucksweise die Form einer widerlegbaren Abhandlung gewählt hat. Man kann hinzufügen, daß sich Djerzinski bis zum Schluß in erster Linie als Wissenschaftler verstanden haben muß; das Wesentliche seines Beitrags zur menschlichen Entwicklung war seiner eigenen Meinung nach in seinen Veröffentlichungen zur Biophysik enthalten – die auf durchaus herkömmliche Weise den üblichen Kriterien der inneren Stringenz und der Widerlegbarkeit unterworfen waren. Die stärker philosophischen Elemente, die in seinen letzten Schriften enthalten sind, bilden in seinen Augen nur gewagte, wenn nicht gar ein wenig verrückte Hypothesen, die sich weniger durch einen logischen Ansatz als vielmehr durch eine rein persönliche Motivation begründen lassen.

Er wurde allmählich müde; der Mond glitt über die schlafende Stadt. Ein Wort würde genügen, das wußte er, und Bruno würde aufstehen, seine Jacke anziehen und im Aufzug verschwinden; in La Motte-Picquet gab es immer Taxis. Wenn wir die gegenwärtigen Ereignisse unseres Lebens betrachten, schwanken wir ständig zwischen dem Glauben an den Zufall und der Evidenz des Determinismus. Doch wenn es sich um die Vergangenheit handelt, haben wir überhaupt keinen Zweifel mehr: Es scheint uns völlig klar, daß sich alles so abgespielt hat, wie es sich tatsächlich abspielen mußte. Diese perzeptive Illusion, die an eine Ontologie der Dinge und der Eigenschaften gebunden ist und mit dem Postulat einer ausgeprägten Objektivität verbunden ist, hatte Djerzinski in großem Maße bereits überwunden; das war vermutlich der Grund, warum er nicht die üblichen, einfachen Worte aussprach, die den Bekenntnissen dieses weinerlichen, innerlich gebrochenen Mannes Einhalt geboten hätten, der mit ihm durch einen zur Hälfte gemeinsamen genetischen Ursprung verbunden war und der sich an diesem Abend auf dem Sofa lümmelte und schon seit langem die Grenzen des Anstands überschritten hatte, die der vorgegebene Rahmen einer menschlichen Unterhaltung erfordert. Er fühlte sich weder durch Mitleid noch durch Respekt geleitet; er hatte jedoch eine schwache, unbestreitbare Intuition: Hinter Brunos ergreifender, umständlicher Erzählung würde sich diesmal eine Botschaft abzeichnen; Worte würden ausgesprochen, und diese Worte hätten – zum erstenmal – einen endgültigen Sinn. Er stand auf und schloß sich in der Toilette ein. Sehr diskret, ohne das geringste Geräusch, übergab er sich. Dann ließ er etwas Wasser über sein Gesicht laufen und ging ins Wohnzimmer zurück.

»Du bist kein Mensch«, sagte Bruno leise und blickte zu ihm auf. »Ich habe es von Anfang an gespürt, als ich gesehen habe, wie du mit Annabelle umgegangen bist. Aber du bist der Gesprächspartner, den das Leben mir gegeben hat. Ich nehme an, es hat dich damals nicht überrascht, als du meine Texte über Johannes Paul II. erhalten hast.«

»Alle Zivilisationen haben sich der Notwendigkeit stellen müssen, die elterliche Aufopferung zu rechtfertigen ...«, erwiderte Michel traurig. »Angesichts der historischen Umstände hattest du keine andere Wahl.«

»Ich habe Johannes Paul II. wirklich bewundert!« protestierte Bruno. »Ich erinnere mich noch, es war 1986. Damals wurden zwei neue Fernsehkanäle geschaffen, Canal Plus und M6, die Zeitschrift *Globe* kam auf den Markt, und die *Restaurants du coeur* wurden eröffnet. Johannes Paul II. war der einzige, er war wirklich der einzige, der begriff, was in den westlichen Ländern vor sich ging. Ich war völlig verblüfft, daß mein Text von der Gruppe *Glaube und Leben* in Dijon so schlecht aufgenommen worden ist; sie kritisierten die Haltung des Papstes hinsichtlich der Abtreibung, des Präservativs und diesen ganzen Unsinn. Zugegeben, ich habe mich auch nicht sonderlich bemüht, sie zu verstehen. Ich erinnere mich noch, die Treffen fanden abwechselnd bei den verschiedenen Paaren statt; jeder brachte etwas mit, einen gemischten Salat, ein *taboulé* oder einen Kuchen. Ich verbrachte den ganzen Abend damit, blöd zu lächeln, den Kopf hin und her zu wiegen und die Weinflaschen zu leeren; ich habe nie zugehört, was gesagt wurde. Anne dagegen war ganz begeistert, sie hat sogar in einer Alphabetisierungsgruppe mitgearbeitet. An jenen Abenden habe ich Victor eine Schlaftablette in sein Fläschchen getan und dann habe ich mir einen runtergeholt, während ich per Minitel nach Sexpartnern gesucht habe; aber ich habe es nie geschafft, jemanden kennenzulernen.

Im April habe ich Anne einen silberdurchwirkten Strapshalter zum Geburtstag geschenkt. Erst hat sie ein wenig protestiert, aber dann hat sie sich bereit erklärt, ihn anzulegen. Während sie sich bemühte, das Ding zuzuhaken, habe ich den Rest des Champagners ausgetrunken. Dann habe ich gehört, wie sie mit leiser, etwas zittriger Stimme gesagt hat: ›Ich bin soweit ...‹ Als ich ins Schlafzimmer kam, wußte ich sofort, daß es ein Schuß in den Ofen war. Ihre Arschbacken hingen herab, wurden von den Strapsen zusammengequetscht; ihre Brüste hatten das Stillen nicht unbeschadet überstanden. Sie hätte eine Liposuktion vornehmen und sich Silikon spritzen lassen müssen, das ganze Programm ... sie hätte sich nie darauf eingelassen. Ich habe die Augen zugemacht und einen Finger unter ihren Tanga geschoben, mein Schwanz war völlig schlaff. In diesem Augenblick hat Victor angefangen, im Nebenzimmer vor Wut zu schreien – ein langes, schrilles, unerträgliches Geschrei. Sie hat sich einen Bademantel übergeworfen und ist in sein Zimmer geeilt. Als sie wiederkam, habe ich sie nur gebeten, mir einen zu lutschen. Sie lutschte schlecht, man spürte ihre Zähne; aber ich habe die Augen geschlossen und mir den Mund eines Mädchens aus meiner elften Klasse vorgestellt, einer Ghanaerin. Als ich an ihre etwas raue rosa Zunge dachte, ist es mir gelungen, meinen Samen im Mund meiner Frau loszuwerden. Ich hatte nicht die Absicht, weitere Kinder zu bekommen. Am nächsten Tag habe ich den Text über die Familie geschrieben, den Text, der veröffentlicht worden ist.« »Ich habe ihn noch ...«, unterbrach ihn Michel. Er stand auf, holte die Zeitschrift aus seinem Bücherschrank. Leicht überrascht blätterte Bruno darin und fand die Seite.

Es gibt noch bis zu einem gewissen Grad Familien
(Funken des Glaubens inmitten der Gottlosen,
Funken der Liebe im Meer des Ekels),
man weiß nicht, wie es kommt,
daß diese Funken glitzern.

Als Sklaven unverständlicher Tätigkeiten
können wir unser Leben nur im Sex verwirklichen
(Selbst das gilt nur für jene, denen Sex erlaubt ist,
für jene, die Gelegenheit dazu haben).

Ehe und Treue verhindern heute jede Möglichkeit,
unser Dasein zu verwirklichen,
denn die Kraft, die Spiel, Licht und Tanz erfordert,
läßt sich nicht in Büros oder Klassenräumen finden;
und wir versuchen, mit Liebschaften, die immer
schwieriger werden, unser Schicksal zu erfüllen,
wir versuchen, einen Körper anzupreisen,
der sich erschöpft, störrisch widersetzt.
Und wir verschwinden
im Dunkel der Trauer,
bis uns tiefste Verzweiflung übermannt.

Wir gehen den einsamen Weg hinab
bis zu der Stelle, an der alles schwarz ist.
Ohne Kinder und ohne Frauen
tauchen wir mitten in der Nacht in den See
(und das Wasser auf unseren alten Körpern ist so kalt).

Gleich nachdem Bruno diesen Text geschrieben hatte, war er in einem alkohol-induzierten Koma versunken. Zwei Stunden später wurde er durch das Geschrei seines Sohns aus dem Schlaf gerissen. Im Alter zwischen zwei und vier Jahren entwikkeln Kinder ein verschärftes Ich-Bewußtsein, das bei ihnen Krisen egozentrischen Größenwahns auslöst. Ihr Ziel besteht dann darin, ihre soziale Umgebung (die im allgemeinen aus ihren Eltern besteht) in Sklaven zu verwandeln, die dem geringsten Aufflackern ihres kindlichen Begehrens unterworfen sind; ihr Egoismus kennt keine Grenzen; das ist die Folge der individuellen Existenz. Bruno erhob sich vom Teppichboden im Wohnzimmer; das Geschrei wurde immer lauter, verriet eine rasende Wut. Er zerbröselte zwei Tabletten Lexomil in etwas Marmelade und ging in Victors Zimmer. Das Kind hatte geschissen. Wo zum Teufel blieb denn Anne? Diese Alphabetisierungskurse für irgendwelche Neger gingen immer später zu Ende. Er nahm die verschmutzte Windel und warf sie aufs Parkett; der Gestank war unerträglich. Das Kind schluckte die Mischung ohne Schwierigkeiten herunter und wurde plötzlich starr, wie vom Schlag getroffen. Bruno zog seine Jacke an und ging ins *Madison*, eine Nachtbar in der Rue Chaudronnerie. Mit seiner Kreditkarte bezahlte er dreitausend Franc für eine Flasche Dom Pérignon, die er mit einer sehr hübschen Blondine leerte; in einem der Zimmer im oberen Stock holte ihm das Mädchen langsam einen runter und legte ab und zu eine Pause ein, um die Lust zu bremsen. Sie hieß Hélène, stammte aus der näheren Umgebung und studierte Touristik; sie war neunzehn. Als er in sie eindrang, zog sie ihre Scheidenmuskeln zusammen – er erlebte wenigstens drei Minuten völliges Glück. Bevor Bruno wegging, küßte er sie auf den Mund und bestand darauf, ihr ein Trinkgeld zu geben – er hatte noch dreihundert Franc in bar in der Tasche.

In der darauffolgenden Woche beschloß er, seine Texte einem Kollegen zu zeigen – einem etwa fünfzigjährigen, sehr feinsinnigen, marxistischen Philologen, der im Ruf stand, homosexuell zu sein. Fajardie war angenehm überrascht. »Der Einfluß von Claudel … oder vielleicht eher von Péguy, dem Péguy des *vers libre* … Aber das ist gerade daran originell, das findet man heute kaum noch.« Er wußte auch sofort, was zu tun war: »*L'Infini*. Da wird heutzutage die Literatur gemacht. Sie müssen Sollers Ihre Texte schicken.« Etwas überrascht ließ sich Bruno den Namen wiederholen – stellte fest, daß er ihn mit einer Matratzenmarke verwechselt hatte, und schickte dann seine Texte ab. Drei Wochen später rief er im Verlag Denoël an; zu seiner großen Überraschung nahm Sollers das Gespräch entgegen und schlug ihm einen Termin für ein Treffen vor. Er hatte mittwochs keinen Unterricht und konnte gut am selben Tag hin und zurück fahren. Im Zug versuchte er, sich in *Seltsame Einsamkeit* zu versenken, gab es aber ziemlich schnell wieder auf, es gelang ihm dagegen, ein paar Seiten aus *Frauen* zu lesen – vor allem die Passagen, in denen es um Sex ging. Sie waren in einem Bistro in der

Rue de l'Université verabredet. Der Herausgeber traf mit zehn Minuten Verspätung ein, streckte die Zigarettenspitze vor, der er seinen Ruhm verdankte. »Sie leben in der Provinz? Das ist nichts. Sie müssen nach Paris kommen und zwar sofort. Sie haben Talent.« Er kündigte Bruno an, daß er den Text über Johannes Paul II. in der nächsten Nummer des *L'Infini* veröffentlichen würde. Bruno war sprachlos; er wußte nicht, daß Sollers gerade mitten in seiner »katholischen Gegenreform-Phase« war, und gab zahlreiche begeisterte Erklärungen zugunsten des Papstes ab. »Péguy, da fahre ich voll drauf ab!« sagte der Herausgeber schwungvoll. »Und Sade! Sade! Lesen Sie vor allem Sade! ...«

»Und mein Text über die Familien ...«

»Ja, auch sehr gut. Sie sind reaktionär, das ist gut. Alle großen Schriftsteller sind reaktionär. Balzac, Flaubert, Baudelaire, Dostojewskij: alles Reaktionäre. Aber man muß ja auch vögeln, nicht? Sexparties. Das ist wichtig.«

Sollers verabschiedete sich nach fünf Minuten und ließ Bruno in einem leicht narzißtischen Rauschzustand zurück. Auf der Rückfahrt beruhigte er sich allmählich wieder. Philippe Sollers schien ein bekannter Schriftsteller zu sein; und trotzdem gelang es ihm nur, wie die Lektüre von *Frauen* deutlich zeigte, abgehalfterte Schlampen aus der Kulturszene zu ficken; die kleinen Miezen zogen offensichtlich Sänger vor. Was brachte es unter solchen Bedingungen schon, idiotische Gedichte in einer beschissenen Zeitschrift zu veröffentlichen?

»Als das Heft erschien«, fuhr Bruno fort, »habe ich immerhin fünf Exemplare des *L'Infini* gekauft. Zum Glück hatten sie den Text über Johannes Paul II. nicht veröffentlicht.« Er seufzte. »Es war wirklich ein schlechter Text ... Hast du noch Wein?«

»Nur noch eine Flasche.« Michel ging in die Küche und holte die letzte Flasche aus dem Sechserpack Vieux Papes; er war allmählich wirklich müde. »Du arbeitest morgen, oder nicht?« sagte er. Bruno reagierte nicht. Er starrte auf einen bestimmten Punkt des Parketts; aber an dieser Stelle des Parketts war nichts,

nichts Bestimmtes; nur ein paar schmutzige Flusen. Doch als er das Geräusch des Korkens hörte, wurde er wieder munter und hielt sein Glas hin. Er trank langsam, in kleinen Schlucken; sein Blick war jetzt abgeschweift und schwebte in Höhe des Heizkörpers; Bruno schien nicht in der Verfassung zu sein, weiterzureden. Michel zögerte, schaltete dann den Fernseher ein: Es lief eine Tiersendung über Kaninchen. Er schaltete den Ton ab. Vielleicht ging es auch um Hasen – er verwechselte sie stets. Er war erstaunt, als er erneut Brunos Stimme hörte: »Ich habe gerade versucht, mich zu erinnern, wie lange ich in Dijon geblieben bin. Vier Jahre? Fünf Jahre? Wenn man erst mal in die Arbeitswelt eingestiegen ist, sind alle Jahre gleich. Die einzigen Ereignisse, die man noch erlebt, sind medizinischer Art – und die Kinder, die größer werden. Victor wurde größer; er nannte mich ›Papa‹.«

Plötzlich begann er zu weinen. Er war auf dem Sofa in sich zusammengesunken und weinte schluchzend und schnaubend. Michel blickte auf seine Armbanduhr; es war kurz nach vier. Auf dem Bildschirm sah man eine Wildkatze, die den Kadaver eines Kaninchens im Maul hielt.

Bruno zog ein Papiertaschentuch hervor und wischte sich die Augenwinkel ab. Die Tränen liefen ihm weiter über die Wangen. Er dachte an seinen Sohn. Armer kleiner Victor, der Comicfiguren aus *Strange* abmalte und ihn liebte. Er hatte ihm so wenige Augenblicke des Glücks gegeben, so wenige Augenblicke der Liebe – und jetzt wurde er schon fünfzehn, und die Zeit des Glücks war für ihn vorbei.

»Anne hätte gern noch mehr Kinder gehabt, im Grunde war sie mit dem Leben als Hausfrau und Mutter völlig zufrieden. Ich habe sie dazu überredet, nach Paris zurückzugehen und sich um eine Stelle zu bemühen. Natürlich hat sie es nicht gewagt, sich zu weigern – um sich wirklich zu entfalten, müssen die Frauen einen Beruf ausüben, das dachten damals alle oder taten zumindest so; und sie legte besonders großen Wert darauf, das gleiche zu denken wie alle. Mir war völlig klar, daß wir im Grunde nach

Paris zurückgingen, um uns in Ruhe scheiden lassen zu können. Immerhin treffen sich die Leute in der Provinz und sprechen miteinander; und ich legte keinen Wert darauf, daß meine Scheidung ihnen Gesprächsstoff lieferte, nicht einmal, wenn es zustimmende, gutgemeinte Worte waren. Im Sommer '89 sind wir in den Club Med gefahren, das waren unsere letzten gemeinsamen Ferien. Ich erinnere mich noch an ihre blöden Spiele beim Aperitif und die vielen Stunden, die ich am Strand verbracht und die kleinen Miezen angestarrt habe; Anne unterhielt sich mit den anderen Müttern. Wenn sie sich auf den Bauch legte, sah man ihre Zellulitis; wenn sie sich auf den Rücken legte, sah man ihre Schwangerschaftsstreifen. Es war in Marokko, die Araber waren unfreundlich und aggressiv, die Sonne viel zu heiß. Da riskierst du, dir Hautkrebs zu holen, und wozu? Um jeden Abend in deiner Hütte zu verbringen und dir einen runterzuholen? Nein, das lohnt sich nicht. Aber Victor hat die Ferien genossen, er hat viel Spaß im Mini Club gehabt...« Brunos Stimme zitterte wieder.

»Ich habe mich benommen wie ein Schwein; ich wußte, daß ich ein Schwein war. Normalerweise opfern sich die Eltern auf, das ist die normale Art. Ich konnte es nicht ertragen, daß meine Jugend zu Ende war; konnte den Gedanken nicht ertragen, daß mein Sohn größer wurde und an meiner Stelle jung sein und es im Leben vielleicht zu etwas bringen würde, während ich mein Leben verpfuscht hatte. Ich wollte wieder ein individuelles Wesen sein.«

»Eine Monade...«, sagte Michel leise.

Bruno ging nicht darauf ein, leerte sein Glas. »Die Flasche ist leer...«, bemerkte er mit leicht abwesendem Ton. Er stand auf, zog seine Jacke an. Michel begleitete ihn zur Tür. »Ich liebe meinen Sohn«, sagte Bruno noch. »Ich würde es nicht ertragen, wenn er einen Unfall hätte oder ihm sonst etwas zustößt. Ich liebe dieses Kind über alles. Und dabei ist es mir nie gelungen, sein Dasein zu akzeptieren.« Michel nickte. Bruno ging zum Aufzug.

Michel ging zu seinem Arbeitstisch und schrieb: »Etwas über Blut notieren« auf ein Blatt Papier; dann legte er sich hin und hatte das Bedürfnis, nachzudenken, schlief aber fast augenblicklich ein. Ein paar Tage später fand er das Blatt wieder, schrieb: »Das Gesetz des Blutes« direkt darunter und war etwa zehn Minuten perplex.

14

Am Morgen des 1. September wartete Bruno im Gare du Nord auf Christiane. Sie war mit dem Bus von Noyon nach Amiens gefahren und hatte dann den Eilzug nach Paris genommen. Es war ein wunderschöner Tag; ihr Zug traf um 11 Uhr 37 ein. Sie trug ein langes geblümtes Kleid mit Spitzenbündchen. Er umarmte sie. Ihre Herzen pochten laut.

Sie aßen in einem indischen Restaurant zu Mittag, dann gingen sie zu ihm nach Hause, um miteinander zu schlafen. Er hatte das Parkett gebohnert, Blumen in die Vasen gestellt; die Bettlaken waren sauber und rochen gut. Er schaffte es, die Penetration lange durchzuhalten und zu warten, bis sie kam; die Sonne drang durch die Ritzen in den Vorhängen herein und ließ ihr schwarzes, leicht grau schimmerndes Haar glänzen. Sie hatte einen ersten Orgasmus und gleich darauf einen zweiten, heftige Kontraktionen durchliefen ihre Scheide; in dem Augenblick kam er in ihr. Gleich darauf schmiegte er sich an sie, und sie schliefen ein.

Als sie aufwachten, versank die Sonne zwischen den Hochhäusern; es war gegen sieben. Bruno machte eine Flasche Weißwein auf. Er hatte nie jemandem von den Jahren nach seiner Rückkehr aus Dijon erzählt; jetzt würde er es tun.

»Im Herbst 1989 hat Anne eine Stelle im Lycée Condorcet bekommen. Wir haben uns eine kleine, ziemlich dunkle Dreizimmerwohnung in der Rue Rodier gemietet. Victor ging in die Vorschule, und ich konnte jetzt frei über meine Zeit verfügen. Zu diesem Zeitpunkt habe ich angefangen, zu den Nutten zu gehen. Es gab mehrere thailändische Massagesalons in unserm Viertel – *New Bangkok, Lotus d'or, Maï Lin*; die Mädchen waren höflich und freundlich, das war alles sehr angenehm. Zur gleichen Zeit habe ich mich in psychiatrische Behandlung begeben; ich erinnere mich nicht mehr so genau, aber ich glaube, er trug einen Bart, aber vielleicht verwechsele ich das mit einem Film. Ich habe angefangen, ihm meine Jugend zu erzählen, und habe auch viel über die Massagesalons gesprochen – ich spürte, daß er mich verachtete, das hat mir gutgetan. Wie auch immer, im Januar habe ich den Arzt gewechselt. Der neue war gut, er hatte seine Praxis in der Nähe von Strasbourg-Saint-Denis, auf dem Weg zurück konnte ich in die eine oder andere Peep-Show gehen. Er hieß Dr. Azoulay und hatte immer ein paar Nummern von *Paris Match* im Wartesaal liegen: Kurz gesagt, er machte den Eindruck, ein guter Arzt zu sein. Mein Fall interessierte ihn nicht sonderlich, aber das nehme ich ihm nicht übel – es war natürlich eine völlig banale Geschichte, ich war bloß ein frustrierter, alternder Idiot, der seine Frau nicht mehr begehrte. Etwa zur gleichen Zeit wurde er als Sachverständiger in einem Prozeß gegen eine Gruppe von satanistischen Jugendlichen hinzugezogen, die ein geistig behindertes Mädchen in Stücke gesägt und verschlungen hatten – ich gebe zu, diese Sache war erheblich reizvoller. Am Ende jedes Gesprächs riet er mir, Sport zu treiben, das war geradezu eine fixe Idee bei ihm – allerdings muß man sagen, daß er selbst allmählich einen Bauch ansetzte. Wie dem auch sei, die Gespräche waren angenehm, wenn auch etwas eintönig; das einzige Thema, das ihn etwas aufhorchen ließ, war die Beziehung, die ich mit meinen Eltern unterhielt. Anfang Februar konnte ich ihm eine wirklich interessante kleine Geschichte erzählen. Die Sache hatte sich im Warteraum des *Maï Lin* abgespielt; als ich hereinkam, habe ich mich neben einen Typen gesetzt, dessen Gesicht mir irgendwie bekannt vorkam – aber ganz vage, das war nur ein unbestimmter Eindruck. Dann hat man ihn gebeten, nach oben zu kommen, und ich bin gleich danach raufgegangen. Die Massagekabinen waren durch einen Plastikvorhang voneinander getrennt, es gab nur zwei Kabinen, ich war also zwangsläufig neben dem Typen. In dem Augenblick, als das Mädchen anfing, mir den Unterleib mit ihrem eingeseiften Busen zu streicheln, hatte ich plötzlich eine Eingebung: Der Typ neben mir, der sich gerade ein *body body* machen ließ, war mein Vater. Er war alt geworden, inzwischen sah er wirklich wie ein Rentner aus, aber er war es, da gab es keinen Zweifel. Gleichzeitig hörte ich, wie er kam und dabei ein leises Geräusch machte, wie eine Blase, die sich entleert. Nachdem auch ich gekommen war, habe ich ein paar Minuten gewartet, ehe ich mich anzog; ich hatte keine Lust, ihm auf dem Flur zu begegnen. Aber am Tag, an dem ich dem Psychiater diese Geschichte erzählt habe, habe ich auf dem Weg nach Hause den alten Mann angerufen. Er schien überrascht – und eher erfreut –, von mir zu hören. Er hatte sich tatsächlich zur Ruhe gesetzt und all seine Anteile an der Klinik in Cannes verkauft; in den letzten Jahren habe er ziemlich viel Geld verloren, aber das ginge noch, andere seien schlimmer dran. Wir haben uns vorgenommen, uns bald einmal zu treffen; aber das hat sich so schnell nicht machen lassen.

Anfang März habe ich einen Anruf von der Schulbehörde bekommen. Eine Lehrerin hatte ihren Mutterschaftsurlaub früher als vorgesehen genommen, und dadurch wurde ihre Stelle bis zum Ende des Schuljahrs frei, und zwar im Gymnasium in Meaux. Ich habe etwas gezögert, ich hatte Meaux ja immerhin in sehr schlechter Erinnerung; also gut, ich habe drei Stunden gezögert, und dann ist mir klar geworden, daß mir das scheißegal war. Daran merkt man vermutlich, daß man älter wird: Die emotionalen Reaktionen werden schwächer, man ist nicht mehr so nachtragend, erlebt aber nur noch selten eine Freude; man interessiert sich vor allem für das Funktionieren der Organe, ihr labiles Gleichgewicht. Als ich aus dem Zug gestiegen und durch die Stadt gegangen bin, ist mir vor allem aufgefallen, wie klein und häßlich diese Stadt ist – und vor allem total uninteressant.

Wenn ich früher, als ich klein war, Sonntag abends in Meaux ankam, hatte ich immer den Eindruck, ich käme in eine riesige Hölle. Alles Unsinn, es war nur eine klitzekleine Hölle, die sich durch nichts hervorhebt. Die Häuser, die Straßen ... all das sagte mir nichts; selbst das Gymnasium war modernisiert worden. Ich habe die Gebäude des Internats besichtigt, das inzwischen geschlossen und in ein Heimatmuseum umgewandelt worden ist. In diesen Räumen hatten mich andere Jungen geschlagen, gedemütigt und sich einen Spaß daraus gemacht, mich anzuspucken, anzupissen und meinen Kopf in das Klobecken zu stecken; und dennoch regte sich nichts in mir, bis auf ein völlig allgemeines Gefühl leichter Trauer. ›Selbst Gott kann das Geschehene nicht ungeschehen machen‹, behauptet irgendein katholischer Autor; dabei schien das nicht allzu schwierig zu sein, wenn man sah, was von meiner Kindheit in Meaux noch übriggeblieben war.

Ich bin stundenlang durch die Stadt gelaufen, bin sogar in das Bistro am Ufer zurückgekehrt. Ich erinnerte mich an Caroline Yessayan, an Patricia Hohweiller; aber ehrlich gesagt hatte ich sie nie ganz vergessen; dabei erinnerte nichts auf den Straßen an sie. Ich bin vielen jungen Leuten begegnet, Ausländern – vor allem Schwarzen, viel mehr als in meiner Jugend, das war eine echte Veränderung. Dann habe ich mich im Gymnasium vorgestellt. Der Direktor fand es witzig, daß ich ein ehemaliger Schüler war, wollte sich meine Akte heraussuchen lassen, aber ich habe über etwas anderes gesprochen und es geschafft, mir das zu ersparen. Ich hatte drei Klassen: eine elfte, eine Zwölf A, literarischer Zweig, und eine Zwölf S, naturwissenschaftlicher Zweig. Die schwierigste, das war mir sofort klar, würde die Zwölf A sein: drei Jungen und über dreißig Mädchen. Über dreißig sechzehnjährige Mädchen. Blonde, dunkelhaarige, rothaarige. Französinnen, Nordafrikanerinnen, Asiatinnen ... alle bezaubernd, alle begehrenswert. Und sie trieben es, das sah man, sie trieben es mal mit dem einen, mal mit dem anderen Jungen, profitierten von ihrer Jugend; jeden Tag kam ich an dem Kondomautomaten vorbei, sie scheuten sich nicht, sich in meinem Beisein zu bedienen.

Ausgelöst worden ist alles dadurch, daß ich mir nach und nach sagte, ich hätte vielleicht eine Chance. Vermutlich waren die Eltern von sehr vielen Mädchen geschieden, es mußte doch eine unter ihnen geben, die eine Vaterfigur suchte. Das könnte klappen; ich spürte, daß das klappen könnte. Aber das erforderte einen sehr männlichen, vertrauenerweckenden Vater mit breiten Schultern. Ich habe mir einen Bart wachsen lassen und mich im Fitneßstudio angemeldet, im Gymnase-Club. Die Sache mit dem Bart war kein voller Erfolg, er war eher mickrig und gab mir ein etwas verdächtiges Aussehen im Stil von Salman Rushdie; aber meine Muskeln sprachen gut auf das Training an, in wenigen Wochen haben sich meine Delta- und meine Brustmuskeln ordentlich entwickelt. Das Problem, das nun hinzukam, war mein Glied. Heute mag das verrückt klingen, aber in den 70er Jahren hat man sich über die Länge des männlichen Geschlechtsteils keinerlei Gedanken gemacht; ich habe in meiner Jugend alle erdenklichen Komplexe bezüglich meines Körpers gehabt, außer diesem einen. Ich weiß nicht, wer angefangen hat, darüber zu reden, vermutlich die Schwulen; übrigens findet sich dieses Thema auch in den amerikanischen Kriminalromanen; Sartre dagegen verliert kein Wort darüber. Wie dem auch sei, in den Duschen des Gymnase-Clubs ist mir plötzlich bewußt geworden, daß ich einen ganz kleinen Schwanz hatte. Ich habe das zu Hause nachgeprüft: 12 Zentimeter, vielleicht 13 oder 14, wenn man das Zentimetermaß so weit wie möglich an die Schwanzwurzel preßte. Ich hatte eine neue Quelle des Leidens entdeckt; und in dieser Sache war nichts zu machen, das war ein schweres, unüberwindliches Handikap. Von dem Augenblick an habe ich angefangen, die Neger zu hassen. Allerdings gab es in unserem Gymnasium nicht viele, die meisten gingen in die Fachoberschule, ins Lycée Pierre-de-Coubertin, wo der berühmte Defrance eine philosophische Striptease-Nummer abzog und der

Jugend gleichermaßen in den Arsch kroch. Ich hatte nur einen in meinen Klassen, in der Zwölf A, einen großen stämmigen Kerl, der sich Ben nennen ließ. Er trug immer eine Baseballmütze und Nikes, ich bin sicher, daß er einen irrsinnig langen Schwanz hatte. Alle Mädchen lagen natürlich vor diesem Affen auf den Knien; und ich versuchte, sie für Mallarmé zu interessieren, das war völlig absurd. So würde die westliche Zivilisation zugrunde gehen, habe ich mir verbittert gesagt: Man wirft sich wieder vor den langen Schwänzen in den Staub wie der *Hamadryas*-Pavian. Ich habe mir angewöhnt, ohne Slip in den Unterricht zu kommen. Der Neger ging genau mit der, die ich mir auch ausgesucht hätte: niedlich, hellblond, ein kindliches Gesicht und hübsche apfelförmige Titten. Sie kamen Hand in Hand in die Klasse. Bei Stillarbeiten habe ich immer dafür gesorgt, daß die Fenster geschlossen blieben; den Mädchen wurde es bald zu warm, sie zogen ihre Pullover aus und ihre T-Shirts klebten ihnen an den Brüsten; ich holte mir hinter meinem Pult einen runter. Ich erinnere mich noch an den Tag, an dem sie einen Kommentar zu einem Satz aus *Guermantes* schreiben sollten:

›*Auf dem Lande wurde Madame de Marsantes wegen ihrer Mildtätigkeit verehrt, vor allem aber wegen der Reinheit eines Blutes, an dem seit mehreren Generationen nur beteiligt war, was es an Größtem und Ruhmvollstem in der Geschichte Frankreichs gab; dadurch war aus ihrer Art, mit Menschen umzugehen, alles verschwunden, was Leute aus dem Volk als »Getue« bezeichnen, sie war vollkommen schlicht.*‹

Ich beobachtete Ben: Er kratzte sich am Kopf, kratzte sich die Eier und kaute auf seinem Kaugummi. Wie sollte dieser große Affe bloß diesen Text begreifen? Wie sollten übrigens auch die anderen diesen Text begreifen? Ich selbst hatte Schwierigkeiten zu begreifen, was Proust *genau* damit meinte. Diese gut zehn Seiten über die Reinheit des Blutes, den Adel des Genies im Vergleich zum Adel der Rasse und das spezifische Milieu der großen Medizinprofessoren ... all das kam mir völlig schräg vor. Wir leben heute in einer Welt, die viel einfacher geworden ist, das ist offensichtlich. Die Herzogin von Guermantes hatte viel weniger *Kohle* als Snoop Doggy Dog; Snoop Doggy Dog hatte weniger *Kohle* als Bill Gates, aber bei ihm kriegten die Mädchen leichter feuchte Schenkel. Zwei Parameter, mehr nicht. Natürlich konnte man sich vorstellen, nach Prousts Muster einen *Jet-set*-Roman zu schreiben, in dem man Ruhm mit Reichtum konfrontiert und die Gegensätze zwischen einem Weltstar und einer Berühmtheit, die nur den *happy few* bekannt ist, in Szene setzt; aber das war völlig witzlos. Der kulturelle Ruhm war nur ein schlechter Ersatz für den wahren Ruhm, den in den Medien gefeierten Ruhm; und dieser, an die Unterhaltungsindustrie gebundene Ruhm brachte viel höhere Geldsummen in Umlauf als jede andere menschliche Tätigkeit. Was war schon ein Bankier, ein Minister, ein Firmenchef im Vergleich zu einem Filmschauspieler oder einem Rockstar? In finanzieller, sexueller und überhaupt jeder Hinsicht eine Null. Die Unterscheidungsstrategien, die Proust so subtil beschrieben hat, ergeben heute keinen Sinn mehr. Wenn man den Menschen als hierarchisches Wesen betrachtet, als ein Wesen, das Hierarchien aufbaut, dann besteht zwischen der heutigen Gesellschaft und der des 18. Jahrhunderts etwa der gleiche Bezug wie zwischen dem GAN-Turm von La Défense und dem Petit Trianon in Versailles. Proust ist zutiefst europäisch geblieben, er war mit Thomas Mann einer der letzten Europäer; was er schrieb, hatte keinerlei Bezug mehr zu irgendeiner Realität. Der Satz über die Herzogin von Guermantes blieb trotz allem großartig. Aber irgendwie wurde die ganze Sache ein wenig deprimierend, und ich habe mich schließlich Baudelaire zugewandt. Die Angst, der Tod, die Schmach, der Rausch, die Sehnsucht, die verlorene Kindheit ... alles unbestreitbare, starke Themen. Trotzdem war die Sache seltsam. Der Frühling, die Hitze, all diese kleinen aufreizenden Teenies; und ich saß da und las:

Sei ruhig, o mein Schmerz, und sei besonnen.
Den Abend wolltest du; sieh her; er kam:
Ein dunkler Hauch hat schon die Stadt umsponnen,
Den einen bringt er Frieden, andern Gram.

Wenn Lust die gnadenlose Geißel schwingt
Über die Sterblichen im Festgedränge,
Was Ihnen Reue nur und Scham einbringt,
Gib mir die Hand, mein Schmerz, komm von der Menge ...

Ich habe eine Pause gemacht. Die Mädchen waren empfänglich für dieses Gedicht, das spürte ich genau, es herrschte Totenstille. Es war die letzte Unterrichtsstunde; in einer halben Stunde würde ich wieder den Zug nehmen und kurz darauf bei meiner Frau sein. Plötzlich hörte ich aus der letzten Reihe Bens Stimme: ›Mann, du hast das Todesprinzip aber im Kopf, Alter! ...‹ Er hatte das ziemlich laut gesagt, aber es war keine eigentliche Frechheit, in seinem Ton lag sogar etwas wie Bewunderung. Ich habe nie ganz verstanden, ob das auf Baudelaire oder auf mich gemünzt war; im Grunde war das als *Textkommentar* gar nicht so schlecht. Trotzdem mußte ich natürlich etwas tun. Ich habe nur gesagt: ›Raus!‹ Er hat sich nicht gerührt. Ich habe dreißig Sekunden gewartet und vor Angst geschwitzt, ich sah schon den Augenblick kommen, in dem ich keinen Ton mehr rauskriegen würde; aber ich habe immerhin noch die Kraft gehabt, den Befehl zu wiederholen: ›Raus!‹ Er ist aufgestanden, hat ganz langsam seine Sachen zusammengepackt und ist auf mich zugegangen. Bei jeder gewalttätigen Gegenüberstellung gibt es so etwas wie einen begnadeten Moment, eine magische Sekunde, in der sich die in der Schwebe befindlichen Kräfte ausgleichen. Er ist vor mir stehengeblieben, einen Kopf größer als ich, und ich habe wirklich geglaubt, er würde mir einen reinsemmeln, aber nein, schließlich ist er einfach auf die Tür zugegangen. Ich hatte meinen Sieg errungen. Einen kleinen Sieg: Er ist am nächsten Tag wieder zum Unterricht gekommen. Er schien etwas begriffen zu haben und hatte wohl einen meiner Blicke erhascht, denn er fing an, seine Freundin während des Unterrichts zu befummeln. Er schob ihren Rock hoch und legte seine Hand ganz oben auf ihren Schenkel, so hoch wie möglich; dann sah er mich lächelnd und sehr *cool* an. Ich hatte eine Wahnsinnslust auf diese Kleine. Ich habe das Wochenende damit verbracht, ein rassistisches Pamphlet zu verfassen, wobei ich fast ununterbrochen eine Erektion hatte; am Montag habe ich beim *L'Infini* angerufen. Diesmal hat mich Sollers in seinem Büro empfangen. Er war aufgekratzt und spöttisch wie im Fernsehen – sogar noch besser als im Fernsehen. ›Sie sind ein echter Rassist, das spürt man, Sie sind ganz davon erfüllt, das ist gut. Peng, Peng!‹ Er hat eine sehr grazile Handbewegung gemacht und ein Blatt hervorgeholt, er hatte eine Passage am Rand angestrichen: ›*Wir beneiden und bewundern die Neger, weil wir ihrem Beispiel folgend wieder zu Tieren werden wollen, zu Tieren mit einem langen Schwanz und einem winzigen Reptilhirn, Anhängsel ihres Schwanzes.*‹ Er hat das Blatt fröhlich hin und her gewedelt. ›Das ist stark, fetzig, echt gewagt. Sie haben Talent. Der Untertitel hat mir weniger gefallen, das ist ein bißchen zu billig: *Man wird nicht als Rassist geboren, man wird dazu gemacht.* Die Anspielung, die Ironie, das ist immer etwas ... Hmm ...‹ Sein Gesicht hat sich leicht verfinstert, aber dann hat er mit seiner Zigarettenspitze in der Luft einen Kreis beschrieben und wieder gelächelt. Ein richtiger Clown – aber furchtbar nett. ›Nicht zu viele Einflüsse, und außerdem nichts Erdrückendes. Sie sind beispielsweise kein Antisemit!‹ Er hat eine andere Passage hervorgeholt: ›*Nur die Juden empfinden keinerlei Bedauern darüber, daß sie keine Neger sind, denn sie haben seit langem den Weg der Intelligenz, der Schuld und der Schmach gewählt. Nichts in der westlichen Kultur kommt dem auch nur annähernd gleich, was die Juden aus Schuld und Schmach zu machen verstanden haben; deshalb hassen die Neger sie ganz besonders.*‹ Mit sehr zufriedener Miene hat er sich auf seinem Sessel zurückgelehnt und die Hände hinter dem Kopf verschränkt; einen Augenblick habe ich geglaubt, er würde die Füße auf seinen Schreibtisch legen, aber schließlich hat er es doch nicht getan. Er beugte sich wieder vor, konnte nicht ruhig sitzen.

›Also, was machen wir damit?‹

›Ich weiß nicht, Sie könnten vielleicht meinen Text veröffentlichen.‹

›Oh, là là!‹ prustete er, als hätte ich einen guten Witz gemacht. ›Eine Veröffentlichung im *L'Infini*? Mein Bester, wie stellen Sie sich das vor? Die Zeiten von Céline sind vorbei. Über manche Themen kann man heute nicht mehr schreiben, was man will ... mit so einem Text könnte ich mir wirklich Ärger einhandeln. Glauben Sie, daß ich nicht so schon genug Ärger habe? Glauben Sie, ich könnte machen, was ich will, nur weil ich bei Gallimard bin? Sie dürfen nicht vergessen, daß man mir ständig auf die Finger sieht. Man wartet nur darauf, daß ich einen Fehler mache. Nein, nein, das kann ich nicht verantworten. Was haben Sie denn sonst noch dabei?‹

Er schien wirklich überrascht zu sein, daß ich keinen anderen Text mitgebracht hatte. Und mir tat es leid, daß ich ihn enttäuschte, ich wäre so gern sein *Bester* gewesen und hätte mich von ihm zum Tanzen ausführen und mir Whiskys in der Bar des Pont Royal spendieren lassen. Als ich wieder draußen auf dem Bürgersteig stand, war ich einen Augenblick völlig verzweifelt. Frauen schlenderten über den Boulevard Saint-Germain, es war ein heißer Spätnachmittag, und ich hatte begriffen, daß ich nie ein Schriftsteller werden würde; und außerdem hatte ich begriffen, daß mir das scheißegal war. Aber was sollte ich dann machen? Die Hälfte meines Gehalts gab ich bereits für Sex aus, es war unbegreiflich, daß Anne noch nichts davon gemerkt hatte. Ich hätte dem Front National beitreten können, aber was hatte es für einen Sinn, mit Halbidioten Sauerkraut zu essen? Außerdem gibt es bei den Rechten keine Frauen, und wenn, dann vögeln sie mit Fallschirmspringern. Dieser Text war völlig absurd, ich habe ihn in die erstbeste Mülltonne geworfen. Ich mußte meine Position als ›humanistischer Linker‹ beibehalten, das war meine einzige Chance, um zu bumsen, da war ich mir ganz sicher. Ich habe mich auf die Terrasse des Escurial gesetzt. Mein Penis war heiß, geschwollen und schmerzte. Ich habe zwei Bier getrunken und bin dann zu Fuß nach Hause gegangen. Als ich die Seine überquerte, habe ich mich an Adjila erinnert. Eine Nordafrikanerin aus meiner elften Klasse, sehr hübsch, sehr schlank. Gute Schülerin, fleißig und den anderen ein Jahr voraus. Sie hatte ein kluges, sanftes Gesicht, war überhaupt nicht spöttisch; sie wollte unbedingt ihre Schulzeit erfolgreich hinter sich bringen, das sah man. Oft leben diese Mädchen mitten unter brutalen Kerlen und Mördern, man braucht nur etwas nett zu ihnen zu sein. Ich habe wieder angefangen, an die Sache zu glauben. In den folgenden zwei Wochen habe ich mit ihr gesprochen und sie an die Tafel kommen lassen. Sie erwiderte meine Blicke und schien das nicht seltsam zu finden. Ich mußte mich beeilen, es war schon Anfang Juni. Wenn sie an ihren Platz zurückging, sah ich ihren kleinen, knackigen Arsch in den hautengen Jeans. Sie hat mir so gefallen, daß ich nicht mehr zu den Nutten gegangen bin. Ich stellte mir vor, wie mein Pimmel durch ihr weiches langes schwarzes Haar fuhr; ich habe mir sogar über einem ihrer Aufsätze einen runtergeholt.

Am Freitag, den 11. Juni, hatte sie einen kurzen schwarzen Rock an, der Unterricht ging um sechs Uhr zu Ende. Sie saß in der ersten Reihe. Als sie ihre Beine unter dem Tisch übereinanderschlug, wäre ich um ein Haar in Ohnmacht gefallen. Sie saß neben einer dicken Blonden, die nach dem Klingeln sehr schnell weggegangen ist. Ich bin aufgestanden und habe meine Hand auf ihr Schulheft gelegt. Sie ist sitzen geblieben und schien es gar nicht eilig zu haben. Alle Schüler sind nach draußen gegangen, und im Klassenraum wurde es wieder still. Ich hatte ihr Heft in der Hand und konnte sogar ein paar Worte lesen: ›*Remember* ...

die Hölle …‹ Ich habe mich neben sie gesetzt und das Heft wieder auf den Tisch gelegt; aber ich brachte kein Wort über die Lippen. Wir sind mindestens eine Minute lang wortlos so nebeneinander sitzen geblieben. Ich habe mehrmals meinen Blick in ihre großen schwarzen Augen vertieft; aber ich habe auch jede einzelne ihrer Bewegungen und das geringste Beben ihres Busens verfolgt. Sie hatte sich mir halb zugewandt und die Beine leicht gespreizt. Ich erinnere mich nicht mehr daran, daß ich die folgende Bewegung ausgeführt habe, ich habe den Eindruck, daß ich mir der Sache nur halb bewußt war. Im Augenblick danach habe ich ihren Schenkel unter meiner linken Handfläche gespürt, die Bilder sind plötzlich durcheinandergegangen, ich habe Caroline Yessayan wieder vor mir gesehen und wäre vor Scham am liebsten im Boden versunken. Der gleiche Fehler, genau der gleiche Fehler wie vor zwanzig Jahren. Wie Caroline Yessayan zwanzig Jahre zuvor hat sie ein paar Sekunden lang nichts unternommen, ist nur ein wenig rot geworden. Dann hat sie meine Hand sehr sanft zur Seite geschoben; aber sie ist nicht aufgestanden, hat keine Anstalten gemacht, fortzugehen. Durch das vergitterte Fenster habe ich ein Mädchen gesehen, das über den Schulhof lief und zum Bahnhof eilte. Mit der rechten Hand habe ich den Reißverschluß meiner Hose geöffnet. Sie hat die Augen aufgerissen und den Blick auf mein Glied herabsinken lassen. Von ihren Augen gingen heiße Vibrationen aus, ich hätte allein durch die Kraft ihres Blickes kommen können, doch zugleich war mir klar, daß sie wenigstens eine Geste machen mußte, um ihr Einverständnis zu zeigen. Meine rechte Hand hat sich auf die ihre zubewegt, doch ich habe nicht die Kraft besessen, die Bewegung ganz auszuführen: Mit einer flehenden Geste habe ich mein Glied genommen und es ihr hingehalten. Sie hat laut aufgelacht; ich glaube, ich habe ebenfalls gelacht und dabei angefangen, zu onanieren. Ich habe weiter gelacht und mir einen runtergeholt, während sie ihre Sachen zusammenpackte und aufstand, um hinauszugehen. Auf der Türschwelle hat sie sich umgedreht, um mir noch einen letzten Blick zuzuwerfen; ich habe ejakuliert und nichts mehr gesehen. Ich habe nur noch das Geräusch der Tür gehört, die ins Schloß fiel, und ihre Schritte, die sich entfernten. Ich war völlig benommen, wie von der Wirkung eines lauten Gongschlags. Aber mir ist es dennoch gelungen, vom Bahnhof aus Azoulay anzurufen. Ich habe keinerlei Erinnerung mehr an die Rückfahrt im Zug und die Fahrt in der Metro; er hat mich um acht Uhr empfangen. Ich konnte nicht aufhören zu zittern; er hat mir sofort eine Beruhigungsspritze gegeben.

Ich habe drei Nächte im Krankenhaus Sainte-Anne verbracht, dann hat man mich in eine psychiatrische Klinik in Verrières-le-Buisson gebracht, die dem Erziehungsministerium untersteht. Azoulay war sichtbar beunruhigt; die Journalisten hatten in jenem Jahr angefangen, viel über Pädophilie zu schreiben, man hatte fast den Eindruck, als hätten sie sich untereinander abgesprochen: ›Wir müssen unbedingt etwas über Pädophilie machen, Emile.‹ All das aus Haß auf die älteren Leute, aus Haß und aus Ekel vor dem Alter, das wurde langsam zu einem nationalen Anliegen. Das Mädchen war fünfzehn, ich war Lehrer und hatte meine Autorität ihr gegenüber mißbraucht; außerdem war sie Nordafrikanerin. Kurz gesagt, der Idealfall, um entlassen und anschließend gelyncht zu werden. Nach vierzehn Tagen ließ seine Unruhe allmählich nach; das Schuljahr ging zu Ende und Adjila hatte offensichtlich nichts erzählt. Mein Fall nahm eine klassischere Wendung. Ein depressiver Lehrer, selbstmordgefährdet, der etwas für seine seelische Gesundheit tun muß ... Das Erstaunliche daran war nur, daß das Gymnasium in Meaux nicht als besonders *schwierig* galt; aber er hat sich auf Kindheitstraumata berufen, die durch die Rückkehr in dieses Gymnasium reaktiviert worden sind, jedenfalls hat er seine Sache ziemlich gut gemacht.

Ich bin über sechs Monate in dieser Klinik geblieben; mein Vater hat mich mehrmals besucht, er machte einen immer wohlwollenderen und müderen Eindruck. Man hat mich so mit Neuroleptika vollgestopft, daß ich keinerlei sexuelles Begehren mehr hatte; aber ab und zu haben mich die Krankenschwestern in den Arm genommen. Ich habe mich an sie geschmiegt und mich ein oder zwei Minuten nicht mehr gerührt, und dann habe ich mich wieder hingelegt. Das hat mir so gut getan, daß der Chefarzt der Psychiatrie ihnen geraten hat, sich darauf einzulassen, zumindest wenn sie nichts dagegen hatten. Er ahnte wohl, daß Azoulay ihm nicht alles erzählt hatte; aber er hatte viele schwierigere Fälle, Schizophrene und Tobsüchtige, er hatte nicht allzuviel Zeit, um sich um mich zu kümmern; er wußte, daß ich einen behandelnden Arzt hatte, das war für ihn die Hauptsache.

An Unterricht war nun natürlich nicht mehr zu denken, aber Anfang 1991 hat mich die Schulbehörde in der Lehrplankommission für Französisch untergebracht. Ich hatte längere Arbeitszeiten als früher und kein Anrecht mehr auf die Schulferien, aber wenigstens wurde mir nicht das Gehalt gekürzt. Kurz darauf habe ich mich von Anne scheiden lassen. Wir haben uns auf eine der üblichen Formeln für den Unterhalt und auf gemeinsames Sorgerecht geeinigt; die Rechtsanwälte lassen einem sowieso keine andere Wahl, das ist praktisch ein Standardvertrag. Wir sind als erste von einer ganzen Schlange von Leuten drangekommen, der Richter hat im Eiltempo den Text vorgelesen, insgesamt hat die Scheidung keine Viertelstunde gedauert. Kurz nach zwölf sind wir gemeinsam die Stufen des Justizpalasts hinabgegangen. Es war Anfang März, ich war gerade fünfunddreißig geworden; ich wußte, daß der erste Abschnitt meines Lebens beendet war.«

Bruno hielt inne. Es war inzwischen völlig dunkel geworden; weder er noch Christiane hatten sich wieder angezogen. Er blickte zu ihr auf. Da tat sie etwas Überraschendes: Sie näherte sich ihm, legte ihm den Arm um den Hals und küßte ihn auf beide Wangen.

»In den Jahren darauf ist alles so weitergegangen«, fuhr

Bruno leise fort. »Ich habe eine Eigenhaartransplantation machen lassen, das ist gut verlaufen, der Chirurg war ein Freund meines Vaters. Ich bin auch weiterhin in den Gymnase-Club gegangen. In den Ferien bin ich mit Nouvelles Frontières verreist, habe noch einmal den Club Med und die Zentren der UCPA ausprobiert. Ich habe ein paar Liebesabenteuer gehabt, aber im Grunde nur wenige; insgesamt gesehen haben die Frauen in meinem Alter keine rechte Lust mehr zu vögeln. Natürlich behaupten sie das Gegenteil, und manchmal würden sie tatsächlich gern wieder Gefühle, Leidenschaft, Begehren wiederfinden; aber das habe ich bei ihnen nicht hervorrufen können. Ich habe bisher noch nie eine Frau wie dich kennengelernt. Ich habe nicht einmal die Hoffnung gehabt, daß es eine Frau wie dich überhaupt gibt.« »Dazu braucht es ein bißchen Großzügigkeit«, sagte sie mit leicht veränderter Stimme, »und irgendeiner muß damit anfangen. Ich weiß nicht, wie ich reagiert hätte, wenn ich an der Stelle der Nordafrikanerin gewesen wäre. Aber du warst bestimmt schon damals irgendwie rührend, da bin ich sicher. Ich denke, oder jedenfalls glaube ich es, daß ich mich darauf eingelassen hätte, dir ein bißchen Lust zu verschaffen.« Sie streckte sich wieder aus, legte den Kopf zwischen Brunos Schenkel und ließ ihre Zunge ein paarmal über seine Eichel gleiten. »Ich würde jetzt gern etwas essen ...«, sagte sie plötzlich. »Es ist zwar schon zwei Uhr morgens, aber in Paris muß das doch möglich sein, oder nicht?«

»Natürlich.«

»Möchtest du jetzt einen kleinen Orgasmus, oder ist es dir lieber, wenn ich dir im Taxi einen runterhole?«

»Nein, jetzt.«

15

DIE MACMILLAN HYPOTHESE

Sie fanden ein Taxi, das sie zu Les Halles brachte, und aßen in einer Brasserie, die die ganze Nacht geöffnet war. Bruno nahm als Vorspeise Rollmöpse. Er sagte sich, daß jetzt alles geschehen könne; aber gleich darauf wurde ihm klar, daß er übertrieb. In seinem Gehirn, ja, da gab es noch viele Möglichkeiten: Er konnte sich mit einer Wanderratte, einem Salzstreuer oder einem Energiefeld identifizieren; aber in der Praxis war sein Körper einem langsamen Zerstörungsprozeß ausgesetzt; Christianes Körper erging es ebenso. Trotz der alternierenden Wiederkehr der Nächte würde im Fleisch ihrer getrennten Körper bis zum Schluß ein individuelles Bewußtsein bestehen bleiben. Die Rollmöpse konnten keinesfalls eine Lösung darstellen; aber auch ein Seebarsch mit Fenchel hätte da nichts genützt. Christiane hüllte sich in ein seltsames, eher rätselhaftes Schweigen. Sie verspeisten gemeinsam eine große Sauerkrautplatte mit Hausmacherwurst aus Montbéliard. Im angenehm entspannten Zustand eines Mannes, der gerade einen mit Hingabe und Wollust besorgten Orgasmus gehabt hat, verschwendete Bruno einen raschen Gedanken an seine beruflichen Sorgen, die sich folgendermaßen zusammenfassen ließen: Welche Rolle sollte Paul Valéry in der Französischausbildung der naturwissenschaftlichen Zweige spielen? Als er sein Sauerkraut aufgegessen und einen Münsterkäse bestellt hatte, war er ziemlich geneigt zu sagen: »Keine.«

»Ich bin zu nichts gut«, sagte Bruno resigniert. »Ich bin unfähig, Schweine zu züchten. Ich habe keine Ahnung, wie Würste, Gabeln oder Handys hergestellt werden. Ich bin unfähig, all die Gegenstände zu produzieren, die mich umgeben, die ich benutze oder verschlinge; ich bin nicht einmal dazu fähig, ihren Herstellungsprozeß zu begreifen. Wenn die Industrie zum Stillstand käme und die Ingenieure und Facharbeiter alle verschwinden würden, wäre ich unfähig, die Sache wieder in Gang zu bringen, ich wäre nicht einmal in der Lage, für mein eigenes Überleben zu sorgen: Ich wüßte nicht, wie ich mich ernähren, bekleiden und vor Unwettern schützen soll; meine persönlichen technischen Kompetenzen sind denen des Neandertalers weit unterlegen. Ich bin völlig abhängig von der Gesellschaft, die mich umgibt, und bin trotzdem so gut wie unnütz für sie; alles was ich kann, beschränkt sich darauf, zweifelhafte Kommentare über veraltete Kulturgüter abzugeben. Und trotzdem beziehe ich ein Gehalt, und sogar ein gutes Gehalt, das weit über dem Durchschnitt liegt. Den meisten Leuten aus meiner Umgebung geht es genauso. Der einzige nützliche Mensch, den ich kenne, ist im Grunde mein Bruder.«

»Was hat er denn für außerordentliche Dinge geleistet?«

Bruno dachte nach und schob auf der Suche nach einer halbwegs verblüffenden Antwort seinen Käse auf dem Teller hin und her.

»Er hat neue Kühe geschaffen. Das ist nur ein Beispiel. Aber ich erinnere mich, daß seine Arbeiten die Geburt genetisch veränderter Kühe, die hochwertigere und nährstoffhaltigere Milch geben, erlaubt haben. Er hat die Welt verändert. Ich habe nichts getan, nichts geschaffen; ich habe nicht den geringsten Beitrag für die Welt geleistet.« »Du hast nichts Böses getan ...« Christianes Gesicht verfinsterte sich, sie aß schnell ihr Eis auf. Im Juli 1976 hatte sie vierzehn Tage auf dem Landsitz von di Meola auf den Hängen des Mont Ventoux verbracht, eben dort, wohin Bruno im Jahr zuvor mit Annabelle und Michel gekommen war. Als sie Bruno im Sommer davon erzählt hatte, waren sie über diesen Zufall entzückt gewesen; gleich darauf hatte sie jedoch ein schmerzliches Bedauern überkommen. Wenn sie sich 1976 kennengelernt hätten, als er noch zwanzig war und sie sechzehn, wäre ihr Leben, wie sie glaubte, vielleicht völlig anders verlaufen. An diesem Zeichen hatte sie gemerkt, daß sie schon dabei war, sich in ihn zu verlieben.

»Im Grunde«, fuhr Christiane fort, »ist es Zufall, aber ein Zufall, der gar nicht so überraschend ist. Meine bescheuerten Eltern gehörten dem anarchistisch angehauchten, leicht ausgeflippten Milieu der 50er Jahre an, in dem auch deine Mutter verkehrte. Es ist sogar möglich, daß sie sich kannten, aber ich habe nicht die geringste Lust, es herauszufinden. Ich verachte diese Leute, ich kann sogar sagen, daß ich sie hasse. Sie stellen das Böse dar, sie haben das Böse getan, und ich weiß, wovon ich rede. Ich erinnere mich noch sehr genau an den Sommer '76. Di Meola ist zwei Wochen nach meiner Ankunft gestorben; er hatte Krebs im Endstadium und schien sich für nichts mehr wirklich zu interessieren. Und trotzdem hat er versucht, mich anzumachen, ich sah damals nicht schlecht aus; aber er hat es nicht lange versucht, ich glaube, er fing an, körperlich zu leiden. Seit zwanzig Jahren hatte er das Theater des alten Weisen gespielt, mit spiritueller Initiation und allem drum und dran, um kleine Miezen zu vernaschen. Man muß zugeben, daß er diese Rolle bis zum Schluß durchgehalten hat. Zwei Wochen nach meiner Ankunft hat er Gift genommen, irgendein sanftes Mittel, das mehrere Stunden braucht, ehe es wirkt; dann hat er alle Besucher empfangen, die auf dem Landsitz waren, und sich für jeden ein paar Minuten Zeit genommen, so in der Art ›Tod des Sokrates‹, weißt du. Übrigens sprach er über Platon, aber auch über die Upanishaden, Lao-tse, der übliche Zirkus. Er sprach auch viel über Aldous Huxley, erinnerte daran, daß er ihn gekannt habe, schilderte ihre Gespräche; vielleicht hat er einiges hinzugedichtet, aber schließlich lag der Mann im Sterben. Als ich an die Reihe kam, war ich ziemlich beeindruckt, aber dann hat er mich nur gebeten, meine Bluse aufzuknöpfen. Er hat meine Brüste betrachtet, hat versucht, etwas zu sagen, aber ich habe es nicht so recht verstanden, das Sprechen fiel ihm schon ziemlich schwer. Plötzlich hat er sich in seinem Sessel aufgerichtet und die Hände nach meinem Busen ausgestreckt. Ich habe ihn gewähren lassen. Er hat sein Gesicht einen Augenblick zwischen meine Brüste gelegt, dann ist er in seinen Sessel zurückgesunken. Seine Hände zitterten sehr. Mit einer Kopfbewegung hat er mich aufgefordert, wegzugehen. Ich habe in seinem Blick keinerlei spirituelle Initiation, keinerlei Weisheit entdeckt; ich habe darin nur Angst entdeckt.

Er ist bei Anbruch der Dunkelheit gestorben. Er hatte angeordnet, daß auf der Kuppe des Hügels ein Scheiterhaufen hergerichtet wurde. Wir alle haben Äste zusammengetragen, dann hat die Zeremonie begonnen. David hat den Scheiterhaufen für seinen Vater angezündet, in seinen Augen lag ein seltsamer Schimmer. Ich wußte nichts über ihn, außer daß er Rockmusik machte; er war mit ziemlich schrägen Typen zusammen, mit tätowierten amerikanischen Motorradfreaks in Lederkleidung. Ich war mit einer Freundin gekommen, und als es Nacht wurde, fühlten wir uns nicht besonders sicher.

Mehrere Bongotrommler haben sich vor das Feuer gesetzt und angefangen, einen langsamen, gemessenen Rhythmus zu schlagen. Die Teilnehmer haben begonnen zu tanzen, das Feuer war sehr heiß, und wie gewöhnlich haben sie sich nach und nach ausgezogen. Um eine Feuerbestattung vorzunehmen, braucht man normalerweise Weihrauch und Sandelholz. Wir hatten natürlich nur trockene Äste zusammengetragen, die vermutlich mit einheimischen Kräutern vermischt waren – Thymian, Rosmarin und Bohnenkraut; und daher ähnelte der Geruch nach einer halben Stunde haargenau dem Geruch eines Holzkohlengrills. Ein Freund von David hat diese Bemerkung gemacht – ein dicker Kerl in einer Lederweste, mit langem fettigen Haar und zwei fehlenden Schneidezähnen. Ein anderer, so eine Art Hippie, hat erklärt, daß in vielen primitiven Stämmen der Verzehr des verstorbenen Oberhaupts ein Ritus sei, der ein starkes Zusammengehörigkeitsgefühl bewirke. Der Zahnlose hat genickt und angefangen zu grinsen; David ist auf die beiden zugegangen und hat mit ihnen diskutiert, er war völlig nackt und im Schein des Feuers sah sein Körper wirklich toll aus – ich glaube, er betrieb Muskeltraining. Ich habe gespürt, daß die Sache vermutlich ziemlich ausarten würde und habe mich schnell zurückgezogen, um schlafen zu gehen.

Kurz darauf ist ein Gewitter ausgebrochen. Ich weiß nicht, warum ich wieder aufgestanden bin, auf jeden Fall bin ich zum Scheiterhaufen zurückgekehrt. Es waren noch etwa dreißig Leute da, die splitternackt im Regen tanzten. Ein Typ hat mich brutal an den Schultern gepackt, zum Scheiterhaufen gezerrt und mich gezwungen, mir anzusehen, was noch von der Leiche übrig war. Man sah den Schädel mit den Augenhöhlen. Das Fleisch war nicht völlig verbrannt und halb mit der Erde vermischt, das sah aus wie kleine Schlammhäufchen. Ich habe laut geschrien, der Typ hat mich losgelassen, und ich habe es geschafft, zu fliehen. Am nächsten Tag sind meine Freundin und ich abgereist. Ich habe nie wieder etwas von diesen Leuten gehört.«

»Hast du nicht den Artikel in *Paris Match* gelesen?«

»Nein …« Christiane schien überrascht zu sein; Bruno stockte und bestellte zwei Kaffee, ehe er fortfuhr. Im Laufe der Jahre hatte er eine zynische, brutale Lebenseinstellung entwikkelt, die typisch männlich war. Die Welt war ein geschlossenes Feld, ein bestialisches Gewimmel; all das war von einem geschlossenen, strengen Horizont umgeben, der deutlich wahrnehmbar, aber unerreichbar war: das moralische Gesetz. Und dennoch steht geschrieben, daß die Liebe das Gesetz enthält und es verwirklicht. Christiane blickte ihn aufmerksam und zärtlich an; ihre Augen waren etwas müde.

»Die Geschichte ist furchtbar widerlich«, fuhr Bruno ermattet fort, »ich habe mich gewundert, daß die Journalisten nicht mehr darüber berichtet haben. Wie dem auch sei, es war vor fünf Jahren, der Prozeß hat in Los Angeles stattgefunden, die satanistischen Sekten waren in Europa noch ein neues Thema. David di Meola war einer der zwölf Angeklagten – ich habe seinen Namen gleich wiedererkannt; nur zwei Leute hatten es geschafft, der Polizei zu entkommen, und er gehörte dazu. Dem Artikel zufolge war er vermutlich nach Brasilien geflüchtet. Das Beweismaterial gegen ihn war äußerst belastend. Man hatte in seiner Wohnung Hunderte von Videokassetten mit Mord- und Folterszenen gefunden, und all diese Kassetten waren sorgsam geordnet und beschriftet; auf manchen von ihnen war er mit unverhülltem Gesicht zu sehen. Auf der Kassette, die bei der Verhandlung gezeigt wurde, konnte man sehen, wie eine alte Frau, Mary Mac Nallahan, und ihre Enkelin, ein kleines Baby, zu Tode gefoltert wurden. Di Meola hat mit einer großen Kneifzange das Baby vor den Augen der Großmutter zerstückelt, dann hat er der alten Frau mit den Fingern ein Auge ausgerissen, ehe er in ihre blutende Augenhöhle onaniert hat; gleichzeitig hat er die Fernbedienung betätigt und mit dem Zoom ihr Gesicht näher herangeholt. Sie hockte in einem Raum, der wie eine Garage aussah, auf dem Boden und war an die Wand gekettet. Gegen Ende des Films lag sie in ihren Exkrementen; die Kassette dauerte über eine dreiviertel Stunde, aber nur die Polizei hatte sie ganz gesehen, die Geschworenen hatten nach zehn Minuten darum gebeten, die Vorführung abzubrechen.

Der Artikel, der in *Paris Match* erschien, war zum größten Teil die Übersetzung eines Interviews, das Daniel Macmillan, der Staatsanwalt des Bundesstaats Kalifornien, der Zeitschrift *Newsweek* gegeben hatte. Ihm zufolge ging es nicht nur darum, das Urteil über eine Gruppe von Männern zu sprechen, sondern über eine ganze Gesellschaft; diese Affäre schien ihm symptomatisch für die soziologische und moralische Dekadenz zu sein, in der die amerikanische Gesellschaft seit Ende der 50er Jahre versank. Der Richter hatte ihn mehrfach ermahnen müssen, den Rahmen des zur Last gelegten Tatbestands nicht zu sprengen; die Parallele, die er zu der Manson-Affäre zog, kam ihm unangebracht vor, insbesondere weil di Meola der einzige unter den Angeklagten war, der irgendwie mit der Beatnik- oder Hippie-Bewegung in Zusammenhang gebracht werden konnte.

Im Jahr darauf hat Macmillan ein Buch mit dem Titel *From Lust to Murder: a Generation* veröffentlicht, das unter dem reichlich blöden Titel *Génération meurtre* (*Mördergeneration*) ins Französische übersetzt worden ist. Dieses Buch hat mich verblüfft; ich hatte mit dem üblichen Geschwafel der religiösen Fundamentalisten über die Rückkehr des Antichristen und die Wiedereinführung des Gebets in den Schulen gerechnet. In Wirklichkeit war es ein sorgfältig recherchiertes, gut dokumentiertes Buch, in dem zahlreiche Vorfälle in allen Einzelheiten analysiert wurden; Macmillan hatte sich besonders für den Fall David interessiert, er hat seine ganze Biographie zurückverfolgt und umfassende Ermittlungen angestellt.

Direkt nach dem Tod seines Vaters im September 1976 hatte David den Besitz mit den dreißig Hektar Land verkauft, um sich in Paris Altbauwohnungen zu kaufen; er behielt ein großes Appartement in der Rue Visconti für sich selbst und ließ die anderen Wohnungen umbauen, um sie zu vermieten. Die großen alten Wohnungen wurden in mehrere Appartements aufgeteilt, die Dachzimmer manchmal zusammengelegt; er ließ Kochnischen und Duschen installieren. Als alles fertig war, ergab das etwa zwanzig kleine Appartements, aus deren Einnahmen allein er ein unbeschwertes Leben führen konnte. Er hatte immer noch nicht die Hoffnung aufgegeben, in der Rockmusik den Durchbruch zu schaffen, und sagte sich, daß er vielleicht in Paris eine Chance habe; allerdings war er schon sechsundzwanzig. Ehe er die Aufnahmestudios abklapperte, beschloß er, sich um zwei Jahre jünger zu machen. Das war leicht zu erreichen: Er brauchte nur in dem Augenblick, wenn man ihn nach seinem Alter fragte, ›vierundzwanzig‹ zu antworten. Selbstverständlich prüfte das niemand nach. Lange vor ihm hatte Brian Jones schon dieselbe

Idee gehabt. Einem der Hinweise zufolge, die Macmillan bekommen hatte, war David eines Abends auf einer Partie in Cannes Mick Jagger begegnet; er war mit einem Satz zwei Meter zurückgewichen, als sei er auf eine Viper gestoßen. Mick Jagger *war* der größte Star der Welt; er wurde heiß verehrt, war reich und zynisch, all das, wovon David nur träumte. Und wenn er solchen Erfolg hatte, lag das nur daran, daß er das Böse *war* und diese Rolle auf vollkommene Weise verkörperte; denn das Bild des ungestraften Bösewichts ist etwas, was die Massen über alles verehren. Eines Tages hatte Mick Jagger ein Machtproblem in seiner Band gehabt, ein Problem bezüglich seines Egos, und zwar mit besagtem Brian Jones; aber das ist dann durch die Sache mit dem Swimming-pool geregelt worden. Das war natürlich nicht die offizielle Version, aber David *wußte*, daß Mick Jagger Brian Jones in den Swimming-pool gestoßen hatte; er konnte sich vorstellen, wie er es getan hat; und durch diesen anfänglichen Mord ist er zum Bandleader der größten Rockgruppe der Welt geworden. Alles Große, das in dieser Welt errichtet wird, basiert ursprünglich auf einem Mord, davon war David überzeugt; und Ende '76 fühlte er sich bereit, so viele Leute wie nötig in alle Swimming-pools dieser Welt zu stoßen; es gelang ihm aber im Laufe der folgenden Jahre nur, als zusätzlicher Baßgitarrist bei ein paar Plattenaufnahmen mitzumachen – und keine dieser Platten hatte den geringsten Erfolg. Dagegen hatte er immer noch großen Erfolg bei den Frauen. Seine erotischen Ansprüche stiegen, und er gewöhnte sich an, mit zwei Mädchen gleichzeitig zu schlafen – am liebsten mit einer Blonden und einer Dunkelhaarigen. Die meisten waren einverstanden, denn er sah wirklich sehr gut aus – er hatte etwas sehr Kräftiges, Männliches, fast Tierisches. Er war stolz auf seinen langen, dicken Phallus und seine großen behaarten Eier. Er verlor allmählich das Interesse an der Penetration, aber empfand immer noch große Lust beim Anblick der Mädchen, die vor ihm knieten und seinen Schwanz lutschten.

Anfang 1981 erfuhr er von einem Kalifornier, der auf der Durchreise in Paris war, daß man dort Gruppen suchte, um eine *Heavy-metal*-CD zu Ehren von Charles Manson aufzunehmen. Er beschloß, sein Glück ein weiteres Mal zu versuchen. Er verkaufte all seine Appartements, deren Preis sich mittlerweile vervierfacht hatte, und ließ sich in Los Angeles nieder. Er war inzwischen offiziell neunundzwanzig und in Wirklichkeit einunddreißig; das war noch zuviel. Er beschloß, sich noch einmal drei Jahre jünger zu machen, ehe er sich den amerikanischen Produzenten vorstellte. Vom Aussehen her konnte er ohne Schwierigkeiten für sechsundzwanzig durchgehen.

Die Produktion zog sich in die Länge, denn Manson in seiner Gefängniszelle stellte maßlose Forderungen für die Rechte. David ging dazu über, zu joggen, und begann, in satanistischen Kreisen zu verkehren. Kalifornien ist schon immer ein Land gewesen, in dem Sekten aufkamen, die sich dem Satanskult verschrieben, schon die allerersten waren dort entstanden: die *First Church of Satan*, die 1966 von Anton La Vey in Los Angeles gegründet worden ist, und die *Process Church of the Final Judgment*, die sich 1967 in San Francisco im Distrikt Haight Ashbury niederließ. Diese Vereinigungen gab es noch, und David nahm Kontakt zu ihnen auf; sie feierten im allgemeinen nur rituelle Orgien und vollzogen manchmal Tieropfer; aber durch ihre Vermittlung bekam er Zugang zu viel geschlosseneren, härteren Kreisen. Insbesondere lernte er John di Giorno kennen, einen Chirurgen, der *abortion-parties* organisierte. Nach der Operation wurde der Fötus zermalmt, durchgeknetet und mit Brotteig vermengt, um anschließend von den Teilnehmern verspeist zu werden. David wurde schnell klar, daß die fortschrittlichsten Satanisten überhaupt nicht an den Teufel glaubten. Sie waren alle, genau wie er, absolute Materialisten und verzichteten sehr schnell auf das etwas lächerliche Zeremoniell der Pentagramme, Kerzen und langen schwarzen Roben; diese Requisiten dienten vor allem dazu, den Anfängern zu helfen, ihre moralischen

Hemmungen zu überwinden. 1983 durfte er seinen ersten Ritualmord begehen und zwar an einem puertoricanischen Säugling. Während er das Baby mit einem Sägemesser kastrierte, riß John di Giorno ihm die Augäpfel aus und zerkaute sie.

Zu diesem Zeitpunkt hatte David praktisch darauf verzichtet, ein Rockstar zu werden, auch wenn ihm der Anblick von Mick Jagger auf MTV manchmal fürchterliche Magenschmerzen bereitete. Das Projekt *Tribute to Charles Manson* war sowieso gescheitert, und selbst wenn er nur achtundzwanzig Jahre eingestand, war er fünf Jahre älter und fühlte sich allmählich zu alt dafür. In seinen Wunschträumen von Herrschaft und Allmacht kam es vor, daß er sich jetzt mit Napoleon identifizierte. Er bewunderte diesen Mann, der Europa mit Feuer und Schwert verwüstet und Hunderttausenden von Menschen den Tod gebracht hatte, ohne auch nur eine Ideologie, einen Glauben oder irgendeine Überzeugung als Ausrede vorbringen zu können. Im Gegensatz zu Hitler, im Gegensatz zu Stalin, hatte Napoleon nur an sich selbst geglaubt, eine strenge Trennung zwischen sich selbst und dem Rest der Welt vorgenommen und die anderen als reines Werkzeug im Dienst seiner Herrschsucht betrachtet. Wenn David daran dachte, daß seine Vorfahren aus Genua stammten, malte er sich ein Verwandtschaftsverhältnis mit dem Diktator aus, der im Morgengrauen über die Schlachtfelder spazierte, Tausende von verstümmelten oder aufgeschlitzten Leichen betrachtete und nachlässig bemerkte: ›Pah ... eine Pariser Nacht bevölkert das alles wieder.‹

Im Laufe der Monate ließen sich David und einige andere Teilnehmer zu immer grausameren, grauenhafteren Handlungen hinreißen. Manchmal filmten sie die Szenen ihres Gemetzels, nachdem sie sich das Gesicht maskiert hatten; einer der Teilnehmer war Produzent in der Video-Branche und hatte Zugang zu einem Videokopierer. Aus einem guten *snuff movie* konnte man viel Geld herausschlagen, rund zwanzigtausend Dollar für eine Kopie. Als David eines Abends zu einer Sexparty bei einem befreundeten Rechtsanwalt eingeladen war, erkannte er einen seiner Filme wieder, der in einem der Schlafzimmer auf dem Videobildschirm gezeigt wurde. Auf dieser Kassette, die einen Monat zuvor gedreht worden war, trennte er mit einer Motorsäge ein männliches Geschlechtsteil ab. Sehr erregt hatte er ein etwa zwölfjähriges Mädchen an sich gezogen, eine Freundin von der Tochter des Hausbesitzers, und hatte sie vor seinen Sitz geschoben. Erst hatte sich die Kleine etwas gewehrt, aber dann hatte sie begonnen, ihn zu lecken. Auf dem Bildschirm näherte er sich mit der Motorsäge einem etwa vierzigjährigen Mann und streifte langsam dessen Schenkel; der Mann war mit verschränkten Armen am ganzen Körper gefesselt und schrie vor Entsetzen. David kam im Mund des Mädchens, als die Sägekette das Geschlechtsteil abtrennte; er packte das Mädchen an den Haaren, drehte ihr brutal den Kopf um und zwang sie, die lange Großaufnahme des Stumpfes zu betrachten, aus dem das Blut hervorspritzte.

Soweit die Zeugenaussagen über David. Die Polizei hatte durch Zufall das Masterband eines Foltervideos abgefangen, aber David war vermutlich gewarnt worden und hatte es auf jeden Fall geschafft, rechtzeitig das Weite zu suchen. Dann kam Daniel Macmillan zu seiner These. Aus seinem Buch ging klar hervor, daß die angeblichen Satanisten weder an Gott, noch an den Teufel, noch an irgendeine außerirdische Macht glaubten; die Gotteslästerung diente in ihren Zeremonien übrigens nur als unbedeutende erotische Würze, an der die meisten bald den Geschmack verloren. Sie waren in Wirklichkeit, genau wie ihr Meister, der Marquis de Sade, absolute Materialisten, Genußmenschen auf der Suche nach immer stärkerem Nervenkitzel. Daniel Macmillan zufolge war die allmähliche Zerstörung der moralischen Werte im Verlauf der 60er, 70er, 80er und schließlich der 90er Jahre ein durchaus logischer, unabwendbarer Prozeß. Nachdem sie die Möglichkeiten der sexuellen Befriedigung ausgeschöpft hatten, war es völlig normal, daß die Individuen, die sich von den üblichen moralischen Zwängen befreit hatten, sich der umfassenderen Befriedigung grausamer Instinkte zuwandten; zweihundert Jahre zuvor hatte de Sade einen ähnlichen Weg beschritten. In dieser Hinsicht waren die *serial killers* der 90er Jahre die Nachfahren der Hippies der 60er Jahre; man konnte ihre gemeinsamen Vorfahren in den Wiener Aktionisten der 50er Jahre sehen. Unter dem Deckmantel eines *Happenings* hatten die Wiener Aktionisten Nitsch, Muehl oder Schwarzkogler öffentlich Tiermassaker vollzogen; vor einer Schar debiler Zuschauer hatten sie den Tieren die Organe und Eingeweide ausgerissen und zerstückelt und die Hände in Fleisch und Blut getaucht und das Leiden der unschuldigen Tiere auf den Höhepunkt getrieben – und währenddessen fotografierte oder filmte ein Komparse das Gemetzel, um die so erhaltenen Dokumente in einer Kunstgalerie auszustellen. Diesen dionysischen Willen, das Tierische und das Böse im Menschen freizusetzen, der von den Wiener Aktionisten initiiert wurde, traf man in den folgenden Jahrzehnten immer wieder an. Daniel Macmillan zufolge war diese nach 1945 in den westlichen Gesellschaften eingetretene Wende nichts anderes als eine Rückkehr zum brutalen Machtkult und zugleich eine Ablehnung der durch die Jahrhunderte hindurch im Namen der Moral und des Rechts entwickelten Regeln. Den Wiener Aktionisten, den Beatniks, den Hippies und den Serienkillern war gemein, daß sie zutiefst libertäre Hedonisten waren und die Rechte des Individuums gegenüber allen sozialen Normen und Heucheleien, die ihnen zufolge Moral, Gefühl, Gerechtigkeit und Mitleid darstellten, in letzter Konsequenz propagierten und für sich in Anspruch nahmen. In dieser Hinsicht war Charles Manson keineswegs ein monströser Ableger der Hippie-Bewegung, sondern deren logische Weiterführung; und David di Meola hatte nur die Werte der individuellen Befreiung, die sein Vater gepredigt hatte, weitergeführt und in die Tat umgesetzt. Macmillan gehörte der konservativen Partei an, und seine beißende Kritik an der individuellen Freiheit wurde in den Reihen seiner eigenen Partei nicht selten zähneknirschend aufgenommen; aber sein Buch hatte eine beachtliche Wirkung. Durch seine Autorenrechte zu Reichtum gekommen, widmete er sich ganz der Politik; im Jahr darauf wurde er ins Repräsentantenhaus gewählt.«

Bruno verstummte. Er hatte seinen Kaffee schon seit langem aufgetrunken, es war vier Uhr morgens und es war kein Wiener Aktionist im Restaurant. Tatsächlich saß Otto Muehl zur Zeit in einem österreichischen Gefängnis seine Strafe für die Vergewaltigung Minderjähriger ab. Dieser Mann war schon über sechzig, man konnte hoffen, daß er bald sterben würde; damit wäre eine Wurzel des Übels aus der Welt geschaffen. Es gab überhaupt keinen Grund dafür, daß er sich so aufregte. Alles war inzwischen ruhig; ein einziger Kellner ging zwischen den Tischen umher; sie waren im Augenblick die einzigen Kunden, aber die Brasserie war Tag und Nacht geöffnet, das war draußen angeschlagen und wurde auf den Speisekarten wiederholt, es war praktisch eine vertragliche Verpflichtung. »Die sollen mir bloß nicht pampig kommen, diese Arschlöcher«, sagte Bruno mechanisch. Ein Menschenleben in unseren heutigen Gesellschaften durchläuft zwangsläufig eine oder mehrere Krisenzeiten mit starker persönlicher Infragestellung. Folglich ist es normal, daß man im Zentrum einer großen europäischen Hauptstadt wenigstens zu einem Lokal Zugang hat, das die ganze Nacht geöffnet ist. Er bestellte eine Himbeerkaltschale und zwei Kirschwasser. Christiane hatte seinen Worten aufmerksam gelauscht; ihr Schweigen hatte etwas Schmerzliches. Jetzt mußten sie wieder zu den einfachen Freuden des Lebens zurückfinden.

16

FÜR EINE ÄSTHETIK DES GUTEN WILLENS

Sobald die Morgenröte erschienen ist, gehen die jungen Mädchen Rosen pflücken. Ein Strom von Unschuld ergießt sich über Täler und Großstädte, eilt der Intelligenz der begeistertsten Dichter zu Hilfe, breitet sich schützend über die Wiegen, bekränzt die Jugend, bringt den Greisen den Glauben der Unsterblichkeit.«

(Lautréamont: *Dichtungen II*)

Die meisten Individuen, die Bruno im Lauf seines Lebens kennengelernt hatte, waren fast ausschließlich von der Suche nach Sinnenfreuden beseelt – vorausgesetzt natürlich, daß man in den Begriff der Sinnenfreuden die narzißtischen Befriedigungen einbezieht, die sehr stark mit der Wertschätzung oder Bewunderung der anderen verbunden sind. Und so entstanden unterschiedliche Strategien, die man als Menschenleben bezeichnete.

Sein Halbbruder stellte jedoch eine Ausnahme von dieser Regel dar; allein der Begriff Sinnenfreuden schien sich schwer mit ihm in Beziehung setzen zu lassen; aber war Michel überhaupt von irgend etwas beseelt? Eine geradlinige, gleichförmige Bewegung ist von unendlicher Dauer, wenn sie weder der Reibung noch einer von außen auf sie einwirkenden Kraft ausgesetzt ist. Das rationale, organisierte, soziologisch gesehen in der oberen Mittelschicht angesiedelte Leben seines Halbbruders schien bisher keiner Reibung ausgesetzt worden zu sein. Es war möglich, daß sich im geschlossenen Milieu der Molekularbiologen harte, undurchsichtige Machtkämpfe abspielten, doch Bruno zweifelte daran.

»Du hast eine sehr düstere Lebensanschauung ...«, sagte Christiane nach langem, drückenden Schweigen. »Ich bin Nietzscheaner«, präzisierte Bruno. »Aber ein eher unterbelichteter«, glaubte er hinzufügen zu müssen. »Ich lese dir mal ein Gedicht vor.« Er holte ein kleines Heft aus der Tasche und trug folgende Verse vor:

Es ist immer derselbe alte Scheiß
von der ewigen Wiederkehr et cetera
Und ich esse schon wieder Erdbeereis
auf der Terrasse des Zarathustra.

»Ich weiß, was wir machen«, sagte sie nach einem weiteren Moment des Schweigens. »Wir fahren zum Cap d'Agde und feiern Sexparties in der Nudistenkolonie. Da kommen holländische Krankenschwestern und deutsche Beamte hin, alles sehr korrekte Typen, ziemlich bürgerlich, im Stil der nordischen Länder oder der Beneluxstaaten. Warum sollen wir nicht mit luxemburgischen Polizisten Sexparties feiern?«

»Ich habe keinen Urlaub mehr.«

»Ich auch nicht, Dienstag fängt die Schule wieder an; aber ich brauche noch Ferien. Ich habe die Nase voll vom Unterrichten, die Kinder sind völlig bescheuert. Du brauchst auch noch Ferien, und vor allem brauchst du eins: Du mußt vögeln, mit allen möglichen Frauen vögeln. Das ist möglich. Ich weiß, daß du nicht daran glaubst, aber ich schwöre dir: Das ist möglich. Ein Freund von mir ist Arzt, der stellt uns ein Attest aus.«

Sie trafen am Montagmorgen auf dem Bahnhof von Agde ein und fuhren mit dem Taxi zur Nudistenkolonie. Christiane hatte nur ganz wenig Gepäck dabei, sie hatte keine Zeit gehabt, nach Noyon zurückzukehren. »Ich muß unbedingt meinem Sohn etwas Geld schicken«, sagte sie. »Er verachtet mich, aber ich bin gezwungen, ihn noch ein paar Jahre zu ertragen. Ich habe nur Angst, daß er gewalttätig wird. Er verkehrt mit ziemlich schrägen Typen, Moslems, Neonazis ... Es würde mir sehr weh tun, wenn er sich mit dem Motorrad totfährt, aber ich glaube, das wäre für mich eine Befreiung.«

Es war bereits September, daher fanden sie leicht eine Unterkunft. Die Kolonie am Cap d'Agde, die in fünf, in den 70er und Anfang der 80er Jahre errichteten Wohnkomplexe unterteilt ist, verfügt insgesamt über eine Kapazität von zehntausend Betten, was einen Weltrekord darstellt. Ihr Appartement besaß eine Wohnfläche von 22 m^2 und bestand aus einem kombinierten Wohn- und Schlafzimmer mit einer Bettcouch, einer kleinen Einbauküche, zwei Etagenbetten, einem Bad, einem separaten W. C. und einer Terrasse. Es war für maximal vier Personen eingerichtet – meistens eine Familie mit zwei Kindern. Sie fühlten sich dort gleich sehr wohl. Auf der nach Westen gelegenen Terrasse mit Blick auf den Segelhafen konnte man den Aperitif einnehmen und dabei die letzten Strahlen der untergehenden Sonne genießen.

Auch wenn das FKK-Gelände am Cap d'Agde drei Einkaufszentren, eine Minigolfanlage und einen Fahrradverleih besitzt, besteht die Hauptattraktion, die es seinen Sommergästen zu bieten hat, in den ursprünglichen Freuden von Strand und Sex. Letztlich ist es ein Ort mit einem spezifischen soziokulturellen Angebot, das vor allem deshalb erstaunlich ist, weil sein Bezugsrahmen nicht in irgendeinem Vorschriftenkatalog festgelegt zu sein scheint, sondern nur auf der Grundlage konvergierender individueller Initiativen beruht. Mit diesen Worten begann Bruno jedenfalls einen Artikel mit dem Titel »DIE DÜNEN AM STRAND VON MARSEILLAN: FÜR EINE ÄSTHETIK DES GUTEN WILLENS«, in dem er eine synthetische Darstellung seiner beiden Ferienwochen lieferte. Dieser Artikel sollte von der Redaktion der Zeitschrift *Esprit* mit knapper Mehrheit abgelehnt werden.

»Als erstes überrascht einen am Cap d'Agde die Koexistenz von herkömmlichen Konsumeinrichtungen, die sich durch nichts von jenen in allen übrigen europäischen Badeorten unterscheiden, und anders gearteten Geschäftsbranchen, die eindeutig auf Sex und libidinösen Kommerz abzielen. So ist es zum Beispiel erstaunlich, daß man direkt nebeneinander eine Bäckerei, einen kleinen Supermarkt und ein Bekleidungsgeschäft antrifft, in dem vor allem durchsichtige, superkurze Miniröcke, Latexunterwäsche und Kleider, die Brüste und Pobacken unbedeckt lassen, angeboten werden. Es ist ebenfalls erstaunlich, daß man Frauen und Paare – in Begleitung von Kindern oder auch nicht – sieht, die in den verschiedenen Abteilungen auf Schnäppchenjagd gehen und ungeniert zwischen diesen sehr unterschiedlichen Geschäften hin und her gehen. Und schließlich wundert man sich darüber, daß die am Ort befindlichen Zeitschriftenläden außer dem üblichen Angebot an Tageszeitungen und Zeitschriften eine ungemein reiche Auswahl an Zeitschriften für Partnertausch und pornographischen Heften besitzen sowie diverse erotische Gimmicks verkaufen, und all das, ohne bei irgendeinem der Verbraucher die geringste Empörung hervorzurufen.

Die traditionellen Ferienzentren lassen sich üblicherweise auf einer Längsachse ansiedeln, die vom *familiären* Typ (mit Mini Club, Kid's Club, Flaschenwärmern und Wickeltischen) zum *jugendgerechten* Typ reicht (Wassersport, bunte Abende für Nachtschwärmer, für Kinder unter zwölf nicht zu empfehlen). Die Nudistenkolonie am Cap d'Agde fällt durch den hohen Anteil an Familien unter seinen Gästen und durch die Bedeutung, die die sexuellen, aus dem üblichen Kontext der ›Anmache‹ losgelösten Freizeitbeschäftigungen dort einnehmen, weitgehend aus dieser Dichotomie heraus. Sie unterscheidet sich aber ebensosehr, und das ist für den Besucher eine Überraschung, von den traditionellen FKK-Ferienzentren. Denn diese legen im allgemeinen großen Wert auf eine ›gesunde‹ Konzeption der Nacktheit, die jede direkte sexuelle Interpretation ausschließt; Nahrungsmittel aus biologischem Anbau werden bevorzugt, Rauchen ist verpönt. Die Teilnehmer, deren politische Sympathien häufig im grünen Spektrum anzusiedeln sind, üben gemeinsame Aktivitäten wie Yoga, Seidenmalerei oder Tai Chi aus; sie geben sich gern mit primitiven Unterkünften in einer möglichst unberührten Umgebung zufrieden. Die Wohnungen, die am Cap d'Agde zur Miete angeboten werden, erfüllen dagegen in hohem Maß die Normen des Standardkomforts der Ferienorte; die Natur ist im wesentlichen in Form von Rasenflächen und Blumenbeeten gegenwärtig. Und die Gastronomie schließlich ist eher herkömmlicher Art, man findet nebeneinander Pizzerien, Fischrestaurants, Grillstuben und Eisdielen. Die Nacktheit selbst scheint dort, wenn man das so sagen darf, in einem anderen Kleid aufzutreten und einen anderen Charakter zu haben. In den traditionellen FKK-Zentren ist sie, sobald es die Witterung erlaubt, obligatorisch; die Erfüllung dieser Pflicht wird streng überwacht und von heftiger Ablehnung gegenüber allen Verhaltensweisen begleitet, die zum Voyeurismus gerechnet werden können. Am Cap d'Agde dagegen erlebt man, sowohl in den Supermärkten wie in den Cafés, eine friedliche Koexistenz außerordentlich unterschiedlicher Bekleidungsweisen, die von völliger Nacktheit über Kleidung mit eindeutig erotischer Bestimmung (Miniröcke aus Netzstoff, Reizwäsche, Schaftstiefel) bis hin zu traditioneller Kleidung reichen. Der Voyeurismus wird außerdem stillschweigend geduldet: Man sieht häufig am Strand Männer, die vor weiblichen Geschlechtsteilen stehenbleiben, die ihren Blicken dargeboten werden; zahlreiche Frauen verleihen dieser Zurschaustellung durch die Art der Rasur der Schamhaare sogar noch einen intimeren Charakter, weil dadurch die eingehende Betrachtung der Klitoris und der großen Schamlippen erleichtert wird. All das erzeugt, auch wenn man nicht an den spezifischen Aktivitäten des Zentrums teilnimmt, ein einzigartiges Klima, das von der erotischen, narzißtischen Stimmung in italienischen Diskotheken ebenso weit entfernt ist wie von der ›zwielichtigen‹ Atmosphäre, die in den Rotlichtvierteln der Großstädte herrscht. Kurz gesagt, es handelt sich um einen traditionellen, fast betulichen Badeort, bis auf die Tatsache, daß die sexuellen Vergnügungen dort einen wichtigen, allgemein anerkannten Platz einnehmen. Man ist versucht, in dieser Hinsicht von einer sexuellen Atmosphäre zu sprechen, die etwas ›Sozialdemokratisches‹ hat, insbesondere, da der überwiegende Teil der zahlreichen ausländischen Feriengäste aus Deutschen sowie aus einem großen Kontingent von Niederländern und Skandinaviern besteht.«

Schon am zweiten Tag lernten Bruno und Christiane am Strand Rudi und Hannelore kennen, ein Ehepaar, das ihnen eine tiefere Einsicht in die soziologische Funktionsweise des Orts vermitteln konnte. Rudi war Techniker in einem Zentrum für Satellitensteuerung, das insbesondere die geostationäre Positionierung des Fernmeldesatelliten Astra überwachte; Hannelore arbeitete in einer großen Hamburger Buchhandlung. Sie verbrachten seit gut zehn Jahren regelmäßig ihre Ferien am Cap d'Agde und hatten zwei kleine Kinder, die sie aber in diesem Jahr bei Hannelores Eltern gelassen hatten, um eine Woche zu zweit zu verbringen. Noch am selben Abend aßen sie zu viert in einem Fischrestaurant, das eine ausgezeichnete Bouillabaisse auf der Karte hatte. Anschließend gingen sie in die Wohnung des deutschen Ehepaars. Bruno und Rudi penetrierten Hannelore nacheinander, während diese Christianes Scheide leckte; dann tauschten die beiden Frauen die Stellung. Anschließend befriedigte Hannelore Bruno oral. Sie hatte einen sehr schönen fülligen, aber festen Körper, der offensichtlich durch regelmäßigen Sport trainiert war. Außerdem leckte sie mit viel Gefühl; Bruno, den die Situation sehr erregte, kam leider ein wenig zu früh. Rudi, der größere Erfahrung besaß, schaffte es, seine Ejakulation zwanzig Minuten lang hinauszuzögern, während Hannelore und Christiane ihn gemeinsam leckten und ihre Zungen freundschaftlich auf seiner Eichel kreuzten. Hannelore schenkte ein Glas Kirschwasser ein, um den Abend zu beschließen.

Die beiden innerhalb des Ferienzentrums betriebenen Diskotheken für Paare spielten im libertären Leben des deutschen Ehepaars im Grunde nur eine untergeordnete Rolle. Das *Cléopâtre* und das *Absolu* litten stark unter der Konkurrenz des *Extasia*, das sich außerhalb der Nudistenkolonie auf dem Gelände der Gemeinde Marseillan befand: Das eindrucksvoll ausgestattete *Extasia* (*dark room, peep room*, geheiztes Schwimmbad, Whirlpool und seit kurzem den schönsten *mirror room* in der ganzen Region Languedoc-Roussillon) hatte, statt sich auf seinen, bereits Anfang der 70er Jahre erworbenen Lorbeeren auszuruhen, seinen Status als »magische Disco« zu erhalten verstanden, wozu nicht zuletzt die bezaubernde Umgebung beigetragen hatte. Hannelore und Rudi schlugen ihnen jedoch vor, am folgenden Abend ins *Cléopâtre* zu gehen. Das *Cléopâtre*, das kleiner war und sich durch eine gesellige, herzliche Atmosphäre auszeichnete, war ihrer Meinung nach ein ausgezeichneter Ausgangspunkt für ein Anfängerpaar und lag wirklich mitten im Ferienzentrum: Es bot die Gelegenheit, nach dem Essen ohne große Umstände mit Freunden ein Glas zu trinken; und den Frauen erlaubte es zugleich, ihre neu erworbene erotische Garderobe in einer sympathischen Umgebung zu testen.

Rudi reichte erneut die Flasche Kirschwasser herum. Keiner von den vieren hatte sich wieder angezogen. Bruno stellte zu seinem Entzücken fest, daß er weniger als eine Stunde, nachdem er zwischen Hannelores Lippen gekommen war, schon wieder eine Erektion hatte; er äußerte sich darüber mit Worten, die von naiver Begeisterung durchdrungen waren. Ganz ergriffen begann Christiane ihm unter den gerührten Blicken ihrer neuen Freunde einen runterzuholen. Gegen Ende hockte sich Hannelore zwischen seine Schenkel und saugte mit kleinen Zungenschlägen an seinem Glied, während Christiane ihn weiter streichelte. Rudi, der schon etwas hinüber war, wiederholte mechanisch: »Gut ... gut ...« Sie trennten sich ziemlich betrunken, aber in glänzender Stimmung. Bruno erzählte Christiane von den *Fünf Freunden*, von der Ähnlichkeit zwischen ihr und dem Bild, das er sich seit jeher von George gemacht hat; es fehlte nur noch, wie er meinte, der brave Hund Timmy.

Am nächsten Nachmittag gingen sie gemeinsam an den Strand. Für einen Septembertag war es schön und sehr heiß. Es war angenehm, sagte sich Bruno, zu viert nackt am Wasser entlangzulaufen. Es war angenehm zu wissen, daß es keinerlei Meinungsverschiedenheiten geben würde, daß die sexuellen Probleme bereits gelöst waren; es war angenehm zu wissen, daß jeder sich bemühen würde, so gut er konnte, die Sinnenfreuden der anderen zu erhöhen.

Der FKK-Strand von Cap d'Agde ist über drei Kilometer lang und fällt sanft ins Wasser ab, so daß das Baden dort ungefährlich ist, selbst für kleine Kinder. Der größte Teil des Strands ist im übrigen den Familien vorbehalten, zum Baden sowie für sportliche Aktivitäten (Surfen, Federball, Drachen steigen lassen). Es wird stillschweigend geduldet, erklärte Rudi, daß die Paare auf der Suche nach einer libertären Erfahrung sich am östlichen Ende des Strands einfinden, jenseits der Strandbar von Marseillan. Die mit Rundhölzern befestigten Dünen bilden dort einen leichten Vorsprung. Wenn man auf der Kuppe dieser Hügel steht, sieht man auf der einen Seite den Strand, der sanft zum Meer hinabfällt, und auf der anderen einen welligen Streifen aus Dünen und flachen Mulden, in denen hier und dort Steineichenwäldchen angepflanzt sind. Sie ließen sich am Strand nieder, direkt unterhalb der hügeligen Dünen. Etwa zweihundert Paare waren dort auf engem Raum versammelt. Einige einzelne Männer hatten sich mitten zwischen den Paaren niedergelassen; andere gingen auf der Grenzlinie zu den Dünen auf und ab, inspizierten abwechselnd beide Richtungen.

»In den zwei Wochen, die wir dort verbracht haben, sind wir jeden Nachmittag an diesen Strand gegangen«, hatte Bruno in seinem Artikel weiter geschrieben. »Natürlich ist es möglich, zu sterben oder den Tod in Betracht zu ziehen, und die Sinnenfreuden der Menschen einer scharfen Kritik zu unterziehen. Wenn man jedoch diese radikale Haltung zurückweist, bilden die Dünen am Strand von Marseillan – und diesen Nachweis bemühe ich mich hier zu erbringen – den geeigneten Ort für ein humanistisches Angebot, das die Sinnenlust eines jeden zu maximieren sucht, ohne bei irgend jemandem unerträgliches moralisches Leid zu erzeugen. Die sexuelle Befriedigung (der stärkste Sinnesgenuß, den der Mensch erleben kann) beruht im wesentlichen auf taktilen Empfindungen, insbesondere auf der gezielten Reizung bestimmter Zonen der Epidermis, die mit Krause-Endkolben übersät sind, welche ihrerseits mit Neuronen verbunden sind, die im Hypothalamus eine verstärkte Freisetzung von Endorphinen bewirken können. Dieses einfache System ist im Lauf zahlloser Generationen kultureller Entwicklung im Neocortex durch eine komplexere geistige Konstruktion überlagert worden, die an die *Phantasmen* und (vor allem bei den Frauen) an die *Liebe* appelliert. Die Dünen am Strand von Marseillan – zumindest ist das meine Hypothese – dürfen nicht als ein Ort unkontrollierter Steigerung der Phantasmen betrachtet werden, sondern ganz im Gegenteil als eine Einrichtung, die es erlaubt, die sexuellen Erwartungen wieder ins Gleichgewicht zu bringen, also als ein geographisches Fundament für den Versuch, zum Normalzustand zurückzufinden – und das im wesentlichen auf der Basis des Prinzips des *guten Willens*. Konkret gesehen kann jedes Paar, das sich im Bereich zwischen dem Dünenstreifen und der Wassergrenze befindet, die Initiative zu unzüchtigen Handlungen in der Öffentlichkeit ergreifen; häufig sind es die Frauen, die ihren Begleiter wichsen oder lecken, häufig revanchieren sich die Männer mit der entsprechenden Gegenleistung. Die benachbarten Paare betrachten diese Liebkosungen mit besonderer

Aufmerksamkeit, treten näher, um besser sehen zu können, und folgen nach und nach ihrem Beispiel. Ausgehend vom ersten Paar breitet sich so am Strand sehr schnell eine unglaublich erregende Welle von Liebkosungen und Wollust aus. Während die sexuelle Besessenheit zunimmt, kommen zahlreiche Paare hinzu, um sich in Gruppen unzüchtiger Handlungen zu bemüßigen; aber es muß erwähnt werden, daß jede Annäherung zuvor die – zumeist ausdrückliche – Einwilligung der Beteiligten voraussetzt. Wenn sich eine Frau einer nicht erwünschten Liebkosung entziehen will, deutet sie es einfach mit einer Kopfbewegung an – und ruft damit augenblicklich bei dem Mann eine förmliche, fast komische Entschuldigung hervor.

Die außerordentlich korrekte Haltung der männlichen Teilnehmer ist noch auffallender, wenn man sich ins Landesinnere vorwagt, also jenseits des Dünenbeginns. Diese Zone ist allerdings traditionellerweise den – zumeist männlichen – *gangbang*-Anhängern vorbehalten. Den Auslöser bildet auch dort ein Paar, das sich einer intimen Liebkosung hingibt – im allgemeinen einer Fellatio. Sehr bald werden die beiden Partner von etwa zehn oder zwanzig einzelnen Männern umgeben. Sitzend, stehend oder auf den Fersen hockend onanieren sie, während sie dieser Szene beiwohnen. Manchmal bleibt es dabei, das Paar kehrt wieder zu der anfänglichen Liebkosung zurück, und die Zuschauer verlaufen sich nach und nach. Manchmal deutet die Frau mit einer Handbewegung an, daß sie einen Mann masturbieren oder lecken möchte, oder daß sie sich von anderen Männern penetrieren lassen will. Dann lösen sich die Männer ohne besondere Hast nacheinander ab. Wenn sie aufhören möchte, deutet sie es ebenfalls mit einer einfachen Geste an. Kein Wort wird gewechselt; man hört deutlich den Wind, der durch die Dünen pfeift und über die Grasflächen streicht. Manchmal läßt der Wind nach; dann herrscht völlige Stille, die nur vom lustvollen Stöhnen unterbrochen wird.

Es ist nicht meine Absicht, das FKK-Zentrum am Cap

d'Agde unter dem idyllischen Gesichtspunkt irgendeiner fourieristischen Kommune darzustellen. Am Cap d'Agde wie auch anderswo ist eine Frau mit jungem, ansprechendem Körper oder ein markanter, gutaussehender Mann schmeichelhaften Angeboten ausgesetzt. Am Cap d'Agde wie auch anderswo ist ein fettes alterndes oder häßliches Individuum zur Onanie verdammt – mit dem Unterschied allerdings, daß diese, in öffentlichen Einrichtungen im allgemeinen untersagte Tätigkeit hier mit freundlichem Wohlwollen betrachtet wird. Was trotz allem überrascht, ist die Tatsache, daß solch unterschiedliche sexuelle Aktivitäten, die ungemein erregender sind als all das, was in pornographischen Filmen gezeigt wird, dort stattfinden können, ohne die geringste Gewalt, geschweige denn den leisesten Verstoß gegen die Höflichkeit hervorzurufen. Ich möchte hier erneut den Begriff der ›sozialdemokratischen Sexualität‹ einführen, da ich dazu neige, darin eine ungebräuchliche Anwendung der gleichen, jedem Vertrag gegenüber erforderlichen Eigenschaften wie Disziplin oder Respekt zu sehen, die es den Deutschen ermöglicht haben, im Abstand von nur einer Generation zwei ausgesprochen mörderische Kriege zu führen, ehe sie in einem Land, das zu weiten Teilen in Trümmern lag, wieder eine starke, exportfreudige Wirtschaft haben aufbauen können. Es wäre in dieser Hinsicht interessant, die Staatsbürger von Ländern, in denen traditionellerweise die gleichen kulturellen Werte hochgeschätzt werden (Japan, Korea), mit den am Cap d'Agde in die Praxis umgesetzten soziokulturellen Angeboten zu konfrontieren. Diese respektvolle, gesetzestreue Haltung, die jedem, der den Vertrag buchstabengetreu einhält, zahlreiche Augenblicke friedlicher Lust garantiert, scheint auf jeden Fall über ein starkes Überzeugungsvermögen zu verfügen, da sie sich ohne Schwierigkeiten unter den im FKK-Zentrum anwesenden Minderheitselementen (Front-National-Spießern aus dem Languedoc, nordafrikanischen Kriminellen und Italienern aus Rimini) durchsetzt, und noch dazu ohne jede ausdrückliche Regelung.«

An dieser Stelle unterbrach Bruno nach einwöchigem Aufenthalt seinen Artikel. Was noch zu sagen blieb, war zärtlicher, delikater, ungewisser. Sie hatten sich angewöhnt, gegen sieben, nachdem sie den Nachmittag am Strand verbracht hatten, heimzugehen, um einen Aperitif zu trinken. Er nahm einen Campari, Christiane meistens einen weißen Martini. Er verfolgte die Bewegung der Sonnenstrahlen auf dem Verputz, der innen weiß und außen zart rosa getönt war. Es erfüllte ihn mit Freude, wenn er sah, wie Christiane nackt durch die Wohnung ging, um Eiswürfel und Oliven zu holen. Er empfand etwas Seltsames, sehr Seltsames: Er atmete freier, verharrte manchmal mehrere Minuten, ohne an etwas zu denken, und hatte nicht mehr solche Angst. Acht Tage nach ihrer Ankunft sagte er eines Nachmittags zu Christiane: »Ich glaube, ich bin glücklich.« Sie blieb ganz plötzlich stehen und stieß einen tiefen Atemzug aus, während ihre Hand den Eisbehälter umklammerte. Er fuhr fort: »Ich habe Lust, mit dir zusammenzuleben. Ich habe das Gefühl, daß wir lange genug unglücklich gewesen sind, das reicht allmählich. Später wird man dann krank, siecht dahin, und schließlich stirbt man. Aber ich glaube, daß wir gemeinsam bis zum Ende glücklich sein könnten. Auf jeden Fall habe ich Lust, es zu versuchen. Ich glaube, ich liebe dich.«

Christiane begann zu weinen. Später, bei einer großen Platte Meeresfrüchte im *Neptune*, versuchten sie, sich die Sache in der Praxis auszumalen. Sie konnte jedes Wochenende kommen, das ging ohne Probleme; aber sie würde sicherlich große Schwierigkeiten haben, sich nach Paris versetzen zu lassen. Wegen des Unterhalts, den Bruno zu zahlen hatte, reichte sein Gehalt nicht aus, um beide zu ernähren. Und dann war da noch Christianes Sohn; auch seinetwegen würden sie noch warten müssen. Aber immerhin, es war möglich; zum erstenmal seit vielen Jahren schien etwas möglich zu sein.

Am nächsten Tag schrieb Bruno einen kurzen, gerührten Brief an Michel. Er erklärte, daß er glücklich sei, und bedauerte, daß sie es nie geschafft hatten, sich wirklich zu verstehen. Er wünschte ihm, daß auch er, soweit das möglich sei, irgendeine Form des Glücks kennenlernen möge. Er unterzeichnete mit den Worten: »*Dein Bruder Bruno.*«

17

Als der Brief eintraf, befand sich Michel gerade mitten in einer theoretischen Krise, die ihn ziemlich entmutigte. Margenaus Hypothese zufolge konnte man das individuelle Bewußtsein einem Wahrscheinlichkeitsfeld in einem Fock-Raum gleichsetzen, der als eine direkte Summe von Hilbert-Räumen definiert wurde. Dieser Raum konnte im Prinzip ausgehend von elementaren elektronischen Ereignisssen konstruiert werden, die sich auf der Ebene der synaptischen Mikrobereiche abspielten. Das normale Verhalten ließ sich daher einer elastischen Feldverformung gleichsetzen und das freie Handeln einem Riß: Aber in welcher Topologie? Es war durchaus nicht selbstverständlich, daß die natürliche Topologie der Hilbert-Räume das Aufkommen der freien Handlung beschreiben konnte; es war nicht einmal sicher, daß es heute schon möglich war, diese Frage zu stellen, es sei denn in äußerst metaphorischen Begriffen. Dennoch war Michel überzeugt, daß ein neuer begrifflicher Rahmen notwendig geworden war. Jeden Abend, bevor er seinen PC ausschaltete, schickte er im Internet eine Suchmeldung nach den Versuchsergebnissen los, die im Lauf des Tages veröffentlicht worden waren. Am folgenden Morgen nahm er sie zur Kenntnis und stellte fest, daß die Forschungszentren überall auf der Welt mit sinnlosem Empirismus immer mehr im Dunkeln zu tappen schienen. Kein Ergebnis erlaubte es, irgendeine Schlußfolgerung ins Auge zu fassen oder auch nur irgendeine theoretische Hypothese aufzustellen. Das individuelle Bewußtsein war plötzlich, ohne ersichtlichen Grund, inmitten von Generationen von Tieren aufgetaucht; es war ohne jeden Zweifel sehr viel früher entstanden als die Sprache. Die Darwinisten mit ihrem unbewußten Finalismus führten wie immer hypothetische selektive Vorteile an, die mit seinem Aufkommen verbunden seien, und wie immer erklärte das nichts, es war nur eine wohlgemeinte mythische Rekonstruierung; allerdings war das anthropische Prinzip auch kaum überzeugender. Die Welt hatte sich ein Auge gegeben, das fähig war, sie zu betrachten, ein Gehirn, das fähig war, sie zu begreifen; na schön, und nun? Das trug in keiner Weise zum Verständnis des Phänomens bei. Ein Ich-Bewußtsein, das bei den Fadenwürmern nicht vorhanden ist, hatte bei den gemeinen Eidechsen wie etwa der *Lacerta agilis* nachgewiesen werden können; es setzte sehr wahrscheinlich das Vorhandensein eines Zentralnervensystems voraus und noch irgend etwas anderes. Und dieses Etwas blieb ein absolutes Rätsel; das Aufkommen des Bewußtseins schien sich mit keinem anatomischen, biochemischen oder zellulären Phänomen in Verbindung bringen zu lassen; es war entmutigend.

Was hätte Heisenberg getan? Was hätte Niels Bohr getan? Abstand gewinnen, nachdenken; Spaziergänge auf dem Land unternehmen, Musik hören. Das Neue entsteht nie durch eine einfache Interpolation in das Bestehende; die Informationen fügen sich anderen Informationen hinzu wie kleine Häufchen Sand, deren Wesen im voraus durch den begrifflichen Rahmen definiert ist, der den Versuchsbereich abgrenzt; heute brauchten sie mehr denn je einen neuen Bezugsrahmen.

Die Tage waren heiß und kurz, sie verliefen trübselig. In der Nacht des 15. September hatte Michel einen ungewöhnlich glücklichen Traum. Er befand sich an der Seite eines kleinen Mädchens, das umgeben von Schmetterlingen und Blumen durch den Wald ritt (als er aufwachte, wurde ihm klar, daß dieses Bild nach dreißig Jahren wieder aufgetaucht war und aus dem Vorspann zu »Prince Saphir« stammte, einer Fernsehserie, die er sich jeden Sonntagnachmittag im Haus seiner Großmutter angesehen hatte und die ihn mitten ins Herz traf). Im Augenblick danach ging er allein über eine riesige, hügelige Wiese mit hohem Gras. Er konnte den Horizont nicht erkennen, die grasbewachsenen Hügel schienen sich unter einem strahlenden Himmel von schöner hellgrauer Farbe endlos zu wiederholen. Dennoch ging er ohne zu zögern und ohne Eile weiter; er wußte, daß nur wenige Meter unter seinen Füßen ein unterirdischer Fluß floß und daß ihn seine Schritte instinktiv und unweigerlich an diesem Fluß entlangführten. Ringsumher wogte das Gras im Wind.

Als er aufwachte, war er fröhlich und unternehmungslustig wie er es seit Beginn seiner Beurlaubung vor zwei Monaten noch nie gewesen war. Er ging nach draußen, bog in die Avenue Emile-Zola ein und lief unter den Linden entlang. Er war allein, litt aber nicht darunter. An der Ecke der Rue des Entrepreneurs blieb er stehen. Das Geschäft *Zolacolor* öffnete gerade, die asiatischen Verkäuferinnen setzten sich an die Kassen; es war gegen neun. Zwischen den Hochhäusern des Beaugrenelle-Viertels war der Himmel seltsam hell; all das war ausweglos. Vielleicht hätte er mit seiner Nachbarin von gegenüber, der Redakteurin von *20 Ans*, reden sollen. Sie arbeitete für eine viel gelesene Zeitschrift und war über die gesellschaftlichen Ereignisse informiert, sie kannte vermutlich die Mechanismen der Anpassung an die Welt; auch die psychologischen Faktoren dürften ihr nicht unbekannt sein; von dieser jungen Frau konnte er vermutlich viel lernen. Er ging mit großen Schritten zurück, fast im Laufschritt, eilte ohne eine Pause einzulegen die Treppen hinauf, die zur Wohnung seiner Nachbarin führten. Er klingelte dreimal. Niemand meldete sich. Ratlos kehrte er zu seinem Wohnblock zurück; vor dem Aufzug stellte er sich Fragen über sich selbst. War er depressiv, und hatte diese Frage überhaupt einen Sinn? Seit Jahren häuften sich im Viertel die Plakate, die zur Wachsamkeit und zur Bekämpfung des Front National aufriefen. Die extreme Gleichgültigkeit, mit der er diesem Thema in jeder Hinsicht begegnete, war an sich schon ein beunruhigendes Zeichen. Die traditionelle *Hellsichtigkeit* der an Depressionen leidenden Menschen, die häufig als eine radikale Abwendung von allen menschlichen Belangen beschrieben wird, äußert sich in erster Linie durch ein fehlendes Interesse an Dingen, die tatsächlich ziemlich uninteressant sind. Daher kann man sich zur Not einen depressiven Menschen vorstellen, der verliebt ist – ein depressiver Mensch jedoch, der patriotische Gefühle zeigt, dürfte völlig undenkbar sein.

Als er wieder in seiner Küche war, wurde ihm klar, daß der Glaube an eine vernunftgesteuerte freie Entscheidung in bezug auf das menschliche Handeln – eine der natürlichen Grundlagen der Demokratie – und insbesondere der Glaube an eine vernunftgesteuerte freie Entscheidung im Bereich der individuellen politischen Parteinahme vermutlich das Ergebnis einer Verwechslung zwischen Freiheit und Unvorhersehbarkeit war. Die Turbulenzen einer strömenden Flüssigkeit in der Nähe eines Brückenpfeilers sind strukturell unvorhersehbar; niemand würde aber deshalb auf den Gedanken kommen, sie als *frei* zu bezeichnen. Er schenkte sich ein Glas Weißwein ein, zog die Vorhänge zu und legte sich hin, um nachzudenken. Die Gleichungen der Chaostheorie stellten keinerlei Bezug zu dem physischen Medium her, in dem sie ihre Wirkung zeigten; dieser universelle Charakter ermöglichte es, daß sie in der Hydrodynamik wie auch in der Bevölkerungsentwicklung, in der Meteorologie wie auch in der Gruppensoziologie Anwendung finden konnten. Ihr Vermögen zur morphologischen Modellbildung war gut, doch ihre Voraussagefähigkeit praktisch gleich Null. Im Gegensatz dazu erlaubten die Gleichungen der Quantenmechanik das Verhalten mikrophysischer Systeme mit hoher Präzision vorauszusagen, und sogar mit vollkommener Präzision, wenn man ganz darauf verzichtete, zu einer materiellen Ontologie zurückzukehren. Es war zumindest verfrüht, wenn nicht gar unmöglich, eine mathematische Verbindung zwischen diesen beiden Theorien herzustellen. Michel war jedoch davon überzeugt, daß die Struktur der Attraktoren innerhalb des sich entwickelnden Netzes von Neuronen und Synapsen der Schlüssel zur Erklärung der menschlichen Meinungen und Handlungen war.

Bei der Suche nach der Fotokopie einer neuen Veröffentlichung wurde ihm bewußt, daß er es schon seit über einer Woche versäumt hatte, seine Post zu öffnen. Natürlich enthielt sie vor allem Werbung. Die Firma TMR hatte den Ehrgeiz, mit dem Stapellauf der *Costa Romantica* einen neuen richtungsweisenden Standard im Bereich der Luxuskreuzfahrten zu schaffen. Dieses Schiff wurde als ein *echtes schwimmendes Paradies* beschrieben. Und so könnten – es hänge nur von ihm ab – die ersten Augenblicke seiner Kreuzfahrt verlaufen: »Zunächst betreten Sie den großen sonnendurchfluteten Saal unter der riesigen Glaskuppel. Mit einem ringsum verglasten Aufzug gelangen Sie aufs Oberdeck. Dort können Sie durch die riesige Glaswand am Bug das Meer *wie auf einem gigantischen Bildschirm* betrachten.« Er legte das Informationsmaterial zur Seite und nahm sich vor, es genauer zu studieren. Über das Oberdeck zu schlendern, das Meer durch eine Glaswand zu betrachten, wochenlang unter einem immer gleichen Himmel über die Wellen zu gleiten ... warum nicht? Währenddessen könnte Europa unter einem Bombenhagel zugrunde gehen. Und sie würden glatt und gebräunt auf einem neuen Kontinent landen.

Aber bis dahin ging der Alltag weiter, und man konnte das Leben fröhlich, intelligent und verantwortungsvoll gestalten. In der letzten Ausgabe der Supermarktbroschüre von *Monoprix* wurde der Begriff des bürgernahen Unternehmens mehr denn je in den Vordergrund gestellt. Schon wieder einmal zog der Leitartikler gegen die weit verbreitete Meinung zu Felde, daß Schlemmerei und körperliche Höchstform unvereinbar seien. Mit seiner breiten Angebotspalette, seinen Markenartikeln und den sorgfältig ausgewählten Empfehlungen bewies Monoprix mit der seit seiner Gründung vertretenen Politik das Gegenteil. »Der Ausgleich ist für alle möglich, und zwar sofort«, behauptete der Redakteur, ohne zu zögern. Nach diesem streitbaren, ja engagierten Artikel auf der ersten Seite folgte der unterhaltsame Teil der Broschüre mit pfiffigen Informationen, Lehrspielen und »Tips und Tricks«. So konnte Michel sich etwa damit vergnügen, seinen täglichen Kalorienverbrauch zu berechnen. In den letzten Wochen hatte er weder gefegt, gebügelt, geschwommen, Tennis gespielt noch sich sexuell verausgabt; die einzigen Tätigkeiten, die er mit gutem Gewissen ankreuzen konnte, waren die drei folgenden: sitzen, liegen, schlafen. Den Berechnungen zufolge betrug sein Energiebedarf 1750 Kilokalorien pro Tag. Bruno dagegen schien, wie aus seinem Brief hervorging, viel geschwommen und viel Sex gehabt zu haben. Michel stellte aufgrund dieser Angaben eine neue Berechnung an: Der Energiebedarf war auf 2700 Kilokalorien pro Tag gestiegen.

Dann war da noch ein zweiter Brief, der vom Gemeindeamt in Crécy-en-Brie kam. Infolge des Ausbaus der Bushaltestelle sei es erforderlich, den Gemeindefriedhof umzugestalten und manche Gräber, darunter auch das seiner Großmutter, zu verlegen. Den Vorschriften entsprechend, müsse ein Angehöriger der Familie bei der Umbettung der sterblichen Überreste zugegen sein. Er könne beim Friedhofsamt einen Termin zwischen zehn Uhr dreißig und zwölf Uhr beantragen.

18

DAS WIEDERSEHEN

Der Schienenbus nach Crécy-la-Chapelle war durch einen Vorortzug ersetzt worden. Der Ort selbst hatte sich sehr verändert. Er blieb auf dem Bahnhofsvorplatz stehen und blickte sich erstaunt um. An der Ausfahrt von Crécy war ein großer Casino-Supermarkt an der Avenue du Général-Leclerc eröffnet worden. Überall, wohin er blickte, entdeckte er neue Einfamilienhäuser und Wohnblocks.

Die seien nach der Eröffnung des Eurodisney-Parks entstanden, erklärte ihm der Gemeindebeamte, und vor allem seit die RER-Linie bis nach Marne-la-Vallée verlängert worden sei. Viele Pariser hätten sich hier niedergelassen; die Grundstückspreise hätten sich fast verdreifacht, die letzten Landwirte hätten ihre Höfe verkauft. Es gäbe jetzt einen Sportsaal, eine Mehrzweckhalle und zwei Schwimmbäder. Die Kriminalität werde allmählich zum Problem, aber nicht stärker als anderswo.

Als er an den alten Häusern und den unveränderten Kanälen entlang zum Friedhof ging, überkam ihn dennoch jenes zwiespältige Gefühl, das man immer dann empfindet, wenn man an den Ort zurückkehrt, an dem man seine Kindheit verlebt hat. Er überquerte den Wehrgang und befand sich gegenüber der Mühle. Die Bank, auf der Annabelle und er so oft nach der Schule gesessen hatten, war noch immer da. Dicke Fische schwammen im dunklen Wasser stromaufwärts. Die Sonne brach kurz durch die Wolken.

Der Mann erwartete Michel am Eingang des Friedhofs. »Sie sind der …« »Ja.« Wie nannte man den »Totengräber« eigentlich heute? Er hatte eine Schaufel und einen großen schwarzen Plastikmüllsack in der Hand. Michel folgte ihm. »Sie brauchen nicht unbedingt hinzusehen ...«, brummte er, während er auf das offene Grab zuging.

Der Tod ist schwer zu begreifen, der Mensch akzeptierte es immer nur widerwillig, sich ein genaues Bild von ihm zu machen. Michel hatte zwanzig Jahre zuvor den Leichnam seiner Großmutter gesehen und sie ein letztes Mal geküßt. Und dennoch überraschte ihn der Anblick, der sich ihm in der ausgehobenen Grube bot. Seine Großmutter war in einem Sarg beerdigt worden; doch in der frisch aufgewühlten Erde sah man nur Holzsplitter, ein verrottetes Brett und etwas nicht genau zu erkennendes Weißes. Als ihm klar wurde, was er vor Augen hatte, wandte er den Kopf ruckartig ab und zwang sich, in die entgegengesetzte Richtung zu blicken; aber es war zu spät. Er hatte den mit Erde beschmutzten Schädel gesehen, an dem noch Strähnen weißer Haare hingen, und die leeren Augenhöhlen. Er hatte die Wirbel gesehen, die in der Erde verstreut herumlagen. Er hatte begriffen.

Der Mann stopfte immer noch die Überreste in den Plastiksack und warf Michel, der niedergeschlagen neben ihm stand, einen Blick zu. »Immer dasselbe ...«, brummte er. »Sie können es nicht lassen, sie müssen unbedingt hinsehen. So ein Sarg kann schließlich keine zwanzig Jahre halten!« sagte er beinah wütend. Michel blieb ein paar Schritte von ihm entfernt stehen, während der Mann den Inhalt des Sacks in die neue Gruft leerte. Als er mit der Arbeit fertig war, richtete er sich auf und ging auf Michel zu. »Geht's wieder?« Er nickte. »Der Grabstein wird morgen umgesetzt. Sie müssen noch das Register unterzeichnen.«

So war das also. So war das nach zwanzig Jahren. Mit Erde vermischte Knochen und die Masse der weißen Haare, die unglaublich *zahlreich* und lebendig waren. Er sah seine Großmutter wieder vor sich, wie sie vor dem Fernseher saß und stickte oder wie sie in die Küche ging. So war das. Als er an der *Bar des Sports* vorbeikam, merkte er, daß er zitterte. Er ging hinein, bestellte einen Pastis. Als er Platz genommen hatte, merkte er, daß die Innenausstattung ganz anders war, als er sie in Erinnerung hatte. Es gab einen Billardtisch, Videospiele und einen Fernseher, der Videoclips auf MTV zeigte. Auf der als Werbeplakat an die Wand gehefteten Titelseite von *Newlook* stand eine Schlagzeile über die Phantasmen von Zara Whites und den großen weißen Hai in Australien. Er nickte nach einer Weile leicht ein.

Annabelle erkannte ihn als erste. Sie hatte gerade eine Pakkung Zigaretten gekauft und ging auf den Ausgang zu, als sie ihn zusammengesunken auf der Bank sitzen sah. Sie zögerte zwei oder drei Sekunden, dann ging sie auf ihn zu. Er hob die Augen. »Das ist aber eine Überraschung ...«, sagte sie leise; dann setzte sie sich ihm gegenüber auf die mit Kunstleder bezogene Sitzbank. Sie hatte sich kaum verändert. Sie hatte noch immer ein unglaublich glattes, reines Gesicht und leuchtend blondes Haar; es war kaum zu glauben, daß sie vierzig war, man schätzte sie auf höchstens sieben- oder achtundzwanzig.

Sie war aus ähnlichen Gründen in Crécy wie er. »Mein Vater ist vor einer Woche gestorben«, sagte sie. »Darmkrebs. Es hat sich ziemlich lange hingezogen, er hat furchtbar gelitten. Ich bin eine Weile hiergeblieben, um Mama zu helfen. Ansonstens lebe ich in Paris – wie du.«

Michel senkte die Augen, es wurde einen Moment still. Am Nebentisch unterhielten sich zwei junge Männer über Karatekämpfe.

»Vor drei Jahren habe ich zufällig Bruno auf einem Flughafen getroffen. Er hat mir erzählt, daß du Forscher geworden bist, ein bedeutender Mann, eine Kapazität auf deinem Gebiet. Er hat mir auch erzählt, daß du nicht geheiratet hast. Mein Leben ist weniger glänzend, ich bin Bibliothekarin, in einer Stadtbibliothek. Ich habe auch nicht geheiratet. Ich habe oft an dich gedacht. Ich habe dich damals gehaßt, weil du nicht auf meine Briefe geantwortet hast. Das ist jetzt dreiundzwanzig Jahre her, aber manchmal denke ich noch daran.«

Sie begleitete ihn zum Bahnhof. Es wurde allmählich dunkel, es war fast sechs. Sie blieben auf der Brücke stehen, die über den Grand Morin führte. Sie waren von Wasserpflanzen, Kastanien und Weiden umgeben; das Wasser war ruhig und grün. Corot hatte diese Landschaft geliebt und sie mehrfach gemalt. Ein regungsloser Greis in seinem Garten wirkte wie eine Vogelscheuche. »Jetzt sind wir am gleichen Punkt angelangt«, sagte Annabelle. »Gleich weit vom Tod entfernt.«

Sie stieg auf das Trittbrett, um ihm, kurz bevor der Zug abfuhr, einen Kuß auf die Wangen zu drücken. »Wir sehen uns wieder«, sagte er. »Ja«, erwiderte sie.

Sie lud ihn am folgenden Samstag zum Abendessen ein. Sie wohnte in einem kleinen Appartement in der Rue Legendre. Sie lebte auf sehr begrenztem Raum, doch die Wohnung strahlte etwas Warmes aus – Decke und Wände waren mit dunklem Holz verkleidet, wie in einer Schiffskabine. »Ich wohne seit acht Jahren hier«, sagte sie. »Ich bin hier eingezogen, nachdem ich die Aufnahmeprüfung für Bibliothekare bestanden habe. Vorher habe ich bei TF1 gearbeitet, in der Abteilung für Koproduktionen. Ich hatte genug davon, das Fernsehmilieu ist nichts für mich. Durch den Berufswechsel verdiene ich nur noch ein Drittel dessen, was ich vorher bekommen habe, aber es ist besser so. Ich arbeite in der Stadtbibliothek des 17. Arrondissements, in der Kinderbuchabteilung.«

Sie hatte ein Lammcurry und ein indisches Linsengericht zubereitet. Während des Essens sprach Michel kaum. Er erkundigte sich bei Annabelle nach ihrer Familie. Ihr ältester Bruder hatte das väterliche Unternehmen übernommen. Er war verheiratet, hatte drei Kinder – einen Jungen und zwei Mädchen. Leider war die Firma in Schwierigkeiten gekommen, die Konkurrenz auf dem Gebiet der Präzisionsoptik war immer härter geworden, schon mehrere Male hätten sie fast Konkurs angemeldet; er tröstete sich über seine Sorgen hinweg, indem er Pastis trank und Le Pen wählte. Ihr anderer Bruder hatte in der Marketingabteilung von L'Oréal angefangen; vor kurzem hatte er eine Stelle in den USA übernommen – als Leiter der Marketingabteilung für Nordamerika; sie sahen ihn ziemlich selten. Er war geschieden, hatte keine Kinder. Zwei unterschiedliche Schicksale also, aber beide etwa gleichermaßen symptomatisch.

»Mein Leben ist nicht sehr glücklich verlaufen«, sagte Annabelle. »Ich glaube, ich habe der Liebe eine viel zu hohe Bedeutung beigemessen. Ich habe mich zu leicht den Männern hingegeben; sobald sie erreicht hatten, was sie wollten, haben sie mich fallengelassen, und ich habe sehr darunter gelitten. Die Männer gehen nicht mit einer Frau ins Bett, weil sie verliebt sind, sondern weil sie sexuell erregt sind; es hat Jahre gedauert, ehe ich diese banale Tatsache begriffen habe. Alle Leute um mich herum haben so gelebt, es war ein sehr freizügiges Milieu; aber diesem aufreizenden, verführerischen Gehabe habe ich nie etwas abgewinnen können. Selbst Sex hat mich schließlich angewidert; ich konnte das triumphierende Lächeln der Männer nicht mehr ertragen, wenn ich mein Kleid auszog, ihren bescheuerten Gesichtsausdruck, wenn sie einen Orgasmus hatten, und vor allem ihre Rüpelhaftigkeit, wenn der Akt vorbei war. Sie waren erbärmlich, schwach und eingebildet. Irgendwann hat man genug davon, als austauschbares Stück Vieh betrachtet zu werden – auch wenn ich als Prachtexemplar angesehen wurde, weil ich ihre ästhetischen Anforderungen tadellos erfüllte und sie stolz waren, mich ins Restaurant ausführen zu können. Nur einmal habe ich geglaubt, die Sache sei ernst, und bin mit einem Mann zusammengezogen. Er war Schauspieler und sah irgendwie sehr interessant aus, aber ihm ist nie der Durchbruch gelungen – und die Rechnungen für die Wohnung, die habe ich meistens bezahlt. Wir haben zwei Jahre zusammengelebt, dann wurde ich schwanger. Er hat mich gebeten, abzutreiben. Ich habe es getan, aber als ich aus dem Krankenhaus zurückkam, wußte ich, daß es vorbei war. Ich habe ihn noch am selben Abend verlassen und eine Weile im Hotel gewohnt. Ich war dreißig, es war meine zweite Abtreibung, und ich hatte die Nase gestrichen voll. Das war 1988, damals fingen die Leute an, sich der Gefahr von Aids bewußt zu werden, ich habe das wie eine Erlösung empfunden. Ich hatte mit Dutzenden von Männern geschlafen, und keiner von ihnen verdient es, daß man sich an ihn erinnert. Heute sind wir der Ansicht, daß es eine Zeit im Leben gibt, in der man ausgeht und sich amüsiert; und anschließend taucht das Bild des Todes vor uns auf. Alle Männer, die ich kennengelernt habe, hatten furchtbare Angst vorm Altern, sie dachten ständig an ihr Alter. Die Zwangsvorstellung vom Alter fängt schon sehr früh an – ich habe es schon bei Fünfundzwanzigjährigen festgestellt – und anschließend wird es immer schlimmer. Ich habe beschlossen, mit der Sache aufzuhören und auszusteigen. Ich führe jetzt ein ruhiges Leben, ohne große Freuden. Abends lese ich, trinke Kräutertees oder andere warme Getränke. An jedem Wochenende fahre ich zu meinen Eltern und kümmere mich viel um meinen Neffen und meine Nichten. Manchmal hätte ich einen Mann nötig, das stimmt, ich habe nachts Angst und Schwierigkeiten, einzuschlafen. Es gibt zwar Beruhigungsmittel und Schlaftabletten; aber das reicht nicht aus. In Wirklichkeit wäre es mir am liebsten, wenn das Leben sehr schnell vorübergehen würde.«

Michel blieb stumm; er war nicht überrascht. Die meisten Frauen verleben eine aufregende Jugend, sie interessieren sich sehr für Jungen und für Sex; und nach und nach werden sie es leid, haben keine große Lust mehr, die Schenkel zu spreizen, sich auf den Rücken zu legen, um ihre Muschi hinzuhalten; sie suchen eine zärtliche Beziehung, die sie nicht finden, eine Leidenschaft, zu der sie kaum noch fähig sind; und dann beginnen für sie die schwierigen Jahre.

Als die Bettcouch ausgezogen war, nahm sie fast den ganzen freien Raum ein. »Es ist das erstemal, daß ich sie benutze«, sagte sie. Sie legten sich nebeneinander und umarmten sich.

»Ich nehme schon seit langem keine Verhütungsmittel mehr und habe keine Kondome im Haus. Hast du welche dabei?«

»Nein ...« Er lächelte bei diesem Gedanken.

»Möchtest du, daß ich ihn in den Mund nehme?«

Er dachte einen Augenblick nach und sagte schließlich: »Ja.« Es war angenehm, aber er empfand keine große Lust (im Grunde hatte er nie sehr große Lust empfunden; die sexuelle Lust, die bei manchen Menschen sehr stark ist, ist bei anderen begrenzt, ja unbedeutend; ist das eine Frage der Erziehung, der Neuronenketten oder was?). Diese Fellatio war vor allem ergreifend: Sie war das Symbol ihres Wiedersehens, ihres unterbrochenen Schicksals. Doch es war wunderschön, Annabelle anschließend in den Arm zu nehmen, als sie sich auf die Seite drehte, um zu schlafen. Ihr Körper war geschmeidig und sanft, warm und unglaublich glatt; sie hatte eine sehr schmale Taille, breite Hüften und kleine, feste Brüste. Er schob sein Knie zwischen ihre Beine, legte eine Hand auf ihren Bauch und die andere auf ihre Brüste; diese Sanftheit, diese Wärme versetzte ihn an den Beginn der Welt. Er schlief fast augenblicklich ein.

Zunächst sah er einen Mann, ein vom Raum bekleidetes Segment; nur sein Gesicht war unverhüllt. Mitten im Gesicht leuchteten die Augen; ihr Ausdruck war schwer zu entziffern. Ihm gegenüber befand sich ein Spiegel. Beim ersten Blick in den Spiegel hatte der Mann das Gefühl, ins Leere zu fallen. Aber er hatte sich niedergelassen, sich hingesetzt; er hatte sein Spiegelbild als etwas Losgelöstes betrachtet, wie eine von ihm unabhängige geistige Erscheinung, die sich anderen vermitteln ließ; nach einer Minute ließ ihn der Anblick ziemlich gleichgültig. Aber sobald er nur ein paar Sekunden den Kopf abwandte, mußte alles neu begonnen werden; wie bei der Akkommodation des Auges an einen Gegenstand in großer Nähe, mußte er wieder mühsam das Gefühl der Identifikation mit seinem eigenen Bild zerstören. Das Ich ist eine unregelmäßig auftretende Neurose, und der Mensch war noch weit davon entfernt, geheilt zu sein.

Anschließend sah er eine weiße Wand, in derem Inneren sich Buchstaben bildeten. Nach und nach verdickten sich diese Buchstaben und formten auf der Wand ein sich bewegendes Flachrelief, das von einer widerlichen Pulsierung belebt war. Zunächst erschien das Wort »FRIEDEN«, dann das Wort »KRIEG«, schließlich wieder das Wort »FRIEDEN«. Dann hörte das Phänomen mit einem Schlag auf; die Oberfläche der Mauer wurde wieder glatt. Die Luft verflüssigte sich, wurde von einer Welle durchlaufen; die Sonne war riesig und gelb. Er sah die Stelle, an der sich die Wurzel der Zeit bildete. Diese Wurzel entsandte Fortsätze durch die Welt, Ranken, die in der Nähe des Zentrums knotig, an ihren Enden klebrig und frisch waren. Diese Ranken umschlangen, fesselten und klebten die Segmente des Raums zusammen.

Er sah das Gehirn des toten Mannes, Segment des Raums, das den Raum enthielt.

Als letztes sah er das geistige Aggregat des Raums und dessen Gegenteil. Er sah den geistigen Konflikt, der den Raum strukturierte, und sein Verschwinden. Er sah den Raum wie eine ganz dünne Linie, die zwei Sphären durchtrennte. In der ersten Sphäre befand sich das Sein und die Trennung; in der zweiten Sphäre das Nichtsein und das individuelle Verschwinden. Ruhig, ohne zu zögern, wandte er sich um und bewegte sich auf die zweite Sphäre zu.

Er schob die Bettdecke zur Seite und richtete sich auf. Annabelle atmete regelmäßig neben ihm. Sie hatte einen würfelförmigen Sony-Wecker, der 03:37 anzeigte. Konnte er wieder einschlafen? Er mußte wieder einschlafen. Er hatte Xanax-Tabletten mitgebracht.

Am nächsten Morgen kochte sie ihm einen Kaffee; sie selbst trank Tee und aß Toastbrot. Der Tag war schön, aber schon ein wenig kühl. Sie betrachtete seinen nackten Körper, der noch immer sehr schlank war und seltsam jugendlich wirkte. Sie waren vierzig, und das war kaum zu glauben. Und dennoch konnte sie keine Kinder mehr bekommen, ohne das nicht unerhebliche Risiko einer genetischen Mißbildung einzugehen; seine Potenz hatte bereits weitgehend nachgelassen. Im Hinblick auf die Interessen der Gattung waren sie zwei alternde Individuen von mäßigem genetischen Wert. Sie hatte ein bewegtes Leben hinter sich; hatte Kokain genommen, an Sexparties teilgenommen, in Luxushotels geschlafen. Da sie aufgrund ihrer Schönheit in das Zentrum der Bewegung für die sexuelle Befreiung geraten war, die ihre ganze Jugend bestimmt hatte, hatte sie besonders darunter gelitten – und sollte letztlich ihr Leben dafür lassen. Er dagegen, der aus Gleichgültigkeit nur am Rand dieser Bewegung, wie auch des menschlichen Lebens oder überhaupt von allem, gestanden hatte, war nur oberflächlich davon betroffen worden; er hatte sich damit begnügt, ein treuer Kunde des Monoprix seines Viertels zu sein und die Forschungsarbeiten in der Molekularbiologie zu koordinieren. Diese so unterschiedlichen Lebensweisen hatten nur wenige sichtbare Spuren auf ihren jeweiligen Körpern hinterlassen; aber das Leben selbst hatte sein zerstörerisches Werk vollzogen und langsam die Replikationsfähigkeiten ihrer Zellen und Zellorganellen herabgesetzt. Als intelligente Säugetiere, die sich hätten lieben können, betrachteten sie sich in der großen Helligkeit dieses Herbstmorgens. »Ich weiß, daß es ziemlich spät ist«, sagte sie. »Aber ich habe trotzdem Lust, es zu versuchen. Ich habe noch meine Schülerkarte für die Bahn aus dem Schuljahr 74/75, dem letzten Jahr, in dem wir gemeinsam aufs Gymnasium gegangen sind. Jedesmal, wenn ich sie ansehe, würde ich am liebsten weinen. Ich verstehe nicht, wieso die Dinge so beschissen verlaufen sind. Ich kann es einfach nicht glauben.«

19

Inmitten des Selbstmords der westlichen Welt war es klar, daß sie keine Chance hatten. Dennoch trafen sie sich weiterhin ein- oder zweimal in der Woche. Annabelle ging zu einem Gynäkologen und begann wieder, die Pille zu nehmen. Michel gelang es, sie zu penetrieren, aber am liebsten war es ihm, wenn er einfach neben ihr schlief und ihr lebendiges Fleisch spürte. Eines Nachts träumte er von einem Erlebnispark in Rouen auf dem rechten Seineufer. Ein fast leeres Riesenrad drehte sich vor dem aschgrauen Himmel und überragte die Silhouetten von gestrandeten Frachtdampfern mit rostzerfressenen Metallaufbauten. Er ging zwischen Baracken in stumpfen und zugleich grellen Farben her; ein eisiger, regnerischer Wind peitschte ihm ins Gesicht. Als er gerade den Ausgang des Parks erreichte, wurde er von Jugendlichen in Lederkleidung angegriffen, die mit Rasierklingen bewaffnet waren. Nachdem sie ihm einige Minuten lang hart zugesetzt hatten, ließen sie ihn laufen. Seine Augen bluteten, er wußte, daß er für immer blind sein würde, und seine rechte Hand war halb abgetrennt; aber gleichzeitig wußte er, daß Annabelle trotz des Bluts und des Leidens an seiner Seite bleiben und ihn ewig mit ihrer Liebe umgeben würde.

Zu Allerheiligen fuhren sie am Wochenende gemeinsam nach Soulac in das Ferienhaus von Annabelles Bruder. Am Morgen nach ihrer Ankunft gingen sie gemeinsam an den Strand. Er fühlte sich müde und ließ sich auf einer Bank nieder, während sie den Spaziergang fortsetzte. Das Meer donnerte in der Ferne, rollte silbergrau und schwankend heran. Die sich auf den Sandbänken brechenden Wellen erzeugten im Sonnenschein einen schönen glitzernden Dunst am Horizont. Annabelles Silhouette, die in ihrer hellen Windjacke kaum zu erkennen war, ging an der Wasserfläche entlang. Ein alter Schäferhund lief zwischen den weißen Plastiktischen und -stühlen des Strandcafés hin und her, auch das Café war nur schlecht zu erkennen und wirkte im Dunst aus Luft, Wasser und Sonne verschwommen.

Zum Abendessen grillte sie einen Seebarsch; die Gesellschaft, in der sie lebten, gewährte ihnen einen gewissen Überschuß hinsichtlich der bloßen Befriedigung ihrer Nahrungsbedürfnisse; sie konnten also versuchen zu leben; aber in Wirklichkeit hatten sie kaum noch Lust dazu. Er empfand Mitgefühl für sie und für die großen Liebesreserven, die, wie er spürte, in ihr bebten und die das Leben verdorben hatte; er empfand Mitgefühl, und das war vielleicht die einzige menschliche Empfindung, die sein Herz noch rühren konnte. Ansonsten war sein Körper von einer eisigen Zurückhaltung erfüllt; er konnte wirklich nicht mehr lieben.

Als sie wieder in Paris waren, erlebten sie ein paar frohe Momente, wie man sie aus der Parfümwerbung kennt (gemeinsam die Treppen von Montmartre hinablaufen; oder eng umschlungen auf dem Pont des Arts stehenbleiben, der plötzlich von den Scheinwerfern der Seinedampfer erleuchtet wird, während die Schiffe wenden). Sie erlebten auch die kleinen Meinungsverschiedenheiten am Sonntagnachmittag, die Augenblicke der Stille, in denen sich der Körper unter den Bettlaken zusammenrollt, die Zeiträume der Stille und Langeweile, in denen sich das Leben auflöst. Annabelles Appartement war düster, ab vier Uhr nachmittags mußten sie das Licht einschalten. Sie waren manchmal traurig, aber vor allem waren sie ernst. Sie wußten beide, daß sie zum letzten Mal in ihrem Leben eine richtige menschliche Beziehung hatten, und dieses Gefühl verlieh jeder Minute, die sie zusammen verbrachten, etwas Herzzerreißendes. Sie achteten sich gegenseitig sehr und empfanden tiefes Mitleid mit dem anderen. Dennoch erlebten sie an manchen Tagen, an denen sie die Gnade eines unvorhergesehenen Zaubers erfuhren, erfrischende, sonnige Momente; doch meistens spürten sie einen grauen Schatten, der sich über sie und die Erde breitete, die sie trug, und in allem sahen sie das Ende nahen.

20

Auch Bruno und Christiane waren nach Paris zurückgekehrt, etwas anderes wäre undenkbar gewesen. Am Morgen seines ersten Arbeitstags dachte er an den ihm unbekannten Arzt, der ihnen dieses unglaubliche Geschenk gemacht hatte: zwei Wochen unberechtigten Krankheitsurlaub; dann machte er sich auf den Weg zu seinem Büro in der Rue de Grenelle. Als er im obersten Stockwerk ankam, wurde ihm plötzlich bewußt, daß er braun gebrannt und topfit war und die Situation geradezu lächerlich war; ihm wurde ebenfalls bewußt, daß ihm das scheißegal war. Seine Kollegen, ihre Wochenendseminare, die humanistische Ausbildung der Jugendlichen, das interkulturelle Verständnis … all das war in seinen Augen auf einmal völlig unwichtig. Christiane lutschte ihm den Schwanz und kümmerte sich um ihn, wenn er krank war; Christiane war wichtig. In dieser Minute wußte er, daß er seinen Sohn nie wiedersehen würde.

Christianes Sohn Patrice hatte die Wohnung in saumäßigem Zustand hinterlassen: der Fußboden war mit zertretenen Pizzaresten, Cola-Dosen und verglühten Kippen übersät. Sie zögerte einen Augenblick, überlegte, ob sie ins Hotel gehen sollte; dann beschloß sie, sauberzumachen und alles wieder in Ordnung zu bringen. Noyon war eine schmutzige, uninteressante, gefährliche Stadt; sie gewöhnte sich an, jedes Wochenende nach Paris zu kommen. Fast jeden Samstag gingen sie in einen Swinger-Club – ins *2+2*, *Chris et Manu*, ins *Chandelles*. Ihr erster Abend bei *Chris et Manu* sollte Bruno in außerordentlich lebhafter Erinnerung bleiben. Neben der Tanzfläche waren mehrere Räume mit seltsamer lilafarbener Beleuchtung; darin standen mehrere Betten nebeneinander. Überall waren Paare, die vögelten, sich gegenseitig streichelten oder leckten. Die meisten Frauen waren nackt; manche hatten eine Bluse oder ein T-Shirt anbehalten oder sich damit begnügt, ihr Kleid hochzuziehen. Im größten Raum befanden sich etwa zwanzig Paare. Fast niemand sagte etwas; man hörte nur das Summen der Klimaanlage und das Keuchen der Frauen, die kurz vor dem Orgasmus waren. Er setzte sich auf ein Bett direkt neben einer großen Dunkelhaarigen mit schweren Brüsten, die sich von einem etwa fünfzigjährigen Typen lecken ließ, der Oberhemd und Krawatte anbehalten hatte. Christiane knöpfte seine Hose auf, begann, ihn zu wichsen und sah sich dabei nach allen Seiten um. Ein Mann näherte sich und schob ihr die Hand unter den Rock. Sie hakte den Verschluß auf, und der Rock glitt auf den Teppichboden; sie trug nichts darunter. Der Mann kniete sich hin und begann sie zu streicheln, während sie Bruno wichste. Auf dem Bett neben ihm stöhnte die Dunkelhaarige immer lauter; er nahm ihre Brüste in die Hände. Er hatte einen Steifen wie ein Stier. Christianes Mund näherte sich seinem Glied und sie begann, mit der Zungenspitze die Furche und den Wulst seiner Eichel zu kitzeln. Ein anderes Paar setzte sich neben sie; die Frau, eine kleine Rothaarige von Anfang Zwanzig trug einen Minirock aus schwarzem Kunstleder. Sie blickte Christiane an, die Bruno leckte; Christiane lächelte ihr zu und schob ihr T-Shirt hoch, um ihr ihre Brüste zu zeigen. Die andere schob ihren Rock hoch und ließ ihre dicht behaarte, gleichfalls rothaarige Möse sehen. Christiane nahm ihre Hand und führte sie zu Brunos Glied. Die Frau begann, ihn zu wichsen, während Christiane wieder mit ihrer Zunge näherkam. Mit einem Zucken unbeherrschbarer Lust ejakulierte er wenige Sekunden später auf ihr Gesicht. Er richtete sich ruckartig auf und nahm sie in die Arme. »Es tut mir leid«, sagte er, »tut mir wirklich leid.« Sie küßte ihn, drückte ihn an sich, und er spürte seinen Samen auf ihren Wangen. »Das macht nichts«, sagte sie zärtlich, »das macht überhaupt nichts. Sollen wir gehen?« schlug sie wenig später vor. Er stimmte traurig zu, seine Erregung war völlig abgeflaut. Sie zogen sich schnell wieder an und gingen gleich darauf.

In den folgenden Wochen gelang es ihm, sich etwas besser zu beherrschen, und das war der Beginn einer guten Zeit, einer glücklichen Zeit. Sein Leben hatte jetzt einen Sinn, zumindest während der Wochenenden, die er mit Christiane verbrachte. In der FNAC entdeckte er in der Gesundheitsabteilung ein Buch, in dem eine amerikanische Sexologin versuchte, den Männern mit Hilfe einer Reihe von stufenweise aufgebauten Übungen beizubringen, ihre Ejakulation zu beherrschen. Es handelte sich im wesentlichen darum, einen kleinen bogenförmigen Muskel zu stärken – den Scham-Steißbeinmuskel –, der sich direkt unter den Hoden befand. Durch eine plötzliche, starke Anspannung dieses Muskels kurz vor dem Orgasmus bei gleichzeitigem tiefen Einatmen war es im Prinzip möglich, die Ejakulation zu vermeiden. Bruno begann, diese Übungen zu machen; dieses Ziel war es wert, daß man sich etwas Mühe gab. Jedesmal, wenn sie ausgingen, verblüffte es ihn, wenn er Männer sah, die manchmal älter waren als er und die mehrere Frauen hintereinander penetrierten und sich stundenlang wichsen und lutschen ließen, ohne daß ihre Erektion jemals nachließ. Außerdem stellte er beschämt fest, daß die meisten einen viel längeren Schwanz hatten als er. Christiane sagte ihm immer wieder, daß das nichts mache, daß ihr das völlig unwichtig sei. Er glaubte ihr, denn sie war sichtlich verliebt; aber er hatte trotzdem das Gefühl, daß die meisten Frauen, die er in diesen Nachtklubs traf, leicht enttäuscht waren, wenn er sein Glied herausholte. Es hatte nie eine Bemerkung gegeben, die Höflichkeit aller Anwesenden war beispielhaft, die Atmosphäre freundlich und nett; aber es gab Blicke, die nicht täuschten, und nach und nach wurde ihm klar, daß er auch auf sexuellem Niveau den Anforderungen nicht ganz gewachsen war. Dennoch erlebte er Augenblicke unerhörter, überwältigender Lust, an der Grenze zur Ohnmacht, die ihm ein regelrechtes Gebrüll entrissen; aber das hatte nichts mit männlicher Potenz zu tun, sondern eher mit einer sehr ausgeprägten Empfindlichkeit der Organe. Außerdem streichelte er sehr gut, Christiane hatte es ihm oft gesagt, und er wußte, daß es stimmte, es kam ganz selten vor, daß es ihm nicht gelang, eine Frau zum Orgasmus zu bringen. Gegen Mitte Dezember stellte er fest, daß Christiane etwas abnahm und ihr Gesicht mit roten Flecken bedeckt war. Ihr Rückenleiden werde nicht besser, sagte sie, sie sei gezwungen, immer stärkere Medikamente einzunehmen; der Gewichtsverlust und die roten Flecken seien nur die Nebenwirkungen der Medikamente. Sie hatte sehr schnell das Thema gewechselt; er spürte ihre Verlegenheit und behielt einen Eindruck des Unbehagens zurück. Sie war bestimmt fähig, die Unwahrheit zu sagen, um ihn nicht zu beunruhigen: Sie war zu sanft, zu liebenswürdig. Samstag abends kochte sie im allgemeinen etwas, sie aßen sehr gut; und dann gingen sie in einen Nachtklub. Sie trug geschlitzte Röcke, durchsichtige Blusen, Strapse oder manchmal einen im Schritt geschlitzten Body. Ihre Möse war weich, erregend und sofort feucht. Es waren wunderbare Abende, er hatte nie zu hoffen gewagt, so etwas zu erleben. Manchmal, wenn sich Christiane von einem Mann nach dem anderen penetrieren ließ, spielte ihr Herz verrückt, schlug ein bißchen zu schnell, und plötzlich brach ihr so heftig der Schweiß aus, daß Bruno Angst bekam. Dann hörten sie auf; sie schmiegte sich in seine Arme, küßte ihn, streichelte ihm das Haar und den Hals.

21

Natürlich gab es auch für sie keinen Ausweg. Die Männer und Frauen, die Swinger-Clubs besuchen, geben sehr bald die Suche nach sexueller Lust (die Feingefühl, Empfindsamkeit und langsames Vorgehen erfordert) zugunsten einer phantasmagorischen sexuellen Aktivität auf, die im Prinzip ziemlich unaufrichtig ist, da sie fast nur die *gang bang*-Szenen der neuesten Pornos nachahmt, die auf Canal Plus gesendet werden. Als Huldigung an Karl Marx, der den rätselhaften Begriff des »tendenziellen Falls der Profitrate« einer schädlichen Entelechie gleich in den Mittelpunkt seines Systems gestellt hat, wäre es verlockend, im Mittelpunkt des libertären Systems, in das Bruno und Christiane gerade Eingang gefunden hatten, die Existenz des Prinzips eines tendenziellen Falls der Lustrate zu postulieren; doch das wäre zugleich summarisch und falsch. Das sexuelle Begehren und die sexuelle Lust, die im wesentlichen sekundäre kulturelle, anthropologische Phänomene sind, sagen letztlich so gut wie nichts über die Sexualität aus; sie sind keineswegs bestimmende, sondern im Gegenteil zutiefst soziologisch bestimmte Faktoren. In einem monogamen System, das auf Romantik und Liebe basiert, können sie nur durch die Vermittlung des geliebten Wesens und durch das Prinzip der Ausschließlichkeit erreicht werden. Das sexuelle Modell, das in der liberalen Gesellschaft, in der Bruno und Christiane lebten, durch die offizielle Kultur (Werbung, Zeitschriften, soziale Einrichtungen und Gesundheitsbehörden) propagiert wurde, war das Modell des *Abenteuers*: Innerhalb eines solchen Systems tauchen sexuelles Begehren und sexuelle Lust im Anschluß an einen Prozeß der *Verführung* auf, der den Akzent auf das Neue, die Leidenschaft und die individuelle Kreativität legt (also jene Eigenschaften, die im übrigen auch von den Angestellten im Rahmen ihres Berufslebens verlangt werden). Die Entwertung geistiger und moralischer Verführungskriterien zugunsten rein körperlicher Kriterien führte dazu, daß die Stammgäste der Swinger-Clubs nach und nach zu einem leicht modifizierten System übergingen, das man als Phantasma der offiziellen Kultur betrachten konnte: das an *Sade* orientierte System. Innerhalb eines solchen Systems sind die Schwänze ausnahmslos steif und überdimensional, die Brüste mit Silikon aufgeblasen und die Mösen enthaart und naß. Die weiblichen Stammgäste der Swinger-Clubs, zumeist Leserinnen von *Connexion* oder *Hot Video*, setzten sich für ihre Abende ein einfaches Ziel: sich von möglichst vielen langen Schwänzen rammeln zu lassen. Die nächste Etappe stellten für sie im allgemeinen die SM-Klubs dar. Der Orgasmus ist eine Frage der Gewohnheit, hätte Pascal vermutlich gesagt, wenn er sich für solche Dinge interessiert hätte.

Mit seinem Schwanz von dreizehn Zentimeter Länge und seinen immer seltener werdenden Erektionen (seine Erektionen hatten nie sehr lange angehalten, außer in seiner frühen Jugend, und die Latenzzeit zwischen zwei Ejakulationen hatte sich seitdem erheblich verlängert; er war auch nicht mehr der jüngste) war Bruno im Grunde an solchen Orten völlig fehl am Platz. Dennoch war er glücklich, daß ihm mehr Mösen und Münder zur Verfügung standen, als er je zu träumen gewagt hätte; und dafür fühlte er sich Christiane zu Dank verpflichtet. Die angenehmsten Augenblicke waren für ihn jene, in denen sie andere Frauen streichelte; ihre Partnerinnen waren stets entzückt darüber, mit welch flinker Zunge und mit was für geschickten Händen sie deren Klitoris entdeckte und reizte; wenn diese Frauen sich jedoch entschlossen, sich zu revanchieren, stellte sich im allgemeinen leider herbe Enttäuschung ein. Ihre Mösen, durch serienmäßige Penetrationen und brutale (häufig mit mehreren

Fingern oder sogar mit der ganzen Hand praktizierte) Fingerübungen übermäßig geweitet, waren etwa ebenso empfindsam wie ein Schmalzblock. Vom hektischen Rhythmus der Darstellerinnen in den herkömmlichen Pornofilmen inspiriert, wichsten sie seinen Schwanz mit einer lächerlichen, brutalen Kolbenbewegung wie einen unempfindlichen Fleischstengel (die ständige Präsenz von Techno-Musik anstelle von Rhythmen mit subtilerer Sinnlichkeit spielte beim übertrieben mechanischen Charakter ihrer Leistungen gewiß ebenfalls eine Rolle). Er ejakulierte schnell und ohne wirkliche Lust; für ihn war damit der Abend gelaufen. Sie blieben noch eine gute halbe Stunde; Christiane ließ sich ununterbrochen penetrieren und versuchte dabei – im allgemeinen vergeblich –, seine Potenz wiederzubeleben. Morgens, wenn sie aufwachten, schliefen sie erneut miteinander; die Bilder aus der vergangenen Nacht kamen ihm wieder in sanfterer Form im Halbschlaf vor Augen; das waren dann außerordentlich zärtliche Augenblicke.

Die ideale Lösung hätte vermutlich darin bestanden, einige ausgewählte Paare einzuladen, den Abend zu Hause zu verbringen und freundschaftlich plaudernd ein paar Zärtlichkeiten auszutauschen. Sie würden bald diesen Weg einschlagen, Bruno war zutiefst davon überzeugt; er mußte auch die Übungen zur Muskelstärkung, die diese amerikanische Sexologin vorschlug, wieder machen; seine Geschichte mit Christiane, die ihm mehr Freude eingebracht hatte als jedes andere Ereignis in seinem Leben, war eine wichtige und ernste Angelegenheit. Zumindest meinte er das manchmal, wenn er zusah, wie sie sich ankleidete oder sich in der Küche zu schaffen machte. Wenn sie jedoch die übrige Woche fern von ihm verbrachte, hatte er meistens das Gefühl, daß es sich um einen schlechten Scherz handele, den letzten bösen Streich, den ihm das Dasein spielte. Unser Unglück erreicht erst dann seinen Tiefpunkt, wenn die in greifbare Nähe gerückte praktische Möglichkeit des Glücks erblickt worden ist.

Der Unfall ereignete sich in einer Nacht im Februar, als sie bei *Chris et Manu* waren. Bruno lag auf einer Matratze im größten Raum, den Kopf auf mehrere Kissen gebettet, und ließ sich von Christiane lutschen; er hielt ihre Hand. Sie kniete mit weit gespreizten Beinen über ihm und präsentierte ihren Hintern den Männern, die hinter ihr vorbeigingen, ein Kondom überzogen und sie nacheinander nahmen. Fünf Männer hatten sich bereits abgelöst, ohne daß sie ihnen einen Blick zugeworfen hatte; mit halbgeschlossenen Augen ließ sie wie in einem Traum ihre Zunge über Brunos Glied gleiten und erforschte Zentimeter um Zentimeter. Plötzlich stieß sie einen kurzen Schrei aus, einen einzigen. Der Typ hinter ihr, ein großer, starker Kerl mit lockigem Haar, penetrierte sie weiterhin gewissenhaft mit kräftigen Hüftbewegungen; sein Blick war leer und ziemlich unaufmerksam. »Aufhören! Aufhören!« keuchte Bruno; er hatte den Eindruck, zu schreien, doch seine Stimme versagte, er hatte nur ein leises Röcheln von sich gegeben. Er sprang auf und stieß den Typen, der mit aufgerichtetem Glied und hängenden Armen verwirrt dastand, roh zurück. Christiane war mit schmerzverzerrtem Gesicht auf die Seite gesunken. »Kannst du dich bewegen?« fragte er. Sie schüttelte den Kopf; er eilte zur Bar, bat darum, zu telefonieren. Der Krankenwagen traf zehn Minuten später ein. Alle Teilnehmer hatten sich wieder angekleidet; in völliger Stille sahen sie zu, wie die Sanitäter Christiane hochhoben und auf eine Bahre legten. Bruno stieg in den Krankenwagen und setzte sich neben sie; sie waren ganz in der Nähe des Krankenhauses Hôtel-Dieu. Er wartete mehrere Stunden auf dem mit Linoleum ausgelegten Flur, dann kam der Stationsarzt und teilte ihm mit, daß sie jetzt schlafe; es bestehe keine Lebensgefahr.

Im Lauf des Sonntags wurde eine Rückenmarkprobe entnommen; Bruno kehrte gegen sechs ins Krankenhaus zurück. Es war schon dunkel, ein leichter, kalter Regen ging auf die Seine nieder. Christiane saß im Bett, man hatte ihr mehrere Kissen in den Rücken gestopft. Sie lächelte, als sie ihn sah. Die Diagnose war einfach: Die Nekrose ihrer Steißbeinwirbel hatte ein unheilbares Stadium erreicht. Sie hatte schon seit mehreren Monaten damit gerechnet, es konnte von einem Tag auf den anderen geschehen; die Medikamente hatten erlaubt, den Prozeß hinauszuzögern, ohne ihn jedoch aufhalten zu können. Jetzt würde sich ihr Zustand nicht mehr verändern, man brauchte keine Komplikationen zu befürchten; aber ihre Beine würden für immer gelähmt sein.

Zehn Tage später wurde sie aus dem Krankenhaus entlassen; Bruno war da. Jetzt hatte sich die Situation geändert; das Leben zeichnet sich durch lange Zeiten unbestimmter Langeweile aus, meistens ist es ausgesprochen trübselig; und plötzlich taucht eine Abzweigung auf, und diese Abzweigung stellt sich als endgültig heraus. Christiane würde künfig eine Invalidenrente beziehen, sie brauchte nie mehr zu arbeiten; sie hatte sogar Anrecht auf eine kostenlose Haushaltshilfe. Sie kam ihm im Rollstuhl entgegen und stellte sich dabei noch etwas unbeholfen an – man mußte erst lernen damit umzugehen, und sie hatte nicht genügend Kraft in den Unterarmen. Er küßte sie auf die Wangen, dann auf die Lippen. »Jetzt kannst du zu mir ziehen«, sagte er, »in meine Wohnung in Paris.« Sie hob den Kopf, blickte ihm in die Augen; er konnte ihrem Blick nicht standhalten. »Bist du sicher?« fragte sie leise, »bist du sicher, daß du das willst?« Er antwortete nicht; zumindest antwortete er nicht sogleich. Nach einem halbminütigen Schweigen fügte sie hinzu: »Fühl dich nicht gezwungen. Du hast noch eine Weile zu leben; du bist nicht gezwungen, den Rest deines Lebens damit zu verbringen, dich um einen Krüppel zu kümmern.« Die Elemente des gegenwärtigen Bewußtseins sind unserer Sterblichkeit nicht mehr angemessen. Noch nie, zu keiner Zeit und in keiner anderen Zivilisation hat man so lange und so beständig an sein Alter gedacht; jeder hat eine einfache Zukunftsperspektive im Auge: Es wird einen Zeitpunkt geben, zu dem die Summe der Sinnenfreuden, die man noch vom Leben zu erwarten hat, geringer ist als die Summe der Schmerzen (kurz gesagt, man spürt tief im Inneren, wie sich der Zähler dreht – und der Zähler dreht sich immer in derselben Richtung). Diese rationale Bilanz der Sinnenfreuden und Schmerzen, die jeder früher oder später zu ziehen gezwungen ist, führt ab einem gewissen Alter unweigerlich zum Selbstmord. In dieser Hinsicht ist die Feststellung amüsant, daß sowohl Deleuze wie auch Debord, zwei hochangesehene Intellektuelle des ausgehenden Jahrhunderts, ohne triftigen Grund Selbstmord begangen haben, ganz einfach, weil sie die Aussicht ihres körperlichen Verfalls nicht ertragen haben. Diese Selbstmorde haben weder Erstaunen noch Kommentare ausgelöst; ganz allgemein gesehen betrachten wir heute den in hohem Alter verübten Selbstmord – bei weitem der häufigste – als etwas völlig Logisches. Auch die Reaktion der Öffentlichkeit auf einen möglichen Terroranschlag läßt sich als symptomatisches Zeichen anführen: In fast allen Fällen ist es den Leuten lieber, auf der Stelle getötet, als verstümmelt oder auch nur entstellt zu werden. Zum Teil natürlich, weil sie das Leben ein wenig leid sind; vor allem aber, weil nichts, und nicht einmal der Tod, ihnen so furchtbar vorkommt, wie ein Leben als Krüppel.

Er bog auf der Höhe von La Chapelle-en-Serval ab. Das einfachste wäre gewesen, auf der Fahrt durch den Compiègner Wald vor einen Baum zu fahren. Er hatte ein paar Sekunden zu lange gezögert; die arme Christiane. Er hatte auch ein paar Tage zu lange gezögert, ehe er sie anrief; er wußte, daß sie mit ihrem Sohn allein in ihrer Sozialwohnung war, und stellte sich vor, wie sie in ihrem Rollstuhl in der Nähe des Telefons saß und wartete. Nichts zwang ihn, sich um einen Krüppel zu kümmern, das hatte sie gesagt, und er wußte, daß sie gestorben war, ohne ihn zu hassen. Man hatte den zertrümmerten Rollstuhl unten vor den letzten Treppenstufen in der Nähe der Briefkästen gefunden. Ihr Gesicht war angeschwollen und das Genick gebrochen.

Bruno stand auf der Liste der »Personen, die im Fall eines Unfalls zu benachrichtigen sind«; sie war auf der Fahrt ins Krankenhaus gestorben.

Der Bestattungskomplex befand sich ein wenig außerhalb von Noyon auf der Straße nach Chauny; direkt hinter Baboeuf mußte er abbiegen. Zwei Angestellte in blauem Arbeitsanzug warteten in einer weißen, überhitzten in Fertigbauweise errichteten Halle mit vielen Heizkörpern, die ein wenig wie ein Klassenraum in einer Berufsschule wirkte. Durch die Glaswände sah man die niedrigen, modernen Wohnhäuser einer Siedlung. Der noch offene Sarg ruhte auf zwei Böcken. Bruno näherte sich, sah Christianes Körper und spürte, wie er nach hinten stürzte; sein Kopf schlug hart auf den Boden. Die Angestellten halfen ihm vorsichtig auf. »Weinen Sie! Sie müssen weinen!...« beschwörte ihn der Ältere der beiden mit drängender Stimme. Er schüttelte den Kopf; er wußte, daß es ihm nicht gelingen würde. Christianes Körper würde sich nicht mehr bewegen, würde nicht mehr atmen, nicht mehr reden können. Christianes Körper würde nicht mehr lieben können, kein mögliches Schicksal wartete mehr auf diesen Körper, und das war allein seine Schuld. Diesmal waren alle Karten gemischt, alle Spiele gespielt und die letzte Runde ausgeteilt worden, und sie endete mit einer endgültigen Niederlage. Wie schon seine Eltern vor ihm, war auch er nicht zur Liebe fähig gewesen. Als schwebe er mehrere Zentimeter über dem Boden, sah er mit seltsamer Distanz aller Sinne, wie die Angestellten den Deckel mit Hilfe eines Bohrschraubers befestigten. Er folgte ihnen bis zur »Schweigemauer«, einer drei Meter hohen Mauer aus grauem Beton, in der die Grabnischen übereinander angeordnet waren; etwa die Hälfte von ihnen waren leer. Der ältere der beiden Angestellten blickte auf seinen Laufzettel und ging auf die Nische 632 zu; sein Kollege folgte ihm mit dem Sarg, den er auf einer Sackkarre vor sich herschob. Die Luft war feucht und kühl, es begann sogar zu regnen. Die Nische 632 befand sich auf halber Höhe, etwa einen Meter fünfzig über dem Boden. Mit einer geübten, schwungvollen Bewegung, die nur wenige Sekunden dauerte, hoben die Angestellten den Sarg hoch und schoben ihn in die Nische. Mit einer Druckluftpistole spritzten sie schnelltrocknenden Montageschaum in die Ritzen; dann legte der ältere der beiden Angestellten Bruno das Register zum Unterzeichnen vor. Er könne, so sagte er ihm beim Weggehen, dort noch eine Weile in stiller Andacht zubringen, wenn er es wünsche.

Bruno fuhr über die Autobahn A1 zurück und erreichte gegen elf den Boulevard Périphérique. Er hatte sich einen Tag frei genommen, er hatte nicht geahnt, daß die Zeremonie so kurz sein würde. An der Porte de Châtillon verließ er die Ringautobahn und fand einen Parkplatz in der Rue Albert-Sorel, direkt gegenüber der Wohnung seiner Exfrau. Er brauchte nicht lange zu warten: Zehn Minuten später sah er seinen Sohn mit einem Schulranzen auf dem Rücken aus der Avenue Ernest-Reyer kommen. Er machte einen sorgenvollen Eindruck und hielt Selbstgespräche, während er näherkam. Woran mochte er wohl denken? Der Junge sei ein ziemlicher Einzelgänger, hatte Anne zu ihm gesagt; statt in der Schule mit den anderen zu Mittag zu essen, ging er lieber nach Hause und wärmte sich das Essen auf, das sie morgens für ihn bereitstellte, ehe sie das Haus verließ. Hatte er unter seiner Abwesenheit gelitten? Vermutlich, aber er hatte kein Wort darüber verloren. Die Kinder ertragen die Welt, die die Erwachsenen für sie aufgebaut haben, versuchen, sich ihr so gut wie möglich anzupassen; und anschließend bilden sie sie im allgemeinen nach. Victor erreichte die Haustür, gab den Kode ein; er war nur wenige Meter von dem Wagen entfernt, aber er sah seinen Vater nicht. Bruno legte die Hand auf den Türgriff und richtete sich auf dem Sitz auf. Die Haustür schloß sich hinter dem Kind; Bruno verharrte ein paar Sekunden regungslos, dann ließ er sich schwer auf den Sitz zurückfallen. Was sollte er seinem Sohn sagen, welche Botschaft hatte er ihm zu übermitteln?

Nichts. Gar nichts. Er wußte, daß sein Leben zu Ende war, ohne dieses Ende zu begreifen. Alles blieb düster, schmerzhaft und undeutlich.

Er fuhr los und nahm die Südautobahn. Nach der Ausfahrt Antony bog er in Richtung Vauhallan ab. Die psychiatrische Klinik, die dem Erziehungsministerium unterstand, lag ein wenig außerhalb von Verrières-le-Buisson, direkt neben dem Park von Verrières; er erinnerte sich noch sehr gut an den Park. Er stellte den Wagen in der Rue Victor-Considérant ab und ging die wenigen Meter, die ihn von der eisernen Gittertür trennten, zu Fuß. Er erkannte den diensthabenden Krankenpfleger wieder und sagte: »Da bin ich wieder.«

22
ENDSTATION SAORGE

»Die Kommunikation in der Werbung orientiert sich zu stark am jugendlichen Käufer und hat sich oft in Strategien verirrt, in denen Herablassung, Karikatur und Spott miteinander wetteifern. Um diesen Mangel an Aufmerksamkeit auszugleichen, der unserer Gesellschaft anhaftet, ist es nötig, daß jeder Mitarbeiter unseres Verkaufsteams zu einem ›Botschafter‹ der Senioren wird.«

(Corinne Mégy: *Das wahre Gesicht der Senioren*)

Vielleicht mußte alles so zu Ende gehen; vielleicht gab es kein anderes Mittel, keinen anderen Ausweg. Vielleicht mußte entwirrt werden, was verschlungen war, vollendet werden, was nur grob entworfen war. Und so sollte sich Djerzinski an einen Ort namens Saorge begeben, der 44° nördlicher Breite und 7° 30' östlicher Länge liegt; an einen Ort von etwas über 500 Metern über dem Meeresspiegel. In Nizza übernachtete er im Hotel Windsor, einem Hotel der gehobenen Klasse mit ziemlich stinkvornehmer Atmosphäre, das ein Zimmer besaß, das von dem mittelmäßigen Künstler Philippe Perrin gestaltet war. Am nächsten Morgen nahm er den Zug von Nizza nach Tende, eine Strecke, die für ihre Schönheit berühmt ist. Der Zug fuhr durch die nördlichen Vororte von Nizza, die sich durch von Nordafrikanern bewohnte Sozialwohnungen, Plakate für Telefonsex per *Minitel* und Wahlergebnisse von 60% für den Front National auszeichnen. Nach kurzem Aufenthalt in Peillon-Saint-Thècle fuhr der Zug durch einen Tunnel; als sie den Tunnel wieder verließen, entdeckte Djerzinski zu seiner Rechten im gleißenden

Licht die atemberaubende Silhouette des am Berghang klebenden Dorfes Peillon. Dann fuhren sie durch das sogenannte Nizzaer Hinterland; die Leute reisten aus Chicago oder Denver an, um die Schönheit des Nizzaer Hinterlands zu bestaunen. Anschließend ging die Fahrt durch die Roya-Schlucht. Djerzinski stieg auf dem Bahnhof Fanton-Saorge aus und lief etwa eine halbe Stunde zu Fuß. Auf halbem Weg kam er durch einen Tunnel; es verkehrten keine Autos.

Dem Reiseführer zufolge, den er auf dem Flughafen Orly gekauft hatte, hatte das Dorf Saorge mit seinen hohen, terrassenförmig angelegten Häusern, die das Tal aus schwindelnder Höhe überragten, »etwas Tibetanisches«; das war gut möglich. Jedenfalls hatte seine Mutter Janine, die sich in Jane hatte umtaufen lassen, beschlossen, in diesem Ort zu sterben, nachdem sie fünf Jahre in Goa, im westlichen Teil der indischen Halbinsel, verbracht hatte.

»Zumindest hat sie beschlossen, hierher zu kommen, auch wenn sie bestimmt nicht beschlossen hat, zu verrecken«, ergänzte Bruno. »Anscheinend ist die alte Sau zum Islam übergetreten – inspiriert durch die sufistische Mystik oder irgend so einen Scheiß. Sie hat sich bei einer Schar von ausgeflippten Typen eingenistet, die in einem verlassenen Haus etwas abseits vom Dorf leben. Nur weil die Zeitungen nichts mehr über die Aussteiger oder die Hippies berichten, glaubt man, es gäbe sie nicht mehr. Dabei werden sie im Gegenteil immer zahlreicher, durch die Arbeitslosigkeit ist ihre Zahl beträchtlich gestiegen, man kann sogar sagen, es wimmelt nur davon. Ich habe mich mal näher damit beschäftigt ...« Er senkte die Stimme. »Der Trick bei der Sache ist, daß sie sich jetzt Öko-Bauern nennen, aber in Wirklichkeit sind das alles faule Säcke, die nur von der Sozialhilfe leben und einen obskuren Zuschuß für Landwirtschaft in strukturschwachen Gebieten kassieren.« Er nickte mit hinterlistiger Miene, leerte sein Glas in einem Zug und bestellte ein weiteres. Er hatte sich mit Michel im Bistro *Chez Gilou* verabredet, der einzigen Wirtschaft im Ort. Mit den obszönen Ansichtskarten, den eingerahmten Fotos von Forellen und dem Plakat vom »Boule-Klub Saorge« (dessen Vorstand es auf die stolze Zahl von vierzehn Personen brachte), spiegelte das Lokal in exemplarischer Weise ein Klima wider, das die Splitterpartei »*Jagd – Fischfang – Natur – Tradition*« charakterisierte und das in diametralem Gegensatz zu der Neo-Woodstock-Szene stand, gegen die Bruno gerade so gewettert hatte. Vorsichtig zog er ein Flugblatt aus seiner Kollegmappe, das den Titel SOLIDARITÄT MIT DEN ›LA BRIGUE‹-SCHAFEN! trug. »Ich habe den Text heute nacht getippt …«, sagte er leise. »Ich habe gestern abend mit den Schafzüchtern gesprochen. Sie wissen sich einfach nicht mehr zu helfen, sie sind voller Haß, ihre Schafherden sind buchstäblich dezimiert worden. Daran sind die Umweltschützer schuld und der Naturpark des Mercantour. Sie haben hier Wölfe wieder eingeführt, Horden von Wölfen, und die fressen die Schafe!…« Seine Stimme wurde plötzlich schrill, schlug in Schluchzen um. In der Nachricht, die Bruno Michel hatte zukommen lassen, hatte er ihm mitgeteilt, daß er sich wieder in der psychiatrischen Klinik in Verrières-le-Buisson aufhielt, und zwar »vermutlich für immer«. Anscheinend hatte man ihn zu diesem Anlaß gehen lassen.

»Unsere Mutter liegt also im Sterben …«, unterbrach ihn Michel, um auf den eigentlichen Grund ihres Besuchs zurückzukommen.

»Völlig richtig! Am Cap d'Agde ist es genau dasselbe, da haben sie angeblich die Dünen gesperrt. Der Beschluß ist gefaßt worden, weil die Schutzgemeinschaft für die Küstenzone, die ganz in den Händen der Umweltschützer ist, starken Druck ausgeübt hat. Die Leute haben nichts Böses getan, sie haben sich nur ganz friedlich mit Gruppensex vergnügt; aber das stört angeblich die Seeschwalben. Die Seeschwalbe, das ist so eine Spatzenart. Zum Henker mit den Spatzen!« sagte Bruno erregt. »Sie wollen uns daran hindern, Gruppensex zu machen und Schafskäse zu essen, das sind richtige Nazis. Und die Sozialisten stecken mit ihnen unter einer Decke. Sie sind gegen die Schafe, weil Schafe Rechte sind, die Wölfe dagegen Linke; dabei ähneln die Wölfe den Deutschen Schäferhunden, und die sind rechtsradikal. Wem soll man da noch trauen?« Er schüttelte düster den Kopf.

»In welchem Hotel warst du in Nizza?« fragte er plötzlich.

»Im Windsor.«

»Warum denn im Windsor?« Bruno regte sich von neuem auf. »Legst du jetzt etwa Wert auf Luxus? Was ist denn mit dir los? Ich persönlich (er artikulierte seine Sätze mit zunehmender Energie) bleibe den Mercure-Hotels treu! Hast du dich denn wenigstens erkundigt? Wußtest du, daß das Mercure-Hotel *Baie des Anges* je nach Saison ein degressives Tarifsystem praktiziert? In der Vor- oder Nachsaison kostet das Zimmer nur 330 Franc! Der Preis eines Zwei-Sterne-Hotels! Mit dem Komfort eines Drei-Sterne-Hotels, mit Blick auf die Strandpromenade und einem 24-Stunden-Zimmerservice!« Bruno schrie jetzt fast. Trotz des etwas überspannten Verhaltens seines Gastes hörte der Wirt des Bistros *Chez Gilou* (Hieß er tatsächlich Gilou? Wahrscheinlich!) aufmerksam zu. Diskussionen über Geld und das Preis-Leistungs-Verhältnis interessieren Männer immer sehr, das ist ein typisch männlicher Zug.

»Ach, da ist ja der Arsch!« sagte Bruno in völlig verändertem, munterem Ton und zeigte auf einen jungen Mann, der gerade das Bistro betreten hatte. Er mochte etwa zweiundzwanzig sein. Er trug eine Military-Hose und ein T-Shirt mit dem Aufdruck *Greenpeace*, hatte einen dunklen Teint, und sein schwarzes Haar war zu kleinen Zöpfen geflochten, kurz gesagt, er war ein Anhänger der Rasta-Mode. »Tag, du Arsch«, sagte Bruno schwungvoll. »Darf ich dir meinen Bruder vorstellen? Können wir jetzt die Alte aufsuchen?« Der andere nickte wortlos; offensichtlich hatte er beschlossen, auf Provokationen nicht einzugehen.

Sie ließen das Dorf hinter sich und schlugen einen Weg ein, der am Berghang entlang sanft ansteigend in Richtung Italien führte. Nachdem sie einen steilen Hügel überquert hatten, erreichten sie ein breites Tal mit bewaldeten Hängen; die Grenze war nur gut zehn Kilometer entfernt. Im Osten konnte man ein paar verschneite Gipfel erkennen. Die völlig unbewohnte Landschaft vermittelte einen Eindruck von Weite und Ruhe. »Der Arzt ist noch einmal vorbeigekommen«, erklärte der Schwarzkopf-Hippie. »Sie ist nicht transportfähig, außerdem ist sowieso nichts mehr zu machen. Das ist das Gesetz der Natur...«, sagte er ernsthaft.

»Hast du das gehört?« spottete Bruno. »Hast du diesen Witzbold gehört? Die ›Natur‹, das ist ihr Lieblingswort. Jetzt, wo sie krank ist, warten sie voller Ungeduld darauf, daß sie verreckt, wie ein Tier in seinem Bau. Das ist meine Mutter, du Arsch!« sagte er geschwollen. »Und hast du sein *battle-dress* gesehen?« fuhr er fort. »Die anderen sehen genauso aus, wenn nicht noch schlimmer. Zum Kotzen, sage ich dir.«

»Wirklich eine schöne Landschaft hier ...«, entgegnete Michel zerstreut.

Das Haus war groß und niedrig, aus unbehauenen Steinen und mit einem Dach aus Steinplatten; es befand sich in der Nähe einer Quelle. Bevor er hineinging, holte Michel einen Fotoapparat *Canon Prima Mini* (Zoom 38–105 mm, 1290 Franc in der FNAC) aus der Tasche. Er drehte sich einmal um die eigene Achse, visierte sehr lange, ehe er auf den Auslöser drückte; dann folgte er den anderen.

Außer dem Schwarzkopf-Hippie befanden sich im größten Raum noch eine unbestimmte mattblonde Kreatur, vermutlich eine Holländerin, die vor dem Kamin einen Poncho strickte, und ein älterer Hippie mit langem grauen Haar, einem ebenfalls grauen Spitzbart und dem fein geschnittenen Gesicht einer klugen Ziege. »Sie ist dort drüben ...«, sagte der Schwarzkopf-

Hippie; er zog einen an die Wand genagelten Stoffvorhang zur Seite und führte sie in das Nebenzimmer.

Michel betrachtete durchaus mit Interesse die in ihrem Bett zusammengesunkene, bräunliche Kreatur, die sie mit den Augen verfolgte, als sie den Raum betraten. Schließlich war es erst das zweitemal, daß er seine Mutter sah, und alles deutete darauf hin, daß es das letztemal sein würde. Als erstes fiel ihm auf, wie erschreckend mager sie war, sie hatte hervorstehende Backenknochen, verdrehte Arme. Sie hatte eine fahle, aschgraue Gesichtsfarbe, atmete mit Mühe und war offensichtlich am Ende; aber über der Nase, die stark gekrümmt wirkte, leuchteten ihre Augen im Halbdunkel groß und weiß. Er näherte sich vorsichtig der liegenden Gestalt. »Keine Sorge«, sagte Bruno, »sie kann nicht mehr sprechen.« Sie konnte vielleicht nicht mehr sprechen, war aber sichtlich bei Bewußtsein. Würde sie ihn wiedererkennen? Vermutlich nicht. Vielleicht würde sie ihn mit seinem Vater verwechseln; das war gut möglich; Michel wußte, daß er seinem Vater, als dieser im gleichen Alter gewesen war, sehr stark ähnelte. Und gewisse Menschen, was auch immer man von ihnen halten mag, spielen eben eine grundlegende Rolle in unserem Leben, geben ihm eine neue Wendung, teilen es eindeutig in zwei Hälften. Und für Janine, die sich in Jane hatte umtaufen lassen, gab es eine Zeit *vor* und eine Zeit *nach* Michels Vater. Bevor sie ihm begegnete, war sie im Grunde nur eine reiche, abenteuerhungrige, durchaus bürgerliche Frau gewesen; nach der Begegnung sollte sie sich stark verändern, auf geradezu katastrophale Weise. Das Wort »Begegnung« war im übrigen etwas hoch gegriffen; denn eine wirkliche Begegnung hatte es nicht gegeben. Ihre Wege hatten sich gekreuzt, sie hatten ein Kind gezeugt, und das war alles. Das Rätsel, das Marc Djerzinski in sich trug, hatte sie nie begreifen können; es war ihr nicht einmal gelungen, ihm näherzukommen. Dachte sie jetzt daran, da ihr verpfuschtes Leben dem Ende zuging? Das war gar nicht so unwahrscheinlich. Bruno ließ sich auf einen Stuhl neben dem Bett fallen. »Du bist eben eine alte Schlampe ...«, sagte er in didaktischem Ton. »Du verdienst es, zu verrecken.« Michel setzte sich ihm gegenüber ans Kopfende des Bettes und zündete sich eine Zigarette an. »Du willst eingeäschert werden?« fuhr Bruno lebhaft fort. »Sobald es soweit ist, wirst du eingeäschert. Was von dir übrigbleibt, kommt in einen Topf, und jeden Morgen, wenn ich aufwache, pisse ich auf deine Asche.« Er nickte befriedigt; Jane gab einen heiseren kehligen Laut von sich. In diesem Augenblick tauchte der Schwarzkopf-Hippie wieder auf. »Wollt ihr etwas trinken?« stieß er in eisigem Ton hervor. »Was glaubst du denn, Alter!« brüllte Bruno. »Wie kann man nur so eine blöde Frage stellen! Mach schon die Pulle auf, du Arsch!« Der junge Mann ging hinaus und kam mit einer Flasche Whisky und zwei Gläsern zurück. Bruno bediente sich reichlich und nahm einen kräftigen Schluck. »Sie müssen ihn entschuldigen, er ist ein bißchen durcheinander ...«, sagte Michel mit fast unhörbarer Stimme. »So ist es«, bestätigte sein Halbbruder. »Laß uns mit unserm Schmerz allein, du Arsch.« Er leerte sein Glas mit einem Zungenschnalzen und schenkte sich nach. »Die sollten sich besser in acht nehmen, diese Idioten ...«, bemerkte er. »Sie hat ihnen alles vermacht, was sie besaß, und die wissen genau, daß die Kinder Anrecht auf den Pflichtteil des Erbes haben. Wenn wir das Testament anfechten wollten, dann würden wir garantiert damit durchkommen.« Michel schwieg, er hatte keine Lust, über dieses Thema zu sprechen. Es folgte ein ziemlich langes Schweigen. Nebenan war auch alles still; man hörte den schwachen, heiseren Atem der Sterbenden.

»Sie wollte einfach jung bleiben, das ist alles ...«, sagte Michel nachsichtig, mit müder Stimme. »Sie hatte Lust, mit jungen Leuten zusammen zu sein und vor allen Dingen nicht mit ihren Kindern, die sie daran erinnerten, daß sie einer anderen Generation angehört. Das ist doch durchaus verständlich. Aber ich möchte jetzt gehen. Meinst du, daß sie bald stirbt?«

Bruno zuckte mit den Schultern, er hatte keine Ahnung. Michel stand auf und ging in den Nebenraum; der Silberlocken-Hippie war jetzt allein und schälte Möhren aus biologischem Anbau. Michel versuchte, ihm ein paar Fragen zu stellen, um zu erfahren, was der Arzt genau gesagt hatte; aber der alte Aussteiger konnte ihm nur unklare Auskünfte geben, die nichts mit dem Thema zu tun hatten. »Sie war eine Frau mit unglaublicher Ausstrahlung ...«, sagte er und hielt dabei eine Möhre in der Hand. »Wir glauben, daß sie bereit ist, zu sterben, denn sie hat ein sehr hohes Niveau geistiger Verwirklichung erreicht.« Was sollte das bloß heißen? Aber es hatte keinen Zweck, irgendwelche Einzelheiten erfahren zu wollen. Der alte Dummkopf sprach nicht wirklich Worte aus; er begnügte sich damit, Laute von sich zu geben. Michel drehte sich ungeduldig auf dem Absatz um und ging zu Bruno. »Diese idiotischen Hippies«, sagte er, während er sich hinsetzte, »sind immer noch davon überzeugt, daß die Religion eine individuelle Angelegenheit ist, die auf Meditation, spiritueller Suche usw. basiert. Sie können einfach nicht begreifen, daß sie ganz im Gegenteil eine rein soziale Tätigkeit ist, die auf der Festlegung von Riten, Regeln und Zeremonien basiert. Auguste Comte zufolge erfüllt die Religion ausschließlich die Funktion, die Menschheit zu einem Zustand vollkommener Einheit zu führen.«

»Komm mir bloß nicht mit Auguste Comte!« unterbrach ihn Bruno wütend. »Von dem Augenblick an, in dem man nicht mehr an das ewige Leben glaubt, kann es keine Religion mehr geben. Und wenn es die Gesellschaft ohne Religion nicht geben kann, wie du zu glauben scheinst, dann kann es auch keine Gesellschaft mehr geben. Du erinnerst mich an die Soziologen, die überzeugt davon sind, daß der Jugendkult eine in den 50er Jahren entstandene vorübergehende Mode ist, die ihren Höhepunkt im Laufe der 80er Jahre erlebt hat usw. In Wirklichkeit hat der Mensch schon immer eine panische Angst vor dem Tod gehabt, noch nie hat er ohne panisches Entsetzen an seinen eigenen Tod und nicht einmal an seinen eigenen körperlichen Verfall denken können. Von allen irdischen Gütern ist die körperliche Jugend eindeutig das kostbarste; und wir glauben heute nur an die irdischen Güter. ›Ist Christus aber nicht auferstanden‹, sagt Paulus ganz offen, ›so ist euer Glaube eitel.‹ Christus ist nicht auferstanden; er hat seinen Kampf gegen den Tod verloren. Ich habe ein Drehbuch für einen Paradiesfilm über das neue Jerusalem geschrieben. Der Film spielt auf einer Insel, die ausschließlich von nackten Frauen und kleinen Hunden bevölkert ist. Im Anschluß an eine biologische Katastrophe sind die Männer sowie fast alle Tierarten vom Erdboden verschwunden. Die Zeit ist stehengeblieben, das Klima ist gleichbleibend sanft; die Bäume tragen das ganze Jahr über Früchte. Die Frauen bleiben ewig jung und frisch, die kleinen Hunde ewig lebhaft und fröhlich. Die Frauen baden und liebkosen sich, die kleinen Hunde spielen und tollen um sie herum. Es gibt Hunde aller Arten, in allen Farben: Pudel, Foxterrier, belgische Zwerg-Griffons, Japanische Chin-Hündchen, König-Karls-Hündchen, Yorkshire Terrier, Kraushaar-Malteser, Westies und Harrier Beagles. Der einzige große Hund ist ein braver, sanfter Neufundländer, der eine Art Ratgeber für die anderen darstellt. Die einzig verbleibende Spur männlicher Existenz ist eine Videokassette mit ausgewählten Fernsehansprachen von Edouard Balladur; diese Kassette hat eine beruhigende Wirkung auf manche Frauen und auf die meisten Hunde. Außerdem gibt es noch eine Kassette mit der Fernsehsendung *Das Leben der Tiere*, kommentiert von Claude Darget; sie wird nie gezeigt, aber sie dient als Gedächtnisstütze und als Zeugnis der Barbarei früherer Zeiten.«

»Sie lassen dich also schreiben ...«, sagte Michel sanft. Er wunderte sich nicht darüber. Die meisten Psychiater sehen es gern, wenn ihre Patienten etwas kritzeln. Sie messen dieser Tätigkeit zwar keinerlei therapeutischen Wert bei; aber immerhin sei das eine Beschäftigung, meinen sie, das sei immerhin besser, als sich mit einer Rasierklinge die Pulsadern aufzuschneiden.

»Aber es spielen sich auf dieser Insel auch ein paar kleine Dramen ab«, fuhr Bruno mit gerührter Stimme fort. »Eines Tages wagt sich zum Beispiel einer der kleinen Hunde zu weit ins Meer hinaus. Zum Glück merkt seine Herrin, daß er in Schwierigkeiten ist, springt in ein Boot, rudert mit aller Kraft und schafft es gerade noch, ihn rauszufischen. Der arme kleine Hund hat zuviel Wasser geschluckt, er ist ohnmächtig, und man hat fast den Eindruck, er würde bald sterben; aber seiner Herrin gelingt es, ihn durch künstliche Beatmung wiederzubeleben, und alles nimmt ein gutes Ende, der kleine Hund ist wieder munter.« Plötzlich verstummte er. Er wirkte jetzt heiter und fast verzückt. Michel sah auf die Uhr, dann blickte er sich um. Seine Mutter gab keinen Laut mehr von sich. Es war fast zwölf; alles war außerordentlich ruhig. Er stand auf, ging wieder in den großen Raum. Der Silberlocken-Hippie war verschwunden und hatte seine Möhren auf dem Tisch liegen lassen. Er schenkte sich ein Bier ein und ging ans Fenster. Der Blick reichte mehrere Kilometer weit über tannenbewachsene Hügel. Zwischen den verschneiten Gipfeln konnte man in der Ferne die blaue Spiegelung eines Sees erkennen. Die Luft war sanft und voller Düfte; es war ein sehr schöner Frühlingsmorgen.

Er stand schon seit unbestimmter Zeit dort, und seine Aufmerksamkeit schwebte, vom Körper losgelöst, friedlich zwischen den Gipfeln, als er plötzlich durch etwas, das er zunächst für ein Geheul hielt, in die Wirklichkeit zurückgerufen wurde. Er brauchte ein paar Sekunden, ehe er seine auditiven Wahrnehmungsfähigkeiten wiederfand, dann ging er mit schnellen Schritten auf das Schlafzimmer zu. Bruno saß noch immer am Fußende des Bettes und sang aus voller Kehle:

Sie sind gekommen, alle sind sie da,
sobald sie diesen Schrei gehört haben,
wird sie sterben, diiiee Maammaaaa ...

Unkonsequent; unkonsequent, leichtfertig und albern, so sind die Menschen. Bruno stand auf, um die nächste Strophe noch lauter zu singen:

Sie sind gekommen, alle sind sie da,
aus Süditalien und sogar aus Kanada,
auch Sohn Giorgio, der treulose Geselle,
schwer beladen mit Gaben für alle Fälle...

Durch die Stille, die dieser Gesangsdarbietung folgte, hörte man deutlich eine Fliege, die durch den Raum flog, ehe sie sich auf Janes Gesicht niederließ. Die Zweiflügler zeichnen sich durch das Vorhandensein eines einzigen Hautflügelpaars aus, das auf dem zweiten Thoraxring angebracht ist, und einem Paar Schwingkölbchen (das zur Herstellung des Gleichgewichts beim Flug dient) auf dem dritten Thoraxring sowie durch Mundwerkzeuge mit Stech- oder Saugvorrichtung. In dem Augenblick, als sich die Fliege auf die Oberfläche des Auges vorwagte, ahnte Michel etwas. Er ging auf Jane zu, ohne sie jedoch zu berühren. »Ich glaube, sie ist tot«, sagte er, nachdem er sie einige Zeit beobachtet hatte.

Der Arzt bestätigte ohne Schwierigkeiten diese Diagnose. Er wurde von einem Angestellten der Gemeindeverwaltung begleitet, und da begannen die Probleme. Wohin solle der Leichnam überführt werden? Ein Familiengrab vielleicht? Michel hatte nicht die leiseste Ahnung, er war erschöpft und verwirrt. Wenn sie es verstanden hätten, familiäre Beziehungen voller Wärme und Zuneigung zu entwickeln, dann wäre es nicht dazu gekommen, daß sie sich vor dem Angestellten der Gemeindeverwaltung, der sich im übrigen durchaus korrekt verhielt, lächerlich machten. Bruno hielt sich aus der Sache völlig heraus; er saß ein wenig abseits und spielte eine Partie Tetris auf seinem Game-Boy. »Also...«, sagte der Angestellte weiter, »wir können Ihnen eine Gruft auf dem Friedhof von Saorge anbieten. Das ist zwar ein bißchen weit weg, wenn Sie das Grab besuchen wollen, vor allem, wenn Sie nicht von hier sind; aber im Hinblick auf den Transport ist das natürlich die praktischste Lösung. Die Beerdigung könnte noch heute nachmittag stattfinden, im Augenblick sind wir nicht allzu überfordert. Ich nehme an, daß es mit dem Totenschein keine Probleme gibt ...« »Kein Problem!« rief der Arzt mit etwas übertriebener Wärme. »Ich habe die Formulare mitgebracht ...« Mit fröhlichem Lächeln hielt er einen Stapel Papiere hoch. »Geil! Ich hab's geschafft ...«, sagte Bruno halblaut. Tatsächlich ließ sein Game-Boy eine fröhliche Musik erklingen. »Monsieur Clément, sind auch Sie mit der Beisetzung einverstanden?« fragte der Angestellte etwas lauter. »Absolut nicht!« Bruno richtete sich mit einem Satz auf. »Meine Mutter wollte eingeäschert werden, sie hat äußerst großen Wert darauf gelegt!« Das Gesicht des Angestellten verfinsterte sich. Die Gemeinde Saorge sei für Feuerbestattungen nicht ausgerüstet; das erfordere eine ganz spezielle Vorrichtung, die sich aufgrund der geringen Nachfrage für sie nicht lohne. Nein, wirklich, das mache die Sache sehr schwierig. »Aber das ist der letzte Wille meiner Mutter ...«, sagte Bruno mit großem Nachdruck. Es wurde still. Der Angestellte überlegte sehr schnell. »In Nizza gibt es wohl ein Krematorium ...«, sagte er schüchtern. »Man könnte einen Hin- und Rücktransport ins Auge fassen, wenn Sie immer noch damit einverstanden sind, daß sie in unserer Gemeinde beerdigt wird. Die Kosten dafür müßten Sie dann allerdings tragen ...« Niemand erwiderte etwas. »Ich rufe dort mal an ...«, fuhr er fort, »ich muß erst mal die Zeiten für eine Feuerbestattung herausfinden.« Er blätterte in seinem Telefonverzeichnis, holte ein Handy aus der Tasche und wählte eine Nummer, als Bruno erneut eingriff. »Lassen wir das ...«, sagte er mit einer weiten Handbewegung. »Wir beerdigen sie hier. Wir pfeifen auf ihren letzten Willen. Du bezahlst!« sagte er gebieterisch zu Michel. Ohne Widerrede zog dieser sein Scheckheft hervor und erkundigte sich nach dem Preis für eine Grabstätte für dreißig

Jahre. »Da haben Sie eine gute Wahl getroffen«, bestätigte der Gemeindeangestellte. »Mit einer Grabstätte für dreißig Jahre hat man Zeit genug, die Dinge auf sich zukommen zu lassen.«

Der Friedhof lag etwa hundert Meter oberhalb des Dorfes. Zwei Männer in blauer Arbeitskleidung trugen den Sarg. Sie hatten das einfachste Modell aus hellem Fichtenholz genommen, eines der Modelle aus dem Sarglager der Gemeinde; der Bestattungsdienst in Saorge schien außerordentlich gut organisiert zu sein. Es war Spätnachmittag, aber die Sonne war noch warm. Bruno und Michel gingen nebeneinander her, zwei Schritte hinter den Männern; der Silberlocken-Hippie war an ihrer Seite, er hatte darauf bestanden, Jane zu ihrer letzten Ruhestätte zu begleiten. Der Weg war steinig, ausgedörrt, all das mußte wohl einen Sinn haben. Ein Raubvogel – vermutlich ein Bussard – kreiste langsam in nicht allzu großer Höhe am Himmel. »Hier gibt's bestimmt Schlangen ...«, folgerte Bruno. Er hob einen weißen, sehr scharfkantigen Stein auf. Gerade als sie in den Weg zum Friedhof einbogen, tauchte eine Kreuzotter zwischen zwei Büschen vor der Friedhofsmauer auf; Bruno zielte und schleuderte den Stein mit aller Kraft. Der Stein prallte gegen die Mauer und verfehlte knapp den Kopf des Tiers.

»Die Schlangen haben auch ihren Platz in der Natur ...«, bemerkte der Silberlocken-Hippie ziemlich streng.

»Ich pisse der Natur in die Kimme, Alter! Ich scheiße ihr ins Gesicht!« Bruno war schon wieder außer sich. »Die Natur, die Natur, was für eine Scheiße ... so eine Kacke!« murmelte er noch ein paar Minuten lang grob. Doch während der Sarg hinabgelassen wurde, verhielt er sich korrekt und begnügte sich damit, mit dem Kopf zu nicken und ab und zu in unterschiedlicher Weise zu glucksen, als flöße ihm das Ereignis ungewohnte Gedanken ein, die jedoch noch zu verschwommen waren, um klar ausgedrückt zu werden. Nach der Zeremonie gab Michel den beiden Männern ein gutes Trinkgeld – er vermutete, daß das so üblich sei. Ihm blieb eine Viertelstunde, um den Zug zu erreichen; Bruno beschloß, ebenfalls zurückzufahren.

Sie trennten sich auf dem Bahnsteig in Nizza. Sie sollten sich nie wiedersehen, aber das wußten sie noch nicht.

»Fühlst du dich wohl in deiner Klinik?« fragte Michel.

»Ja, ja, kann nicht klagen, alles ganz locker, ich habe ja mein Lithium.« Bruno lächelte hinterlistig. »Ich kehre nicht sofort in die Klinik zurück, ich habe noch eine Nacht. Ich gehe in eine Nuttenbar, davon gibt es ja in Nizza genug.« Er runzelte die Stirn, sein Gesicht verfinsterte sich. »Durch das Lithium kriege ich zwar keinen mehr hoch, aber das macht nichts, das macht trotzdem Spaß.«

Michel stimmte zerstreut zu und stieg in den Zug: Er hatte einen Platz im Liegewagen reserviert.

Dritter Teil

Emotionale Unbegrenztheit

1

Als er wieder in Paris war, fand er einen Brief von Desplechin vor. Laut Artikel 66 der internen Verwaltungsordnung des CNRS mußte er zwei Monate vor Ablauf seines Sabbatjahrs die Wiederaufnahme seiner Arbeit oder die Verlängerung seiner Beurlaubung beantragen. Der Brief war sehr herzlich und voller Humor, Desplechin machte ein paar ironische Bemerkungen über die Verwaltungszwänge; aber immerhin war die Frist schon vor drei Wochen abgelaufen. In einem Zustand großer Unsicherheit legte er den Brief auf seinen Schreibtisch. Seit einem Jahr besaß er die Freiheit, selbst seinen Forschungsgegenstand bestimmen zu können; und was hatte er erreicht? Letztlich so gut wie nichts. Als er seinen PC einschaltete, stellte er angewidert fest, daß er achtzig neue E-mails erhalten hatte; dabei war er nur zwei Tage verreist gewesen. Eine der Nachrichten kam aus dem Institut für Molekularbiologie in Palaiseau. Die Kollegin, die ihn vertrat, hatte ein Forschungsprogramm über die DNA der Mitochondrien gestartet; im Gegensatz zur DNA des Zellkerns schien sie keine Mechanismen zu besitzen, um den durch Radikale beschädigten Code wiederherzustellen; das war keine große Überraschung. Die Universität Ohio hatte da schon etwas Interessanteres: Ausgehend von einer Untersuchung über Hefepilze hatten sie dort nachgewiesen, daß die Arten, die sich auf sexuellem Weg vermehrten, sich langsamer weiterentwickelten als die Arten, die sich durch Klonen vermehrten; die zufallsbedingten Mutationen stellten sich also in diesem Fall als wirksamer heraus als die natürliche Auslese. Der Versuchsaufbau war amüsant und widersprach eindeutig der klassischen Hypothese von der sexuellen Vermehrung als Motor der Evolution; aber das war sowieso nur noch von anekdotischem Interesse. Sobald der genetische Code völlig entschlüsselt war (und das war nur noch eine Frage von Monaten), würde die Menschheit in der Lage sein, ihre eigene biologische Entwicklung zu steuern; dann würde sich deutlich herausstellen, was die Sexualität in Wirklichkeit ist: eine unnötige, gefährliche und regressive Funktion. Selbst wenn es gelingen sollte, das Auftreten von Mutationen zu entdecken oder gar ihre mögliche schädliche Wirkung zu ermitteln, gab es bisher nicht das geringste Anzeichen für ihre Determinierung; folglich gab es keinerlei Berechtigung dafür, in ihnen einen bestimmten, nützlichen Sinn zu sehen: In dieser Richtung mußte er weiterforschen, das war eindeutig.

Ohne all die Ordner und Bücher, die sich bisher in den Regalen gestapelt hatten, wirkte Desplechins Büro riesengroß. »So ist das nun mal ...«, sagte er mit einem kleinen Lächeln. »Ende des Monats werde ich pensioniert.« Djerzinski staunte nicht schlecht. Man verkehrt jahre-, manchmal jahrzehntelang mit Leuten und gewöhnt sich allmählich an, persönliche Fragen und wirklich wichtige Themen zu vermeiden; aber man gibt die Hoffnung nicht auf, später unter günstigeren Umständen genau diese Themen, diese Fragen anzusprechen; die ständig hinausgeschobene Aussicht auf eine menschlichere und umfassendere Art der Beziehungen verschwindet nie ganz, und zwar einfach deshalb, weil es nicht möglich ist, weil sich keine menschliche Beziehung mit einem für immer begrenzten, starren Rahmen begnügt. Die Aussicht auf eine »echte, tiefe« Beziehung bleibt also bestehen; sie bleibt jahre-, manchmal jahrzehntelang bestehen, bis ein endgültiges, unerwartetes Ereignis (im allgemeinen ein Todesfall) einem zu verstehen gibt, daß es zu spät ist und daß diese »echte, tiefe« Beziehung, die man sich in Gedanken ausgemalt hat, nicht zustande kommen wird, diese genausowenig wie jede andere. In den fünfzehn Jahren seines Berufslebens war

Desplechin der einzige gewesen, zu dem er gern eine Beziehung hergestellt hätte, die über den Rahmen des auf unmittelbaren Nutzen gerichteten, unendlich langweiligen, rein zufälligen Nebeneinanders hinausging, aus dem die natürliche Atmosphäre des Bürolebens besteht. Nun, das war danebengegangen. Er warf einen bestürzten Blick auf die Bücherkartons, die sich auf dem Boden des Büros stapelten. »Ich glaube, wir sollten besser irgendwo einen trinken gehen ...«, schlug Desplechin vor und faßte damit sehr zutreffend die in diesem Augenblick herrschende Stimmung zusammen.

Sie gingen am Musée d'Orsay entlang und ließen sich an einem Tisch auf der Terrasse des *XIXe siècle* nieder. Am Nebentisch plapperte lebhaft ein halbes Dutzend italienischer Touristen wie unschuldiges Federvieh. Djerzinski bestellte ein Bier, Desplechin einen Whisky ohne Eis.

»Und was wollen Sie jetzt machen?«

»Ich weiß es nicht ...«, Desplechin machte wirklich den Eindruck, als wisse er es nicht. »Reisen ... Vielleicht ein bißchen Sex-Tourismus.« Er lächelte; sein Gesicht hatte noch sehr viel Charme, wenn er lächelte; ernüchterten Charme zwar, denn man hatte es sichtlich mit einem Mann zu tun, der innerlich zerstört war, aber trotzdem echten Charme. »Das war nur ein Scherz ... In Wirklichkeit interessiert mich das überhaupt nicht mehr. Das Wissen, ja ... Es bleibt eben noch der Wissensdrang. Der Wissensdrang, das ist eine seltsame Sache ... Es gibt nur sehr wenige Leute, die ihn besitzen, selbst unter den Forschern; die meisten begnügen sich damit, Karriere zu machen, und geben sich bald nur noch mit Verwaltungsarbeit ab; dabei spielt das für die Geschichte der Menschheit eine unglaublich große Rolle. Man könnte sich eine Fabel ausdenken, in der eine ganz kleine Gruppe von Leuten – höchstens ein paar hundert Menschen auf dem ganzen Erdball – mit verbissener Hartnäckigkeit eine sehr schwierige, sehr abstrakte, dem Nichteingeweihten völlig unverständliche Tätigkeit verrichten. Diese Menschen bleiben der übrigen Bevölkerung für immer unbekannt; sie gelangen weder zu Macht noch zu Reichtum und werden nicht einmal mit Ehren überhäuft; niemand ist überhaupt in der Lage, das Vergnügen zu begreifen, das ihnen ihre Tätigkeit bereitet. Und doch sind sie die wichtigste Macht der Welt, und zwar aus einem einfachen Grund, einem ganz einfachen Grund: Sie haben die Schlüssel zur rationalen Gewißheit in der Hand. Alles, was sie als wahr erklären, wird früher oder später von der gesamten Bevölkerung als wahr anerkannt. Keine wirtschaftliche, politische, soziale oder religiöse Macht ist in der Lage, sich der offenkundigen rationalen Gewißheit zu widersetzen. Gewiß hat sich die westliche Welt über alle Maßen für Philosophie und Politik interessiert und sich in geradezu unsinniger Weise um philosophische und politische Fragen gestritten; gewiß hat die westliche Welt auch eine wahre Leidenschaft für Literatur und Kunst entwickelt; aber nichts in ihrer ganzen Geschichte hat eine solche Bedeutung gehabt wie das Bedürfnis nach rationaler Gewißheit. Diesem Bedürfnis nach rationaler Gewißheit hat die westliche Welt schließlich alles geopfert: ihre Religion, ihr Glück, ihre Hoffnungen und letztlich ihr Leben. Das ist etwas, was man nicht vergessen darf, wenn man ein Gesamturteil über die westliche Zivilisation abgeben will.« Er verstummte nachdenklich. Sein Blick ging einen Augenblick zwischen den Tischen her und kehrte dann wieder zu seinem Glas zurück.

»Ich erinnere mich noch an einen Jungen, den ich in der zwölften Klasse kennengelernt habe, als ich sechzehn war. Er war sehr hintergründig und schwierig. Er kam aus einer reichen, ziemlich traditionsbewußten Familie und teilte im übrigen völlig die Wertvorstellungen seines Milieus. Eines Tages hat er im Laufe einer Diskussion zu mir gesagt: ›Der Wert einer Religion wird durch die Qualität der Moral bestimmt, die sie zu begründen vermag.‹ Ich bin vor Überraschung und Bewunderung stumm geblieben. Ich habe nie erfahren, ob er selbst zu dieser Schlußfolgerung gekommen war oder ob er diese These einem Buch entnommen hatte; auf jeden Fall hat mich der Satz außerordentlich beeindruckt. Seit vierzig Jahren denke ich darüber nach; heute glaube ich, daß er sich geirrt hat. Es scheint mir unmöglich zu sein, sich auf dem Gebiet der Religion ausschließlich auf einen moralischen Standpunkt zu stellen; und doch hat Kant recht, wenn er behauptet, daß selbst der Retter der Menschheit nach den universalen Kriterien der Ethik beurteilt werden muß. Aber ich bin zu der Überzeugung gekommen, daß die Religionen vor allem Versuche sind, die Welt zu erklären; und kein Versuch, die Welt zu erklären, ist von Bestand, wenn er gegen unser Bedürfnis nach rationaler Gewißheit verstößt. Der mathematische Beweis und die induktive Methode sind endgültige Errungenschaften des menschlichen Bewußtseins. Ich weiß, daß die Tatsachen mich zu widerlegen scheinen, ich weiß auch, daß der Islam – der alle anderen Religionen an Dummheit, Falschheit und Obskurantismus bei weitem übertrifft – heutzutage offensichtlich an Boden gewinnt; aber das ist nur ein vorübergehendes, oberflächliches Phänomen: Auf lange Sicht gesehen ist der Islam zum Scheitern verurteilt, und zwar mit noch größerer Sicherheit als das Christentum.«

Djerzinski hob den Kopf; er hatte sehr aufmerksam zugehört. Er hätte nie vermutet, daß sich Desplechin für solche Fragen interessierte; dieser zögerte und fuhr dann fort: »Ich habe Philippe nach dem Abitur aus den Augen verloren, aber ich habe erfahren, daß er ein paar Jahre später Selbstmord begangen hat. Doch ich glaube nicht, daß es etwas damit zu tun hatte: Homosexuell, integristischer Katholik und Royalist zugleich zu sein, das ist wohl eine Mischung, die das Leben nicht gerade erleichtert.«

Djerzinski hatte sich im Grunde nie wirklich mit religiösen Fragen beschäftigt, wie ihm in diesem Augenblick klar wurde. Doch wußte er, und zwar seit langem, daß die materialistische

Metaphysik, nachdem sie die religiösen Lehren der vorausgehenden Jahrhunderte zerstört hatte, selbst von den jüngsten Ergebnissen der Physik vernichtet worden war. Es war erstaunlich, daß diese Tatsache weder bei ihm selbst noch bei irgendeinem der Physiker, die er kannte, jemals einen Zweifel oder eine spirituelle Infragestellung hervorgerufen hatte.

»Ich persönlich«, sagte er im Augenblick, da er sich dessen bewußt wurde, »habe mich immer an den pragmatischen Positivismus gehalten, der unter den Forschern allgemein verbreitet ist. Die Sachverhalte existieren, sie sind durch Gesetze miteinander verknüpft, der Begriff der Ursache hat keinen wissenschaftlichen Wert. Die Welt entspricht der Summe der Kenntnisse, die wir über sie besitzen.«

»Ich bin kein Forscher mehr ...«, erwiderte Desplechin mit entwaffnender Einfachheit. »Deshalb beschäftige ich mich vermutlich in vorgerücktem Alter mit metaphysischen Fragen. Aber Sie haben natürlich recht. Man muß weiterforschen, neue Versuche anstellen, neue Gesetze entdecken, alles andere ist völlig unwichtig. Denken Sie daran, was Pascal geschrieben hat: ›*Man muß im großen und ganzen sagen: Das geschieht durch Gestalt und Bewegung. Denn das ist wahr, doch zu sagen, welcher Gestalt und Bewegung, und die Maschine zusammenzusetzen, das ist lächerlich. Denn das ist nutzlos und unsicher und mühselig.*‹ Selbstverständlich hat auch da wieder einmal Pascal recht, und nicht Descartes. Ach, übrigens ... haben Sie sich entschieden, was Sie machen wollen? Ich meine ... (er entschuldigte sich mit einer Handbewegung) wegen dieser blöden Frist.«

»Ja. Ich bräuchte eine Stelle am Institut für genetische Forschung von Galway in Irland. Ich muß schnell eine einfache Versuchsreihe aufbauen können, und zwar unter möglichst genauen Temperatur- und Druckverhältnissen und mit einer großen Auswahl radioaktiver Marker. Vor allem brauche ich große Rechnerkapazitäten – ich meine mich zu erinnern, daß sie dort zwei Cray-Parallelrechner haben.«

»Wollen Sie mit Ihren Forschungen in eine neue Richtung gehen?« Desplechins Stimme verriet eine Spur von Erregung; er merkte es, und wieder spielte ein kleines, selbstironisches Lächeln um seine Lippen. »Der Wissensdrang ...«, sagte er mit leiser Stimme.

»Meiner Ansicht nach ist es ein Irrtum, nur mit natürlicher DNA zu arbeiten. Die DNA ist ein komplexes Molekül, das sich mehr oder weniger durch Zufall weiterentwickelt: Es gibt völlig unberechtigte Redundanzen, lange, nicht kodierende Sequenzen, man kann da alles mögliche finden. Wenn man wirklich die Mutationsbedingungen ganz allgemein testen will, muß man von einfacheren, selbstreproduzierfähigen Molekülen ausgehen, mit höchstens ein paar hundert Bindungen.«

Desplechin nickte mit glänzenden Augen und versuchte nicht mehr, seine Erregung zu verbergen. Die italienischen Touristen waren inzwischen gegangen; außer ihnen war niemand im Café.

»Das wird sicher ziemlich lange dauern«, fuhr Michel fort, »denn auf den ersten Blick unterscheiden sich mutationsfähige Konfigurationen absolut nicht von den anderen. Aber es muß auf subatomarer Ebene strukturelle Stabilitätsbedingungen geben. Wenn man es schafft, eine stabile Konfiguration zu berechnen, sogar nur für ein paar hundert Atome, dann ist es nur noch eine Frage der Rechnerkapazität ... Aber vielleicht bin ich da etwas voreilig.«

»Nicht unbedingt ...« Desplechin sprach jetzt mit der langsamen, verträumten Stimme eines Mannes, der Perspektiven in unendlicher Ferne erahnt, unbekannte, schemenhafte geistige Gebilde.

»Ich müßte völlig unabhängig arbeiten können, ohne mich um die Hierarchie des Instituts kümmern zu müssen. Es gibt ein paar Dinge, die bisher noch reine Hypothesen sind: sie zu erklären, wäre zu langwierig und zu kompliziert.«

»Selbstverständlich. Ich schreibe sofort an Walcott, der das Institut leitet. Er ist ein prima Kerl, der läßt Ihnen völlige Freiheit. Außerdem haben Sie schon mit den Leuten zusammengearbeitet, wenn ich mich nicht irre. Irgend etwas mit Kühen ...«

»Ja, eine ganz kleine Sache.«

»Machen Sie sich keine Sorgen. Ich werde zwar pensioniert ... (diesmal lag in seinem Lächeln ein wenig Bitterkeit), aber ich habe noch genug Einfluß, um das zu erreichen. Verwaltungstechnisch gesehen handelt es sich um eine einfache Freistellung, die Jahr für Jahr verlängert werden kann, so lange Sie wollen. Diese Maßnahme kann unter keinen Umständen aufgehoben werden, wer auch immer mein Nachfolger sein wird.«

Sie trennten sich kurz darauf auf der Höhe des Pont Royal. Desplechin streckte ihm die Hand entgegen. Er hatte keine Söhne, seine sexuellen Präferenzen hatten es unmöglich gemacht, den Gedanken einer Scheinehe hatte er immer für lächerlich gehalten. Mehrere Sekunden lang, während er ihm die Hand schüttelte, sagte er sich, daß das, was er gerade erlebt hatte, einer höheren Ordnung zuzurechnen sei; dann sagte er sich, daß er furchtbar müde war; dann drehte er sich um und ging am Seineufer an den Ständen der Bouquinisten entlang. Eine oder zwei Minuten lang blickte Djerzinski hinter diesem Mann her, der sich im schwächer werdenden Licht entfernte.

2

Am nächsten Tag aß er bei Annabelle zu Abend und erklärte ihr ohne Umschweife auf logische, präzise Art, warum er nach Irland gehen müsse. Das Programm, das ihn erwartete, war jetzt genau abgesteckt, alles fügte sich nahtlos ineinander. Vor allem durfte er sich nicht nur auf die DNA konzentrieren, sondern mußte Lebewesen ganz allgemein als selbstreproduzierfähige Systeme betrachten.

Anfangs erwiderte Annabelle nichts; sie konnte es nicht verhindern, daß sich ihr Mund leicht verzog. Dann schenkte sie ihm Wein nach; sie hatte an jenem Abend Fisch gekocht, und ihr kleines Appartement erinnerte mehr denn je an eine Schiffskabine.

»Du hast nicht vor, mich mitzunehmen …« Ihre Worte hallten durch die Stille; die Stille zog sich in die Länge. »Du hast nicht einmal daran gedacht …«, sagte sie mit einer Mischung aus kindlicher Enttäuschung und Überraschung; dann schluchzte sie auf. Er rührte sich nicht; wenn er sie in diesem Augenblick berührt hätte, hätte sie ihn sicher zurückgestoßen; es ist wichtig, den Tränen freien Lauf zu lassen, alles andere hilft nichts. »Dabei haben wir uns so gut verstanden, als wir zwölf waren …«, sagte sie mit tränenerstickter Stimme.

Dann blickte sie zu ihm auf. Ihr Gesicht war rein und außerordentlich schön. Sie sprach, ohne nachzudenken: »Mach mir ein Kind. Ich brauche jemanden in meiner Nähe. Du brauchst es weder aufzuziehen noch anzuerkennen, und du brauchst dich auch nicht um das Kind zu kümmern. Ich erwarte nicht einmal von dir, daß du es liebst oder daß du mich liebst; aber mach mir einfach ein Kind. Ich weiß, daß ich schon vierzig bin, das Risiko nehme ich in Kauf. Das ist jetzt meine letzte Chance. Manchmal bedauere ich es, daß ich abgetrieben habe. Und dabei war der erste Mann, von dem ich schwanger war, ein Arschloch und der zweite ein völlig verantwortungsloser Kerl; als ich siebzehn war, hätte ich mir nie vorstellen können, daß das Leben so beschränkt ist, so wenige Möglichkeiten bietet.«

Michel zündete sich eine Zigarette an, um nachzudenken. »Das ist eine seltsame Idee …«, sagte er, ohne die Lippen zu bewegen. »Eine seltsame Idee, sich fortzupflanzen, wenn man das Leben nicht liebt.« Annabelle stand auf und zog sich langsam aus. »Laß uns wenigstens miteinander schlafen«, sagte sie. »Das haben wir schon seit einem Monat nicht mehr getan. Vor zwei Wochen habe ich aufgehört, die Pille zu nehmen; es sind gerade meine fruchtbaren Tage.« Sie legte die Hände auf ihren Bauch, schob sie bis zu ihren Brüsten hinauf und spreizte leicht die Schenkel. Sie war schön, begehrenswert und liebevoll; warum empfand er nichts? Das war unerklärlich. Er zündete sich eine weitere Zigarette an und begriff plötzlich, daß er mit Nachdenken nicht weiterkam. Entweder zeugt man ein Kind oder man zeugt es nicht; das hat nichts mit einer rationalen Entscheidung zu tun, das gehört nicht zu den Entscheidungen, die ein Mensch auf rationale Weise treffen kann. Er drückte seine Kippe im Aschenbecher aus und murmelte: »Einverstanden.«

Annabelle half ihm, sich auszuziehen, und masturbierte ihn sanft, damit er in sie eindringen konnte. Er spürte kaum etwas, außer der sanften Wärme ihrer Scheide. Überrascht von der geometrischen Evidenz der Begattung und entzückt über die geschmeidige Anpassungsfähigkeit der Schleimhäute hörte er bald auf, sich zu bewegen. Annabelle küßte ihn auf den Mund und schlang die Arme um ihn. Er schloß die Augen, spürte die Existenz seines Glieds viel deutlicher, und begann sich wieder auf und ab zu bewegen. Kurz bevor er ejakulierte, hatte er die unglaublich deutliche Vision vom Verschmelzen der Geschlechtszellen und gleich darauf die Vision von den ersten Zellteilungen. Es war wie eine Flucht nach vorn, ein kleiner Selbstmord. Eine Welle des Bewußtseins durchlief sein Glied, er spürte, wie sein Samen aus ihm herausgeschleudert wurde. Annabelle spürte es ebenfalls und stieß einen tiefen Seufzer aus; dann blieben sie regungslos liegen.

»Sie sollten sich schon vor einem Monat einen Termin für einen Abstrich geben lassen ...«, sagte der Gynäkologe mit müder Stimme. »Und statt dessen setzen Sie die Pille ab, ohne mit mir darüber zu sprechen, und dann stürzen Sie sich Hals über Kopf in eine Schwangerschaft. Sie sind doch kein kleines Mädchen mehr! ...« Die Atmosphäre in der Praxis war kalt und beinah klebrig; Annabelle war überrscht, die Junisonne wiederzusehen, als sie draußen war.

Am folgenden Tag rief sie den Arzt an. Die Zelluntersuchung hatte »ziemlich ernstzunehmende« Anomalien ergeben; es mußten eine Biopsie und eine Ausschabung der Gebärmutter gemacht werden. »Und was die Schwangerschaft angeht, das schlagen Sie sich erst mal aus dem Kopf. So etwas sollte man besser auf einer soliden Basis beginnen, nicht wahr? ...« Er machte keinen besorgten Eindruck, schien nur etwas verärgert zu sein.

Annabelle erlebte also ihre dritte Abtreibung – der Fötus war erst zwei Wochen alt, eine einfache Saugkürettage würde also reichen. Die Apparaturen waren seit ihrem letzten Eingriff um einiges weiterentwickelt worden, und zu ihrer großen Überraschung war alles nach kaum zehn Minuten vorbei. Die Ergebnisse der medizinischen Untersuchungen trafen drei Tage später ein. »Also ...«, der Arzt wirkte auf einmal furchtbar alt, kompetent und traurig, »es besteht wohl leider kein Zweifel: Gebärmutterkrebs im fortgeschrittenen Stadium.« Er rückte seine Brille auf der Nase zurecht und sah sich wieder die Papiere an, die vor ihm lagen; der Eindruck allgemeiner Kompetenz wurde dadurch deutlich verstärkt. Er war nicht wirklich überrascht:

Der Gebärmutterkrebs befällt häufig Frauen kurz vor den Wechseljahren, und die Tatsache, daß sie keine Kinder bekommen hatte, kam noch als erschwerender Faktor hinzu. Die Art der Behandlung war bekannt, darüber gab es keinen Zweifel. »Es muß eine abdominale Hysterektomie sowie eine beidseitige Ovariektomie vorgenommen werden. Das sind chirurgische Eingriffe, die heutzutage ziemlich gängig sind, das Risiko, daß Komplikationen auftreten, ist praktisch gleich null.« Er warf einen Blick auf Annabelle: Es war ärgerlich, daß sie nicht reagierte, sie saß nur da und starrte ihn mit offenem Mund an; das war vermutlich der Auftakt zu einer Krise. Man empfahl den praktischen Ärzten im allgemeinen, den Patientinnen eine psychotherapeutische Behandlung zur Unterstützung nahezulegen – er hatte eine Liste mit Adressen vorbereitet – und vor allem, einen wesentlichen Punkt mit ihnen anzusprechen: Das Ende der Fruchtbarkeit bedeute in keiner Weise, daß damit auch das Sexualleben zu Ende sei; im Gegenteil, bei manchen Patientinnen habe sich sogar das sexuelle Begehren viel stärker entwickelt...

»Also, man nimmt mir die Gebärmutter heraus ...«, sagte sie ungläubig.

»Die Gebärmutter, die Eierstöcke und die Eileiter; es ist besser, man vermeidet von vornherein jede Gefahr der Metastasenbildung. Ich werde Ihnen zur Substitution eine Hormonbehandlung verschreiben – übrigens verschreibt man die immer öfter, selbst beim einfachen Übergang in die Wechseljahre.«

Sie kehrte zu ihren Eltern nach Crécy-en-Brie zurück; die Operation wurde für den 17. Juli angesetzt. Michel begleitete sie gemeinsam mit ihrer Mutter zum Krankenhaus nach Meaux. Sie hatte keine Angst. Der chirurgische Eingriff dauerte etwas über zwei Stunden. Annabelle wachte am nächsten Tag auf. Durch das Fenster sah sie den blauen Himmel, die leichte Bewegung des Winds in den Bäumen. Sie spürte praktisch nichts. Sie hätte gern die Wunde auf ihrem Unterleib gesehen, wagte es aber nicht, die Krankenschwester darum zu bitten. Der Gedanke, daß sie noch dieselbe Frau war, obgleich man ihr die Fortpflanzungsorgane herausgenommen hatte, war seltsam. Der Begriff »operative Entfernung« schwirrte ihr eine Zeitlang durch den Kopf, ehe er durch ein brutaleres Bild ersetzt wurde. »Man hat mich ausgenommen«, sagte sie zu sich selbst. »Man hat mich ausgenommen wie ein Huhn.«

Eine Woche später konnte sie das Krankenhaus verlassen. Michel hatte an Walcott geschrieben, um ihm mitzuteilen, daß sich seine Abreise noch etwas verzögerte; nach einigem Hin und Her willigte er schließlich ein, bei ihren Eltern zu wohnen, im ehemaligen Zimmer ihres Bruders. Annabelle stellte fest, daß er sich während ihres Krankenhausaufenthalts mit ihrer Mutter angefreundet hatte. Auch ihr älterer Bruder schaute häufiger bei ihnen herein, seit Michel da war. Sie hatten sich im Grunde nicht viel zu sagen: Michel hatte keine Ahnung von den Problemen in der kleinen Firma, und Jean-Pierre waren die Fragen, die die Weiterentwicklung der Forschung in der Molekularbiologie aufwarf, völlig fremd; dennoch entwickelte sich schließlich eine teilweise gespielte Männerfreundschaft beim abendlichen Aperitif. Sie mußte sich ausruhen und durfte vor allem keine schweren Gegenstände aufheben; aber sie konnte sich jetzt allein waschen und normal essen. Nachmittags setzte sie sich in den Garten; Michel und ihre Mutter pflückten Erdbeeren oder Mirabellen. Es war eine seltsame Zeit, die sie an die Ferien oder die Rückkehr in die Kindheit denken ließ. Sie spürte, wie die Sonne ihr Gesicht und ihre Arme liebkoste. Die meiste Zeit tat sie nichts; manchmal stickte sie auch oder stellte kleine Stofftiere für ihren Neffen und ihre Nichten her. Ein Psychiater aus Meaux hatte ihr Schlaftabletten und ziemlich starke Beruhigungsmittel verschrieben. Sie schlief sowieso sehr viel, und ihre Träume waren gleichbleibend glücklich und friedlich; der Geist verfügt über eine große Macht, solange er sein Reich nicht verläßt. Michel lag an ihrer Seite im Bett; er hatte seine Hand auf ihre

Hüfte gelegt und spürte, wie sich ihre Rippen regelmäßig hoben und senkten. Der Psychiater besuchte sie regelmäßig, war beunruhigt, murmelte vor sich hin und sprach von »Verlust des Realitätsbewußtseins«. Sie war sehr sanft geworden, ein bißchen seltsam, und lachte oft ohne Grund; manchmal füllten sich ihre Augen auch plötzlich mit Tränen. Dann nahm sie eine weitere Tercian-Tablette.

Ab der dritten Woche konnte sie kurze Spaziergänge am Fluß oder in die benachbarten Wälder machen. Es war ein außerordentlich schöner August; ein Tag strahlender als der andere, ohne daß jemals ein Gewitter drohte, aber auch ohne das geringste Anzeichen dafür, daß ein Ende nahte. Michel nahm sie an der Hand; sie setzten sich oft auf eine Bank am Ufer des Grand Morin. Die Gräser auf der Uferböschung waren verdorrt, fast weiß; der Fluß schlängelte sich endlos dunkelgrün unter den Buchen dahin. Die äußere Welt besaß ihre eigenen Gesetze, und diese Gesetze waren nicht die der Menschen.

3

Am 25. August ergab eine Kontrolluntersuchung, daß sich im Unterleib Metastasen gebildet hatten; sie würden sich sehr wahrscheinlich weiter ausbreiten, und der Krebs würde auf andere Organe übergreifen. Man könne es mit einer Strahlentherapie versuchen, ehrlich gesagt, sei das sogar das einzige, was man tun könne; allerdings müsse man dazusagen, daß es eine ziemlich schwer verträgliche Behandlung sei und die Heilungsquote bei unter 50 % liege.

Beim Essen wurde kaum gesprochen. »Du wirst bestimmt wieder gesund, mein Schatz ...«, sagte Annabelles Mutter mit leicht zitternder Stimme. Sie schlang ihrer Mutter den Arm um den Hals und legte ihre Stirn an die ihre; so verharrten sie etwa eine Minute. Nachdem ihre Mutter schlafen gegangen war, blieb sie noch eine Weile im Wohnzimmer und blätterte ein paar Bücher durch. Michel saß in einem Sessel und folgte ihr mit den Augen. »Wir könnten einen anderen Arzt befragen ...«, sagte er nach langem Schweigen. »Ja, das könnten wir«, erwiderte sie unbeschwert.

Sie konnte nicht mit ihm schlafen, die Wunde war noch nicht verheilt und zu schmerzhaft; aber sie drückte ihn lange an sich. Sie hörte, wie er in der Stille mit den Zähnen knirschte. Irgendwann strich sie ihm mit der Hand über das Gesicht und stellte fest, daß es feucht vor Tränen war. Sie streichelte sanft sein Glied, das erregte und besänftigte ihn zugleich. Er nahm zwei Valium und schlief schließlich ein.

Gegen drei Uhr morgens stand sie auf, schlüpfte in ihren Morgenrock und ging in die Küche. Nachdem sie eine Weile im Küchenschrank gesucht hatte, fand sie die Trinkschale, die ihren Vornamen trug und die ihr die Patentante zu ihrem zehnten Geburtstag geschenkt hatte. In der Schale zerkleinerte sie sorgfältig den Inhalt des Rohypnol-Röhrchens und fügte ein wenig Wasser und Zucker hinzu. Sie spürte nichts, war nur von einer ganz allgemeinen, fast metaphysischen Traurigkeit erfüllt. So war das Leben eben, dachte sie; eine Abzweigung hatte sich in ihrem Körper gebildet, eine unvorhersehbare und ungerechtfertigte Abzweigung; und jetzt konnte ihr Körper keine Quelle des Glücks und der Freude mehr sein. Im Gegenteil, er würde allmählich, im Grunde aber ziemlich schnell, für sie selbst und die anderen zu einer Quelle der Befangenheit und des Unglücks werden. Folglich mußte sie ihren Körper vernichten. Eine hölzerne, mächtige Standuhr tickte laut; ihre Mutter hatte sie von ihrer Großmutter geerbt, sie besaß sie bereits bei ihrer Hochzeit, es war das älteste Möbelstück im Haus. Sie gab noch etwas Zukker in die Schale hinzu. Ihre Haltung war durchaus nicht schicksalsergeben, das Leben kam ihr wie ein schlechter Scherz, ein unzulässiger Scherz vor; aber unzulässig oder nicht, so war das nun mal. Innerhalb der wenigen Wochen, die ihre Krankheit gedauert hatte, war sie überraschend schnell zu jener Einstellung gekommen, die unter alten Leuten weit verbreitet ist: Sie wollte den anderen nicht zur Last fallen. Gegen Ende ihrer Jugend hatte sich ihr Leben plötzlich stark beschleunigt; dann hatte es eine lange Zeit der Langeweile gegeben; und zum Schluß ging alles wieder sehr schnell.

Als sich Michel kurz vor Tagesanbruch im Bett umdrehte, stellte er fest, daß Annabelle nicht neben ihm lag. Er zog sich an und ging hinab: Ihr lebloser Körper lag im Wohnzimmer auf dem Sofa. Neben sich auf dem Tisch hatte sie einen Brief hinterlassen. Der erste Satz lautete: »Ich ziehe es vor, im Kreis jener zu sterben, die ich liebe.«

Der Oberarzt der Unfallstation im Krankenhaus von Meaux war ein Mann von Mitte Dreißig mit braunen Locken und offenem Gesicht; er machte gleich einen ausgezeichneten Eindruck auf sie. Die Chancen, daß sie wieder aufwache, seien gering, sagte er; sie könnten bei ihr bleiben, er persönlich habe nichts dagegen. Das Koma sei ein seltsamer, noch nicht genügend erforschter Zustand. Er sei sich ziemlich sicher, daß Annabelle ihre Anwesenheit in keiner Weise wahrnehme; dennoch seien im Gehirn noch leichte elektrische Ströme meßbar; sie entsprächen wohl einer geistigen Tätigkeit, deren Natur ein völliges Rätsel sei. Eine medizinische Prognose könne nicht mit Gewißheit gestellt werden: Man habe schon Fälle gesehen, in denen ein Kranker, der mehrere Wochen, ja mehrere Monate in tiefem Koma gelegen hat, plötzlich wieder aufgewacht sei; meistens führe das Koma jedoch leider ebenso plötzlich zum Tod. Sie sei erst vierzig, daher könne man wenigstens davon ausgehen, daß ihr Herz kräftig genug sei; das sei alles, was er im Moment dazu sagen könne.

Der Himmel über der Stadt wurde allmählich hell. Annabelles Bruder, der neben Michel saß, schüttelte murmelnd den Kopf. »Das ist doch nicht möglich ... Das ist doch nicht möglich ...«, sagte er immer wieder, als übten diese Worte irgendeine geheime Macht aus. Doch, es war möglich. Alles ist möglich. Eine Krankenschwester kam an ihnen vorbei und schob einen Rollwagen vor sich her, auf dem Infusionsfläschchen aneinanderschlugen.

Kurz darauf zerriß die Sonne die Wolkendecke, und der Himmel wurde blau. Der Tag würde genauso schön werden wie die vorangegangenen. Annabelles Mutter stand mühsam auf. »Etwas Ruhe dürfte nicht schaden ...«, sagte sie und unterdrückte das Zittern in ihrer Stimme. Ihr Sohn stand ebenfalls auf und ging mit hängenden Armen wie ein Roboter hinter ihr her. Mit einer Kopfbewegung deutete Michel an, daß er sie nicht begleitete. Er spürte keinerlei Müdigkeit. In den darauffolgenden Minuten spürte er vor allem die seltsame Präsenz der beobachtbaren Welt. Er saß allein auf einem sonnigen Flur auf einem geflochtenen Plastikstuhl. Dieser Flügel des Krankenhauses war außerordentlich ruhig. Ab und zu öffnete sich eine automatische Tür, eine Krankenschwester kam heraus und ging in einen anderen Flur. Die Geräusche aus der Stadt, ein paar Stockwerke tiefer, waren sehr gedämpft. In einem Zustand völliger geistiger Losgelöstheit führte er sich die Verknüpfung der Umstände, die Etappen des Mechanismus vor Augen, der ihre Leben zerstört hatte. Alles erschien unausweichlich, klar und unwiderlegbar. Alles erschien in der regungslosen Offenkundigkeit einer begrenzten Vergangenheit. Es war kaum anzunehmen, daß ein siebzehnjähriges Mädchen heute soviel Naivität zeigte; es war vor allem kaum anzunehmen, daß ein siebzehnjähriges Mädchen heute der Liebe eine solche Bedeutung beimaß. Seit Annabelles Jugend waren fünfundzwanzig Jahre vergangen, und vieles hatte sich verändert, wenn man den Umfragen und den Zeitschriften Glauben schenken durfte. Die Mädchen von heute waren besonnener und rationaler. Sie waren vor allem auf ihren schulischen Erfolg bedacht und darum bemüht, sich eine solide berufliche Zukunft zu sichern. Wenn sie mit einem Jungen ausgingen, war das für sie nur eine Freizeitbeschäftigung, ein Vergnügen, bei dem die sexuelle Lust und die narzißtische Befriedigung etwa zu gleichen Teilen auf ihre Kosten kamen. Anschließend bemühten sie sich darum, auf der Grundlage einer möglichst adäquaten beruflichen und gesellschaftlichen Position und einer gewissen Gemeinsamkeit der Interessen eine Ehe zu schließen, die rationalen Kriterien gerecht wurde. Natürlich verschlossen sie sich dadurch jeder Möglichkeit des Glücks – da dieses untrennbar mit Zuständen regressiver Verschmelzung verbunden ist, die mit dem praktischen Gebrauch der Vernunft unvereinbar sind –, aber sie hofften, auf diese Weise dem sentimentalen, moralischen Schmerz zu entgehen, der ihre Vorgängerinnen so gequält hatte. Diese Hoffnung wurde im übrigen bald enttäuscht; das Verschwinden der emotionalen Qualen bereitete in Wirklichkeit der Langeweile, dem Gefühl der Leere und dem ängstlichen Warten auf Alter und Tod das Feld. Und so war der zweite Teil von Annabelles Leben viel trauriger und trübseliger gewesen als der erste; sie sollte gegen Ende ihres Lebens keinerlei Erinnerung daran behalten.

Gegen Mittag öffnete Michel die Tür zu ihrem Zimmer. Sie atmete sehr schwach, das Laken, das ihre Brust bedeckte, bewegte sich kaum – dem Arzt zufolge reichte das jedoch aus, um die Gewebe mit Sauerstoff zu versorgen; falls ihre Atmung noch schwächer werden sollte, werde erwogen, sie künstlich zu beatmen. Im Augenblick steckte eine Kanüle, die mit dem Tropf verbunden war, oberhalb des Ellbogens in ihrem Arm, und an ihrer Schläfe war eine Elektrode befestigt, das war alles. Ein Sonnenstrahl drang durch das schneeweiße Laken und beleuchtete eine Strähne ihres herrlichen blonden Haars. Ihr Gesicht mit den geschlossenen Augen, das nur ein wenig blasser war als sonst, wirkte außerordentlich friedlich. Alle Furcht schien sie verlassen zu haben; sie war Michel noch nie so glücklich vorgekommen. Allerdings hatte er schon immer dazu geneigt, Koma und Glück zu verwechseln; aber trotzdem kam sie ihm außerordentlich glücklich vor. Er strich ihr mit der Hand über das Haar, küßte sie auf die Stirn und auf die warmen Lippen. Es war natürlich zu spät; aber trotzdem war es schön. Er blieb in ihrem Zimmer, bis der Abend anbrach. Als er wieder auf dem Flur war, schlug er ein Buch mit buddhistischen Meditationen auf, die W. Y. Evans-Wentz gesammelt hatte (er hatte das Buch seit mehreren Wochen in der Tasche; es war ein ganz kleines Buch mit dunkelrotem Einband).

Mögen alle Wesen im Osten,
Alle Wesen im Westen,
Alle Wesen im Norden,

Alle Wesen im Süden
Glücklich sein
Und ohne Feindschaft leben.

Es war nicht nur ihrer beider Fehler gewesen, dachte er; sie hatten in einer schwierigen Welt gelebt, einer Welt voller Wettkämpfe und verbitterter Auseinandersetzungen, voller Eitelkeit und Gewalt; sie hatten nicht in einer harmonischen Welt gelebt. Andererseits hatten sie auch nichts getan, um diese Welt zu verändern, sie hatten nicht im geringsten dazu beigetragen, sie zu verbessern. Er sagte sich, daß er Annabelle ein Kind hätte machen sollen; und plötzlich erinnerte er sich, daß er es getan hatte, oder besser gesagt, daß er damit begonnen hatte, daß er wenigstens die Idee akzeptiert hatte; und dieser Gedanke erfüllte ihn mit großer Freude. Er begriff nun die Ruhe und den Frieden, die ihn in den letzten Wochen erfüllt hatten. Jetzt vermochte er nichts mehr zu tun, niemand vermag etwas gegen das Reich der Krankheit und des Todes zu tun; aber wenigstens hatte sie ein paar Wochen lang das Gefühl gehabt, geliebt zu werden.

Wenn jemand den Gedanken an die Liebe praktiziert
Und sich zu keiner verwerflichen Tat hinreißen läßt;
Wenn er die Bande der Leidenschaft zerreißt
Und seinen Blick dem WEG zuwendet,

Wird er in Brahmas Himmel wiedergeboren,
Weil er es geschafft hat, diese Liebe zu praktizieren;
Ihm wird eine baldige Erlösung zuteil
Und er gelangt ins Reich des Unbedingten;

Wenn er nicht tötet und niemandem Schaden zufügt,
Wenn er niemanden erniedrigt, um sich selbst hervorzutun,
Wenn er die universelle Liebe praktiziert,
Wird er beim Tod auch keinen Haß empfinden.

Am Abend kam Annabelles Mutter, um zu hören, ob es etwas Neues gebe. Nein, die Situation sei noch die gleiche; bei tiefem Koma könne der Zustand sehr lange unverändert bleiben, erklärte ihr die Krankenschwester geduldig, es vergingen manchmal Wochen, ehe man eine Prognose aufstellen könne. Sie ging in das Zimmer, um ihre Tochter zu sehen, und kam nach einer Minute schluchzend wieder heraus. »Ich verstehe das nicht ...«, sagte sie und schüttelte dabei den Kopf. »Ich verstehe nicht, wie das Leben so ist. Sie war ein braves Mädchen, wissen Sie. Sie war immer liebevoll und hat nie Schwierigkeiten gemacht. Sie hat sich nie beklagt, aber ich wußte, daß sie nicht glücklich war. Sie hat im Leben nicht das bekommen, was sie verdient hätte.«

Sichtlich entmutigt ging sie kurz darauf wieder fort. Seltsamerweise war er weder hungrig noch müde. Er lief im Flur auf und ab, fuhr in die Eingangshalle hinunter. Ein Antillaner, der am Empfangsschalter saß, löste Kreuzworträtsel; er nickte ihm zu. Er holte sich eine heiße Schokolade aus dem Automaten und näherte sich der Fensterwand. Der Mond schwebte zwischen den Hochhäusern; ein paar Autos fuhren über die Avenue de Châlons. Er hatte genügend medizinische Kenntnisse, um zu wissen, daß Annabelles Leben an einem Faden hing. Ihre Mutter hatte recht, wenn sie sich weigerte, die Sache verstehen zu wollen; der Mensch ist nicht fähig, den Tod hinzunehmen: weder seinen eigenen noch den der anderen. Er ging auf den Antillaner zu und bat ihn um etwas Schreibpapier; leicht überrascht reichte dieser ihm einen Stapel Briefpapier mit dem Briefkopf des Krankenhauses (dieser Briefkopf sollte viele Jahre später Hubczejak ermöglichen, den Text inmitten der Masse von Aufzeichnungen zu identifizieren, die in Clifden gefunden wurden). Manche Menschen klammern sich mit aller Gewalt an das Leben und verlassen es, wie Rousseau sagte, nur widerwillig; das würde, wie er schon ahnte, auf Annabelle nicht zutreffen.

Sie war ein Kind, für das Glück bestimmt,
gab jedem, der es wollte, ihres Herzens Schatz.
Sie hätte, inmitten der in ihrem Bett geborenen Kinder,
ihr Leben für andere hingeben können.

Im Schrei der Kinder,
im Blut des Menschengeschlechts
würde ihr stets gegenwärtiger Traum
eine Spur hinterlassen,
die die Zeit prägte,
die den Raum prägte

Die das Fleisch prägte,
für immer geheiligt
in den Bergen, in der Luft
und im Wasser der Flüsse,
am veränderten Himmel.

Jetzt bist du da,
auf deinem Sterbebett
in deinem Koma, so ruhig,
für immer so liebevoll.

Unsere Körper erkalten,
sind nur noch im Gras zu finden,
meine liebe Annabelle,
das ist das Nichts
des individuellen Seins.

Wir haben wenig geliebt
in unserem menschlichen Gewand.
Vielleicht werden Sonne und Regen,
Wind und Frost auf unseren Gräbern
unserem Leid ein Ende setzen.

4

Annabelle starb am übernächsten Tag, für die Familie war das vielleicht besser so. Bei Todesfällen neigt man immer dazu, irgend so einen Schwachsinn von sich zu geben; aber es ist wahr, daß ihre Mutter und ihr Bruder die Ungewißheit nur schwer länger ertragen hätten.

In dem Gebäude aus weißem Beton und Stahl, demselben, in dem seine Großmutter gestorben war, wurde sich Djerzinski zum zweitenmal der Macht der Leere bewußt. Er ging durch den Raum und näherte sich Annabelles leblosem Körper. Dieser Körper war noch genauso, wie er ihn gekannt hatte, außer daß die Wärme ihn allmählich verließ. Ihr Fleisch war inzwischen fast kalt.

Manche Menschen glauben, auch wenn sie schon siebzig oder gar achtzig sind, daß es immer noch etwas Neues zu erleben gibt und das Abenteuer, wie man so schön sagt, an der nächsten Ecke lauert; man muß sie letztlich praktisch umbringen oder sie wenigstens in einen Zustand fortgeschrittener Gebrechlichkeit versetzen, damit sie endlich Vernunft annehmen. Das war bei Michel Djerzinski nicht der Fall. Er hatte, seit er erwachsen war, allein gelebt, in einer kosmischen Leere. Er hatte dazu beigetragen, das Wissen zu vergrößern; das war seine Berufung, die Möglichkeit, seine natürliche Begabung auszudrücken; nur die Liebe hatte er nicht kennengelernt. Auch Annabelle hatte trotz ihrer Schönheit die Liebe nicht kennengelernt; und jetzt war sie tot. Ihr lebloser Körper lag aufgebahrt in der Sonne, nutzlos wie ein reines Gewicht. Dann wurde der Deckel auf den Sarg geschraubt.

In ihrem Abschiedsbrief hatte sie darum gebeten, eingeäschert zu werden. Vor der Zeremonie tranken sie einen Kaffee in der Cafeteria der Eingangshalle; am Nebentisch saß ein Zigeuner mit einem fahrbaren Tropf und diskutierte mit zwei Freunden über Autos. Die Beleuchtung war schwach – ein paar Deckenleuchten inmitten einer widerwärtigen Dekoration, die an riesige Korken denken ließ.

Sie gingen nach draußen in die Sonne. Die Krematoriumsgebäude befanden sich nicht weit vom Krankenhaus, im selben Komplex. Das eigentliche Krematorium war ein großer Block aus weißem Beton, umgeben von einem ebenso weißen Platz, auf dem sich die Sonne gleißend widerspiegelte. Die heiße Luft umspielte sie wie eine Unzahl kleiner Schlangen.

Der Sarg wurde auf einer mobilen Plattform befestigt, die in den Verbrennungsofen gefahren werden konnte. Nach dreißig Sekunden gemeinsamer Andacht setzte ein Angestellter den Mechanismus in Bewegung. Die Zahnräder, die die Plattform antrieben, knirschten leise; die Tür schloß sich wieder. Durch ein Sichtfenster aus feuerfestem Glas konnte man die Verbrennung überwachen. In dem Augenblick, als die Flammen aus den riesigen Brennern aufloderten, wandte Michel den Kopf ab. Etwa zwanzig Sekunden lang blieb ein roter Schimmer am Rand seines Sehfelds; und dann war alles vorbei. Ein Angestellter schüttete die Asche in einen kleinen Kasten, einen Quader aus hellem Fichtenholz, und übergab sie Annabelles ältestem Bruder.

Sie fuhren sehr langsam nach Crécy zurück. Auf der Allee, die zum Rathaus führte, glitzerte die Sonne durch die Blätter der Kastanien. Annabelle und er waren fünfundzwanzig Jahre zuvor nach der Schule oft auf dieser Allee spazierengegangen. Etwa fünfzehn Personen hatten sich im Garten des Einfamilienhauses ihrer Mutter versammelt. Ihr älterer Bruder war zu diesem Anlaß aus den USA gekommen; er war mager, nervös, sichtlich gestreßt und etwas zu elegant gekleidet.

Annabelle hatte darum gebeten, daß ihre Asche im Garten des Hauses ihrer Eltern verstreut werden solle; auch das wurde getan. Die Sonne sank allmählich wieder tiefer. Die Asche war wie Staub – fast weißer Staub. Sie legte sich sanft wie ein Schleier zwischen den Rosensträuchern auf die Erde. In diesem Augenblick hörte man in der Ferne das Läuten des Bahnübergangs. Michel erinnerte sich an die Nachmittage, als er fünfzehn war und Annabelle ihn am Bahnhof erwartet und in die Arme genommen hatte. Er betrachtete die Erde, die Sonne, die Rosen; die geschmeidige Oberfläche des Grases. Es war unverständlich. Die Anwesenden schwiegen; Annabelles Mutter schenkte einen Wein aus. Sie hielt ihm ein Glas hin und blickte ihm in die Augen. »Wenn Sie wollen, können Sie ein paar Tage hierbleiben, Michel«, sagte sie mit leiser Stimme. Nein, er werde abreisen; er werde arbeiten. Für alles andere sei er ungeeignet. Er hatte den Eindruck, als sei der Himmel von Streifen durchzogen; er merkte, daß er weinte.

5

Als sich das Flugzeug der Wolkendecke näherte, die sich bis ins Endlose unter dem unantastbaren Himmel dahinzog, hatte er den Eindruck, daß sein ganzes Leben nur auf diesen Augenblick hingeführt hatte. Ein paar Sekunden lang sah er noch die riesige azurfarbene Kuppel und eine endlose gewellte Ebene, in der strahlendweiße und mattweiße Flächen einander ablösten; dann gelangten sie in eine graue, sich bewegende Zwischenzone, die sich nur verschwommen wahrnehmen ließ. Unter ihnen, in der Welt der Menschen, waren Weiden, Tiere und Bäume; alles war grün, feucht und unglaublich kleinteilig.

Walcott wartete am Flughafen Shannon auf ihn. Ein Mann von untersetzter Statur und mit lebhaften Gesten; er hatte einen fast kahlen Schädel mit einem Kranz aus rotblondem Haar. Er fuhr mit seinem Toyota Starlet mit hohem Tempo durch die dunstigen Weiden, über die Hügel. Das Institut befand sich ein wenig nördlich von Galway auf dem Gelände der Gemeinde Rosscahill. Walcott führte ihn durch die Gebäude und stellte ihm die Techniker vor; sie würden ihm zur Verfügung stehen, um die Versuche durchzuführen und die Berechnung der molekularen Konfigurationen zu programmieren. Die gesamte Ausrüstung war ultramodern, die Räume makellos sauber – das Ganze war mit Mitteln der EU finanziert. In einem gekühlten Raum warf Djerzinski einen Blick auf die beiden turmförmigen großen Cray-Rechner, deren Schalttafeln im Halbdunkel leuchteten. Ihre Millionen von Prozessoren mit massiver Parallelbauweise warteten nur darauf, die Lagrange-Gleichungen, die Wellenfunktionen, die Spektralzerlegungen und die hermiteschen Operatoren zu verarbeiten; in dieser Umgebung sollte sich sein Leben von nun an abspielen. Doch obwohl er die Arme vor der Brust verschränkte und an seinen Körper preßte, konnte er sich nicht des Eindrucks von Traurigkeit und innerer Kälte erwehren. Walcott bot ihm eine Tasse Kaffee aus dem Automaten an. Durch die breiten Glaswände sah man auf leuchtend grüne Hänge, die sich bis ans dunkle Wasser des Lough Corrib hinabzogen.

Als sie die Straße nach Rosscahill hinunterfuhren, kamen sie an einer sanft abfallenden Weide vorbei, auf der eine Herde schöner hellbrauner Kühe graste, sie waren verhältnismäßig klein. »Erkennen Sie sie wieder?« fragte Walcott lächelnd. »Ja ... das sind die Nachkömmlinge der ersten Kühe, die nun schon vor zehn Jahren aufgrund Ihrer Arbeiten gezüchtet worden sind. Damals war unser Institut noch ganz klein und schlecht ausgerüstet, Sie haben uns einen großen Dienst damit erwiesen. Sie sind widerstandsfähig, vermehren sich ohne Probleme und geben ausgezeichnete Milch. Wollen Sie sie aus der Nähe sehen?« Er stellte seinen Wagen auf einem Hohlweg ab. Djerzinski ging auf die kleine Steinmauer zu, die die Weide umgab. Die Kühe grasten ruhig, rieben ihre Köpfe an den Flanken ihrer Gefährtinnen; zwei oder drei von ihnen lagen im Gras. Er hatte den genetischen Code, der die Replikation ihrer Zellen steuerte, entwickelt oder zumindest verbessert. Für sie müßte er eigentlich ein Gott sein; und dennoch ließ sie seine Anwesenheit anscheinend gleichgültig. Eine Nebelbank sank von der Kuppe des Hügels hinab und entzog die Tiere nach und nach seinem Blick. Er kehrte zum Wagen zurück.

Walcott saß am Steuer und rauchte eine Craven; der Regen hatte die Windschutzscheibe mit Tropfen bedeckt. Mit sanfter, zurückhaltender Stimme (eine Zurückhaltung, die jedoch keineswegs als ein Zeichen von Gleichgültigkeit zu werten war) fragte er ihn: »Haben Sie einen Trauerfall in der Familie gehabt? ...« Daraufhin erzählte er ihm die Geschichte von Annabelle und ihrem Ende. Walcott hörte zu, nickte hin und wieder oder stieß einen Seufzer aus. Nach dem Bericht blieb er eine Weile stumm, zündete sich eine weitere Zigarette an, drückte sie sogleich wieder aus und sagte: »Ich stamme nicht aus Irland. Ich bin in Cambridge geboren, und wie es scheint, bin ich sehr englisch geblieben. Man sagt häufig, daß die Engländer viel Gelassenheit und Zurückhaltung entwickelt haben und außerdem die Angewohnheit besitzen, alle Ereignisse im Leben – einschließlich der tragischsten – mit Humor zu nehmen. Das trifft weitgehend zu; aber das ist völlig idiotisch. Humor kann niemanden retten; Humor führt letztlich zu nichts. Man kann die Ereignisse im Leben jahrelang mit Humor hinnehmen, manchmal auch jahrzehntelang, und in gewissen Fällen kann man praktisch bis zum Schluß eine humorvolle Haltung einnehmen; aber letztlich bricht einem das Leben doch das Herz. Egal wieviel Mut, Gelassenheit oder Humor man im Laufe seines Lebens entwickelt hat, am Ende bricht es einem doch immer das Herz. Und dann lacht niemand mehr. Was bleibt, ist nur noch Einsamkeit, Kälte und Schweigen. Was bleibt, ist nur der Tod.«

Er setzte die Scheibenwischer in Gang und stellte den Motor an. »Viele Leute hier sind katholisch«, sagte er weiter. »Aber das ändert sich allmählich. Irland wird moderner. Mehrere Hightech-Unternehmen haben sich hier niedergelassen, um die reduzierten Sozialabgaben und die Steuerermäßigungen auszunutzen – hier in der Gegend haben wir Roche und Lilly. Und dann natürlich Microsoft – alle jungen Leute in diesem Land träumen davon, bei Microsoft zu arbeiten. Die Leute gehen weniger zur Messe, die sexuelle Freiheit ist größer als vor ein paar Jahren, es gibt immer mehr Diskotheken und Antidepressiva. Na ja, das klassische Schema ...«

Sie fuhren wieder am See entlang. Die Sonne brach mitten aus einer Nebelbank hervor und zeichnete auf der Oberfläche des Wassers schillernde Flächen ab. »Aber trotzdem«, fuhr Walcott fort, »ist der Katholizismus hier noch sehr stark. Die meisten Techniker des Instituts zum Beispiel sind katholisch. Das erschwert mir den Kontakt zu ihnen. Sie sind korrekt und höflich, aber sie betrachten mich als einen Außenseiter, mit dem man nicht richtig reden kann.«

Die Sonne kam völlig hervor und bildete einen Kreis aus vollkommenem Weiß; der ganze See wurde in gleißendes Licht getaucht. Die Gebirgsrücken der *Twelve Bens Mountains* überlagerten sich am Horizont in abnehmenden Grautönen wie Filmstreifen eines Traums. Sie schwiegen beide. Als sie Galway erreichten, sprach Walcott weiter: »Ich bin Atheist geblieben, aber ich kann verstehen, daß man hier katholisch ist. Dieses Land hat etwas ganz Eigentümliches. Alles vibriert ständig, das Gras auf den Wiesen und die Oberfläche der Gewässer, alles scheint auf eine Anwesenheit hinzudeuten. Das Licht ist sanft und wechselhaft, wie eine sich ändernde Materie. Sie werden es noch sehen. Und auch der Himmel ist lebendig.«

6

Er mietete sich eine Wohnung an der *Sky Road* in der Nähe von Clifden, in einem ehemaligen Gebäude der Küstenwacht, das in Appartements für Touristen umgewandelt worden war. Die Räume waren mit Spinnrädern, Petroleumlampen und allen möglichen altertümlichen Gegenständen ausgestattet, die von den Touristen angeblich sehr geschätzt wurden; das störte ihn nicht. Er wußte inzwischen, daß er sich in diesem Haus – und überhaupt im Leben – wie in einem Hotel fühlen würde.

Er hatte eigentlich nicht vor, nach Frankreich zurückzukehren, mußte aber in den ersten Wochen mehrmals nach Paris fliegen, um sich um den Verkauf seiner Wohnung und die Transferierung seiner Konten zu kümmern. Er nahm den Flug um 11 Uhr 50 von Shannon. Das Flugzeug flog über das Meer, die Sonne erhitzte die Wasseroberfläche; die Wellen sahen aus wie ein Gewimmel von Würmern, die sich auf endloser Weite ringelten. Unter dieser riesigen Schicht von Würmern vermehrten Weichtiere ihr eigenes Fleisch, das wußte er; Fische mit feinen Zähnen verschlangen diese Weichtiere, ehe sie selbst von größeren Fischen verschlungen wurden. Häufig schlief er ein, hatte schlechte Träume. Wenn er aufwachte, flog das Flugzeug über flaches Land. Im Halbschlaf wunderte er sich über die eintönige Farbe der Felder. Die Felder waren braun, manchmal grün, aber immer stumpf. Die Pariser Vorstädte waren grau. Das Flugzeug verlor an Höhe, ging langsam tiefer, wurde unweigerlich von diesem Leben, vom Pulsieren dieser Millionen von Leben angezogen.

Ab Mitte Oktober legte sich eine dichte Nebeldecke, die direkt vom Atlantik kam, über die Halbinsel Clifden. Die letzten Touristen waren abgereist. Es war nicht kalt, aber alles war in ein tiefes, sanftes Grau getaucht. Djerzinski verließ nur selten das Haus. Er hatte drei DVD mitgebracht, die über 40 Gigabyte Daten enthielten. Ab und zu stellte er seinen PC an, untersuchte eine molekulare Konfiguration und legte sich auf sein breites Bett, die Zigaretten in Reichweite. Er war noch nicht ins Institut zurückgekehrt. Hinter der Fensterwand zogen langsam die Nebelmassen vorbei.

Um den 20. November herum klärte sich der Himmel auf, und das Wetter wurde kälter und trockener. Er gewöhnte sich an, lange Spaziergänge auf der Küstenstraße zu machen. Er durchquerte Gortrumnagh, Knockavally und ging meistens bis Claddaghduff, manchmal auch bis Aughrus Point. Dann befand er sich an der westlichsten Spitze Europas, am äußersten Zipfel der westlichen Welt. Vor ihm breitete sich der atlantische Ozean aus, viertausend Kilometer Meer trennten ihn von Amerika.

Hubczejak zufolge muß man die zwei oder drei Monate einsamen Nachdenkens, in denen Djerzinski nichts tat, keine Versuchsreihe aufbaute, keine Berechnung programmierte, als den entscheidenden Zeitraum betrachten, in dessen Verlauf die wesentlichen Elemente seiner späteren Überlegungen heranreiften. Die letzten Monate des Jahres 1999 waren ohnehin für die ganze Bevölkerung der westlichen Welt eine seltsame Epoche, die von einer besonderen Erwartung, von einer Art dumpfen Grübelns, gekennzeichnet war.

Der 31. Dezember 1999 fiel auf einen Freitag. In der Klinik in Verrières-le-Buisson, in der Bruno den Rest seines Lebens verbringen sollte, fand ein kleines Fest statt, an dem die Kranken und das Pflegepersonal teilnahmen. Es wurde Champagner getrunken, und dazu gab es Paprika-Chips. Später am Abend tanzte Bruno mit einer Krankenschwester. Er war nicht unglücklich; die Medikamente taten ihre Wirkung und hatten jede sinnliche Begierde ausgelöscht. Er freute sich auf den Nachmittagskaffee und die Quizsendungen im Fernsehen, die sie sich gemeinsam vor dem Abendessen ansahen. Er erwartete nichts mehr von der Abfolge der Tage, und der letzte Abend des zweiten Jahrtausends verlief für ihn sehr angenehm.

Auf den Friedhöfen in der ganzen Welt vermoderten die Menschen, die vor nicht allzu langer Zeit gestorben waren, weiter in ihren Gräbern und verwandelten sich allmählich in Skelette.

Michel verbrachte den Abend zu Hause. Er war zu weit vom Dorf entfernt, um den Lärm des Fests zu hören, das dort gefeiert wurde. Mehrmals kamen ihm sanfte friedliche Bilder von Annabelle in den Sinn; und auch Bilder seiner Großmutter.

Er erinnerte sich, daß er mit dreizehn oder vierzehn Jahren Taschenlampen und kleine mechanische Geräte gekauft und sich damit vergnügt hatte, diese stundenlang auseinanderzunehmen und wieder zusammenzusetzen. Er erinnerte sich auch an ein kleines Modellflugzeug, das ihm seine Großmutter geschenkt und das nie vom Boden abgehoben hatte, obwohl er alles versucht hatte. Es war ein schönes, mit Tarnfarbe angestrichenes Flugzeug; er hatte es schließlich wieder in den Karton gelegt. Sein Dasein besaß, auch wenn es von Bewußtseinsströmungen durchquert wurde, gewisse individuelle Züge. Es gibt Wesen, und es gibt Gedanken. Die Gedanken nehmen keinen Raum ein. Die Wesen nehmen einen Teil des Raums ein; wir sehen sie. Ihr Bild entsteht auf der Linse, durchquert das Kammerwasser und trifft auf die Netzhaut. Allein in dem leeren Haus nahm Michel eine bescheidene Rückschau seiner Erinnerungen vor. Nur eine Gewißheit schälte sich im Lauf des Abends nach und nach heraus: Er würde sich bald wieder an die Arbeit machen können.

Überall auf der Oberfläche der Erdkugel bereitete sich die an sich selbst und an ihrer eigenen Geschichte zweifelnde, müde, erschöpfte Menschheit darauf vor, so gut es ging, ein neues Jahrtausend zu beginnen.

7

Manche sagen:
»Die Zivilisation, die wir aufgebaut haben, ist noch anfällig,
Wir haben gerade erst die Nacht hinter uns gelassen.
Wir tragen noch das feindselige Bild dieser Jahrhunderte des Unglücks in uns;
Wäre es nicht besser, wenn all das verborgen bliebe?«

Der Erzähler steht auf, sammelt sich und erinnert daran,
unerschütterlich, aber entschlossen
steht er auf und erinnert daran,
daß eine metaphysische Revolution stattgefunden hat.

Wie die Christen sich die früheren Zivilisationen vorstellen und sich ein umfassendes Bild der früheren Zivilisationen machen konnten, ohne sich in Frage zu stellen und ohne an sich zu zweifeln,
denn sie hatten ein Stadium,
eine Stufe,
eine Grenzlinie überschritten,

Wie die Menschen des materialistischen Zeitalters den christlichen rituellen Zeremonien beiwohnen konnten, ohne diese zu verstehen oder wirklich zu sehen,
Und die Bücher, die ihre ehemalige christliche Kultur hervorgebracht hatte,
lesen und immer wieder lesen konnten,
ohne sich von einer quasi anthropologischen Sichtweise zu befreien,

Unfähig, jene Auseinandersetzungen zu begreifen, die ihre
Vorfahren um das Zusammenspiel von Sünde und Gnade
bewegt hatte,

So können auch wir uns heute die Geschichte der
materialistischen Ära
als eine alte menschliche Geschichte anhören.
Es ist eine traurige Geschichte, und dennoch wird sie uns
nicht wirklich traurig stimmen,
denn wir gleichen nicht mehr diesen Menschen.
Hervorgegangen aus ihrem Fleisch und aus ihren Begierden,
haben wir ihre Kategorien und ihre Zugehörigkeiten
verworfen.
Wir kennen nicht ihre Freuden, kennen auch nicht mehr ihr
Leid,
Gleichgültig
und völlig mühelos
haben wir ihre Welt des Todes
zurückgewiesen.

Heute können wir jene Jahrhunderte des Schmerzes,
die unser Erbe sind, der Vergessenheit entreißen,
es hat etwas wie eine zweite Teilung stattgefunden,
und wir haben das Recht, unser Leben zu führen.

Albert Einstein, der von 1905 bis 1915 ziemlich allein und mit begrenzten mathematischen Kenntnissen gearbeitet hat, ist es gelungen, ausgehend von seiner anfänglichen Intuition, die im Prinzip der speziellen Relativitätstheorie formuliert ist, eine allgemeine Theorie von Gravitation, Raum und Zeit zu entwikkeln, die einen entscheidenden Einfluß auf die spätere Entwicklung der Astrophysik ausüben sollte. Man kann diese gewagte, einsame Bemühung, die Hilberts Worten zufolge »zu Ehren des menschlichen Geistes« unternommen worden ist – und zwar auf

Gebieten ohne erkennbaren praktischen Nutzen, die darüber hinaus noch zu jener Zeit den Forschern unzugänglich waren –, mit den Arbeiten von Cantor vergleichen, der eine Typologie des faktischen Unendlichen aufgestellt hat, oder mit Gottlob Freges Bemühungen, die Grundlagen der Logik neu zu definieren. Man kann sie ebenfalls, wie Hubczejak in seiner Einführung zu den *Clifden Notes* schreibt, mit Djerzinskis einsamer geistiger Tätigkeit von 2000 bis 2009 in Clifden vergleichen – insbesondere, da Djerzinski genau wie Einstein zu seiner Zeit nicht über ausreichende mathematische Fachkenntnisse verfügte, um seine Intuitionen auf einer wirklich strengen Grundlage zu entwikkeln.

Topologie der Meiose, seine erste Veröffentlichung, die 2002 erschien, erregte dennoch ziemliches Aufsehen. Sie bewies zum erstenmal auf der Grundlage von unwiderlegbaren thermodynamischen Argumenten, daß die Chromosomenteilung, die während der Meiose erfolgt, um haploide Gameten hervorzubringen, selbst eine Quelle struktureller Instabilität ist, oder mit anderen Worten, daß jede geschlechtlich differenzierte Spezies zwangsläufig sterblich ist.

Der Artikel *Drei Mutmaßungen zur Topologie in den Hilbert-Räumen*, der 2004 erschien, sollte Erstaunen hervorrufen. Man hat ihn als eine Reaktion auf die Dynamik des Kontinuums interpretiert, als einen Versuch – mit seltsam platonischen Anklängen –, die Algebra der Formen neu zu definieren. Obwohl die Mathematiker die Bedeutung der vorgeschlagenen Mutmaßungen durchaus anerkannten, fiel es ihnen nicht schwer, die mangelnde formale Strenge der Vorschläge sowie den leicht anachronistischen Charakter des Ansatzes hervorzuheben. Tatsächlich hatte Djerzinski zu jener Zeit, wie Hubczejak einräumt, keinen Zugang zu den jüngsten mathematischen Veröffentlichungen, und man hat sogar den Eindruck, daß er sich nicht sonderlich dafür interessierte. Über seine Tätigkeit von 2004 bis

2007 besitzt man allerdings nur wenige Zeugnisse. Er besuchte regelmäßig das Institut in Galway, aber seine Beziehung zu den Wissenschaftlern, die die Versuchsreihen durchführten, war rein technischer und funktionaler Art. Er hatte sich ein paar elementare Cray-Kenntnisse angeeignet, so daß er selten auf die Hilfe der Programmierer angewiesen war. Nur Walcott schien eine etwas persönlichere Beziehung zu ihm aufrechterhalten zu haben. Er wohnte ebenfalls in der Nähe von Clifden und stattete ihm manchmal nachmittags einen Besuch ab. Seinem Zeugnis zufolge berief sich Djerzinski oft auf Auguste Comte, insbesondere auf die Briefe an Clotilde de Vaux und auf die *Synthèse subjective*, das letzte unvollendete Werk des Philosophen. Auch auf dem Gebiet der wissenschaftlichen Methode konnte man Comte als den wahren Begründer des Positivismus betrachten. Keine Metaphysik, keine zu jener Zeit vorstellbare Ontologie hatte vor seinen Augen Gnade gefunden. Es ist sogar wahrscheinlich, wie Djerzinski hervorhob, daß Comte, wenn er in das intellektuelle Umfeld versetzt worden wäre, in dem sich Niels Bohr von 1924 bis 1927 befand, an seiner kompromißlosen positivistischen Einstellung festgehalten und sich der Kopenhagener Deutung angeschlossen hätte. Jedoch das Beharren des französischen Philosophen auf dem realen Charakter der sozialen Zustände im Vergleich zum fiktiven Charakter der individuellen Existenz, sein immer wieder neu bekundetes Interesse für historische Prozesse und Bewußtseinsströmungen und vor allem sein übersteigerter Hang zur Sentimentalität deuten darauf hin, daß die später angestrebte Neuorientierung der Ontologie, die seit den Arbeiten von Zurek, Zeh und Hardcastle an Bedeutung gewonnen hatte, bei ihm vielleicht nicht auf Ablehnung gestoßen wäre: das Ersetzen einer objektbezogenen Ontologie durch eine zustandsbezogene Ontologie. Denn nur eine zustandsbezogene Ontologie war in der Lage, die praktische Möglichkeit menschlicher Beziehungen wiederherzustellen. In einer zustandsbezogenen Ontologie waren die einzelnen Teilchen nicht zu unterscheiden, und man mußte sich darauf beschränken, sie auf dem Weg über das beobachtbare Phänomen der *Anzahl* zu bestimmen. Die einzigen Gebilde, die in einer solchen Ontologie neu bestimmt und benannt werden konnten, waren die Wellenfunktionen und auf dem Weg darüber die Zustandsvektoren – daher die Möglichkeit, analog dazu, der Brüderlichkeit, der Sympathie und der Liebe einen neuen Sinn zu verleihen.

Sie gingen die Straße nach Ballyconneely entlang; das Meer glitzerte zu ihren Füßen. In der Ferne ging die Sonne über dem Atlantik unter. Immer häufiger hatte Walcott den Eindruck, daß Djerzinskis Gedankengänge sich auf unsicheren, ja mystischen Wegen verirrten. Er selbst blieb ein Anhänger des radikalen Instrumentalismus; er stand in der Tradition des angelsächsischen Pragmatismus und war auch von den Arbeiten des Wiener Kreises beeinflußt worden, und daher betrachtete er Auguste Comtes Werk, das in seinen Augen noch zu romantisch war, mit einer gewissen Skepsis. Der Positivismus konnte, wie er hervorhob, im Gegensatz zum Materialismus, der durch ihn ersetzt worden war, tatsächlich zum erstenmal einen neuen Humanismus begründen (denn der Materialismus war im Grunde mit dem Humanismus unvereinbar und sollte ihn schließlich zerstören). Dennoch hatte der Materialismus durchaus eine historische Bedeutung gehabt: Man mußte eine erste Barriere überwinden, nämlich Gott; die Menschen hatten sie überwunden und waren plötzlich in Bedrängnis geraten und von Zweifeln erfüllt. Aber inzwischen war eine zweite Barriere überwunden worden; und das war in Kopenhagen geschehen. Und seitdem brauchten sie Gott nicht mehr und auch nicht die Vorstellung einer unsichtbar vorhandenen Realität. »Es gibt menschliche Wahrnehmungen, menschliche Zeugnisse und menschliche Versuche«, sagte Walcott. »Es gibt die Vernunft, die diese Wahrnehmungen verbindet, und das Gefühl, das sie mit Leben erfüllt.

All das entwickelt sich ohne jede Metaphysik oder Ontologie. Wir brauchen nicht mehr die Vorstellung, daß es einen Gott, die Natur oder die Realität gibt. Ein Konsens über das Resultat von Versuchen kann innerhalb der Gemeinschaft der Beobachter auf dem Weg über eine vernunftbedingte Intersubjektivität erreicht werden; die Versuche sind durch Theorien miteinander verbunden, die, so weit es geht, das Ökonomieprinzip erfüllen und zwangsläufig widerlegbar sein müssen. Es gibt eine wahrgenommene Welt, eine gefühlte Welt, eine menschliche Welt.«

Seine Position war unangreifbar, das war Djerzinski klar: War das Bedürfnis nach einer Ontologie eine Kinderkrankheit des menschlichen Geists? Gegen Ende 2005 entdeckte er auf einer Reise nach Dublin das *Book of Kells*. Hubczejak ist davon überzeugt, daß die Entdeckung dieser mit Miniaturen von unglaublicher formaler Komplexität versehenen Handschrift, die vermutlich das Werk irischer Mönche aus dem 7. Jahrhundert unseres Zeitalters ist, einen entscheidenden Einfluß auf sein Denken ausgeübt hat und daß ihm die eingehende Betrachtung dieses Werks wohl schließlich erlaubt hat, durch eine Reihe von Intuitionen, die uns im nachhinein wie ein Wunder vorkommen, die in der Biologie anzutreffenden Schwierigkeiten der energetischen Stabilitätsberechnung innerhalb der Makromoleküle zu überwinden. Selbst wenn man nicht bereit ist, allen Behauptungen Hubczejaks beizupflichten, muß man einräumen, daß das *Book of Kells* im Lauf der Jahrhunderte bei den Kommentatoren schon immer Äußerungen von geradezu ekstatischer Bewunderung hervorgerufen hat. So kann etwa die Beschreibung dieses Buches von Giraldus Cambrensis aus dem Jahr 1185 angeführt werden:

»Dieses Buch enthält die Konkordanz der vier Evangelien nach dem Text des heiligen Hieronymus und fast ebenso viele, mit herrlichen Farben verzierte Zeichnungen wie Seiten. Hier kann man das wunderbar gezeichnete Antlitz Seiner göttlichen Maje-

stät bewundern; dort die mystischen Darstellungen der Evangelisten, die bald sechs, bald vier, bald zwei Flügel besitzen. Hier sieht man den Adler, dort den Stier, hier das Gesicht eines Menschen, dort das eines Löwen und beinah unzählige weitere Zeichnungen. Der flüchtige Betrachter möchte meinen, es seien nur Klecksereien und nicht sorgfältig ausgeführte Zeichnungen. Er sieht nichts Subtiles, dabei ist alles subtil. Aber wenn man sich die Mühe macht, sie sehr aufmerksam zu betrachten und mit dem Auge in die Geheimnisse der Kunst einzudringen, entdeckt man so viele feine und subtile vielschichtige Dinge, die dicht gedrängt, miteinander verflochten und verknotet sind, und zwar in so frischen, leuchtenden Farben, daß man ohne Umschweife erklären wird, daß all das nicht von Menschenhand geschaffen sein kann, sondern das Werk der Engel ist.«

Man kann Hubczejak ebenfalls beipflichten, wenn er behauptet, daß jede neue Philosophie, selbst wenn sie in Form einer scheinbar rein logischen Axiomatik auftritt, in Wirklichkeit mit einer neuen Sichtweise der Welt verbunden ist. Dadurch daß Djerzinski der Menschheit die körperliche Unsterblichkeit geschenkt hat, hat er natürlich unseren Zeitbegriff grundlegend verändert; aber sein größtes Verdienst sieht Hubczejak darin, daß er die Grundlagen für eine neue Philosophie des Raums geschaffen hat. So wie das Weltbild, das den tibetanischen Buddhismus prägt, untrennbar mit einer eingehenden Betrachtung der unendlichen kreisförmigen Figuren der Mandalas verbunden ist, und so wie man sich eine getreue Vorstellung von Demokrits Denken machen kann, wenn man an einem Augustnachmittag auf einer griechischen Insel das gleißende Sonnenlicht auf den weißen Steinen beobachtet, kann man sich Djerzinskis Gedankenwelt nähern, wenn man sich in dieses unendliche Netz von Kreuzen und Spiralen vertieft, das die ornamentale Grundlage des *Book of Kells* bildet, oder wenn man den wunderbaren Aufsatz *Meditation über die Verflechtung* liest, der unabhängig von den *Clifden Notes* veröffentlicht worden und von diesem Buch inspiriert worden ist.

»Die Formen der Natur«, schreibt Djerzinski, *»sind menschliche Formen. In unserm Hirn tauchen Dreiecke, Verflechtungen und Verzweigungen auf. Wir erkennen sie wieder; wir achten sie; wie leben in ihrer Mitte. Inmitten unserer Schöpfungen, menschlicher Schöpfungen, die dem Menschen mitteilbar sind, entwikkeln wir uns und sterben. Inmitten des Raums, des menschlichen Raums, nehmen wir unsere Messungen vor; durch diese Messungen schaffen wir den Raum, den Raum zwischen unseren Instrumenten.*

Den unwissenden Menschen«, fährt Djerzinski fort, *»versetzt die Vorstellung des Raums in panisches Entsetzen; er stellt sich ihn riesig, finster und gähnend leer vor. Er stellt sich die Wesen als einfache, im Raum abgekapselte, zusammengekrümmte kugelförmige Gebilde vor, die von der ewigen Anwesenheit der drei Dimensionen erdrückt werden. Von der Vorstellung des Raums in panisches Entsetzen versetzt, krümmen sich die Menschen zusammen; ihnen ist kalt, sie haben Angst. Bestenfalls durchqueren sie den Raum, begrüßen sich traurig inmitten des Raums. Dabei ist dieser Raum in ihnen selbst, es handelt sich nur um etwas, das ihr eigener Geist geschaffen hat.*

In diesem Raum, vor dem die Menschen Angst haben«, schreibt Djerzinski weiter, *»lernen sie zu leben und zu sterben; in ihrem geistigen Raum entstehen Trennung, Distanz und Leiden. Dazu läßt sich wenig sagen: Der Liebhaber hört den Ruf seiner Geliebten über Ozeane und Gebirge hinweg; über Gebirge und Ozeane hinweg hört die Mutter den Ruf ihres Kindes. Die Liebe verbindet, und sie verbindet für immer. Die gute Tat ist eine Bindung, die böse Tat eine Lösung dieser Bindung. Trennung ist ein anderer Name für das Böse; sie ist auch ein anderer Name für die Lüge. Es gibt tatsächlich nur eine herrliche, riesige gegenseitige Verflechtung.«*

Hubczejak schreibt zu Recht, daß Djerzinskis größtes Verdienst nicht darin besteht, daß er den Begriff der individuellen Freiheit überwunden hat (denn dieser Begriff war bereits zu seiner Zeit weitgehend sinnentleert, und jeder gestand zumindest stillschweigend ein, daß er nicht mehr als Grundlage für irgendeinen menschlichen Fortschritt taugte), sondern daß es ihm gelungen ist, durch eine – wenn auch etwas gewagte – Interpretation der Postulate der Quantenmechanik die Bedingungen zur Möglichkeit der Liebe wiederherzustellen. In diesem Zusammenhang muß noch einmal das Bild Annabelles erwähnt werden: Ohne selbst die Liebe kennengelernt zu haben, hatte sich Djerzinski am Beispiel Annabelles eine Vorstellung davon machen können; er hatte ermessen können, daß die Liebe unter gewissen Bedingungen und auf noch unbekannte Art und Weise auftreten konnte. Diese Überzeugung diente ihm sehr wahrscheinlich während der letzten Monate, in denen er seine Theorie entwickelte – einen Zeitraum, über den wir nur sehr wenig wissen –, als Wegweiser.

Den Aussagen der wenigen Personen zufolge, die im Laufe der letzten Wochen mit Djerzinski in Irland zusammengekommen waren, schien er eine gewisse Seelenruhe gefunden zu haben. Sein ängstliches, unruhiges Gesicht wirkte besänftigt. Er unternahm lange versonnene Spaziergänge auf der *Sky Road*, ohne bestimmtes Ziel, in Gesellschaft des Himmels. Die Straße nach Westen schlängelte sich an Hügeln entlang, die bald steil, bald sanft zur Küste hinabfielen. Das Meer glitzerte und warf flackerndes Licht auf die letzten Felseninseln. Die Wolken, die schnell am Horizont vorüberzogen, bildeten eine verschwommene leuchtende Masse von seltsam materieller Präsenz. Das Gesicht von leichtem feuchten Dunst umgeben, legte er lange Wege zurück, ohne große Anstrengung. Seine Forschungsarbeit war beendet, das wußte er. In dem Zimmer, das er in ein Büro verwandelt hatte und dessen Fenster auf die Halbinsel Errislannan hinausging, hatte er seine Aufzeichnungen – mehrere hundert Seiten über die unterschiedlichsten Themen – fein säuberlich geordnet. Das Ergebnis seiner wissenschaftlichen Arbeiten im eigentlichen Sinn umfaßte achtzig Schreibmaschinenseiten – er hatte es nicht für nötig erachtet, die Berechnungen im einzelnen anzuführen.

Am 27. März 2009 ging er am Spätnachmittag zur Hauptpost in Galway. Er sandte ein Exemplar seiner Arbeiten an die *Académie des sciences* in Paris und ein weiteres an die Zeitschrift *Nature* in England. Über das, was anschließend geschah, ist nichts Genaues bekannt. Die Tatsache, daß sein Wagen in unmittelbarer Nähe von Aughrus Point gefunden wurde, ließ natürlich an Selbstmord denken – insbesondere, da sich weder Walcott noch irgendeiner der Techniker des Instituts über dieses Ende wirklich überrascht zeigten. »Er hatte etwas furchtbar Trauriges an sich«, sollte Walcott erklären, »ich glaube, er war der traurigste Mensch, den ich je in meinem Leben kennengelernt habe, und dabei erscheint mir das Wort Traurigkeit noch ziemlich schwach: Ich sollte besser sagen, daß irgend etwas in ihm zerstört, völlig vernichtet war. Ich habe immer den Eindruck gehabt, daß ihm das Leben eine Last war und daß ihn keinerlei Beziehung mit irgend etwas Lebendigem mehr verband. Ich glaube, er hat so lange durchgehalten, bis er mit seinen Arbeiten fertig war, und niemand unter uns kann sich vorstellen, welche Anstrengung ihn das gekostet hat.«

Trotz alledem bleibt Djerzinskis Verschwinden ein Rätsel, und die Tatsache, daß seine Leiche nie gefunden worden ist, sollte einer hartnäckigen Legende Vorschub leisten, derzufolge er nach Asien, und zwar nach Tibet gereist sei, um seine Arbeiten mit gewissen Lehren der buddhistischen Tradition zu konfrontieren. Diese Hypothese wird heutzutage einhellig verworfen. Zum einen hat man keinen Hinweis für eine Flugreise mit Irland als Ausgangspunkt entdecken können; zum anderen hat man die Zeichnungen auf den letzten Seiten seines Notizbuchs, die man eine Zeitlang als Mandalas interpretiert hatte, schließlich als eine Kombination von keltischen Symbolen identifizieren können, die jenen ähneln, die im *Book of Kells* zu finden sind.

Wir glauben heute, daß Michel Djerzinski in Irland gestorben ist, eben dort, wo er beschlossen hatte, seine letzten Lebensjahre zu verbringen. Wir glauben weiterhin, daß er, nachdem seine Arbeiten beendet waren, beschlossen hat, zu sterben, da ihn keinerlei menschliche Bande mehr zurückhielten. Zahlreiche Zeugnisse bestätigen seine Faszination für diesen äußersten Zipfel der westlichen Welt, der ständig in wechselhaftes, sanftes Licht getaucht ist, einen Ort, an dem er so gern Spaziergänge unternahm und an dem, wie er in einer seiner letzten Aufzeichnungen schrieb, »Himmel, Licht und Wasser verschmelzen«. Wir glauben heute, daß Michel Djerzinski ins Meer gegangen ist.

Nachrede

Wir kennen zahlreiche Einzelheiten bezüglich des Lebens, des Aussehens und des Charakters der Personen, die in dieser Erzählung erwähnt werden; dieses Buch muß aber dennoch als eine erfundene Geschichte betrachtet werden, als eine glaubhafte Rekonstruierung auf der Grundlage lückenhafter Erinnerungen, und nicht als Widerspiegelung einer eindeutigen, nachweisbaren Wahrheit. Auch wenn die Veröffentlichung der *Clifden Notes* – eine vielschichtige Mischung aus Erinnerungen, persönlichen Eindrücken und theoretischen Erörterungen, die Djerzinski in den Jahren 2000 bis 2009 zu Papier gebracht hat, während er gleichzeitig an seiner großen Theorie arbeitete – uns Aufschluß über zahlreiche Vorkommnisse in seinem Leben, über die Abzweigungen, Konfrontationen und Dramen gibt, die seine spezifische Sicht des Daseins bestimmt haben, bleibt noch vieles, sowohl was seine Biographie wie auch seine Persönlichkeit angeht, im dunkeln. Der folgende Bericht ist jedoch historisch belegt, und die Ereignisse, die die Veröffentlichung von Djerzinskis Arbeiten ausgelöst hat, sind so oft geschildert, kommentiert und analysiert worden, daß wir uns mit einer kurzen Zusammenfassung begnügen können.

Der im Juni 2009 in einem Sonderdruck der Zeitschrift *Nature* erschienene Aufsatz *Prolegomena zu einer vollkommenen Replikation*, der die achtzig Seiten wiedergibt, die Djerzinskis letzte Arbeiten zusammenfassend darstellen, sollte sofort eine heftige Schockwelle unter den Wissenschaftlern auslösen. Überall auf der Welt versuchten Dutzende von Molekularbiologen, die vorgeschlagenen Versuche zu wiederholen und die Einzelheiten der Berechnungen zu verifizieren. Nach wenigen Monaten gab es die ersten Ergebnisse, und anschließend wurde Woche für Woche eine Flut neuer Ergebnisse bekannt, die alle völlig übereinstimmend die Gültigkeit der Ausgangshypothese bestätigten. Ende 2009 gab es nicht mehr den geringsten Zweifel: Djerzinskis Ergebnisse waren zutreffend, man konnte sie als wissenschaftlich erwiesen ansehen. Die praktischen Konsequenzen waren natürlich schwindelerregend: Jeder genetische Code, wie kompliziert er auch sein mochte, konnte in einer strukturell stabilen Standardform neu geschrieben werden, die keinen Störungen oder Mutationen unterworfen war. Jede Zelle konnte folglich mit einer unendlichen Kapazität von aufeinanderfolgenden Replikationen ausgestattet werden. Jede Tierart, und sei sie noch so hoch entwickelt, konnte in eine verwandte Spezies verwandelt werden, die sich durch Klonen fortpflanzen ließ und somit unsterblich war.

Als Frédéric Hubczejak gleichzeitig mit mehreren hundert anderen Forschern auf der Erde Djerzinskis Arbeiten entdeckte, war er siebenundzwanzig und beendete gerade seine Doktorarbeit in Biochemie an der Universität Cambridge. Dieser unruhige, unstete Geist voller krauser Gedanken war seit mehreren Jahren durch Europa gereist – er hatte sich, wie sich feststellen läßt, nacheinander an den Universitäten in Prag, Göttingen, Montpellier und Wien eingeschrieben –, denn er suchte, seinen eigenen Worten zufolge, »ein neues Paradigma und zugleich noch etwas anderes: Nicht nur eine andere Art, die Welt zu betrachten, sondern auch eine andere Art, mich ihr gegenüber zu situieren«. Er war auf jeden Fall der erste, und jahrelang der einzige, der folgenden, aus Djerzinskis Arbeiten abgeleiteten radikalen Vorschlag vertrat: Die Menschheit müsse verschwinden; die Menschheit müsse einer neuen geschlechtslosen, unsterblichen Spezies das Leben schenken, die die Individualität, die Trennung und das Werden überwunden hat. Es braucht wohl kaum erwähnt zu werden, welche Feindseligkeit ein solches Vorhaben bei den Anhängern der Offenbarungsreligionen auslöste – die jüdische, die christliche und die islamische Religion verdammten diese Arbeiten mit seltener Einhelligkeit als eine »schwere Verletzung der Menschenwürde, die auf einer einzigartigen, persönlichen Beziehung zum Schöpfer beruht«; nur die Buddhisten wiesen darauf hin, daß Buddha seine Lehre entwickelt hatte, nachdem ihm bewußt geworden war, welches

Hindernis Alter, Krankheit und Tod darstellen, und daß der Erleuchtete, auch wenn er sich eher der Meditation gewidmet hatte, das Prinzip einer technischen Lösung nicht unbedingt zurückgewiesen hätte. Wie dem auch sei, Hubczejak hatte ganz offensichtlich wenig Unterstützung von seiten der bestehenden Religionen zu erwarten. Die Tatsache, daß die traditionellen Anhänger des Humanismus mit radikaler Ablehnung reagierten, ist dagegen erstaunlicher. Selbst wenn uns diese Begriffe heutzutage schwer verständlich erscheinen, darf man nicht vergessen, welch zentrale Bedeutung die Begriffe *individuelle Freiheit, Menschenwürde*, und *Fortschritt* für die Menschen des materialistischen Zeitalters hatten (also während der Jahrhunderte, die den Untergang des mittelalterlichen Christentums von Djerzinskis Arbeiten trennten). Der verschwommene, willkürliche Charakter dieser Begriffe sollte natürlich dazu führen, daß sie nicht die geringste soziale Wirkung hatten – und daher läßt sich die Geschichte der Menschheit vom 15. bis zum 20. Jahrhundert unseres Zeitalters im wesentlichen als die Geschichte einer Auflösung und eines allmählichen Zerfalls charakterisieren; aber dennoch klammerten sich die gebildeten oder halbgebildeten Schichten, die dazu beigetragen hatten, diese Begriffe, so gut es ging, durchzusetzen, besonders heftig an sie, und man kann verstehen, daß Frédéric Hubczejak in den ersten Jahren solche Schwierigkeiten hatte, sich Gehör zu verschaffen.

Die Geschichte der wenigen Jahre, die Hubczejak erlaubten, einen zunehmenden Teil der Weltöffentlichkeit von einem Vorhaben zu überzeugen, das anfangs auf Widerwillen und einhellige Mißbilligung gestoßen war, und dieses Vorhaben schließlich sogar von der UNESCO finanzieren zu lassen, führt uns das Bild eines außerordentlich brillanten, hartnäckigen Menschen mit pragmatischem und zugleich beweglichem Geist vor Augen – also letztlich das Bild eines außerordentlichen geistigen Aufrührers. Er selbst besaß zwar nicht das Zeug zu einem großen Forscher; aber er verstand es, die einhellige Achtung, die der

Name und die Arbeiten Michel Djerzinskis den Wissenschaftlern in aller Welt einflößte, zu nutzen. Er besaß erst recht nicht die Denkweise eines originellen, tiefsinnigen Philosophen; aber er verstand es, in seinem Vorwort und seinem Kommentar zur *Meditation über die Verflechtung* und zu den *Clifden Notes* Djerzinskis Gedankengut auf scharfsinnige, klar verständliche Weise einer breiten Leserschaft näherzubringen. Hubczejaks erster Artikel, *Michel Djerzinski und die Kopenhagener Deutung*, ist trotz seines Titels wie eine lange Meditation über die folgende Bemerkung von Parmenides aufgebaut: »Der Akt des Denkens und der Gegenstand des Denkens verschmelzen miteinander.« In seinem folgenden Werk, *Abhandlung über die konkrete Begrenzung*, sowie in jenem mit dem schlichten Titel *Die Realität* bemüht er sich, eine seltsame Synthese aus dem logischen Positivismus des Wiener Kreises und Comtes religiösem Positivismus herzustellen, ohne jedoch hier und dort auf lyrische Anwandlungen zu verzichten, wie diese häufig zitierte Passage bezeugt: »Es gibt keine *ewige Stille der unendlichen Räume*, denn in Wirklichkeit gibt es weder Stille, noch Raum, noch Leere. Die Welt, die wir kennen, die Welt, die wir schaffen, die menschliche Welt ist rund, glatt, homogen und warm wie eine Frauenbrust.« Er hat es auf jeden Fall verstanden, einer immer breiteren Öffentlichkeit den Gedanken zu vermitteln, daß die Menschheit in dem Stadium, in dem sie angelangt war, die gesamte Entwicklung der Welt – und insbesondere ihre eigene biologische Entwicklung – steuern konnte und mußte. Er erhielt in diesem Kampf die wertvolle Unterstützung einer Anzahl von Neukantianern, die den allgemeinen Rückgang des von Nietzsche inspirierten Gedankenguts genutzt hatten, um diverse Schlüsselpositionen im intellektuellen Bereich, in den Universitäten und im Verlagswesen zu besetzen.

Nach allgemeiner Auffassung bestand jedoch Hubczejaks Geniestreich darin, daß er es auf Grund einer unglaublich genauen Einschätzung der Zielsetzungen verstanden hat, die ambivalente, verworrene Ideologie, die gegen Ende des 20. Jahrhunderts unter dem Namen *New Age* aufgetaucht war, zugunsten seiner eigenen Thesen umzupolen. Als einer der ersten unter seinen Zeitgenossen hatte er begriffen, daß das New Age über die Masse veralteter, widersprüchlicher und lächerlich abergläubischer Vorstellungen hinaus einem echten Schmerz entsprach, der auf einen psychologischen, ontologischen und sozialen Zersetzungsprozeß zurückging. Über die abstoßende Mischung aus rückwärtsgewandter Ökologie, der Vorliebe für traditionelle Denkweisen und das »Heilige« hinaus, die das New Age der Hippie-Bewegung und dem Esalener Gedankengut verdankte, drückte dieses Phänomen den ernstzunehmenden Willen aus, einen Bruch mit dem 20. Jahrhundert und seiner Unmoral, seinem Individualismus und seinem libertären, antisozialen Charakter zu vollziehen; dessen angstvolles Bewußtsein bezeugte, daß keine Gesellschaft ohne die kohäsive Funktion einer Religion überleben kann; es stellte in Wirklichkeit eine dringende Aufforderung zu einem Paradigmenwechsel dar.

Stärker als jeder andere von dem Bewußtsein erfüllt, daß Kompromisse manchmal unumgänglich sind, hat Hubczejak nicht gezögert, innerhalb der »Bewegung für das menschliche Potential«, die er gegen Ende des Jahres 2011 gründete, manche typische New-Age-Themen zu übernehmen, vom »Aufbau des Gaia-Cortex« bis hin zu dem berühmten Vergleich »10 Milliarden Individuen auf der Erdoberfläche – 10 Milliarden Neuronen im menschlichen Gehirn«, vom Aufruf zur Bildung einer auf einem »Neuen Bund« basierenden Weltregierung bis hin zu dem Spruch, der aus der Werbung stammen könnte: »DIE WELT VON MORGEN IST WEIBLICH«. Er ging dabei so geschickt vor, daß die Kommentatoren zumeist begeistert waren; er vermied sorgfältig jedes irrationale, sektiererische Abgleiten und verstand es dagegen, sich die Unterstützung einflußreicher Wissenschaftler zu sichern.

Ein gewisser Zynismus, der bei der Erforschung der menschlichen Geschichte weit verbreitet ist, neigt dazu, die »Geschicklichkeit« als einen grundlegenden Faktor des Erfolgs hinzustellen, dabei ist sie als solche, wenn sie nicht von einer tiefen Überzeugung geleitet wird, unfähig, einen wirklich entscheidenden Wandel hervorzurufen. Alle, die die Gelegenheit gehabt haben, Hubczejak kennenzulernen oder ihn als Gesprächspartner in einer Debatte zu erleben, haben übereinstimmend berichtet, daß seine Überzeugungskraft, sein Charme und sein außerordentliches Charisma auf seine unkomplizierte Art und seine tiefe persönliche Überzeugung zurückgingen. Er sagte bei allen Gelegenheiten ziemlich genau das, was er dachte, und diese unkomplizierte Art hatte eine verheerende Wirkung auf seine Gegner, die sich in den Widersprüchen und begrenzten Vorstellungen veralteter Ideologien verstrickten. Einer der ersten Einwände, die gegen sein Vorhaben erhoben wurden, bezog sich auf die Abschaffung der sexuellen Unterschiede, die für das menschliche Selbstverständnis so entscheidend waren. Dem hielt Hubczejak entgegen, daß es nicht darum ginge, das Menschengeschlecht in all seinen Merkmalen zu perpetuieren, sondern darum, eine neue, vernunftbegabte Spezies zu schaffen, und daß das Ende der Sexualität als Fortpflanzungsmodus in keiner Weise das Ende der sexuellen Lust bedeute – ganz im Gegenteil. Die kodierenden Sequenzen, die während der Embryogenese die Bildung von Krause-Endkolben bedingten, waren in jüngster Zeit identifiziert worden; beim gegenwärtigen Entwicklungsstand des Menschen seien diese Endkolben nur spärlich auf der Oberfläche der Klitoris und der Eichel angesiedelt. Nichts spräche dagegen, sie in Zukunft über die gesamte Oberfläche der Haut zu verteilen und somit auf dem Gebiet der Sinnesfreuden geradezu unglaubliche, nie dagewesene erotische Empfindungen hervorzurufen.

Andere kritische Äußerungen – vermutlich die schwerwiegendsten – konzentrierten sich darauf, daß innerhalb der neuen

Spezies, die auf der Grundlage von Djerzinskis Arbeiten geschaffen würde, alle Individuen denselben genetischen Code besitzen würden; eines der grundlegenden Elemente der menschlichen Persönlichkeit würde folglich verschwinden. Dem hielt Hubczejak vehement entgegen, daß gerade diese genetische Individualität, auf die wir aufgrund eines tragischen Irrtums so lächerlich stolz waren, die Quelle fast all unserer Leiden sei. Der Befürchtung, daß die menschliche Persönlichkeit vom Verschwinden bedroht sei, hielt er das konkrete und einfach zu beobachtende Beispiel von eineiigen Zwillingen entgegen, die trotz einer in allen Einzelheiten identischen Erbmasse durch ihren individuellen Lebensweg völlig eigenständige Persönlichkeiten entwickeln, auch wenn sie durch eine rätselhafte Brüderlichkeit verbunden bleiben – eine Brüderlichkeit, die Hubczejak zufolge gerade das wichtigste Element für die Wiederherstellung einer ausgesöhnten Menschheit sei.

Es besteht kein Zweifel an Hubczejaks Aufrichtigkeit, wenn er behauptete, daß er nur Djerzinskis Werk weiterführen wolle und er selbst nur ein einfacher Handlanger sei, dessen Ehrgeiz einzig und allein darin bestehe, die Gedanken seines Meisters in die Praxis umzusetzen. Ein Zeugnis dessen ist zum Beispiel sein Festhalten an jener seltsamen Idee, die auf Seite 342 der *Clifden Notes* zum Ausdruck kommt: Die Zahl der Individuen der neuen Spezies müsse stets eine Primzahl darstellen; man müsse also erst ein Individum schaffen, dann zwei, dann drei, dann fünf... kurz, man müsse der Reihe der Primzahlen peinlich genau folgen. Das Ziel dieser Maßnahme bestand natürlich darin, eine Anzahl von Individuen zu schaffen, die nur durch sich selbst und durch Eins teilbar ist, um damit symbolisch auf die Gefahr aufmerksam zu machen, die die Bildung separater Gruppierungen innerhalb jeder Gesellschaft bedeutet; aber es scheint, daß Hubczejak diese Bedingung zur Auflage gemacht hat, ohne deren Bedeutung auch nur irgendwie zu hinterfragen. Allgemeiner gesehen sollte seine streng positivistische Auslegung von Djerzinskis Arbeiten dazu führen, daß er das Ausmaß der metaphysischen Wandlung, die eine so tiefgreifende biologische Mutation zwangsläufig begleitet, fortwährend unterschätzt hat – eine Mutation, die in der Geschichte der Menschheit einzigartig ist.

Diese grobe Fehleinschätzung der philosophischen Implikationen des Vorhabens und selbst der Begriff der philosophischen Implikation *ganz allgemein* sollte jedoch in keiner Weise ihre Durchführung behindern oder verzögern. Daraus läßt sich ersehen, bis zu welchem Grad in sämtlichen westlichen Gesellschaften sowie in der relativ fortgeschrittenen Bewegung, die das New Age darstellte, die Vorstellung einer fundamentalen Wandlung unerläßlich geworden war, damit sich die Gesellschaft selbst überleben konnte – eine Wandlung, die auf glaubhafte Weise den Sinn für die Kollektivität, die Kontinuität und das Heilige wiederherstellen würde. Daraus läßt sich weiterhin ersehen, bis zu welchem Grad die philosophischen Fragen im Verständnis der Öffentlichkeit jeden konkreten Bezug verloren hatten. Das weltweite Gespött, dem die Arbeiten von Foucault, Lacan, Derrida und Deleuze über Nacht zum Opfer gefallen waren, nachdem man sie jahrzehntelang total überschätzt hatte, sollte zu diesem Zeitpunkt keinen Raum für eine neue Philosophie lassen, sondern im Gegenteil sämtliche Intellektuellen diskreditieren, die sich auf die »Humanwissenschaften« beriefen; der zunehmende Einfluß der Naturwissenschaftler in allen Bereichen des Denkens war von da an unvermeidlich geworden. Selbst das gelegentliche, widersprüchliche, schwankende Interesse, das die Anhänger des New Age manchmal für den einen oder anderen, aus »alten spirituellen Traditionen« stammenden Glauben zu verspüren vorgaben, bezeugte nur einen Zustand äußerster Bedrängnis, der an Schizophrenie grenzte. Wie alle anderen Mitglieder der Gesellschaft, und vielleicht noch stärker als diese, vertrauten sie in Wirklichkeit nur der Wissenschaft, da die Wissenschaft für sie das einzige, unwiderlegbare Wahrheitskriterium darstellte. Wie alle anderen Mitglieder der Gesellschaft waren auch sie zutiefst davon überzeugt, daß die Lösung aller Probleme – einschließlich der psychologischen, soziologischen und gemeinhin menschlichen Probleme – nur technischer Art sein könne. Daher konnte Hubczejak ohne die Gefahr, auf starken Widerspruch zu stoßen, im Jahr 2013 seinen berühmten Slogan verkünden, der der eigentliche Auslöser für einen weltweiten Meinungsumschwung war: »DIE WANDLUNG FINDET NICHT IM GEIST STATT, SONDERN IN DEN GENEN.«

2021 bewilligte die UNESCO die ersten Kredite; unter Hubczejaks Leitung machte sich ein Team von Forschern unverzüglich an die Arbeit. Streng genommen leistete er auf wissenschaftlichem Gebiet nicht viel; aber er sollte sich dennoch als ungeheuer wirksam erweisen, und zwar auf einem Gebiet, das man als »Public Relations« bezeichnen könnte. Es war überraschend, wie ungeheuer schnell die ersten Ergebnisse zu verzeichnen waren; erst viel später erfuhr man, daß zahlreiche Forscher, Anhänger oder Sympathisanten der »Bewegung für das menschliche Potential«, in ihren Labors in Australien, Brasilien, Kanada oder Japan in Wirklichkeit schon lange mit der Arbeit begonnen hatten, ohne die Genehmigung der UNESCO abzuwarten.

Die Schaffung des ersten Wesens, des ersten Vertreters einer neuen, intelligenten Spezies, die der Mensch »ihm zum Bilde, zum Bilde des Menschen« schuf, fand am 27. März 2029 statt, auf den Tag genau zwanzig Jahre nach Michel Djerzinskis Verschwinden. Djerzinski zu Ehren fand die Synthese in einem Labor des Instituts für Molekularbiologie in Palaiseau statt, obwohl dem Team kein französischer Wissenschaftler angehörte. Die Fernsehübertragung des Ereignisses hatte natürlich eine ungeheure Wirkung – eine Wirkung, die bei weitem jene übertraf, die knapp sechzig Jahre zuvor in einer Julinacht des Jahres 1969 die Direktübertragung der ersten Schritte des Menschen auf dem Mond gehabt hatte. Hubczejak leitete die Reportage mit einer kurzen Rede ein, in der er mit seiner üblichen schonungslosen Offenheit erklärte, daß sich die Menschheit rühmen dürfe, »die erste Spezies der bekannten Welt zu sein, die die Bedingungen geschaffen hat, sich selbst zu ersetzen«.

Heute, gut fünfzig Jahre später, hat die Realität die prophetische Tragweite von Hubczejaks Worten über alle Maßen bestätigt – bis zu einem Punkt, den er vermutlich nicht geahnt hat. Es existieren noch einige Menschen der alten Rasse, insbesondere in den Regionen, die lange dem Einfluß traditioneller religiöser Doktrinen ausgesetzt waren. Ihre Fortpflanzungsquote verringert sich jedoch von Jahr zu Jahr, und ihr Aussterben scheint heute unabwendbar zu sein. Entgegen allen pessimistischen Voraussagen vollzieht sich dieses Aussterben bis auf vereinzelte gewalttätige Handlungen, deren Zahl immer mehr abnimmt, sehr friedlich. Es ist durchaus überraschend mitanzusehen, mit welcher Ruhe, welcher Resignation und vielleicht sogar insgeheimer Erleichterung die Menschen ihrem eigenen Verschwinden zugestimmt haben.

Dadurch, daß wir das verwandtschaftliche Band, das uns an die Menschheit fesselte, zerrissen haben, leben wir. Dem Urteil der Menschen zufolge leben wir glücklich; allerdings haben wir es auch verstanden, die für sie unüberwindbaren Kräfte des Egoismus, der Grausamkeit und der Wut zu bezwingen; wir führen ohnehin ein anderes Leben. Die Wissenschaft und die Kunst sind weiterhin Bestandteil unserer Gesellschaft; aber die Suche nach dem Wahren und dem Schönen besitzt, da sie nicht mehr so stark durch den Stachel der individuellen Eitelkeit angespornt wird, einen weniger dringlichen Charakter. Auf die Menschen der ehemaligen Rasse wirkt unsere Welt wie ein Paradies. Es kommt im übrigen vor, daß wir uns selbst – wenn auch mit einer Spur von Humor – mit dem Namen »Götter« bezeichnen, der so viele Träume bei ihnen ausgelöst hat.

Die Geschichte existiert; sie zwingt sich auf, beherrscht die Welt, ihr Reich ist unausweichlich. Aber über die streng historische Intention hinaus besteht das eigentliche Bestreben dieses Buchs darin, jene leidgeprüfte, mutige Spezies, die uns geschaffen hat, zu ehren. Jene schmerzbeladene, nichtswürdige Spezies, die sich kaum vom Affen unterschied und dennoch so viele edle Ziele angestrebt hat. Jene gequälte, widersprüchliche, individualistische, streitsüchtige Spezies mit grenzenlosem Egoismus, die manchmal zu Ausbrüchen unerhörter Gewalt fähig war, aber nie aufgehört hat, an die Güte und an die Liebe zu glauben. Und auch jene Spezies, die es zum erstenmal in der Geschichte der Welt verstanden hat, die Möglichkeit ihres eigenen Überwindens zu erwägen; und die es einige Jahre später verstanden hat, dieses Überwinden in die Tat umzusetzen. Zu einem Zeitpunkt, da die letzten Vertreter dieser Spezies im Aussterben begriffen sind, halten wir es für legitim, der Menschheit diese letzte Huldigung darzubringen – eine Huldigung, die ihrerseits allmählich verblassen und sich im Treibsand der Zeit verlieren wird; dennoch ist es nötig, daß diese Huldigung wenigstens einmal erfolgt. Dieses Buch ist dem Menschen gewidmet.

Marlen Haushofers Hauptwerk

Eine Frau wacht eines Morgens in einer Jagdhütte in den Bergen auf und findet sich eingeschlossen von einer unsichtbaren Wand, hinter der kein Leben mehr existiert ...

Eines der Bücher, »für deren Existenz man ein Leben lang dankbar ist«.
Eva Demski

»Wenn mich jemand nach den zehn wichtigsten Büchern in meinem Leben fragen würde, dann gehörte dieses auf jeden Fall dazu.«
Elke Heidenreich in *Lesen!*

Marlen Haushofer
Die Wand
Roman

ISBN-13: 978-3-548-60571-5
ISBN-10: 3-548-60571-0

List Taschenbuch

»Ein Buch, das man in zwei Nächten verschlingt«
Der Standard

In einem Pub wird die 28jährige Louisa von einem älteren Mann angesprochen. Nur eine knappe Stunde später gibt sie sich ihm auf einer Gartenbank hin. Was wie eine klassische Affäre beginnt, wird zu einer Beziehung, in der Abgrund und Faszination nah beieinander liegen – die wahre Geschichte einer physischen und psychischen Abhängigkeit bis in den Tod.

Edith Templeton
Gordon
Roman

ISBN-13: 978-3-548-60545 6
ISBN-10: 3-548-60545-1

List Taschenbuch

»Nur eine Frau kann ihr Endoskop so tief in die menschliche Seele bohren, bis daraus ein Skalpell wird.« Stilos

Eine Frau wird plötzlich von ihrem Mann verlassen. Allein mit den beiden kleinen Kindern fällt sie in einen dunklen Abgrund, dessen Existenz sie früher nicht einmal geahnt hätte ...

»Ab und zu musste ich das Lesen unterbrechen, weil ich den Druck nicht mehr aushielt, aber noch weniger hielt ich aus, nicht weiterzulesen. Am Ende war ich erschöpft und glücklich. Schöneres gibt es kaum.«
Arno Widmann
bei *Perlentaucher.de*

Elena Ferrante

Tage des Verlassenwerdens

Roman

List Taschenbuch

L171